BITTERDER DAN DE DOOD

Camilla Grebe & Åsa Träff

Bitterder dan de dood

Vertaald door Bart Kraamer

2011   Prometheus   Amsterdam

Voor Max, Gustav, Calle en Josephine

Oorspronkelijke titel *Bittrare än döden*
© 2010 Camilla Grebe en Åsa Träff
© 2011 Nederlandse vertaling Uitgeverij Prometheus en Bart
Kraamer
Omslagontwerp Bloemendaal & Dekkers
Foto omslag Getty Images
Foto auteurs Sandra Qvist
Vormgeving binnenwerk Perfect Service
www.uitgeverijprometheus.nl
ISBN 978 90 446 1831 0

En wat ik vind is altijd weer een vrouw die bitterder dan de dood is,
die een valstrik is. Haar hart is een klapnet
en haar handen zijn ketenen.
Een mens die God behaagt zal aan haar ontsnappen,
maar een zondaar laat zich door haar strikken.

Prediker 7:27

GUSTAVSBERG, VOORSTAD VAN STOCKHOLM,
22 NOVEMBER, NAMIDDAG

Alles ziet er anders uit van onderaf.

De grote massieve poten van de eettafel, het eiken tafelblad met een duidelijk aderpatroon en de tekening daaronder, die mama nog niet gezien heeft. Het tafelkleed dat eromheen valt in zware, roomwitte vouwen.

Mama ziet er ook anders uit van onderaf.

Voorzichtig steekt ze haar hoofd uit haar kooi, kijkt naar haar terwijl ze bij het fornuis staat en met haar ene hand sprietige spaghettislierten die lijken op mikadostokjes omlaag duwt in de grote grijze pan en met de andere rookt.

Het knakt als de spaghetti onder de druk van de vork breekt.

Mama's versleten spijkerbroek hangt zo laag op haar kont dat ze de tatoeage op haar onderrug kan zien en de roze slip.

Van onderaf lijkt mama's kont enorm, en ze overweegt of ze dat zal zeggen. Mama vraagt zich altijd af of haar kont er groot of klein uitziet. En ze dwingt Henrik vaak om antwoord te geven op die vraag, ook al wil hij dat niet. Hij kijkt liever naar de paarden die rondrennen op de tv, terwijl hij zijn bier opdrinkt.

Dat wordt interesse genoemd.

Mama drukt de sigaret uit in een koffiekopje, raapt met haar lange nagels een paar spaghettislierten op die naast de pan zijn gevallen en stopt die in haar mond alsof het snoepjes zijn.

Het knarst als ze kauwt.

Zelf pakt ze een blauw krijtje en begint zorgvuldig wat de hemel moet worden in te kleuren. Op de tekening staan al een huis, hun huis, en een rode auto ervoor; die gaan ze kopen zodra mama weer een baan heeft. Door het raam sijpelt het zwakke grauwe licht van de vroege herfstmiddag de keuken binnen, kleurt de kamer in een deprimerend donker palet, maar in haar kooi is het op een gezellige manier donker. Zwak licht sluipt naar binnen, genoeg om het papier te kunnen zien dat op de grond voor haar ligt, om de kleuren van de krijtjes te kunnen raden.

Uit de radio een gestadige stroom muziek, onderbroken door reclameboodschappen.

Reclame is wanneer ze praten, zoveel heeft ze begrepen. Reclame is wanneer Henrik al het bier uitpist dat hij heeft gedronken. Reclame is ook wanneer mama naar het balkon gaat om te roken, maar als Henrik niet thuis is rookt ze overal. Ook al is het dan geen reclame.

De klop is licht en bescheiden, alsof het misschien geen klop was maar alleen iemand die verstrooid tegen het hout trommelde toen hij of zij langs de deur van de woning liep.

Ze ziet hoe mama nog een sigaret opsteekt, leunend boven de gootsteen, ze lijkt te twijfelen.

Dan gaat het kloppen over in bonken.

Bonk, bonk, bonk.

En het lijdt geen twijfel meer dat er iemand voor de deur staat, iemand die naar binnen wil. Iemand die haast heeft.

'Ik kom,' roept mama en ze loopt langzaam naar de deur met de sigaret in haar hand. Alsof ze alle tijd van de wereld heeft. En Tilde weet dat dat zo is, want Henrik moet geduld leren krijgen. Niet alles kan altijd meteen gebeuren, op zijn voorwaarden. Dat heeft mama tegen hem gezegd.

Ze zoekt een lichtgeel krijtje uit dat volgens haar geschikt is voor de zon en begint met vlugge, ronde bewegingen een cirkel te vormen. Het papier kreukelt een beetje en als ze het met haar andere hand tegenhoudt, komt er een scheurtje in de rechterhoek. Een barst in de perfecte wereld die ze zo zorgvuldig aan het scheppen is.

Ze twijfelt: opnieuw beginnen of doorgaan?

Bonk, bonk, bonk.

Henrik lijkt kwader dan gewoonlijk. Dan klinkt het gerammel wanneer de veiligheidsketting eraf glijdt en mama opendoet.

Ze zoekt in het donker onder de keukentafel naar een krijtje dat de kleur heeft van grijsbruine takken. Alsof ze in het bos onder een spar zit en met echte takken speelt. Ze vraagt zich af hoe dat zou zijn, ze is nog bijna nooit in het bos geweest. Alleen op de speelplaats in het midden, en daar zijn geen sparren, alleen doornstruiken met kleine oranjerode besjes waarvan de andere kinderen zeggen dat ze giftig zijn.

Dan vindt ze het grijze krijtje. Denkt dat het een grote, donkere wolk wordt. Een gezwollen wolk, met regen en hagel in zijn buik, waar de volwassenen bang van worden.

Vanuit de hal hoort ze opgewonden stemmen en een nieuw soort bonken. Doffe bonzen tegen de vloer, alsof iets steeds opnieuw omvalt. En ze denkt dat ze wou dat ze een keer ophielden met ruziemaken. Of dat mama die goudkleurige bierblikjes weg kon gooien, waar Henrik chagrijnig en geïrriteerd en moe van wordt.

Ze buigt zich naar de grond zodat ze onder het kleed uit kan kijken. Ze schreeuwen nu en er is iets mis. De stemmen klinken niet bekend. Henrik klinkt niet zoals anders.

Het is donker in de hal.

Ze kan de lichamen raden die zich daar bewegen, maar ze kan niet weten wat er gebeurt.

Dan: een schreeuw.

Iemand, het is mama, ziet ze nu, valt pardoes voorover op de keukenvloer. Landt plat op haar buik met haar gezicht tegen de vloer en ze ziet een rode plas ontstaan bij haar hoofd. Mama's handen grijpen de keukenmat beet alsof ze zich eraan vast wil klemmen en ze probeert de kamer in te kruipen, terwijl tegelijkertijd iets kleins, glanzends en goudkleurigs vanuit de hal de keuken in komt rollen.

Iemand, de man, vloekt in de hal. Zijn stem is donker en hees. Dan stappen in de keuken. Een gestalte buigt zich voorover, pakt het kleine voorwerp op.

Ze durft haar hoofd niet naar buiten te steken om te zien wie het is, maar ze ziet de zwarte laarzen en donkere broekspijpen die bij mama's hoofd blijven staan, een seconde twijfelen en haar dan trappen, steeds opnieuw in haar gezicht. Tot haar hele gezicht los lijkt te komen als het masker van een pop en een rode en roze smurrie naar buiten stroomt en een plas vormt op de mat voor haar. De zwarte laarzen zijn ook bedekt met de smurrie en die druipt langzaam op de vloer, als gesmolten ijs.

Het wordt stil, op de muziek na die nog steeds uit de radio komt en ze vraagt zich af hoe het kan dat de muziek maar doorgaat en doorgaat, alsof er niets is gebeurd, terwijl mama daar op de keuken-vloer ligt als een hoop vuile was in een plas bloed die elke seconde groter wordt.

Mama's ademhaling is langgerekt en piepend. Alsof ze per ongeluk een slok water binnengekregen heeft.

Dan ziet ze hoe mama naar de hal wordt getrokken, centimeter voor centimeter. Ze heeft de keukenmat nog steeds stevig vast en die komt met haar mee de donkere hal in.

Het enige wat overblijft op de roomkleurige linoleumvloer is een plas bloed en dat roze smurrieachtige.

Ze twijfelt even, maar gaat dan verder met het inkleuren van de grijze onweerswolk.

STOCKHOLM, TWEE MAANDEN EERDER

Vijays kantoor. Een oneindig groot bureau, waarvan elke centimeter van het blad bedekt is met papier. Ik vraag me af hoe hij ooit kan vinden wat hij nodig heeft tussen al die papieren, mappen en tijdschriften.

Boven op een stapel met wat eruitziet als scripties troont zijn laptop. Een superdunne Mac. Vijay is altijd voor de Macs gegaan. Ernaast een kop koffie en een bananenschil. Een blikje pruimtabak ligt half verborgen onder een rondschrijven van de directeur van het instituut.

'Gebruik je tegenwoordig pruimtabak?'

Aina kijkt Vijay sceptisch aan en trekt een vies gezicht.

'Mmm... ik moest wel. Olle maakte bezwaar tegen sigaretten, maar met pruimtabak kon hij leven.'

Vijay glimlacht en Aina schudt meelevend haar hoofd.

'Wat jammer. Ik dacht nog wel dat we buiten in de snijdende wind een sigaret gingen delen met een kop koffie erbij, oude herinneringen ophalen en zo.'

We lachen alle drie en denken terug aan hoe we samen buiten stonden in de stortregen, de sneeuw en de brandende zon, zowel in de winter als in de lente. Sigaretten en koffie deelden. Toen het leven minder gecompliceerd was. Of misschien lijkt het alleen maar zo als de afstand tussen toen en nu is toegenomen. Als wat eens was ver achter ons ligt in het verleden.

Ik, Aina en Vijay zijn oude klasgenoten. We hebben ooit psychologie gestudeerd aan de universiteit van Stockholm. Aina en ik zijn na het examen klinisch werk gaan doen, Vijay koos het academische spoor en promoveerde. Nu, tien jaar later, is hij hoogleraar in de forensische psychologie aan hetzelfde instituut waar hij vroeger studeerde.

Ik kijk naar hem. Het zwarte haar, nu met grijze slapen. De ontembare snor, een kreukelig blauw met wit gestreept katoenen overhemd. Hij ziet er niet uit als een hoogleraar, maar misschien is dat juist kenmerkend voor hoogleraren. Het gebrek aan gemeenschappelijke stilistische kenmerken. Maar wat weet ik ervan, ik ken er niet zoveel. Maar hoe weinig Vijay er ook uitziet als een hoogleraar, ik kan het feit niet ontkennen dat hij ouder wordt, net als ik en Aina. We zijn ouder, misschien slimmer, misschien alleen vermoeider, en licht verbaasd dat het leven ons niet gebracht heeft wat we er ooit van verwachtten.

'Ik ben niet moeilijk over te halen, kan misschien straks een sigaret met je delen. Olle is naar een conferentie in Reykjavik, dus hij zal er niets van merken.'

Vijay pakt het blikje met pruimtabak en begint verstrooid aan het etiket te pulken.

'Maar,' gaat hij verder, 'dat is niet de reden waarom ik jullie vroeg hiernaartoe te komen, om mijn nicotinegewoonten te bespreken dus.'

Aina en ik knikken bevestigend. We weten dat Vijay ons gevraagd heeft langs te komen om over een opdracht te praten en we zijn hem er dankbaar voor. Ook psychotherapeuten hebben last van de recessie en langdurige opdrachten van klanten in dienst van de overheid worden dankbaar aanvaard.

'Het gaat om een onderzoeksproject waarbij we het effect gaan bekijken dat zelfhulpgroepen hebben op mishandelde vrouwen. De doelgroep zijn vrouwen die in de risicozone zitten om een posttraumatisch stresssyndroom te krijgen, maar die om uiteenlopende redenen geen traditionele behandeling willen ondergaan. Het project is een samenwerkingsverband tussen de gemeente Värmdö en de universiteit van Stockholm.'

Vijay heeft zijn professionele rol aangenomen. Zijn ogen gloeien en zijn wangen kleuren lichtrood. Hij heeft een gepassioneerde band met zijn werk. Ziet het niet als een baan, of een levensonderhoud, maar eerder als een levenswijze en misschien als iets wat zin aan het leven geeft. Bovendien zou hij niet kunnen ontkennen dat het zijn ijdelheid streelt. Hij houdt van de autoriteit die het hoogleraarschap hem verleent. De expert kunnen zijn, degene die het het best weet.

Vijay treedt vaak in de publiciteit, waar hij zich uitspreekt over misdaden en de vermoedelijke oorzaken daarvan. Het zou makkelijk zijn om te psychologiseren, te geloven dat zijn voldoening berust op zijn behoefte aan wraak. De gekrenkte vreemdeling, gemarginaliseerd op grond van zowel zijn etnische afkomst als zijn seksuele geaardheid. Maar dat is verre van de waarheid. Vijays ouders zijn welgestelde academici die met onderzoeksstipendia naar Zweden zijn gekomen en er toen zijn gebleven. Zijn familie houdt zich totaal niet bezig met zijn homoseksualiteit. Er zijn nog drie broers die de ouders hebben voorzien van de gewenste kleinkinderen. Vijay wordt als excentriek gezien, maar zeker niet als minder geslaagd.

'Wat is onze rol, als het een zelfhulpbehandeling is?' Aina onderbreekt Vijays uiteenzetting en hij wordt gedwongen halt te houden, iets waar hij eigenlijk niet van houdt.

'Daar kom ik zo aan toe, als je even geduld hebt.'

Hij zwijgt, opent het blikje pruimtabak, stopt een portie onder zijn lip en gaat dan verder.

'Het idee is dat jullie de pilotstudy gaan aansturen. De handleiding testen, de psycho-educatieve onderdelen controleren, toezien of er iets moet worden uitgebreid of weggehaald.'

'Psycho-educatie en zelfhulp, dat klinkt niet als cognitieve gedragstherapie, vind ik.' Aina ziet er verward uit en Vijay grijnst blij.

'Het is ook geen CGT, niet echt. Maar dat betekent niet dat het geen effect kan hebben. Jullie weten dat de vraag naar opgeleide psychotherapeuten in de CGT-richting het aanbod verre overstijgt. Dit is een manier om hen in te schakelen bij verschillende behandelingen waarvan we weten dat ze effectief zijn bij posttraumatisch stresssyndroom en trauma, we willen de methoden eenvoudig verspreiden tegen lagere kosten. Bovendien hebben zelfhulpgroepen nut, vooral voor mensen die zelf het slachtoffer zijn geweest. Het geeft een gevoel van... controle hebben, misschien. Empowerment. Ah... jullie snappen het.'

'Empowerment?'

Aina ziet er nog steeds verward uit en kijkt naar mij om een teken te krijgen, een signaal dat aangeeft hoe ik ertegenaan kijk.

'Wat is de opzet?'

Ik ben nieuwsgierig en wil meer horen over hoe ze denken dat de behandeling in haar werk zal gaan.

'Acht bijeenkomsten, twee uur per keer. Elke bijeenkomst wordt ingeleid met een onderwijsgedeelte, reacties bij het trauma, het geweld van mannen tegen vrouwen, informatie over gebruikelijke symptomen bij het posttraumatisch stresssyndroom, de thema's in grote lijnen. Daarna is er een losser deel, waarin ze vertellen over hun eigen ervaringen en luisteren naar de verhalen van de anderen. De rol van de groepsleider is het gesprek leiden. Toezien dat iedereen aan het woord komt en dat niemand te dominant wordt. Daarna krijgen ze een opdracht voor thuis mee, bijvoorbeeld om na te denken over hoe het leven veranderd is na het trauma of om nieuwe doelstellingen te bedenken voor hoe ze willen dat het verder zal gaan. Wat ze verloren hebben en wat ze denken dat ze terug kunnen krijgen, terug kunnen veroveren misschien. En dan hoe ze dat willen doen. Jullie krijgen een gedetailleerde handleiding maar hebben de vrijheid daarvan af te wijken. Jullie evalueren de sessies na afloop samen en komen met standpunten over de inhoud. Alles wordt gedocumenteerd. Het is belangrijk in gedachten te houden dat het een zelfhulpgroep is, het niveau moet daaraan aangepast worden, het moet substantie hebben en kunnen bijdragen aan verandering maar het mag niet te gecompliceerd zijn. Het is geen psychotherapie en de aanstaande deelnemers zijn geen psychotherapeuten maar vrouwen die zelf te maken hebben gehad met geweld door mannen...'

Vijay onderbreekt zichzelf en ziet er plotseling bezorgd uit. Ik weet wat hij denkt en wat er gaat komen.

'Ja, Siri... ik vraag je natuurlijk niet mee te doen in je hoedanigheid van geweldsslachtoffer, maar alleen omdat je een verdraaid competente psycholoog en psychotherapeut bent. Jij en Aina, jullie zijn goed. Verdomd goed.'

'Maar het feit dat ik naast psycholoog en therapeut ook een geweldsslachtoffer ben, kan dat niet een nadeel zijn?'

Ik kijk Vijay aan, zie hoe hij de verschillende alternatieven overweegt. Ik ken hem zo goed dat ik zijn gedachtegangen kan raden. Het zeggen zoals het is of het goed praten? Doen alsof er niets is gebeurd en dat ik dezelfde ben als vroeger of toegeven dat wat er gebeurd is, het feit dat een ander persoon mij probeerde te doden, mij veranderd heeft?

'Is het een probleem voor jou?' vraagt hij.

Hij ziet er bedeesd en tegelijkertijd gretig uit. Ik denk na over zijn vraag. Of ik het een probleem vind dat Vijay denkt dat ik door mijn persoonlijke ervaringen geschikter ben dan anderen om deze taak uit te voeren. En ik besef dat dat niet zo is. Mijn eigen belevenissen vergezellen me voortdurend, maar het voelt niet langer aan als een open wond. Ik geloof dat ik mijn eigen reacties onder controle heb, net als mijn vermogen om iets te betrekken op wat er gebeurd is.

'Nee, het is geen probleem voor mij.'

De stemming in de overbevolkte kamer verandert zo plotseling dat we er niet omheen kunnen. Een golf van opluchting, van rust lijkt door Vijay en Aina heen te gaan en ik besef dat ze er van tevoren over gesproken moeten hebben, maar dat Aina mij niet wilde beïnvloeden, me de mogelijkheid wilde geven om Vijays aanbod zonder gezichtsverlies af te kunnen slaan. Vijay buigt zich naar me toe en geeft me een aai over mijn wang, een onverwacht teder gebaar.

'Siri, meisje. Ik ben zo blij dat je er bent.'

Zijn plotselinge gevoeligheid verbaast me, maar tegelijkertijd is zijn oprechtheid hartverwarmend. Het staat buiten kijf dat hij meent wat hij zegt. Aina vangt mijn blik en trekt onmerkbaar haar wenkbrauwen op, en ik moet wel wegkijken omdat ik weet dat ik in lachen zal uitbarsten als we elkaar aan blijven kijken en ik wil Vijay niet kwetsen. In plaats daarvan draai ik me naar hem toe en houd mijn hoofd schuin.

'*Nuff said*. Kunnen we het nu over geld hebben?'

De regen die nooit meer ophoudt.

Die weigert de zon of de kou toe te laten. Hij valt rustig op de drassige grond rond mijn huis. Lost langzaam de contouren op van wat ooit mijn grasmat was, maar wat nu begraven ligt onder het water. Sporadische plukjes gras steken er hier en daar als uitgerukte, gele haarslierten bovenuit. Het pad tussen mijn huis en het bijhuisje, dat plaats biedt aan de badkamer en de voorraden, zit vol diepe kuilen waarin de zwarte klei zich vastzuigt aan mijn rubberlaarzen.

In mijn huis is het warm en droog en elke keer als mijn oog op de buitendeur valt, word ik vervuld van dat primitieve, sterke vreugdegevoel dat ik teruggekeerd ben naar het huis dat echt mijn huis is, dat mij – en soms ook Markus en mijn vrienden – warm houdt tijdens al deze stormachtige herfstnachten, met zijn schattige maar betrouwbare houten constructie.

Markus woont niet bij me. Ik wil niet samenwonen, ben er nog niet aan toe. Misschien hecht ik te veel waarde aan een plek voor mezelf, misschien geloof ik niet dat wij ongeschonden door alle compromissen zullen komen die een gemeenschappelijk leven met zich meebrengt.

Wie probeer ik voor de gek te houden?

De waarheid – die zo veel pijn doet dat ik haar maar af en toe tevoorschijn haal om haar onder het licht te houden – is dat ik niet in staat ben echt van hem te houden. Mij te vragen van hem te houden is hetzelfde als een man zonder armen vragen schoenveters te knopen; het maakt niet uit hoe graag ik het wil. Ik kan het niet.

Ik ben bang dat er voor hem geen plaats in mijn ziel is.

Nog niet.

Stefan.

Nog steeds aanwezig. Dag en nacht aan mijn zijde. Wanneer ik werk, slaap. Als ik de liefde bedrijf met Markus.

Ontrouwheid?

De meesten zullen die gedachte belachelijk noemen. Je kunt iemand die dood is niet ontrouw zijn. En god weet dat Stefan zou hebben gewild dat ik gelukkig was. Het mij gegund zou hebben.

Nee.

Het gaat om mijn eigen onvermogen om een relatie aan te gaan.

Dus.

Het enige wat Markus' aanwezigheid verraadt op de dagen dat ik er zelf ben, zijn de extra tandenborstels in de badkamer, een la met onderbroeken en T-shirts in maat XL in mijn commode en een slanke laptop, die hij nodig beweert te hebben voor zijn werk. Al heb ik hem er eerlijk gezegd nooit iets anders mee zien doen dan computerspelletjes spelen en erop surfen.

Hoewel we elkaar al bijna een jaar zien, verbaas ik me er nog steeds over dat we zo verschillend zijn. Als iemand mij toen, lang geleden, had gevraagd waar ik naar zocht bij een man – *de ideale man* – dan had ik lang over dat onderwerp kunnen praten. Hij zou intellectueel moeten zijn, boeken moeten lezen, geïnteresseerd moeten zijn in maatschappelijke problemen.

Nu kan ik alleen maar constateren dat ik erin geslaagd ben er een te vinden die verder van mijn romantische voorstelling af staat dan ik voor mogelijk had gehouden: agent, sportief, deelt totaal mijn interesses niet. Leest geen boeken, zit het liefst voor de computer als hij niet traint. Ik geloof dat hij centrumrechts stemt hoewel hij uit het noorden komt, maar ik weet het niet eens. We praten daar nooit over. We praten sowieso niet veel. We... zijn gewoon. We delen dit huis en die rotsen bij het meer. We delen het leven dat hier krachtig voorbijtrekt, deze voortdurende, donkere herfst. We delen elkaars lichamen met een intensiteit die soms beangstigend is, en die in scherp contrast staat met de dagelijkse, terughoudende, zakelijke gesprekken en praktische bezigheden.

Ik denk soms dat hij dezelfde functie in mijn leven vervult als een huisdier – het is aangenaam om de aanwezigheid van iemand anders te voelen. Dat klinkt misschien afschuwelijk? Maar het omgekeerde is ook verschrikkelijk, van het leven te eisen dat een man

– welke man ook – moet voldoen aan een geromantiseerd ideaal-
beeld, dat hij al mijn interesses moet delen. Intellectueel uitblinken.
Mij elke seconde begeren. Dat zou vreselijk zijn. Het zou aanma-
tigend zijn om zulke eisen aan het leven te stellen. Aan een ander
mens.

Hij is ook veel te jong voor me. Tien jaar te jong om precies te
zijn. Ik heb lang geleden besloten dit feit te negeren. Praat op mezelf
in dat leeftijd relatief is. En als ik eerlijk ben geniet ik er ook van,
van de gedachte dat hij – die zo jong is – mij wil hebben.

Het is vroeg in de ochtend en buiten ligt de baai nog steeds in het
donker. Markus en ik verdringen ons in de minieme badkamer in
het huisje. Hij haalt een scheermes over zijn gezicht en bekijkt mij
in de spiegel. Langzaam en misschien een beetje berekenend smeer
ik mijn naakte, pas gedouchte lichaam in met olie. Kijk stiekem
naar hem terwijl hij voorovergebogen over de wastafel staat.

'Waarom eigenlijk die Bowiefoto's? Is het niet een beetje puberaal
om plaatjes van idolen op de muren te plakken?' zegt Markus en hij
wijst naar de collage die de ene badkamermuur bedekt.

Ik giechel en trek mijn slipje aan.

'Ik ben verliefd op hem, altijd geweest.'

'Is hij niet wat te oud voor je?' vraagt Markus en hij grijnst terwijl
hij kleine stukjes papier legt op wat een puistje of een snijwondje
van het scheren moet zijn. Ik zie het bloed in het dunne papier trekken en uitgroeien tot een kleine roos op zijn wang.

'Nee, niet de Bowie zoals hij vandaag is. Ik ben verliefd op de
versie uit de jaren zeventig, je weet wel, de androgyne, pezige, pun-
kerige knaap. Die verknipte teksten schreef en zijn vrouw uitleende
aan Mick Jagger. Of was het andersom? Nee, ze deden het met elkaar, hij en Mick. Zo was het. Of niet?'

'Je bent ziek, weet je dat?'

'Ik heb nooit iets anders beweerd.'

Algemene vergadering in de kliniek.

Elin bladert onzeker door de stapel papier die op de ellipsvormige berken tafel ligt. Ze krabt ondertussen in haar samengeklitte zwarte haar.

'Waar zijn ze gebleven? Ze lagen hier net nog. Dit kan toch niet?'

Plotseling ziet ze er verward uit. En veel jonger dan haar vijfentwintig jaar. Want ondanks de heftige make-up en de piercing in haar neus en lippen ziet ze er merkwaardig jong en broos uit.

Onbedorven.

Misschien zelfs wel onschuldig.

Alsof ze dit juist wil ontkrachten, kiest ze kleren uit die allesbehalve aan onschuld doen denken: korte, zwarte tricotkleren, netkousen, slordige vesten, grove laarzen, kettingen en klinknagels. Soms lijkt ze genoeg te hebben van al dat zwart en komt ze in rozeen roodgestreepte leggings en sweaters met capuchons. Er hebben wel patiënten geklaagd. Maar de meesten trekken zich niets van Elins uiterlijk aan.

Sven schraapt ongeduldig zijn keel. Zoals gewoonlijk heeft hij erg weinig geduld met Elin. Het is alsof haar aanwezigheid hem provoceert. En ergens is dat misschien wel zo, want Elin staat voor een onmenselijke opgave: de leegte opvullen na Marianne, onze vorige, zeer gemiste, multicompetente receptioniste.

Elin werkt nog niet zo lang omdat ze ziek gemeld was vanwege een uitputtingsdepressie. We hebben haar via het arbeidsbureau gekregen. Niemand van ons, zelfs Elin niet, weet hoe lang ze zal blijven. Iets waarvan ik me kan voorstellen dat het stressverhogend werkt.

Aina en ik zijn op intuïtieve en misschien wat vage gronden gesteld op Elin. Al moet erkend worden dat ze niet bepaald effectief is. Ik blijf me erover verbazen hoe lang ze erover kan doen om oproepen naar patiënten te sturen, rapporten tevoorschijn te halen of alleen maar naar de Götgatan te gaan om kaneelbroodjes te kopen. Bovendien is ze voortdurend in de war – geen goede eigenschap voor een receptioniste die de administratie van de complete kliniek bij moet houden. Ze raakt aantekeningen kwijt, laat vertrouwelijke documenten zoals rapporten in de wachtkamer liggen, verliest sleutels en verzuimt te luisteren naar het antwoordapparaat van de kliniek zodat alle mededelingen over afzeggingen verloren gaan.

Maar ze is zo verschrikkelijk aardig. En wil ons zo waanzinnig graag ter wille zijn. Dus hebben we begrip voor haar gebrek aan organisatievermogen en haar afwijkende uiterlijk.

'Maar wat heb je dan in je andere hand?' vraagt Sven en hij wijst naar het vel dat Elin in haar linkerhand vasthoudt terwijl ze tegelijkertijd door de stapel papier bladert met haar rechterhand.

'O.'

Elin wordt rood onder haar make-up en schuift het vel naar het midden van de tafel.

'Sorry, ik weet niet waar ik met mijn gedachten zat. Hier is het in ieder geval. Van het Medisch Centrum van Fruängen, oké, oké, vrouw geboren in 1975, ze schrijven posttraumatisch stresssyndroom vraagteken, na auto-ongeluk waarbij haar zus en moeder omkwamen. Even kijken, dat moet drie jaar geleden zijn geweest. Slaapproblemen. Hm, wie neemt haar? Sven, ben jij niet heel erg goed met PTSD?'

Sven doet zijn bril af en wrijft met zijn hand over zijn gerimpelde, maar nog steeds aantrekkelijke gezicht. Zijn golvende haar, bijna helemaal grijs nu, valt als een gordijn over zijn voorhoofd.

Sven Widelius is zonder twijfel de meest ervaren therapeut van de kliniek en hij heeft gedurende de jaren dat we samengewerkt hebben zijn kennis en ervaring altijd loyaal gedeeld.

'Lieve Elin, ik geloof dat ik maandag, en de week ervoor ook trouwens, tegen je gezegd heb dat ik er op het moment geen nieuwe patiënten bij kan nemen. Ik heb er gewoon geen tijd voor. Het is nu vreselijk druk met dat eetstoornisproject.'

Zijn stem is hees en er schuilt een slecht verborgen ergernis achter de woorden die niemand van ons ontgaat, hoewel Sven zijn best doet om er een bekommerd gezicht bij te trekken.

'O, sorry. Ik wist niet...'

Elin ziet er verward uit en trekt aan haar lippiercing, waardoor ze eruitziet alsof ze een enorme portie pruimtabak onder haar bovenlip heeft gestopt. Zelf erger ik me aan Sven omdat hij zoals gewoonlijk weer afgeeft op Elin. We weten allemaal dat hij het moeilijk heeft. Birgitta, zijn vrouw sinds dertig jaar, heeft hem en het grote huis in Bromma verlaten om zelf in een eenkamerappartement op Södermalm te gaan wonen. 'Ze moet me echt haten dat ze in dat rattenhol wil kamperen,' was het enige wat Sven erover wilde zeggen.

Maar iedereen die Sven kent weet waarom Birgitta verhuisd is. Sven is, in elk geval zolang ik hem ken, notoir ontrouw. In feite vraagt iedereen zich af hoe Birgitta het zo lang vol heeft kunnen houden. Ze is niet bepaald een onderdanige vrouw; hoogleraar in genderstudies aan de universiteit van Uppsala. Internationaal erkend. Een mediapersoonlijkheid.

Aina kijkt naar me met iets duisters in haar blik.

Aina. Mijn beste vriend en metgezel. Het is niet overdreven om te zeggen dat we het meeste in ons leven gedeeld hebben. Tussen ons bestaat er een vrijwel intuïtief contact en zoals gewoonlijk vermoed ik al wat ze wil gaan zeggen voordat ze het woord neemt.

'Eerlijk gezegd, we hebben allemaal veel te doen. Je weet dat ik bijna tweehonderd uur in rekening heb gebracht vorige maand. En Siri... dus, Sven, je zult ook je steentje bij moeten dragen.'

Aina, die haar lange blonde haar heeft gevlochten, trekt geïrriteerd aan de vlecht terwijl ze hem strak aankijkt.

'Ik kan haar nemen!' zeg ik.

Het wordt stil wanneer Sven, Aina en Elin tegelijkertijd hun blik op mij richten. Het is een bekend gegeven dat ze allemaal vinden dat ik veel te hard werk. Elin strijkt nerveus over haar zwarte spijkerbroek terwijl ze Aina's blik zoekt om een hint te krijgen wat ze moet doen.

Ik giechel een beetje.

'Kom op, grijp je kans. Ik bied het zelf aan.'

Aina staat zonder antwoord te geven op uit haar stoel, veegt de broodkruimels van haar spijkerbroek en trekt het rafelige wollen vest dichter om haar lichaam. Ze loopt naar het keukentje om haar koffiebeker te vullen en zegt in het voorbijgaan: 'En jij vindt dat een goed idee?'

'Niet slechter dan jullie elke keer dat we een vergadering hebben te horen ruziën over de werkverdeling.'

Aina komt weer terug, staat voor de tafel met een gespannen, ernstige uitdrukking waar ik bijna om moet lachen.

'Oké, nu zal ik zeggen wat ik ervan vind. Siri, jij doet niets anders dan werken. Je moet eens andere interesses of zo zien te krijgen. Ik kan er serieus niet mee instemmen dat je nog meer patiënten op je neemt terwijl jij, Sven... Je was hier afgelopen week nauwelijks. Dat is niet bepaald solidair.'

'En sinds wanneer rust de verantwoordelijkheid voor nieuwe patiënten alleen op mij? Ik heb vorige week allebei de patiënten van de Maria Polikliniek genomen. En die jongen uit Brygghälsan. Jullie kunnen niet serieus menen... Verdomme...'

Plotseling gooit Sven de scheve, stalen bril op tafel en springt op uit zijn stoel, trekt zijn bruine ribcolbert aan en verlaat mopperend de kamer.

Aina probeert niet te giechelen.

'We zijn zo vreselijk disfunctioneel!'

Elin glimlacht nu ook. Voorzichtig.

'Hoe dan ook,' zegt Aina, 'jij neemt er geen nieuwe patiënten bij, Siri. Sven moet dat meisje maar doen.'

Elin ziet er plotseling weer verward uit.

'En hoe gaan... Zeggen jullie het tegen hem? Want ik kan niet... Dan wordt hij alleen maar...'

'Je kunt er zeker van zijn dat ik dat doe. En het zal geen enkel probleem zijn,' grijnst Aina.

En ik twijfel er geen moment aan dat ze gelijk heeft.

Ik doe meestal geen relatietherapie. Ergens twijfel ik aan mijn vermogen om mensen met liefdesproblemen te helpen, misschien omdat ik zelf nooit toe lijk te komen aan liefdesrelaties, maar op het ogenblik heb ik een paartje in therapie. Ze hebben al lange tijd problemen in hun relatie, en het laatste halfjaar is Mia, zoals de vrouw heet, vanwege een burn-out met ziekteverlof geweest van haar werk als copywriter bij een klein reclamebureau. Haar huisarts had Mia aangeraden contact op te nemen met onze kliniek – we werken samen met een aantal huisartspraktijken hier op Södermalm.

Patrik is lang met strokleurig, piekerig haar en een ongelijkmatige huid. Hij doet een beetje denken aan al die popartiesten uit de jaren tachtig, zwarte spijkerbroek met strakke pijpen, gestreept T-shirt, hoornen bril. Hij ontbloot een rij nicotinegele tanden als hij lacht en mijn hand schudt, waarna hij zich als een harmonica opvouwt en in een onwaarschijnlijke, voorovergebogen houding op de rand van de met schaapsleer beklede fauteuil gaat zitten, als een reusachtig insect.

Een gigantische sprinkhaan in een strakke spijkerbroek.

Hij heeft een stevige handdruk. Op een bepaalde manier lijkt die op Patrik zelf: duidelijk, dominant, een beetje zelfverzekerd. Een handdruk die zich niet voor zichzelf schaamt, die weet wat hij wil.

Mia staat achter hem. Afwachtend strijkt ze een blonde haarlok uit haar zweterige gezicht en trekt het verschoten vest omlaag alsof ze haar zware borsten probeert te verbergen.

'Welkom, hoe gaat het vandaag met jullie?'

Mia kijkt snel naar Patrik, als om het antwoord op hem af te stemmen voordat ze begint te praten.

'Het gaat goed,' zegt ze langzaam, nog steeds met haar blik op

Patrik gericht, maar ze klinkt onzeker. Alsof ze mij een vraag heeft gesteld. Of Patrik misschien.

'Wil jij beginnen, Patrik? Wat is er sinds vorige week gebeurd?'

'Tja, ik weet niet goed waar ik moet beginnen.'

Hij slaat zijn ene been over het andere en toont een versleten schoenzool.

'Zijn er veel conflicten geweest?'

Ze geven geen van beiden antwoord. Mia kijkt omlaag tussen haar omvangrijke dijen en Patrik klemt zijn kaken op elkaar. Hard, met zijn blik ergens anders op gericht.

'Zijn die er geweest, conflicten dus?'

Patrik schraapt zijn keel en kijkt me met een lege blik aan.

'Weet je, ik denk dat het nog precies hetzelfde is. Ondanks het feit dat we het honderden keren hebben besproken. Het is of het nooit beter wordt. En het is zo typerend voor Mia...'

'Wacht even nu,' onderbreek ik hem, 'wat wordt er nooit beter?'

'Maar we hebben het er toch over gehad. Mia is zo ongelooflijk... passief. Ligt alleen maar thuis en kijkt de hele dag naar soaps. Is niet in staat voor de kinderen te zorgen. Het ziet eruit als... het ziet er verschrikkelijk uit als ik thuiskom. En gisteren heeft Gunnel weer van het hondenvoer gegeten. Had al God weet hoe lang geen nieuwe luier gekregen. Zijn billen waren helemaal ontstoken. En Lennart heeft de juf van de crèche weer gebeten. Twee keer.'

Ik kan zien hoe Mia verstijft op de houten stoel – zoals gewoonlijk heeft Patrik zich weer de fauteuil toegeëigend –, hoe ze in haar handen wrijft alsof ze het koud heeft en warmte op wil wekken.

'Lieve Patrik,' fluistert ze hees, 'het is toch niet mijn schuld dat Lennart de juf bijt.'

'Maar daar gaat het nu net om. Je wilt nooit ergens verantwoordelijkheid voor nemen. En aangezien ik een baan heb. Een uh... carrière, dan zou je toch mogen verwachten dat je thuis mee zou kunnen helpen. Niet alleen de hele dag als een koe voor de tv zou zitten.'

Patrik heeft een kleine, onafhankelijke platenfirma die een paar Zweedse rockbands uitgeeft. Ik kan me niet voorstellen dat hij er veel geld mee verdient, maar zijn baan lijkt ongelooflijk belangrijk voor hem te zijn, misschien is het een natuurlijke verlenging van zijn identiteit.

Mia strijkt onzichtbare haarslierten uit haar gezicht en kijkt mij gelaten aan. En wanneer ze begint te praten is het tegen mij, niet tegen Patrik.

'Ik weet het, ik zou meer mee moeten helpen. Een... betere moeder moeten zijn. Maar ik weet het niet... Het is of ik het niet op kan brengen. Ik weet het. Ik moet het doen. Mezelf bij elkaar rapen.'

'Dat zeg je altijd. Ik geloof je niet meer. Weet je, ik heb zo genoeg van jou.'

'Ik weet het. Ik moet het doen,' herhaalt Mia toonloos, met haar blik nog steeds op mij gericht, alsof ze iets van me wil hebben. Mij de belofte af wil dwingen dat ik deze dodelijke schade tussen hen zal repareren. Want daar betalen ze me tenslotte voor.

'Wacht even,' onderbreek ik hen, 'hebben jullie de werkverdeling nagevolgd die we verleden week hebben opgesteld?'

Patrick snuift en wiebelt op de versleten, zwarte schoen.

'Mia zou boodschappen doen...'

'Maar dat heb jij gedaan,' antwoordt Mia gelaten. 'Drie keer...'

'Mia heeft geen brood gekocht. Mia heeft geen koffie gekocht...'

'Ik drink helemaal geen koffie.'

'Nee, maar *ik wel*!'

'Ja, sorry, dat was dom.'

Ze trekt weer aan het grijze herenvest en ik kan zien dat er aan de voorkant een knoop ontbreekt. Alsof ze mijn gedachten heeft kunnen lezen, verbergt ze plotseling de plek waar de knoop had moeten zitten. Beschaamd. Alsof ik haar betrapt heb bij een of andere schandelijke daad.

'Mia heeft geen pap gekocht... Mia heeft geen Colgate gekocht.'

'Ik heb Sensodyne gekocht!'

'Je weet dat ik die troep niet gebruik. Je weet welke tandpasta wij gebruiken. Hoe vaak moet ik dat nog tegen je zeggen?'

'Sorry, ik weet het. Ik was vergeten...'

'Wacht even nu, allebei. Om te beginnen, Patrik, je verbreekt de regels als je zo minachtend over Mia praat. Ik wil dat je je daarvoor verontschuldigt.'

Patrik zucht demonstratief, laat zijn lange lichaam met een ruk achterover tegen de rugleuning vallen en kijkt zijn vrouw met opgetrokken wenkbrauwen aan.

'Ja, sorry, dat was verkeerd.'

Zijn stem is zo neutraal dat ik niet kan uitmaken of hij het meent of dat hij sarcastisch is.

'Ten tweede, beseffen jullie dat jullie ruziemaken over een tube tandpasta?'

Stilte.

'Hallo? Maakt het iets uit of Mia Sensodyne of Colgate koopt? Hangt het daarvan af? Is dat de manier waarop jullie de verhouding beoordelen?'

'Dat bedoel ik niet,' antwoordt Patrik fel, niet agressief maar eerder alsof hij mij graag wil vertellen hoe het in elkaar zit. De situatie uit wil leggen.

'Ik bedoel, het gaat niet om de tandpasta, maar die is zeg maar illustratief voor onze hele relatie. Voor Mia. Ze kan zeg maar nooit iets... fatsoenlijk doen. Het maakt niet uit hoeveel keer je het tegen haar zegt.'

'Sorry, sorry,' herhaalt Mia alsof het een mantra is.

Ik draai me naar haar toe en laat mijn stem zakken.

'Mia, wat voel je als Patrik dit vertelt?'

Ze twijfelt en kijkt onzeker naar Patrik.

'Ik weet het eigenlijk niet...'

'De vorige keer dat we elkaar zagen vertelde je dat je je soms gekwetst voelt door Patrik. Voel je je nu misschien ook een beetje gekwetst?'

'Ik weet het eigenlijk niet...' herhaalt ze.

'Zie je,' constateert Patrik bliksemsnel. 'Ze weet niet eens wat ze zelf vindt. Oké, ik ben een klootzak, maar ik kan het tenminste toegeven. Weet in elk geval waar ik sta.'

Ik laat Mia niet los met mijn blik.

'Mia, hoe voel je je door wat Patrik vertelt?'

'Ik weet het niet, ik weet het niet, ik weet het niet...'

Mia snuift luid, schommelt heen en weer op de stoel.

'Ik weet niets meer. Ik weet alleen dat... dat ik van Patrik houd en wil dat... hij ook... van mij houdt. En dat we weer... een gezin worden.'

Patrik schudt zijn hoofd en kijkt me triomfantelijk aan.

'Wat zei ik?'

Uittreksel uit het rapport van het kinderzorgcentrum
18-maandencontrole:

18 maanden oude jongen die wordt binnengebracht voor ontwik-
kelingsbeoordeling. De moeder ervaart de jongen als laat ontwikkeld, wat haar verontrust. Beschrijft dat het kind een afwijkende
spraak- en taalontwikkeling heeft en het niet altijd lijkt te begrijpen
als ze met hem praat. Spreekt niet. Het is echter mogelijk contact
te maken en de jongen trekt zich niet terug voor zijn ouders. Vindt
ook dat het kind een late psychomotorische ontwikkeling heeft,
en vertelt dat hij pas onlangs heeft leren lopen. Geen broers of
zussen in huis en de moeder erkent dat ze niet veel ervaring met
kinderen heeft en geen vergelijkingsmateriaal.
Tijdens het bezoek is de jongen aardig en meegaand. Er komt niets
abnormaals tevoorschijn bij het somatische onderzoek. De jongen heeft goed oogcontact en lijkt nieuwsgierig en geïnteresseerd.
Gedraagt zich wat onrijp in de motorische ontwikkeling. Heeft
problemen om te lopen zonder steun. Fijnmotorisch komt er ook
een zekere achterstand tevoorschijn, hij is niet in staat een toren
te bouwen van blokken of te tekenen. Dit kan echter ook verklaard
worden doordat de jongen niet geïnteresseerd is in de opdrachten. Ondergetekende legt de moeder uit dat de ontwikkeling van
kinderen verschillend is en dat zowel de taal- als de motorische
ontwikkeling sterk kan variëren en toch binnen de standaardnor-
men kan vallen. De moeder lijkt hierdoor gerustgesteld en verdere
stappen worden niet nodig bevonden. De jongen brengt ook enige
tijd door bij zuster Ingrid voor vaccinatie.
Sture Bengtsson, gekwalificeerd arts

De ramen zijn zwart en regendruppels vormen smalle beekjes die over het glas kronkelen. Ik doe het raam open, leun naar buiten en zie het neonlicht op het gele bakstenen complex waar het Forsgrenska Bad en de Medborgarplatsen-bibliotheek in gevestigd zijn. Het lichtschijnsel wordt weerspiegeld in de natte stenen op het plein, en silhouetten van mensen bewegen zich over het verlichte oppervlak. De herfst heeft de stad ingenomen en de duisternis voelt zowel onverbiddelijk als troostrijk aan. Regendruppels vallen op mijn gezicht en de kou en de vochtigheid dringen door mijn dunne kleren.

Snel sluit ik het raam weer en kijk door de kamer om te checken of alles in orde is. In het midden van de grote conferentiekamer staat een ovale tafel. Zeven stoelen zijn eromheen gezet. Bij vijf plekken liggen schrijfblokken en pennen. Aan de muur een groot, puntsgewijs *whiteboard*, zorgvuldig schoongemaakt. Daarnaast een kleinere tafel met bekers, thermosflessen, theezakjes en koffiepoeder. Op mijn en Aina's plek liggen twee exemplaren van de handleiding voor zelfhulpbehandeling van mishandelde vrouwen. Alles lijkt op zijn plek te liggen. Alle voorbereidingen zijn getroffen. Natuurlijk, ik mag niets vergeten.

Ik kijk omhoog naar de grote klok boven het korte eind van de tafel. Kwart voor zeven. De eerste groepsdeelnemers zullen snel verschijnen. Het enige wat ontbreekt is Aina. Ik voel mijn ergernis toenemen terwijl ik tegelijkertijd een slecht geweten krijg. Wat Aina voor mij heeft gedaan, kan nooit worden gecompenseerd, nooit worden terugbetaald. Ik voel me bekrompen en kinderachtig omdat ik me druk maak over een kwartier vertraging, wanneer Aina door de deur komt rennen met de sleutels in haar hand en een zak met broodjes tussen haar tanden.

'Sorry, ik kon het niet laten.' Ze praat met opeengeklemde tanden en knikt veelbetekenend naar de zak.

'Je wilde toch geen koffie- en broodjestherapie?'

'Nee, verdomme, ik weet het. Maar ik ben van gedachten veranderd, want dit is geen therapie maar zelfhulp, en we moeten hier twee uur zitten, en het is bijna zeven uur en we gaan honger krijgen.' Ze heeft de zak uit haar mond gehaald en balanceert nu op één been terwijl ze probeert de hoge laarzen uit te trekken, vloekt dan en gaat op de drempel zitten en begint met beide handen te trekken.

'Ik was van het begin af aan voor koffie, weet je...'

Ze houdt afwerend haar hand op om aan te geven dat ze deze zinloze discussie wil stoppen. Die we om bijna rituele redenen voeren. We zoeken onbelangrijke details uit om het oneens over te zijn, zodat we het daarna eens kunnen zijn over de grote vragen. De belangrijke.

De deurtelefoon gaat en Aina komt overeind, pakt de laarzen en de zak met broodjes en rent naar de keuken. Ik ga opendoen.

'Zo. Nu iedereen er is, wil ik beginnen met jullie welkom te heten op deze groep voor mishandelde vrouwen.'

We staan bij het whiteboard. Ik kijk schuin naar Aina. Haar blonde haar is opgestoken in een kunstig knotje en over haar schouders ligt een mooie gebreide sjaal. Ze ziet er kalm en beheerst uit. Veilig. Als iemand aan wie je je wilt toevertrouwen. Zelf voel ik me moe en verward. De regen en de wind hebben een warboel van mijn korte, donkere haar gemaakt en mijn kleren zijn kreukelig. Tegelijkertijd denk ik dat het niet uitmaakt dat ik er zo uitzie. Dat het het makkelijker maakt om net als iedereen te zijn.

Ik kijk voor de eerste keer naar de deelnemers. Het zijn vijf vrouwen van verschillende leeftijden die rond de tafel zitten. Ze vermijden het om elkaar aan te kijken en hebben hun blik strak op mij en Aina gericht of op de tafel voor hen. Ze hebben allemaal iets hulpeloos en onzekers.

Het dichtst bij mij zit een vrouw die zo te zien van mijn leeftijd is. Ze heeft dik donker haar in een paardenstaart, draagt een versleten spijkerbroek en een sweater met capuchon. Het valt me op dat ze er zo gewoon uitziet. Ze ziet eruit als iemands zus of vriendin. Een juf op een crèche of een bankmedewerker. Als je haar in de stad tegenkwam, zou je nooit kunnen denken dat ze een geweldsslachtoffer was. Wat natuurlijk vanzelfsprekend is – er bestaat geen mal voor mensen als zij, als ons. De vrouw draait ongemakkelijk heen en weer alsof ze merkt dat ik haar bekijk. Ze keert zich om en kijkt me in de ogen. Haar ogen zijn bruin. Haar blik is standvastig. Ze glimlacht voorzichtig, onzeker, en kijkt dan omlaag naar haar handen, die dichtgevouwen op haar knie liggen.

Aina vertelt verder. Ze neemt het onderwerp door met de groep: 'geen psychotherapeutische groep maar een zelfhulpgroep onder professionele leiding', regels: 'wij hebben geheimhoudingsplicht, jullie een informele belofte van geheimhouding tegenover elkaar', en kaders: 'één keer per week gedurende acht weken'. Het is een vreemd gevoel om met twee groepsleiders te zijn. Ik kan het niet laten Aina te bestuderen, haar bijdragen te evalueren. Ze voelt zich goed. Weer is veilig het woord dat in me opkomt. Aina voelt zich veilig en zeker. Het is te merken dat ze ervaren is. Ik denk eraan hoe onzeker ik ben over mijn rol in dit project. Ik ben groepsleider, maar tegelijk slachtoffer. Een dunne scheidslijn. Groepsleider in plaats van deelnemer. Professional in plaats van slachtoffer.

'Ik wil beginnen met een inleidende presentatie. Het is namelijk vrij bijzonder dat jullie allemaal uit dezelfde gemeenschap komen. Jullie kennen elkaar misschien, of weten van elkaar. Daarom willen we nog een keer onze afspraak in herinnering brengen over de zwijgplicht, het is echt belangrijk dat iedereen zich hier veilig voelt. Niemand moet zich zorgen hoeven maken dat wat je in deze groep zegt algemeen bekend wordt. Oké?' Aina kijkt de tafel rond, lijkt elke deelnemer in de ogen te kijken. Ik kijk naar de vrouwen, die met ernstige gezichten knikken en bevestigend mompelen.

'Jullie kunnen vertellen hoe jullie heten, voornaam is genoeg, en kort nog iets over waarom jullie hier zijn. Vanzelfsprekend hoeven jullie niet meer te vertellen dan jullie willen. Vertel graag iets over wat de doelstelling voor jullie zelf is om mee te doen aan deze groep. Wat jullie denken dat de groep voor jullie kan betekenen.'

Aina glimlacht en slaagt erin er zowel geëngageerd als empathisch uit te zien.

'Ik kan beginnen.'

De vrouw naast mij kijkt om zich heen en glimlacht weer voorzichtig en een beetje nerveus.

'Mijn naam is Kattis. Ja, eigenlijk Katarina. Maar iedereen zegt altijd Kattis. En ik werk bij het Arbeidscentrum, als begeleider. Maar dat moeten we misschien niet vertellen.'

Ze onderbreekt zichzelf en schudt haar hoofd.

'Sorry. Ik ben zenuwachtig. Het is moeilijk om hierover te praten.'

Aina kijkt haar aan en knikt haar bemoedigend toe. Kattis ademt diep in en begint opnieuw.

'Ik ben hier omdat mijn vorige vriend mij mishandelde. Ik hoop dat ik hulp zal krijgen om verder te komen. Henrik achter mij te laten. En dat ik mezelf zal kunnen vergeven dat ik zo ongelooflijk stom ben geweest om te blijven.'

Uitademing. Stilte. Kattis ziet eruit alsof ze niet kan geloven dat ze het echt gezegd heeft.

'Welkom, Kattis. Ik schrijf je doelstelling op.' Aina knikt en noteert iets in haar schrijfblok. Dan wendt ze zich tot het jonge meisje dat naast Kattis zit. Ik denk dat ze nauwelijks achttien kan zijn. Jong, dun en broos. Ziet eruit alsof ze elk moment uit elkaar kan vallen. De lange, smalle vingers pulken voortdurend ergens aan. Aan de korte rok. Haar haar. Haar gezicht.

'Mijn naam is Sofie. En ik ben hier omdat mijn stiefvader mij mishandelde. Geen incest of zo. Hij sloeg mij alleen. Als hij dronken was of als ik ook maar iets verkeerd had gedaan. Ik ben hier omdat ik...'

Sofie valt stil en kijkt intensief naar de vloer alsof ze een formulering zoekt.

'Ik wil hetzelfde als zij, als Kattis dus.'

Ze glimlacht een beetje gegeneerd naar Kattis.

'Ik wil verder komen en zo, zeg maar.'

Aina knikt en noteert. De andere groepsdeelnemers knikken ook. Zien er aangedaan en geïnteresseerd uit.

Naast Sofie zit nog een jong meisje, een paar jaar ouder maar nog steeds jong. Ze ziet er sterk en energiek uit. Kort, geblondeerd haar. Sportieve kleren. Ik krijg het gevoel dat ze een atlete is. Ze kijkt om zich heen en lijkt de hele groep in zich op te nemen.

'Malin. Ik werd verkracht door een jongen die ik dacht te kunnen vertrouwen. Ik ben hier omdat ik hoop dat ik minder kwaad zal worden. En omdat ik me geen slachtoffer wil voelen. Ik denk dat het helpt om erover te praten. Ik denk dat het beter kan worden.'

Haar stem is sterk en helder en ze kijkt Aina onderzoekend aan. Alsof ze haar uitdaagt.

Aina schrijft iets in haar blok en gaat dan verder met de volgende vrouw. Zij is de oudste van de deelnemers. Waarschijnlijk in de zestig. Gepermanent roodgeverfd haar en nicotinegele nagels. Haar gezicht is gerimpeld en zit vol pigmentvlekken. Ze ziet er vermoeid en onderworpen uit. Alsof het leven niet aardig voor haar is geweest. Een ogenblik denk ik na over wat ik gemeen heb met deze vrouwen. Niets, waarschijnlijk. Ik spreek mezelf bestraffend toe. Spoor mezelf aan om me naar buiten toe te richten, op de deelnemers. Niet op mezelf, ik voel me hopeloos egocentrisch en verlang hevig naar de regen en de duisternis.

'Mijn naam is Sirkka,' zegt de vrouw met een krachtig Fins accent. 'Ik ben hier omdat ik mishandeld werd door mijn man. Heb ik uiteindelijk begrepen. Na al die jaren. Hij is afgelopen winter overleden en daarna ben ik na gaan denken.'

Ze zucht. Een zucht die zo diep is dat alle andere activiteiten in de kamer worden gestaakt. Ze heeft de aandacht van iedereen.

'Ik wou...'

Twijfel.

'Ik wou dat ik opnieuw kon beginnen. Als de jonge meisjes die hier zijn. Nu ben ik te oud. Maar ik hoop toch dat ik...'

Nog meer twijfel.

'Vrede zal kunnen sluiten met mezelf, misschien.'

Sirkka gooit haar hoofd in haar nek om aan te geven dat ze klaar is. Dat ze alles gezegd heeft.

De laatste van de deelnemers. Een mooie vrouw van in de veertig. Donker, kortgeknipt haar omlijst haar gezicht. Groene ogen, een perfect geverfde mond in een diepe, wijnrode kleur. Heel goed gekleed. Een vrouw die de aandacht van mannen trekt. Ze kijkt op van de tafel en kiest ervoor zich op mij te richten in plaats van op Aina.

'Mijn naam is Hillevi, en ik woon op het moment in een opvanghuis met mijn drie kinderen, mijn zoons.' Hillevi glimlacht en ziet er blij uit, misschien bij de gedachte aan haar zoons.

'Ik woon op Solgården omdat ik geslagen werd door de vader van mijn kinderen, mijn man dus.' Hillevi valt stil. Het is geen oponthoud dat voortkomt uit twijfel maar een weloverwogen pauze en het komt bij me op dat Hillevi een ervaren spreker is, gewend om voor een publiek te praten. Ze kijkt rond door de groep maar richt daarna haar blik weer op mij.

'Ik kan ermee leven dat hij mij sloeg. Ik heb geleerd in het huwelijk te geloven. Mijn ouders zijn vrijkerkelijk, en hebben mij geleerd dat een huwelijk voor- en nadelen met zich meebrengt. Zon en regen. Jakob sloeg niet vaak, en wanneer het gebeurde was hij ongelooflijk kwaad. Hij is geen vrouwenhater. Hij respecteert mij. Hij houdt van mij. Hij heeft alleen zo'n heftige aard, hij wordt alleen zo snel boos. We zijn in relatietherapie geweest. Jakob heeft zijn best gedaan. Gewerkt aan zijn gedrag. Ik dacht dat het beter was geworden.'

Hillevi houdt op met praten en denkt even na. 'Het werd ook beter. Echt. Maar toen sloeg hij Lucas.'

Ze valt weer stil. Ik kijk haar aan en nu zie ik de schaamte pas.

'Hij sloeg Lukas, dat is onze oudste zoon. Hij is bijna zeven.'

Tranen komen tevoorschijn en ze laat ze over haar wangen stromen en verder omlaag langs haar smalle, bleke hals.

'Ik ben hier omdat ik moet inzien dat ik niet kan leven met de man van wie ik houd. En omdat ik mezelf moet vergeven dat ik onze kinderen niet heb kunnen beschermen.'

Ik knik langzaam om te bevestigen dat ik gehoord heb wat ze heeft verteld. Kennis heb genomen van haar wereld, die in elkaar is gestort en nu weer moet worden opgebouwd in een andere vorm.

Aina's stem brengt me terug naar de groep en naar de agenda van deze avond.

'Heel goed,' zegt ze. 'Nu weten we iets meer van elkaar. We wilden nu iets vertellen over de gebruikelijke reacties bij mensen die in aanraking zijn gekomen met geweld, en ook over de meest voorkomende fases bij een normaal crisisverloop. Maar het is geen voordracht, het is de bedoeling dat het een dialoog wordt, onderbreek ons dus graag.'

Ik schraap mijn keel en draai me om om een whiteboardstift te pakken. Het is mijn beurt om te praten.

'Er wordt gezegd dat een crisis verschillende fases heeft. Hebben jullie daarvan gehoord?'

De anatomie van de crisis staat uitgebeend op het whiteboard voor ons. De groep zit stil naar mij te kijken, wacht op mijn aanwijzingen. Ik voel hoe mijn wangen plotseling warm worden. Ik ben het niet gewend, niet gewend om dit soort grote groepen te leiden. Niet gewend om te praten over geweld tegen vrouwen, niet gewend dichter bij mijn eigen angsten te komen op het werk.

Verlegen strijk ik met mijn handen over mijn zwarte tuniek en kijk omlaag naar de linoleumvloer.

'Oké, we hebben nog vijftien minuten over. Ik dacht dat een van jullie misschien nog iets wilde vertellen over haar eigen verhaal?'

Tot mijn verbazing is er werkelijk iemand die aanbiedt om te beginnen. Zonder iets te zeggen steekt Malin haar hand op en geeft aan dat zij het woord wil hebben.

'Ik wil graag beginnen. Voor mij... hoe moet ik het zeggen, voor mij is het niet zo moeilijk om erover te praten. Ik word juist vooral... razend.'

Malin zwijgt en kijkt me door de kring van vrouwen recht aan. Het is compleet stil in de kamer, alleen het geluid van het verkeer ruist ergens buiten, in het herfstdonker.

'Op wie ben je razend?' vraagt Sofie aarzelend. En alle blikken keren zich opeens naar het tengere meisje aan mijn linkerkant. Ze zegt het zo oneindig voorzichtig dat het eerder klinkt als een verontschuldiging dan als een vraag.

'Op mezelf. Natuurlijk.'

Malin lacht kort en luid met open mond. Vanuit mijn ooghoek kan ik zien dat Aina knikt, haar pen pakt en een aantekening in haar schrijfblok maakt.

'Kun je het vanaf het begin vertellen? Wat er gebeurd is?' vraagt Aina.

'Het is eigenlijk een heel... zielig verhaal. We ontmoetten elkaar op internet, die jongen en ik. Bij een chatsessie, niet zo'n louche sekssite of zo, maar een site voor langeafstandslopers. Ik ren veel, vandaar. Bovendien wist ik wie hij was, het is een klein wereldje, de mensen die zich bezighouden met rennen op topniveau, en hij woont ook op Värmdö...'

Malins stem sterft weg en tot mijn verbazing zie ik dat haar handen zich krampachtig vastklampen aan haar in spijkerbroek gestoken dijen. Uiterlijk lijkt ze ontspannen en makkelijk te spreken, maar ik concludeer dat het toch moeilijk voor haar is om erover te praten. Plotseling ademt ze uit, een diepe zucht ontglipt haar en ze schudt lichtjes met haar hoofd.

'Ik weet dat je iemand niet kunt leren kennen via internet. Niet echt. Het is tenslotte net of het allemaal niet serieus is. Maar we chatten eerst en daarna, toen we onze e-mailadressen en telefoonnummers hadden uitgewisseld, begonnen we te mailen en te smsen. Het was... het was een soort flirten, neem ik aan. Hoewel, er stond niets grofs in die mails en sms'jes, niets pornografisch, als jullie begrijpen wat ik bedoel. Maar oké, flirterig en een beetje sexy misschien. Maar er was absoluut geen aanwijzing dat... niets wat... kan verklaren... wat er gebeurd is.'

Iedereen knikt en kijkt zwijgend naar Malin, die een lipbalsemstift tevoorschijn haalt, hem in haar hand houdt zonder hem te gebruiken.

'En op een dag belden we met elkaar en besloten dat we elkaar moesten ontmoeten. Zomaar opeens. Bij hem. Ik weet dat dat een grote vergissing was,' zegt Malin en ze schudt haar hoofd zodat het korte blonde haar zich als een helm over haar hoofd legt. Ze duwt de lok weg, pakt de lipbalsem en beweegt die met een afwezige blik langzaam over haar bleke, volle lippen.

'Dat was mijn eerste vergissing. Maar niet de laatste. We hadden de vrijdagmiddagborrel op het werk en we hadden net het bonusgesprek gehad, ik werk als advertentieverkoper en elk kwartaal krijgen we een bonus, als we goed verkocht hebben. Dus... de stemming was... opperbest, voorzichtig gezegd. We dronken allemaal op zijn minst vier, vijf biertjes. Ik ook. Het probleem is dat ik bijna nooit drink. Ik bedoel, dat is natuurlijk eigenlijk geen probleem, maar...'

Malin zwijgt, bekijkt ons één voor één alsof ze zich afvraagt of we te vertrouwen zijn. Of we haar vertrouwen verdienen en aankunnen.

'Ik werd dus dronken. Zo vreselijk stom.'

Nog een diepe zucht, ze laat haar hoofd zakken en knijpt met haar handen in haar knie. Op een rustige en ernstige manier die mij doet denken aan een non of een diacones. En opeens ziet ze er eerder bedroefd dan boos uit en er is iets in haar gezichtsuitdrukking, iets in de diepe rimpel tussen haar ogen, in de harde trek rond haar mond, wat mij doet denken dat ze aanzienlijk ouder is dan ze eerst leek. Er schuilt iets berustends en misschien cynisch in haar hele verschijning.

'Ik snap het niet, snap het niet, snap het niet. Hoe kon ik zo vreselijk stom zijn? Ik ging dus naar het huis van die man die ik nog nooit had ontmoet. Alleen, dronken. Wat dacht ik in vredesnaam eigenlijk...? Daarna, toen ik er was, hij woont daar in die flatgebouwen bij de zwemplek, daar bij het sportterrein, kreeg ik een verschrikkelijk raar gevoel toen hij de deur opendeed. Hij keek... heel vreemd naar me, alsof hij lachte. Maar niet op een prettige manier. Ik kreeg het gevoel dat hij mij ergens om uitlachte, zoals je doet als iemand iets onhandigs heeft gedaan, bijvoorbeeld een vol glas op de grond laten vallen, of... Hoe dan ook, ik had me kunnen omdraaien en weg kunnen gaan. Het was niet zo dat hij me daar in het trappenhuis besprong. Maar ik voelde me zo dom, dus ging ik toch naar binnen. Zo ongelooflijk stom.'

Het is volkomen stil in de kamer. Iedereen kijkt naar Malin terwijl ze in elkaar gedoken op de stoel zit. Ze slaat haar gespierde armen om zich heen, alsof ze het koud heeft, of troost zoekt in haar eigen lichaam.

'Oké, ik had misschien ook niet de allergeschiktste kleren aan. Prachtige... uh... korte jurk... Ik weet het, het is zo allemachtig uitgemolken: het spreekt vanzelf dat dat geen rol speelde. Het spreekt vanzelf dat zoiets geen rol *zou mogen* spelen. Maar soms vraag ik me af... Als ik nuchter was geweest. Als ik iets ongelooflijk niet-sexy's aan had gehad. Niet had gedoucht en me niet mooi had gemaakt. Met slechte adem. Had dat een rol gespeeld? Heb ik bijgedragen aan... wat hij deed? Zelfs als het geen rol mag spelen wat je aanhebt...'

Malin zucht opnieuw, nog steeds met haar armen om haar bovenlichaam geslagen, alsof ze in een dwangbuis zit.

'Hoe dan ook. We praatten een tijdje in zijn keuken. Dronken nog wat bier. En... ja, daarna rommelden we een beetje en ik ging er absoluut in mee. Maar plotseling gebeurde er iets, het was of hij opeens anders werd. Hardhandig. Of misschien was ik het die veranderde. Want opeens voelde ik dat ik niet meer wilde, en dat zei ik tegen hem. Ik zei dat hij moest ophouden, dat ik niet wilde. Ik zei het meerdere keren. Ik schreeuwde misschien, ik weet het niet meer goed. Maar hij drukte me alleen neer op de keukenvloer en hield me daar vast met zijn ene arm om mijn nek, terwijl hij tegelijkertijd zijn vingers in me duwde. En ik... ik lag daar alleen maar want ik kon me niet bewegen, kon nauwelijks ademhalen. Hij was zo vreselijk sterk. Ik bedoel, ik ben sterk, maar hij was... En het was alsof hij woedend op me was, alsof hij me plotseling haatte, alsof hij me wilde doden. Ik kan niet begrijpen waar die razernij vandaan kwam, wat het was dat ik zei of deed waardoor hij zo verschrikkelijk kwaad werd. Daar heb ik over nagedacht. Achteraf dus. Waarom hij zo kwaad werd. En dan is er nog de machteloosheid. Ik ben zelf gewend een sterk persoon te zijn, maar ik lag daar alleen. Totaal machteloos. Keek onder zijn koelkast, constateerde dat er een hoop stof onder lag, dat hij al in geen eeuwigheid schoongemaakt moest hebben. Stof en oude kaaskorsten en ijspapiertjes. Waarom herinner ik me dat? Waarom denk je überhaupt aan zoiets wanneer...'

Ze zwijgt plotseling. Blijft stil zitten met haar handen in elkaar gevouwen op haar knie.

'En toen deed hij het.'

'Malin, soms kan het een opluchting zijn om iets gedetailleerder over de geweldsdaad zelf te vertellen,' zeg ik. 'Het voelt meestal vreselijk ongemakkelijk op het moment zelf, maar op de lange duur kan het je helpen om over de verkrachting heen te komen.'

Malin knikt zonder iets te zeggen. Ze ziet er niet uit alsof ze het een goed idee vindt.

'Als je er vandaag niet meer over wilt praten, kunnen we het een andere keer doen. Je hoeft geen enkele druk te voelen.'

'Nee, ik wil het. Vertellen dus. Het, hij... verkrachtte me daar. Op de vloer in de keuken. Hij schreeuwde ook de hele tijd, "hoer" of "slet", dat soort dingen. En toen begreep ik het. Dat het serieus was. En dat het echt gebeurde. Een tijdje dacht ik dat het een soort grap was, een vergezocht spelletje misschien. Toch... ook al besefte ik dat het echt gebeurde, het voelde niet alsof ik er werkelijk was. Het was alsof hij het iemand anders aandeed. Het lichaam van een ander. Het was alsof ik aan die kleine keukentafel zat en op ons neerkeek terwijl we daar lagen. Constateerde dat "wat hier gebeurt niet bepaald goed is. Ik vraag me af of ze weg zal kunnen komen". Als een sportcommentator, verdomme. Ik concludeerde dat hij sterk en snel was terwijl ik... dronken en dom was. Geen gelijkwaardige kansen dus. Daarna, ik weet niet of het de mishandeling of iets anders was, een zelfbeschermingsmechanisme misschien, maar ik werd totaal passief. Hij mocht met me doen wat hij wilde. En dat deed hij.'

Malins stem is gedaald tot een zwakke, schorre fluistertoon. Haar blik is onveranderlijk gericht op de linoleumvloer voor haar.

'Hij verkrachtte mij meerdere keren. Vaginaal, anaal. Sloeg me tussen de keren in. Niet zoveel als in het begin. Het was alsof... zijn energie langzaam afnam. Hij gaf me zo nu en dan een draai om mijn oren. Trapte me een beetje. Trok aan mijn haar. Maar over het geheel genomen werd hij steeds ongeïnteresseerder naarmate de tijd verstreek. Zelf lag ik daar alleen maar in... bloed en... mijn eigen urine... en... en...'

'Hoe lang heeft het geduurd' vraagt Aina met een verbazingwekkend vaste stem.

'Hoe lang?'

Malin ziet eruit alsof ze verbaasd is over de vraag.

'Hoe lang? Op zijn minst een paar uur in elk geval.'

'*Een paar uur*, maar dat is toch krankzinnig,' zegt Kattis geschokt.

'Wat gebeurde er daarna? Ben je weggevlucht?' vraagt Sirkka voorzichtig.

'Hij viel in slaap. Die klootzak viel in slaap. Kunnen jullie dat begrijpen? Hij viel in slaap op de keukenvloer en het enige wat ik hoefde te doen was daar weggaan. Dus deed ik wat bijna iedereen doet. Ging naar huis en douchte en schrobde en douchte. Probeerde hem van mijn lichaam te krijgen. Uit mijn lichaam. Vier weken later deed ik aangifte. Toen was er natuurlijk geen technisch bewijs meer, geen zichtbare schade, maar de politie zei dat ze een sterke zaak hadden. Hij had blijkbaar een halfjaar eerder een meisje gemolesteerd en de politie vond... hoe heet het... Rohypnol bij hem.

Ze vertelden dat hij daarom zo agressief was. Het zo lang volhield. Rohypnol in combinatie met alcohol heeft blijkbaar dat effect. Maar ik vraag het me af. Als iemand het in zich heeft. Om zo tegen iemand anders te doen, tegen een ander levend wezen. Ben je dan niet gewoon een monster? Ik geloof niet dat het door de drugs kwam. Ik geloof dat hij... slecht was. En daarna, bij de rechtszaak, was er een hoop gedoe over hoe híj als kind misbruikt was door een oudere jongen in Hagsätra in het begin van de jaren negentig. Alsof het besmettelijk was. Alsof het een verontschuldiging was. *Het kan me geen moer schelen.* Ze zeiden dat het daardoor kwam dat hij van harde seks hield. Dat zei hij namelijk, dat we eerder seks hadden gehad. En dat het ruw was geweest. En dat ik het fijn had gevonden, erin mee was gegaan, het zelfs gewild had. Daarna gebruikten die klootzakken onze sms'jes om te bewijzen dat we een relatie hadden gehad. En inderdaad, er was een sms'je waarin ik iets half sexy's had geschreven, maar... Hoe dan ook. Zo gebeurde dat wat niet had mogen gebeuren. Zijn kameraden in Gustavsberg gaven hem een alibi voor die avond, zeiden dat ze toen samen naar de bioscoop waren geweest, en dat ze bovendien wisten dat we een soort van relatie hadden. Neukvrienden waren geweest, zo noemden ze het. Hoe kun je dat doen? Hoe kun je over zoiets liegen, zo'n... monster beschermen. Hij werd vrijgesproken. Ik zie hem vrij vaak feitelijk. Een paar maanden geleden kwamen we elkaar tegen in een winkel in het centrum. Hij wuifde en grijnsde, alsof we elkaar kenden.'

Malin houdt een korte pauze en voegt eraan toe: 'Ik wou dat ik hem had gedood, had voorkomen dat het gebeurde. Of dat hij mij had gedood.'

'Waarom zeg je dat?' vraagt Sofie, opnieuw oneindig voorzichtig.

'Omdat hij iets in me kapot heeft gemaakt. In mijn ziel, zeg maar. Hij heeft iets bij me weggenomen. Iets wat niemand weg zou mogen nemen. Hij...'

Malins stem sterft weg.

'Waarvan heeft hij je beroofd, denk je?' vraagt Sirkka en ze leunt voorover zodat haar volle rode haar glanst als een licht ontvlambaar aureool in het schijnsel van de plafondlamp.

'Hij heeft...'

Malin snikt nu, veegt snot weg met de achterkant van haar hand en schudt langzaam haar hoofd.

'Hij heeft het kind in mij weggenomen, ik bedoel, het kind dat ik op een bepaalde manier was. Hij heeft al mijn vertrouwen weggenomen. Al mijn zekerheid. Hij heeft wie ik was weggenomen. En hij heeft wie ik wil worden weggenomen.'

Sirkka zucht diep. Ze ziet eruit alsof ze een klap op haar wang heeft gekregen, geschokt en kwaad tegelijk. Voorzichtig en zonder iets te zeggen strekt ze haar magere, rimpelige hand uit naar Malin. Raakt voorzichtig haar knie aan.

'Lieve kinderen, ik neem terug wat ik zei over dat ik van plaats zou willen ruilen met de jonge meisjes hier.'

We blijven lange tijd zo zitten, zonder iets te zeggen. Buiten heeft de duisternis zich over Södermalm gelegd, onverschillig voor wat er zich heeft afgespeeld in mijn kliniek.

Markus' lichaam boven op het mijne, heet, hard.

Verkeerde lichaam?

Stefan.

En toch voelt het zo goed. Alsof ik hem op de een of andere manier heb gevonden. Alsof dit warme lichaam al mijn wonden zal genezen.

Mij zal helen.

Hoe we daar vanmiddag nog ruzie over maakten. Zijn stem als schuurpapier, wilde al mijn zelfbescherming afpellen. Zorgen dat ik me opende. Het onbehaaglijke gevoel een vrucht te zijn die iemand gaat schillen, om de binnenkant te bekijken. Te verslinden.

'Je laat me niet binnen. Je... laat me hier bij je zijn. Naast je. Maar, je doet jouw dingen. Het is alsof ik er niet ben. Alsof ik dood ben. Zoals hij, je ex.'

'Lieve Markus...'

Mijn stem dun, smekend.

'Alles op jouw voorwaarden.'

Ik zweeg. Wist dat hij gelijk had. Wist dat hij wist dat ik het wist.

'Jij met je verdomde proces...'

Mijn proces.

Ik heb geprobeerd het uit te leggen, zo voorzichtig als maar mogelijk is. Hoe Stefan, op zich dood, toch merkwaardig aanwezig is in mijn leven. Dat ik niet weet of ik mij aan een ander kan binden. Want het gaat niet om wat ik wil.

Of wel?

Ik keek hem aan en het deed pijn, en dat kan ik begrijpen. Ik wil hem niet op dezelfde manier als hij mij wil. Hij wil het totaalpakket. Ring om vinger, stadhuis, snotterige kinderen, afspraken bij de crèche, lening voor verbouwing van het huis, voetbaltraining, barbecuefeest met de buren.

45

Zelf weet ik niet wat ik wil. Mijn leven is als water, weerspiegelt de omgeving, maar heeft geen eigen kleur of smaak. Stroomt weg als je het probeert te vangen.

En toch: hij is een volwassen man. Kiest er zelf voor.

Ja zeg, rot op als het je niet bevalt!

Ik heb hem niets beloofd. Ik heb niet sms'je na sms'je gestuurd. Ik heb geen hete liefdesverklaringen gemaild. Ik... was hier alleen toen hij kwam. Elke keer als hij kwam. Ik heb hem alleen ontvangen.

Open armen. Hongerige mond.

Ik ben duidelijk geweest. Hij heeft er zelf voor gekozen.

En toch.

Zijn bezwete voorhoofd tegen mijn borst. Zijn adem in mijn nek. Nacht na nacht. Die armen, nog steeds licht gebronsd van de zomer, die mij vasthouden als in een bankschroef.

Dat ik hem nooit los wil laten. Bereid zou zijn ervoor te betalen.

Zwak.

Ik denk dat we allebei zwak zijn.

Maar op verschillende manieren.

Na afloop.

Markus die naast me in bed ligt. Zwaar ademt. Zijn vinger die kleine cirkels op mijn rug tekent.

Waarom doen mannen zoiets? Misschien schrijft hij iets.

'*Je bent van mij.*'

Ik schuif weg, verplaats me langzaam naar de andere kant van het smalle bed.

Voorzichtig.

Bang dat het opgevat wordt als een demonstratief gebaar, wat het niet is. Ik heb alleen even ruimte rondom mijn lichaam nodig. De afwezigheid van zijn bezwete huid. Zijn goede zorgen. Zijn verwachtingen.

Buiten neemt de regen in hevigheid toe. Zwelt aan tot een oorverdovend getrommel op het dak. Bladerloze, sprieterige takken schrapen tegen mijn raam in de wind.

Ik heb geprobeerd het hem uit te leggen. Mijn behoefte aan integriteit te verklaren. Fysiek en mentaal. Hoe alleen al de gedachte aan een vaste verhouding, met bezoeken aan schoonouders en gezamenlijke maaltijden, mij kippenvel bezorgt. Ik kon aan hem zien dat hij het echt wilde begrijpen, maar het niet kon. Hij keek me aan alsof ik een exotisch gerecht was dat hij graag wilde proeven maar niet lekker vond toen puntje bij paaltje kwam.

'Hé?'

Markus kruipt tegen me aan, zijn vochtige lichaam vormt zich tot een perfecte kopie van het mijne. Voegt zich in tegen mijn dunne rug. Hij slaat zijn armen om me heen. Eigent zich mij toe met zijn armen.

'Mm...'

'Ben je oké?'

Waarom altijd die zinloze vragen. Ben je oké? Waarmee dan? Dat we gevreeën hebben? Dat hij mij zo hard vasthield dat het, jazeker, voelde alsof we bij elkaar hoorden. Echt. Dat dat gevoel snel weer voorbij was.

'Mm, dat was lekker.'

'Ik geef om je.'

Zijn mond die mijn nek kust. Zacht. Bezadigd nu.

'Ik geef ook om jou.'

En dat is geen leugen. Want ik geef ook om hem. Veel. Ik kan alleen niet tegen dat verstikkende samenzijn de hele tijd.

'Dank je,' mompelt hij en hij gaapt.

En nog een keer denk ik: waarvoor? Omdat ik hem dichtbij heb laten komen. Omdat hij in me mocht? Omdat ik nog niet heb gevraagd of hij weg wil gaan?

Buiten is het gedreun van de golven te horen die zich tegen de rotsen werpen. Ritmisch. Zoals zijn polsslag.

Moet proberen.

Voor de honderdste keer beloof ik mezelf dat ik ga proberen de gewone vrouw te worden die hij wil. Die hij verdient.

Die ik wilde dat ik was.

Patrik steekt zijn rode, schilferige vuist voor zich uit. Hoewel het donker is in de kamer van de kliniek kan ik zien wat het is. In zijn handpalm liggen twee witte pilletjes, allebei niet groter dan een pinknagel.

Eigenlijk zou ik Mia en Patrik pas volgende week weer zien, maar Patrik had gebeld en om een extra gesprek gevraagd.

Er was iets gebeurd.

'Ik wil een antwoord,' zegt hij met iets donkers in zijn blik terwijl hij gelijktijdig met zijn vrije hand de hoornen bril een duwtje geeft. 'Ben je verslaafd, Mia? Mijn meisje. De moeder van mijn kinderen... drugsgebruiker. Is dat zo? Weet je... ik had je van veel kunnen verdenken. Maar dit... Wat dacht je in godsnaam? Was het: nee, mijn leven is niet leuk en de kinderen zijn lastig, dus ga ik maar drugs gebruiken. Dan wordt het tenminste nog gezellig hier op de bank. De kleintjes redden zichzelf wel.'

Mia kijkt naar de grond, haar gezicht even uitdrukkingsloos als een onbeschreven blad. Haar handen, met afgesleten donkerpaarse nagellak, liggen stil tussen haar krachtige dijen. Ze heeft ook vandaag weer een herenvest aan. Dat op een onflatteuze manier haar toch al volumineuze lichaam groter maakt.

'Wacht even' – ik onderbreek Patrik – 'kun je vertellen wat er is gebeurd?'

Patrik zucht diep, krabt in zijn geblondeerde, in een lok gekamde haar en strekt zijn benen. De spijkerbroek zit zo strak dat hij er slechts met moeite in slaagt zijn lange benen voor zich uit te steken. Ze reiken bijna tot aan mijn voeten en ik trek onwillekeurig mijn eigen benen terug onder de fauteuil. Niet te dicht bij de patiënten komen.

'Toen ik gisteren tegen vijf uur thuiskwam, lag Mia op de bank te slapen. Totaal onaanspreekbaar. De tv stond aan. En Gunnel, allejezus... Gunnel had bevroren gehakt uit de koelkast gepakt – ze kan de koelkast plotseling openmaken – en ze, ze knaagde aan een blok bevroren gehakt. Haar mond was helemaal besmeurd met bloed. Het was zo ongelooflijk weerzinwekkend. Als de ergste horrorfilm. Zelf eet ik niet eens vlees. En Lennart... Lennart lag op de vloer van de badkamer te slapen. Hij had zijn luier weer uit gekregen en er lag opgedroogde poep op de vloer. En te midden van dit alles ligt Mia, de moeder van mijn kinderen, te slapen. *Zo stoned als een aap.*'

Mia zit nog steeds onbeweeglijk op de stoel. Maar ik zie zweetdruppeltjes op haar voorhoofd verschijnen die langs haar slapen omlaag lopen, en een nauwelijks waarneembaar trekje bij haar mondhoek verraadt hoe gespannen ze is. Patrik kijkt naar haar met afschuw in zijn blik.

'*Je zou je moeten schamen.*' Hij spuugt de woorden uit alsof ze vies smaken.

'Oké, Patrik, waarom denk je dat Mia... onder invloed was?'

Patrik werpt mij een sceptische blik toe, alsof hij daadwerkelijk aan mijn verstand twijfelt, en wijst op het blikje pruimtabak dat in zijn schoot rust.

'Ik heb ze gevonden. De tabletten. Ze lagen in de keuken. Sobril. Een heel pakje. Je weet wat dat zijn, hè? Benzo, de ergste drugs. Ik weet precies waar we mee te maken hebben. Heb het eerder gezien. En ik ben niet van plan mijn gezin daaraan kapot te laten gaan.'

Patrik draait zich naar Mia toe en komt plotseling overeind. Blijft tussen haar en mij in staan, dreigend, als een reusachtige monoliet op een veld.

'Ik wil de kinderen beschermen. Begrijp je dat? Ook als het betekent dat jij het huis uit moet. Ik wil ze beschermen.'

De woorden komen sissend uit zijn mond en onzichtbare spuugdruppeltjes raken mijn wang. Mia verroert zich nog steeds niet, maar ik zie grote, dikke tranen over haar wangen lopen. Aan haar neus hangt een dunne sliert snot. Hij wordt langer en langer, maar ze blijft nog steeds onbeweeglijk zitten met neergebogen hoofd. Alsof ze wacht op een klap. Of er net een heeft gekregen.

En ik denk dat dat eigenlijk ook gebeurd is.

'Hoe lang heb je dit gevoel al?' vraag ik aan Patrik.

'Hoezo gevoel? Je bedoelt: hoe lang is het al zo? Zeg niet "hoe lang heb je dit gevoel al", want het gaat niet om mijn gevoel. Het gaat om de werkelijkheid. Houd ermee op de schuld bij mij te leggen. Ik ben hier omdat ik ergens toch een verantwoordelijke ouder ben, omdat ik er waarde aan hecht dat mijn kinderen in een veilige omgeving opgroeien.'

'Oké, hoe lang beleef je het al zo?'

Patrik zucht en ademt uit terwijl hij in het midden van de vloer staat. Zwaait opeens met zijn vuisten voor zijn gezicht alsof de vraag een irritant insect is dat hij probeert weg te jagen.

'Ik weet het niet. Al lange tijd. Zeg maar vanaf dat Lennart werd geboren.'

Zijn stem is nu lager en er is een gebarsten, berustende toon in gekropen. Er klinken maanden van doorwaakte nachten en darmkrampen in door, eenzaamheid en verdriet en een hese, hete pijn.

'Het is niet altijd zo geweest. Voordat Lennart werd geboren... Mia hield gelijke tred met die Odd Molly-vrouwen op het Nytorget en dronk de hele dag koffie. Dat was beter. Dat was oké. En daarvoor, toen we elkaar leerden kennen. We waren jarenlang waanzinnig verliefd. Ik bedoel... we voelden zo veel hartstocht. Als ik terugdenk aan die tijd krijg ik nog steeds vlinders in mijn buik. En Mia was... Mia was geweldig. Sociaal, intellectueel, vlot. Ze had heel veel interesses, zou mede-eigenaar worden van het reclamebureau waar ze werkt. Maar daarna... Na de kinderen, nadat Mia een burn-out kreeg. Ik weet niet hoe ik het uit moet leggen... Het was of ik met een compleet andere vrouw leefde. Het is of ze een vreemde is. Ik heb geen hekel aan haar of zo. Ik herken haar alleen niet meer.'

Ik kijk naar Mia, die nog steeds huilt met haar blik op de grond gericht. Bedenk dat ik de vrouw die Patrik beschrijft, de sociale en vlotte op wie hij ooit verliefd werd, ook niet heb leren kennen. En voor de eerste keer maak ik me echt zorgen om haar. Misschien is ze zo depressief dat ze meer hulp nodig heeft dan mijn kleine kliniek kan bieden. Ik heb eerder patiënten verloren en dat wil ik niet opnieuw laten gebeuren.

'Mia' – ik begin aarzelend, raak heel zachtjes haar schouder aan, waardoor ze opschrikt –, 'Mia, wat kun jij hierover vertellen?'

Mia schudt alleen haar hoofd.

'Zó... is het niet.'

'Wat bedoel je? Wat is niet zo?'

Patrik vouwt zijn lange lichaam weer op in de mooie fauteuil en kijkt aarzelend naar Mia.

'Het is niet zoals Patrik het vertelt. Ja, ik was moe. Had een tijdje geslapen, maar ik heb absoluut geen tabletten ingenomen.'

'Van wie zijn de tabletten dan, Mia? Kun je dat uitleggen?' vraagt Patrik vermoeid.

'Ze zijn van mij, ja. Ik heb ze van de huisarts gekregen, dat weet je best. Ik slaap zo slecht. Ben bang. Weet niet wat ik moet doen. Daarom ben ik zo moe overdag. Maar ik heb ze gisteren niet genomen. Toen niet. Ik was alleen zo... moe.'

Ze praat zachtjes, kijkt de hele tijd naar de grond en strijkt over haar stevige dijen.

'*Ik heb geeeen pillen genooooomen,*' doet Patrik haar met schelle stem na. 'Weet je wel hoe zielig je bent? Er is niet één drugsgebruiker die niet beweert dat hij niet verslaafd is. Je kunt een drugsgebruiker niet vertrouwen, *weet je dat niet*? Je hebt afstand gedaan van je privilege om geloofd te worden toen je die vervloekte pillen ging slikken. *Snap je dat?*'

Ik zie op mijn klok dat het al bijna drie uur is, wat onvermijdelijk betekent dat we af moeten ronden. Zo gaat het soms, dat je midden in iets droevigs of belangrijks moet stoppen. Ik word tenslotte alleen betaald om zestig minuten naar hun biecht te luisteren. Dus doe ik wat ik al zo veel keren eerder heb gedaan: ik vat de sessie samen en geef ze een korte oefening mee om aan te werken voor de volgende keer. Tot slot maken we een afspraak voor volgende week.

Patrik en Mia verlaten de kamer – hij eerst, met schokkerige bewegingen, vol onderdrukte woede, zij vlak achter hem aan, sloffend, nog steeds met gebogen hoofd.

Als een hond.

Zijn hond.

Het enige wat achterblijft in de kamer is een scherpe zweetlucht. Alles is weer rustig.

'Dus je vindt Anette niet spannend genoeg om mee om te gaan?'
Markus en ik hebben weer ruzie.

Er is niets troostelozer dan dat. Verwijten die als sneeuwballen door de kamer vliegen. Met als enig doel: de ander pijn te doen. Een harde, koude treffer in het weke lijf toe te dienen.

Grauw, grauw licht dat door mijn raamkozijnen naar binnen valt.

Buiten de zee: ruw en ongastvrij. Schuim en bruine bladeren die in het water langs het strand drijven. De temperatuur die naar het nulpunt gaat, geen verstandig mens gaat nu nog zwemmen, op de rotsen zitten, het uitzicht bewonderen. Zwarte vogels die wroeten in de plassen op mijn grasveldje, op zoek naar koude, gladde insecten om hun honger mee te stillen. Naakte bomen die onbeschaamd hun lichamen naar de loodgrauwe hemel uitstrekken.

'Er mankeert niets aan Anette. Ik weet gewoon niet of ik de kerst wel met haar door wil brengen.'

Leugen.

Er mankeert best iets aan de zus van Markus. Ze is zo verdomde saai dat de klokken stil blijven staan.

Net als Markus is ze agent. Woont in een voorstad waar alle huizen hetzelfde zijn. Dezelfde grijsgeverfde houten voorgevels, dezelfde blauwe trampolines in de tuin, dezelfde Webergrill op de pasgemaaide gazonnetjes voor het keukenraam. Man, twee kinderen. Sport op tv aan tijdens het eten. De kinderen die voortdurend zeuren om van tafel te mogen om computerspelletjes te kunnen spelen.

Waarom zou ik kerst met haar willen vieren? Ik zie de logica er niet van in.

Markus zit nu in een moeilijke positie. Want hoe kan hij volhouden dat ik met Anette om moet gaan terwijl ik de hele tijd eerlijk heb verteld dat ik er niets voor voel om onze relatie officiëler te maken.

'Het is echt weer iets voor jou.'

Het is een verwijt zonder echte scherpte, maar zijn stem klinkt duister en vol woede. Als zwart water vult hij mijn kamer, sijpelt in de ruimte tussen ons, vult die met zijn aanwezigheid.

'Jij. Bent. Niet. Eerlijk.'

En nu is het mijn beurt om te schreeuwen.

'Ik heb je toch nooit beloofd dat we op die manier met elkaar om zouden gaan? Dat we... bij elkaar zijn... zullen zijn. Niet op díe manier. Het spijt me. Ik wou dat ik het anders voelde, maar dat is niet zo.'

'Weet je hoe ik me nu voel?'

Zijn stem klinkt gespannen, zijn kaken zijn op elkaar geklemd.

En ik schud mijn hoofd, want hoe kan ik dat weten?

'*Als een hoer.*'

Ik kan het niet helpen, maar door zijn opmerking begin ik onbedaarlijk te giechelen. Het klinkt belachelijk.

Markus, een hoer.

Markus, mijn kleine prostitué.

Ik loop naar hem toe en sla een arm om hem heen. Kus hem op zijn ongeschoren wang.

'Beste jongen, je bent veel voor me, maar een hoer...'

Ik giechel weer.

Zijn lichaam is stijf onder mijn omhelzing. Vastbesloten haalt hij mijn armen weg en kijkt me zonder iets te zeggen aan, draait zich dan om en loopt naar de hal, waar jassen en schoenen door elkaar liggen. Trekt zijn jas aan en stapt in de modderige rubberlaarzen. Verdwijnt door de buitendeur, de loodgrijze, koude namiddag in. Ik kan het zompige, zuigende geluid horen als hij vanuit het huis door de modderige plassen loopt. De deur staat nog op een kier. Vochtige, koude lucht stroomt de kamer binnen.

Hij gaat weg.

Zomaar gewoon.

En ik blijf alleen achter.

Ik word overvallen door schuldgevoel, het zit in elke porie, in de lucht die ik inadem, in het zweet dat mijn handpalmen bedekt.

En de zekerheid dringt tot me door.

Hij is iemand waard die beter is dan ik.

Uittreksel uit het rapport van het kinderzorgcentrum.
Telefoongesprek met de moeder:

De moeder neemt contact op met het kinderzorgcentrum omdat ze zich ongerust maakt over haar zoon. Vertelt dat ze hem altijd als laat ontwikkeld heeft ervaren en dat hij moeite heeft gehad om te beginnen met de spraakontwikkeling. Is ook onhandig in zijn motoriek en heeft problemen met rennen en klimmen. Kan zowel op de kleuterschool als thuis woede-uitbarstingen krijgen, wat vaak lijkt voor te komen als hij het idee heeft dat hij niet begrepen wordt. De moeder vindt verder dat haar zoon lief is, maar wat passief en dat hij het moeilijk vindt om met andere kinderen om te gaan. Op de kleuterschool vinden ze dat de jongen redelijk goed functioneert. Hij heeft vrienden maar zoekt het liefst contact met de jongere kinderen, wat verklaard kan worden door zijn late spraakontwikkeling. Verder zien ze geen speciale problemen bij de jongen.
Ik leg de moeder uit dat kinderen zich in verschillende tempo's ontwikkelen en dat de ontwikkeling van kind tot kind heel erg kan verschillen. Benadruk ook dat haar zoon een lieve jongen lijkt te zijn die vrienden heeft op de kleuterschool, wat belangrijk is. We hebben het ook over de problemen van de moeder om met de woede van de jongen om te gaan. De moeder vertelt dat ze zich vertwijfeld en machteloos voelt als ze haar kind niet kan kalmeren. Ik licht de moeder in over de mogelijkheid voor haar om een psycholoog hier bij het kinderzorgcentrum te ontmoeten om de problemen van de moederrol te bespreken. De moeder zal hierover nadenken en er later op terugkomen of zij een gesprek wil.
Ingrid Svensk, zuster bij het kinderzorgcentrum

Herfst in Stockholm.

De bladeren dansen over het Medborgarplatsen in de ondergaande zon. De grijze wolken hebben plaatsgemaakt voor een stralend blauwe hemel die weerspiegeld wordt in de plassen die het plaveisel nog steeds bedekken na de regen van de laatste dagen. Overal mensen die in verschillende richtingen voortploeteren in de koude wind. Van ergens uit de buurt van Skanstull komt het geluid van toeterende auto's.

Langzaam verwijder ik me van het raam, de kliniekkamer in. Controleer de stoelen die in een kring op de grond staan. Op het tafeltje bij de deur staat een karaf met water en glazen. Papier en pennen, Kleenex. De gebruikelijke spullen.

Een klop op de deur en Aina kijkt naar binnen. Haar haar is opgestoken in een hoge, losse knot en het flodderige rode vest reikt bijna tot aan haar kuiten.

'Ze zijn er. Allemaal.'

'Oké, dan beginnen we.'

Enkele minuten later zitten we met z'n allen in een kring op de harde stoelen. Gelach en gegiechel vullen de kamer. Iemand opent een fles mineraalwater.

Als je het niet wist, zou je niet kunnen geloven dat dit een zelfhulpgroep voor mishandelde vrouwen is. Daar is de stemming veel te uitgelaten voor.

Sirkka lacht hees en hard om iets wat Malin zegt terwijl ze haar gerimpelde hand door haar rode haar haalt. Ze trekt de *stonewashed* spijkerbroek omhoog over haar knokige heupen en laat zich naast me zakken, zo dichtbij dat ik de geur van sigarettenrook en goedkoop parfum ruik.

Dan kijkt ze me aan. Ze kijken me allemaal aan en ik word plotseling stil. Mijn keel knijpt zich samen en ik voel mijn wangen opeens rood kleuren.

Onverklaarbaar.

Dit klunzige gevoel is onverklaarbaar. Want ik voel me altijd zeker bij mijn patiënten, al moet ik natuurlijk soms nadenken hoe ik iemand het best kan helpen. En zelfs ik heb niet altijd overal een antwoord op.

Maar dit is iets heel anders. Dit is een soort plotseling opkomende, onverklaarbare sociale onzekerheid die ik niet herken van vroeger.

Ik kijk hulpeloos naar Aina aan de overkant van de kamer. Ze glimlacht en lijkt de situatie niet helemaal te begrijpen, maar ze moet toch hebben gemerkt dat er een vacuüm is ontstaan want ze grijpt meteen in, heet iedereen welkom op die warme en open manier van haar. Raakt Malin even aan, die naast haar zit.

'Zullen we eerst vertellen hoe de afgelopen week is geweest? Malin, wil jij beginnen?'

Malin glimlacht breed, waarbij ze een gelijkmatige rij witte tanden ontbloot. Ze lijkt totaal niet meer op de bevende vrouw die verleden week vertelde over haar verkrachting.

'Ik heb een prima week gehad. Mijn oudere zus kreeg dinsdag een baby en ik was er met mama en papa op bezoek. Daarna heb ik behoorlijk veel getraind. Er zijn veel wedstrijden in de herfst, dus... ik heb veel veldlopen en heuveltrainingen gedaan. Wel een paar uur per dag.'

Ze haalt haar gespierde schouders op alsof ze aan wil geven dat het allemaal niet zoveel voorstelt, en kijkt naar Sofie, die links van haar zit.

Sofie glimlacht onzeker en trekt haar verbleekte topje op. Ondanks de dikke laag make-up ziet ze er geen dag ouder uit dan zeventien. Haar stem is dun en hees wanneer ze begint: 'Er is niets bijzonders gebeurd. Ben vooral op school geweest, zeg maar.'

Aina knikt en maakt een gebaar naar Hillevi, die ernaast zit. Ze is helemaal in het zwart gekleed en, net als de vorige keer, opzienbarend mooi. Het donkere, kortgeknipte haar volgt de fijne vorm van haar hoofd, haar grote donkere ogen kijken rustig door de kamer en ze glimlacht.

'Ik heb veel nagedacht deze week.'

'Vertel,' zegt Aina.

Ze knikt.

'Ik had veel om over na te denken na onze vorige bijeenkomst. Ik moet zeggen dat ik het ongelooflijk moedig van je vond, Malin, dat je over de verkrachting hebt verteld. En het heeft mij geholpen. Want als jij zo sterk bent dat je er al over kunt praten, dan weet ik dat het mij ook zal lukken. Dan zullen we het redden. Ik en de kinderen.'

Malin ziet er gegeneerd uit, kijkt omlaag naar de grond, maar glimlacht licht.

Aina knikt weer en maakt een notitie, en ik voel me nog verlegener, alsof ik niets toevoeg aan de groep.

Ballast, denk ik.

Ik kijk naar Sirkka, die gebaart en praat, maar opeens hoor ik niet meer wat ze zegt. Zie alleen het rode haar en de magere handen. De smalle mond die wordt doorkruist door diepe rimpels en voortdurend in beweging is terwijl ze vertelt over de gebeurtenissen van de afgelopen week.

De groep lacht om iets wat ze heeft gezegd. Aina lacht. Kijkt dan naar mij en trekt vragend een wenkbrauw op.

Ik glimlach plichtmatig en ik voel me plotseling koud worden vanbinnen. Zal het me echt lukken? Kan ik, zelf een geweldsslachtoffer, deze vrouwen helpen? Ik, die niet eens genoeg energie kan opbrengen om naar ze te luisteren.

Dan is de beurt aan Kattis om te spreken. Haar lange bruine haar zit net als de vorige keer in een staart. Maar ze ziet er vermoeider uit vandaag. Versletener. Alsof de afgelopen week haar ouder heeft gemaakt.

'Oké,' zegt ze aarzelend, alsof ze niet zeker weet of ze iets moet vertellen of niet. 'Het is een afschuwelijke week geweest. Henrik, mijn ex dus, is achter mijn nieuwe telefoonnummer gekomen en heeft de hele tijd gebeld.'

Ze buigt voorover op de stoel, waardoor het dikke bruine haar van de staart over haar gezicht valt, haar blik verbergt.

Aina tikt licht met haar pen tegen het schrijfblok.

'Kattis, wil je misschien iets meer over jou en Henrik vertellen. Is dat oké?'

Kattis haalt zonder te kijken haar schouders op en ik voel een vreemde verbondenheid met de vrouw naast me. We moeten ongeveer even oud zijn. Zij is klein en fijngebouwd, net als ik. Maar haar huid ziet bleek. In het koude schijnsel van de tl-buis zie ik de aders onder de papierdunne huid in haar nek. De spijkerbroek hangt laag op haar heupen, alsof ze onlangs erg is afgevallen.

'Henrik en ik ontmoetten elkaar twee jaar geleden. Bij een vriend van hem. Het was van het begin af aan pure hartstocht.'

Ze glimlacht. Heft haar hoofd op en kijkt om zich heen, en ik word getroffen door hoe mooi ze is als ze er vrolijk uitziet. Ik heb haar nog niet eerder zo vrolijk gezien.

'Hartstocht?' zegt Aina om haar weer op het spoor te helpen.

'Ja, het was waanzinnig. We waren direct smoorverliefd. En de seks was fantastisch. Het is misschien een oppervlakkige opmerking in dit verband, maar voor mij... ik had nog nooit zoiets meegemaakt. Dus trokken we al na een paar weken bij elkaar in, of ik trok bij hem in.'

Ze glimlacht weer, breder deze keer. De anderen zitten stil, de handen gevouwen op hun knie, wachten op het vervolg. Aina knikt zwijgend.

Achter het raam is de herfsthemel donker gekleurd en een blauwachtig licht zeilt de kamer binnen. Het enige wat te horen valt is het geruis van het verkeer in de verte en Sirkka's fluitende ademhaling. Ik neem aan dat het decennialange roken zijn tol heeft geëist van haar longen.

'Hoe dan ook.' Kattis lijkt plotseling verlegen, kijkt omlaag naar de grond. Zwijgt.

'We hebben geen haast,' zegt Aina. 'We hebben tijd zat.'

Kattis lacht, maar deze keer is het een droge, droeve lach.

'Het is zo verschrikkelijk moeilijk om te zeggen hoe het begon. Het is als dat verhaal over de kikker, jullie weten wel, als je die in een pan met heet water stopt springt hij er meteen uit. Maar als je hem in koud water stopt en dan de temperatuur langzaam verhoogt... Wat ik bedoel is dat het geleidelijk ging. Hij wilde weten wat ik deed, wie ik ontmoette. Daarna wilde hij niet meer dat ik andere mannen ontmoette, niet eens op mijn werk. Hij kreeg woede-uitbarstingen, beschuldigde me ervan dat ik hem ontrouw was geweest, schold me uit voor hoer. Zei dat niemand mij ooit wilde hebben. Dat ik lelijk was, dik en dom. Waardeloos dus. Toen hij me voor de eerste keer sloeg was het niet echt... verrassend. Het was gewoon logisch. En ik was toen al zo geïndoctrineerd dat ik dacht dat ik het verdiende. Dat ik hem geprovoceerd had. Dat ik mezelf moest leren om... anders te zijn. Beter.'

Ze zwijgt en blijft bewegingloos zitten met haar blik recht vooruit, op Aina gericht, maar ze lijkt haar niet te zien. Ze zucht en gaat door.

'We zijn een jaar samen geweest. En in dat jaar... ik weet het niet. Het is alsof dat jaar me compleet heeft veranderd. Een ander persoon van me heeft gemaakt. Soms kan ik me nauwelijks herinneren wie ik toen was. Vóór Henrik. Maar ik mis haar. Wil haar terug hebben. Ik wil de oude Kattis weer zijn.'

Ze schudt haar hoofd en kijkt naar de grond. Ze ziet er beschaamd uit. Beschaamd en oneindig verdrietig.

'Maar nu ben je bij hem weg?' Hillevi legt haar hand op Kattis' knie en ik zie hoe Kattis schrikt van de aanraking, alsof die haar pijn doet.

'Ja, maar het ergste van alles...' Kattis kijkt nog steeds naar de grond, alsof ze bang is voor onze blikken, alsof ze ons oordeel vreest... 'Dus... het ergste van alles is dat ik hem niet wilde verlaten. Verdomme ook...' Ze verbergt haar gezicht in haar handen. 'Ik heb hem niet verlaten, hij heeft mij gedumpt, en dat deed zo verdomde veel pijn. Hij hield op van me te houden en het was of ik verdween. Alsof ik er zonder hem niet was, niet kon bestaan zonder hem. Ik had me niet kunnen indenken dat het zo pijnlijk zou zijn. Ik bedoel... als ik logisch nadacht, begreep ik wel dat hij een zwijn was en dat ik blij moest zijn dat het eindelijk voorbij was, maar toen... toen was het alsof ik doodging. Begrijpen jullie dat?'

Ze kijkt voorzichtig omhoog, haar blik glijdt bijna onmerkbaar langs ons. Ik neem aan dat ze onze reacties probeert te peilen, zoekt naar tekenen van wantrouwen of afschuw. Ze ziet er plotseling iets rustiger uit, misschien heeft ze dat waar ze bang voor was niet gezien.

'Dat is het ergste, wat ik mezelf niet kan vergeven. Dat ik eigenlijk niet wilde dat het ophield, ook al was hij zoals hij was.'

'Maar hoe is het nu? Ben je nog steeds verliefd op hem?' Sofie stelt de vraag zonder waardeoordeel, ze is alleen nieuwsgierig. Durft te vragen wat we ons allemaal afvragen.

'Nee.' Kattis glimlacht en ziet er moe uit. 'Nee, nu ben ik vreselijk blij dat het voorbij is. En het ironische is dat hij nu weer achter me aan zit. Hij belt als hij gedronken heeft en zegt dat we elkaar moeten zien. En als ik nee zeg, wordt hij kwaad. Zegt dat hij me gaat doden en dat soort dingen. En... soms geloof ik hem. Ik geloof echt dat hij dat op een dag gaat doen.'

'Dat moet je niet denken, dat mag gewoon niet,' zegt Hillevi, haar hand ligt nog steeds op Kattis' knie.

'Hij heeft nu een nieuwe vriendin, heb ik dat verteld? Ik geloof dat ze samenwonen en... ik weet het niet. Als hij ruzie met haar heeft gemaakt, belt hij mij op. Heeft het over hoe goed we het hadden, over de gevoelens die we samen deelden. Zegt dat het iets unieks, iets speciaals was... en als ik hem vraag me met rust te laten dan... dan slaat hij om. Zegt dat ik een stomme hoer ben. Dat ik dood moet. Ik begin nu te begrijpen dat hij een echte psychopaat is, dat hij helemaal niet iets voor een ander kan voelen, dat hij alleen van zichzelf houdt, alleen zijn eigen belang ziet. En zijn nieuwe vriendin, aan de ene kant hoop ik dat het standhoudt, dat hij met haar door zal gaan. Zodat hij mij kan loslaten. Aan de andere kant, stel je voor dat hij haar ook mishandelt. Ben ik dan medeschuldig? Ben ik dat?'

Hillevi knijpt zacht in Kattis' magere benen maar zegt niets.

Aina is alvast vooruit gegaan om een tafel te bezetten. Ik ben alleen achtergebleven in de kliniek om op te ruimen na de groep. Leeggedronken bekers en lege glazen moeten in de afwasmachine worden gezet, het whiteboard moet schoongeveegd worden, tafels moeten worden afgedroogd. Vanuit de cd-speler klinkt Jeff Buckleys geplaagde stem. Aina heeft bij me geklaagd dat mijn muziekkeuze te deprimerend is, maar ik voel me er goed bij. Misschien past het bij mijn stemming. Misschien past het maar al te goed.

Terwijl ik schoonmaak, schenk ik een glas wijn in uit de *bag-in-box* die achter is gebleven nadat Sven vorige week enkele oud-collega's van de universiteit had uitgenodigd voor sandwiches met drank. De wijn is goedkoop en zuur maar toch is het een goed gevoel als de vertrouwde warmte zich bijna meteen vanuit je maag naar alle zenuwuiteinden in je lichaam verspreidt.

Functie, denk ik.

Het is de functie waar het om draait.

Opeens hoor ik een merkwaardig geluid dat door de geluidsmuur van de muziek dringt. Ondanks de kalmte die de wijn me heeft geschonken, voel ik de onrust zich als een elektrische schok door mijn lichaam verspreiden. De angst is er direct, en ik voel hoe de haartjes in mijn nek overeind gaan staan als het plotseling tot me doordringt: ik ben niet alleen in de kliniek. Er is iemand in het gebouw.

Ik zet de cd uit, onderbreek Jeff Buckleys klaagzang in 'Grace'. Het geluid is opnieuw te horen, dof, gesmoord. Alsof iemand niet wil dat het gehoord wordt. Ik kijk langzaam rond door de ruimte, probeer te begrijpen waar het geluid vandaan komt en zoek tegelijkertijd naar uitwegen.

Vluchten.

Mijn natuurlijke reactie is vluchten.

Het grote raam is zwart en glimmend. Ik probeer mezelf tot rede te brengen, mezelf ervan te overtuigen dat er geen gevaar dreigt, en dan begrijp ik plotseling wat ik hoor. Het is iemand die huilt.

Het toilet in de hal is op slot. Ik klop op de deur en de doffe snikken houden op. De deur gaat open en een vrouw met rode ogen kijkt mij aan.

Het is Kattis.

Haar oogschaduw is uitgelopen en vormt zwarte stroompjes die zich vertakken over haar wangen, als een vloeddelta in een vlak landschap. Haar ogen zijn gezwollen, haar haar zit in de war en haar wangen zijn rood. Misschien van pijn en verdriet, of ook van schaamte omdat ze betrapt is op zo'n persoonlijk moment.

Kattis wrijft met haar handen over haar gezicht. Wrijft onder haar ogen, wat er alleen maar toe leidt dat de zwarte make-upstroompjes vuilgrauwe veldjes worden. Ze kijkt me aan. Voorzichtig, aftastend.

'Sorry. Ik wist niet... Sluiten jullie nu af? Ga je weg?'

Ze veegt haar glimmende neus af en trekt snot op. Ik zie hoe ze zich bijeen probeert te rapen. Zichzelf weer onder controle probeert te krijgen. Ik doe iets wat ik meestal probeer te vermijden. Ik strek mijn hand uit, raak haar arm aan. Probeer een soort rust over te brengen.

'Er is niets aan de hand. Ik ben maar een beetje aan het opruimen.'

Kattis lijkt mijn gebaar te begrijpen. Glimlacht aarzelend, dankbaar.

'Sorry. Dus echt, sorry. Ik heb je laten schrikken, hè?'

Ze kijkt me voor de eerste keer recht aan en ik besef hoe ik er in haar ogen uit moet zien. Gespannen, misschien angstig, met een half leeggedronken wijnglas in mijn hand. Ik werp een blik op het glas en Kattis ziet het en opeens beginnen we allebei te giechelen.

'Nee, eigenlijk niet. Of misschien een beetje.'

Ik glimlach en voel hoe de spanning langzaam uit mijn lichaam trekt.

'Maar hoe gaat het eigenlijk met je?'

Kattis schudt haar hoofd en strekt haar hand uit naar het toiletpapier in de kleine wc. Ik leg mijn hand weer op haar arm.

'Je kunt hier niet blijven staan. Kom, laten we gaan zitten.'

Ik loop voorop naar de therapieruimte waar we nog maar een halfuur geleden recht tegenover elkaar zaten. We gaan zitten en Kattis kijkt vragend naar mijn wijnglas.

'Ik begrijp dat het heel onethisch en zo moet zijn, maar zou ik een glas wijn mogen hebben? Ik voel me zo... op.'

Kattis snuift en wrijft weer over haar gezicht met verkreukeld wc-papier. Ze heeft helemaal gelijk, patiënten wijn aanbieden is niet helemaal gepast, maar tegelijkertijd kan ik me heel goed voorstellen hoe ze zich nu voelt. Ik loop naar de keuken en keer terug met nog een glas rode wijn. Onderweg zet ik de cd-speler weer aan.

'Alsjeblieft. Voor één keer. Voortaan wordt het weer koffie of mineraalwater.'

Ze glimlacht haastig, dankbaar. Ik geef haar het wijnglas en ze pakt het aan. Neemt enkele gulzige slokken en laat zich dan achteroverzakken en sluit haar ogen.

'Godsamme... Ik ben zo verdrietig. Sorry, het is zo moeilijk om erover te praten. Dat het zo moeilijk zou zijn... had ik niet verwacht. Je weet...'

Ze houdt haar hoofd schuin en zoekt mijn blik. Zoekt naar bevestiging. Begrip. Ik heb dat eerder gezien en ik knik alleen maar. Maak een zacht meelevend geluid.

'Ik heb het nooit... Ik heb het voor mezelf nooit geformuleerd. En nu, het was of alles over me heen kwam. Plotseling zag ik in wat voor stomme loser ik ben. Hoe kon ik dit mij laten gebeuren? Ik ben een vrij normaal mens, weet je. Ik heb eerder relaties gehad en die waren... gewoon. Normaal.'

Kattis ziet er smekend uit. Alsof ze mijn medelijden nodig heeft, mijn goedkeuring. Alsof ze mij ervan moet overtuigen dat ze gewoon, normaal is. Niet alleen een slachtoffer. Alsof het feit dat ze geslagen werd door haar vroegere vriend beschamend is. Alsof zij iets verkeerds heeft gedaan, de schuldige is.

Ze kijkt vlug weg en neemt een grote slok wijn.

'Het is niet jouw schuld.'

Ik spreek de woorden met een kalme zekerheid uit, want ik weet dat ze waar zijn.

Kattis kijkt omlaag naar haar wijnglas. Draait het rond. Lijkt te twijfelen.

'Ik had het moeten begrijpen. Ik had hem moeten verlaten. Maar hij is niet alleen maar slecht. Snap je dat? De wereld is niet zwart-wit. Niemand is alleen maar goed of slecht. En Henrik. Hij hield echt van mij. Ook. En ik... ik wilde zo graag dat het zou werken.'

Plotseling gaat mijn mobieltje af en ik pak het op en kijk op het display. Het is Aina. Ik steek een vinger op naar Kattis om aan te geven dat ze even moet wachten en neem op. Aina is chagrijnig omdat ik niet ben verschenen en vraagt met scherpe stem of ze moet komen om me te helpen de spullen in de afwasmachine te zetten. Ik beloof dat ik mij zal haasten en beëindig het gesprek. Kattis, die de conversatie heeft gevolgd, leegt haar glas en komt overeind.

'Ik houd je op. Was niet de bedoeling. Ik ga, maar bedankt dat je naar me hebt geluisterd. En bedankt voor de wijn.'

Ze loopt om de tafel en slaat vlug haar armen om me heen in een spontane omhelzing, terwijl ze haar laatste zin herhaalt.

'Bedankt. Bedankt dat je naar me hebt geluisterd.'

Aina zit aan een donkerbruine houten tafel en nipt van een biertje. Ze bladert door de cultuurbijlage van *Dagens Nyheter* en ik kan zien dat ze geïrriteerd is. Het is warm en een beetje benauwd in de grote bierhal en het geroezemoes van de gesprekken van de gasten omsluit me. Het ruikt naar eten en nog iets anders, iets ondefinieerbaars. De meeste tafels zijn bezet en ik bedenk dat de gasten eruitzien of ze gevlucht zijn voor het donker en de kou buiten. Als schipbreukelingen die zijn aangespoeld op een verlaten eiland. Ik loop naar Aina en laat me achter de tafel zakken. Op mijn plek staat een onaangeroerd glas wijn. Aina kijkt op en ziet eruit alsof ze probeert te besluiten of ze kwaad zal worden of dat ze mijn verlate komst door de vingers zal zien.

'Moet je zien.' Ze knikt naar de opengeslagen krant, waarin een recensent een pas verschenen boek bespreekt van een psychoanalyticus die kritiek uit op de gedurende de laatste jaren toegenomen focus op cognitieve gedragstherapie en *evidence-based practice* binnen de psychiatrie. 'Ik word er zo ongelooflijk moe van om altijd maar weer neergezet te worden als een soort mechanische therapiemachine zonder vermogen tot empathie of zelfstandig denken,' gaat ze door. 'Denken ze dat het überhaupt mogelijk is om ook maar een beetje zinvolle behandeling toe te passen zonder aandacht te besteden aan de geschiedenis of de ervaringen van een cliënt? Stellen ze zich voor dat je alleen maar in een of andere handleiding zit te lezen of... Het is zo vreemd, toen ik met CGT begon dacht ik altijd dat wij de goeden waren. Dat wij degenen waren die echt luisterden naar de patiënten en hun symptomen serieus namen. Aan de slag gingen met wat ze werkelijk als het probleem zagen. Maar wanneer ik dit lees begrijp ik dat deze mensen vinden dat wij de slechte zijn, oppervlakkig, kortzichtig en er alleen in geïnteresseerd om zoveel mogelijk resultaten te behalen in zo kort mogelijke tijd. Alsof het ons niet interesseert waarom de resultaten bereikt moeten worden, alsof wij het lijden niet zien...'

'Maar hebben we het misschien niet aan onszelf te danken?' Ik probeer de gedachte voorzichtig uit, nieuwsgierig naar Aina's reactie.

'Hoe bedoel je dat precies? Ben je het soms met onze vriend de analyticus eens?'

'Ik bedoel alleen dat wij het zelf graag hebben over resultaten en de duur van behandelingen, doelmatigheid en geld. En minder over het verzachten van de pijn bij mensen.'

'Nu klink je precies zoals zij.'

'Nee, dat doe ik niet. Ik houd alleen niet van dat zwart-witdenken. Niet bij de analytici, niet bij ons.'

Aina schudt haar hoofd en gooit de krant van zich af.

'Wat maakt het ook uit. Ik heb wat te eten besteld, gehaktballetjes. Die zullen zo wel komen. Waarom was je zo laat? Zo lang kan het toch niet duren om een afwasmachine te vullen.'

Ze kijkt me lang aan, zonder me met haar blik los te laten.

'Heb je gedronken? Ik zie rode wijn in je mondhoek.'

Ik houd instinctief mijn handen voor mijn mond alsof ik de eventuele sporen van mijn zonde wil verbergen. Aina ziet het en glimlacht.

'Betrapt met je hand in de koektrommel. Je hebt wijn gedronken op kantoor. Waarom? Was Sven er?'

Ik schud mijn hoofd en merk dat ik het eigenlijk niet met Aina over Kattis wil hebben.

'Er was iets gebeurd. Iets onverwachts.'

'En?'

'Een van de meisjes van onze groep.'

'Lieve Siri, kun je iets uitvoeriger zijn? Ik wil niet elk woord uit je moeten trekken.'

Aina ziet er weer geïrriteerd uit en ik probeer haar milder te stemmen. Ik heb vanavond geen zin in een chagrijnige Aina. Ik besluit haar over Kattis te vertellen, maar niets over de wijn te zeggen. Ik weet dat Aina dat niet zou waarderen, en terecht niet. Bovendien wil ik niet het risico lopen nog een preek over mijn alcoholgebruik te krijgen. Het is al erg genoeg dat Markus er voortdurend over klaagt. Vlug vertel ik wat er is gebeurd en Aina luistert aandachtig, met halfgesloten ogen.

'Oké, ik snap het. Waarom heb je dit niet meteen verteld? Denk je dat ze in gaat storten?'

Ik doe mijn ogen dicht en denk na. Zie Kattis voor me. Haar tengere lichaam, de armen die zich om haar bovenlichaam slaan in een houding die doet denken aan iemand die een dwangbuis draagt. De betraande wangen. Maar ook haar blik, de opstand in haar lichaam.

'Ik weet het niet zeker, maar ik denk het niet. Ze heeft iets in zich wat sterk is. Onverwoestbaar.'

Een luidruchtig groepje meisjes gaat aan de tafel naast ons zitten. Ze voeren de geur van sigarettenrook en vochtige wol mee en ik begrijp dat ze buiten hebben gerookt. Aina en ik kijken elkaar aan en veranderen van onderwerp. Niet over werk praten als anderen het kunnen horen.

'Hoe gaat het nu eigenlijk met jou en Markus?'

Niet het gespreksonderwerp waarop ik zat te wachten. Het schuldgevoel na onze laatste ruzie schrijnt nog steeds. Het is tegenwoordig alsof ik voortdurend met een vage klomp in mijn maag rondloop. Het knagende gevoel dat ik tekort ben geschoten, iets verkeerd heb gedaan. Soms weet ik niet eens meer wat ik heb gedaan. Alleen dat ik iets heb gedaan. Ik zie Markus' gezicht voor me. Zijn warrige haar, de blonde baardstoppels. De volle lippen. En dan zijn ogen, zijn bedroefde, gekwetste blik. Ik zucht onwillekeurig.

'Aha,' zegt Aina en ik zie gemeende sympathie in haar blik.

'Ik stel hem de hele tijd teleur. Ik kan hem niet geven wat hij wil.'

'En wat wil hij dan?'

'Het hele pakket. Je weet wel. Hij wil een soort gezinsidylle, hetzelfde wat zijn vader en moeder daarboven in Norrland hebben.'

Ik voel mijn onbehagen toenemen als ik aan zijn familie denk. Aan Markus' provocerende idealisering van hun geluk. Alsof het iets is wat iedereen zo kan krijgen, alsof je het alleen maar aan hoeft te schaffen. Zoals je een nieuwe tafel of een bank koopt.

'Markus is jong, en soms is hij zo naïef.'

Ik schud mijn hoofd. Kijk naar mijn wijnglas, dat bijna leeg is.

'En als hij nu eens niet naïef is?'

Aina duwt een blonde haarlok uit haar gezicht en kijkt me onderzoekend aan.

'Wat als jij hem geen kans geeft, de stap niet durft te zetten?'

Ik kijk haar verbaasd aan, want meestal is zij degene die sceptisch is over mijn relatie met Markus.

'Je bent duidelijk heel erg verliefd op hem, maar toch schrik je ervoor terug. Durft niet voor jullie relatie te staan. Ik vind dat je moet nadenken over wat je echt wilt, want je gedraagt je niet bijzonder netjes tegenover Markus.'

Ik begrijp niet waar Aina mee bezig is. Ze is normaal gesproken altijd loyaal. Staat altijd aan mijn kant. Ik wil er iets tegen inbrengen, maar word onderbroken door een vriendelijke serveerster die een bord met een gigantische portie gehaktballen neerzet. Ik zucht en kijk omhoog, richt mijn blik op de speelkaart die vreemd genoeg op het plafond is geplakt en daar al zo lang ik me kan herinneren zit. Als mijn blik weer die van Aina kruist, haal ik mijn schouders op en pak het bestek.

De discussie is afgesloten.

Ik zit alleen in de kliniek, onderteken rapporten en doe de administratie. Het is avond en ik zou naar huis moeten rijden, om te eten en met Markus tv te kijken. Maar ik neem nog een winegum. Ik heb me de hele dag al misselijk gevoeld, als een lichte maar duidelijk aanwezige kater, alsof een verraderlijke buikgriep in mijn darmen op de loer ligt, klaar om uit te breken.

Het is stil, donker en verlaten in de kliniek. Van ergens in de kamer komt de geur van een oude bananenschil, mijn maag draait ervan om. Nadat ik een tijdje heb gezocht, vind ik de bruine schil achter de prullenbak. Met opgetrokken neus draag ik hem naar de keuken en gooi hem weg.

Mijn mobieltje gaat af op het moment dat ik mijn werkkamer weer binnenloop. Het is mijn oudste zus, die belt om me te herinneren aan de verjaardag van mijn neefje. Haar stem klinkt opgewekt en ze vertelt over haar nieuwe baan en de aanstaande vakantie, maar als ze hoort dat ik nog op mijn werk ben, merk ik dat ze bezorgd wordt.

'Het is al acht uur, hoe lang denk je dat je daar nog blijft?'

Ik lach, verbaasd dat ze ongerust is.

'Geen minuut later dan negen uur, maar rapporten schrijven zich helaas niet zelf.'

'Ik dacht dat jullie daar assistenten voor hadden.'

Ik lach weer. Luider deze keer. De gedachte dat kleine, waarschijnlijk vrouwelijke assistenten door het kantoor zouden sluipen met aantekeningen voor rapporten die klaar zijn om uitgeschreven te worden, doet me glimlachen. We hebben Elin natuurlijk, maar zij kan de afspraken al nauwelijks aan. Ik durf niet eens te denken aan wat er zou gebeuren als ze mijn aantekeningen uit zou moeten schrijven.

'Ja, een mannelijke. Van in de twintig misschien. Voordat ze cha-grijnig worden en weigeren om gehaktballetjes voor me te kopen en mijn kleren bij de stomerij te halen.'

Al kan ik haar niet zien, ik weet dat ze breed glimlacht.

Natuurlijk blijf ik tot na negen uur. Ik haast me de trappen af. Omdat ik niet graag lang in het trappenhuis blijf en omdat ik snel naar huis wil.

De wind die me in het gezicht slaat als ik de deur opendoe, is zo mogelijk nog snijdender dan eerder. De constante ruis van het verkeer op de Götgatan ligt als een zachte geluidsmat over het plein. Voortdurend aanwezig, maar totaal niet storend. Ik zie vage con-touren van mensen die zich schijnbaar doelloos over het Medbor-garplatsen verplaatsen in de compacte duisternis.

Ik maak mezelf klein tegen de koude wind.

Rechts van mij zie ik het Thaise restaurant. Het kleine neonbord flikkert in het donker, als een eenzaam sterretje in de nacht. Op de trap van het Forsgrenska Bad zit een groepje alcoholisten die verbe-ten een fles delen.

Langzaam neem ik mijn tassen in één hand en loop naar de geld-automaat, sla de grijze sjaal nog een keer rond mijn nek om te voor-komen dat de gure herfstlucht onder mijn dunne jas dringt.

Ik zie hem bijna meteen. Hij loopt wankelend en hij heeft alleen een t-shirt aan, hij moet het vreselijk koud hebben. Zijn handen heeft hij in de zakken van zijn afgedragen spijkerbroek gestoken en op zijn hoofd draagt hij een rode muts.

Discreet buig ik mijn looprichting om, weg van de klaarblijke-lijk beschonken jongen, wijk uit naar het Thaise restaurant. Kijk omlaag naar het natte asfalt alsof dat mij enorm interesseert. Klem mijn hand strakker om de tas.

Maar hij lijkt iets van me te willen. Komt op me af en gaat voor me staan voordat ik weg heb kunnen vluchten in het donker.

Ten slotte moet ik hem wel aankijken. Zijn blik is even leeg als de zwarte hemel boven ons. Hij schommelt langzaam heen en weer en ik ben plotseling bang dat hij gaat omvallen.

'Hebbu tien kronen voor een hamburger?'

Ik voel me plotseling bedrukt. De drugsgebruikers worden steeds maar jonger. Ik schat dat de jongen in het T-shirt niet ouder dan vijftien is. Maar hoezeer verslaafde kinderen mij ook aan het hart gaan, mijn angst voor het donker en alles waartoe een drugsverslaafde die geld nodig heeft in staat is, is even groot. Kind of niet.

Ik graaf snel in de zakken van mijn jas. De linker is kapot. Op de bodem zit er een gat in de goedkope, dunne voering. Geen losse munten. Ik probeer de rits van mijn handtas open te maken. Mijn vingers zijn stijf en willen niet gehoorzamen.

'Valt hij je lastig?'

Ik kijk op, wend mijn blik af van de magere, bevroren jongen. Eerst zie ik hem alleen als een silhouet tegen het licht voor de Söderhallarna, daarna neemt hij geleidelijk vorm aan. Hij is lang en krachtig en zijn hoofd is kaalgeschoren. Zwart ski-jack, spijkerbroek, een tatoeage die zichtbaar is onder zijn trui, een soort sporttas in zijn hand. Zou een ambachtsman of een gymleraar of een bewaker of wat dan ook kunnen zijn. Ondanks zijn lengte en uiterlijk ziet hij er aardig uit. Sympathiek.

'Nee, of tenminste... Hij wil alleen wat geld hebben voor een hamburger.'

'Voor een hamburger?' De man glimlacht alsof hij de leugen over een hamburger al heel vaak heeft gehoord. Hij steekt zijn hand in zijn jack en haalt er een versleten leren portemonnee uit. Trekt er een verkreukeld briefje van vijftig uit en geeft dat aan de verbaasde jongen, die zijn ogen niet lijkt te kunnen geloven. Hij grist het briefje naar zich toe, kijkt omhoog naar de man en mompelt een dankjewel. Er licht even iets op in zijn ogen. Een gevoel, een gedachte, maar dan wordt zijn gezicht weer compleet uitdrukkingsloos. Plotseling krijg ik het gevoel dat ze elkaar op de een of andere manier kennen. Het heeft te maken met de snelle blikken die ze uitwisselen, met de manier waarop de jongen het biljet weggriste.

Hij loopt snel weg in de richting van Bjorns Trädgård. De wind krijgt grip op zijn T-shirt. Blaast het omhoog over zijn buik, maar hij reageert er niet op.

'Wacht,' roep ik hem na. 'Wacht, heb je het niet koud? Wil je mijn sjaal?'

Hij draait zich om. Kijkt me aan, een glimlach rond zijn bleke lippen.

'Nee zeg, rot op. Die is vet lelijk.'

De man schiet in de lach. Steekt zijn handen in de lucht in een berustend gebaar en wendt zich dan tot mij.

'Ben jij Siri?'

Ik ben zo verrast dat ik alleen maar knik. Hoe kan hij weten wie ik ben?

'Ik ben Henrik.' Hij steekt zijn hand uit en ik schud die automatisch. Stel vast dat zijn hand warm en sterk is. Ik begrijp nog steeds niet wie hij is, zijn naam roept geen associaties op, ik herken hem niet. Een vreemde.

'Je weet waarschijnlijk niet wie ik ben?'

Ik kan nog steeds niet praten. Schud mijn hoofd. Krimp in elkaar als een koude windvlaag door mijn dunne jas blaast.

'Ik geloof dat mijn vorige vriendin in een soort groep bij jou zit, een groep voor mishandelde vrouwen.'

Ik voel me plotseling vreselijk alleen op het grote, donkere plein. Niets wat Vijay over de groep en leidinggeven heeft gezegd, heeft me hierop voorbereid.

'Ik kan daar geen antwoord op geven, dat moet je begrijpen. Ik heb geheimhoudingsplicht.'

Ik probeer er vastberaden uit te zien. Roep een soort gezag op dat ik eigenlijk niet bezit. De waarheid is dat ik zo bang ben dat mijn benen me nauwelijks kunnen dragen. De man die Kattis heeft mishandeld, de man die ze zelf een psychopaat heeft genoemd, staat voor me in het donker op het Medborgarplatsen.

'Neem me niet kwalijk, ik begrijp het, natuurlijk begrijp ik het. Maar als het nu eens zo zou zijn, puur hypothetisch, dat Kattis in behandeling bij jou is, dan... Ik zou met je willen praten.'

Hij kijkt naar de grond. Ziet er bijna beschaamd uit.

'En ik begrijp dat je daar ook geen antwoord op kunt geven. Je mag niet met me praten, klopt dat?'

'Dat klopt.'

'Het spijt me. Het was niet mijn bedoeling je zo te overvallen, maar ik dacht dat je niet met me zou willen praten als ik opbelde. Ik wil alleen...'

Hij twijfelt, zoekt de juiste woorden. 'Ik denk dat ik het uit wil leggen. Ik wil dat je het begrijpt. Niet alles is zo eenvoudig als het lijkt. Ik wil dat je mijn versie ook hoort. Kun je niet alleen naar me luisteren?'

'Ik... dat kan niet, ik kan niet met je praten, daar moet je begrip voor hebben.'

Hij begint zachtjes te lachen, alsof hij het grappig vindt wat ik zeg, en kijkt dan uit over het verlaten plein.

'Ik had het moeten snappen,' mompelt hij.

'Wat?'

Hij zucht diep, schraapt met zijn voet over de bruinzwarte modder op de grond.

'Vergeet het, ik zal je niet meer lastigvallen.'

Dan draait hij me langzaam zijn massieve rug toe.

'Wacht, hoe weet je wie ik ben? Hoe weet je waar ik werk?'

Hij kijkt me over zijn schouder aan, lijkt verbaasd. Alsof hij niet begrijpt waarom ik die vraag stel. Hem niet belangrijk vindt. Langzaam draait hij zich weer om.

'Ik heb jullie website opgezocht nadat ik met Kattis had gesproken. Er staat een foto van jou bij. En jullie adres staat er. Zo makkelijk was het. Zo makkelijk is het om iemand te vinden.'

Hij haalt zijn schouders op en doet een paar stappen in mijn richting. Hij ziet er moe uit. Zijn ogen zijn dof en hebben rode randen.

'Ik heb je van streek gemaakt, hè? Ik wilde je niet bang maken. Ik wilde alleen met je praten.'

Zijn gezicht is nu vlak bij het mijne. Zijn huid is zonnebankbruin en een beetje gerimpeld. Hij pakt mijn arm vast, iets te hard, iets te lang, en lijkt dan te beseffen dat hij me maar beter los kan laten.

'Ik wil alleen dat je weet dat niet alles zo is als Kattis zegt. Ze heeft een levendige fantasie.'

'Oké. Ik begrijp het.' Mijn stem is broos en krachteloos.

Zonder nog iets te zeggen bukt hij zich, pakt zijn sporttas op, strijkt met zijn hand over zijn geschoren schedel, draait zich om en loopt weg in het donker alsof hij een belangrijke afspraak moet halen.

Ik doe een stap achteruit, leun tegen de muur van een huis en geef over op het zwarte plaveisel.

Uittreksel uit het protocol van het leerlingenzorgteam, Älvängens lagere en middelbare school.

Laila Molin, leraar van 2b, beschrijft problemen met een jongen in de klas. Hij kan nog niet lezen en heeft grote problemen met het leren van de letters. Kan zijn naam schrijven. Laila vraagt zich af of de jongen specifieke lees- en schrijfproblemen heeft en stelt voor dat hij afspreekt met de remedial teacher Gunvor Blomkvist, wat iedereen op de vergadering een goed idee vindt. Laila vertelt ook dat de jongen vreselijke woede-uitbarstingen kan krijgen als iets niet gaat zoals hij het wil. Dit gebeurt niet vaak tijdens Laila's lessen, maar lijkt een groter probleem te zijn met gym en tekenen, waar hij andere leraren voor heeft. De gymleraar denkt dat de jongen gepest wordt door de andere kinderen omdat hij onhandig en te zwaar is. Geen van de andere leraren heeft dergelijke tendensen gezien. We besluiten dat de jongen met Gunvor Blomkvist zal afspreken om intensiever aan het lezen te werken.
Ondertekend door Siv Hallin, maatschappelijk werker

Zaterdagochtend.

Het is licht in de slaapkamer en zonnestralen zoeken hun weg door het raam, verblinden me als ik mijn ogen probeer te openen. Het is opgehouden met regenen. 's Nachts trommelde de regen met zo veel kracht tegen de ramen dat ik even dacht dat het hagelde, maar nu is het stil. Ik lig alleen in het tweepersoonsbed. Markus werkt, of zegt tenminste dat hij dat doet. Ik weet niet waarom, maar op de een of andere manier vind ik het fijn dat hij er niet is.

Ik sla het dekbed om me heen en loop over de koude houten vloer naar het raam. Buiten is de baai spiegelglad. De esdoorns aan de overkant van het water verliezen hun laatste bladeren. Enkele dappere rode en oranje bladeren hangen nog in de skeletachtige kronen. Die zullen ook gauw loslaten. Ik doe het raam open en adem de heldere lucht in. Laat de voorzichtige stralen van de herfstzon over mijn gezicht strijken. Sluit mijn ogen. Adem.

Op dit moment is de wereld mooi.

In de keuken is het zo mogelijk nog kouder. Ik doe een paar houtblokken in het oude fornuis en verkreukel krantenpapier, dat ik daarna in de opening stop.

Koffie en een boterham. De *Dagens Nyheter* van vrijdag ongelezen op de tafel. Ik huiver en voel de misselijkheid in golven opkomen. Misschien ben ik ziek. Buikgriep? Of misschien alleen maar moe.

De ontmoeting van gisteren komt bij me boven. Ik zie Henrik voor me. Zijn blik, de roodomrande ogen die mij strak aankeken, me niet loslieten. Zijn kaalgeschoren hoofd, zijn houding. Hij had iets militairs over zich. Ik bedenk plotseling dat hij eruitzag als een smeris. Een van die vermoeide, gedesillusioneerde smerissen waar je over leest in maatschappijkritische krantenartikelen en die je in films ziet. Zo iemand die met een arrestantenbusje rijdt en herrieschoppers met zijn baton op plaatsen slaat waar je geen blauwe plekken krijgt.

Niet zo iemand als Markus.

Markus is moeilijk in een smerisvakje te duwen. Zo moeilijk dat je hem niet eens een smeris kunt noemen. Agent oké, smeris nee. Hij lijkt niet op die getekende veteranen die je in televisieseries ziet. En hij is ook niet de jonge agent die een bijrol heeft, die enthousiaste waarvan je in het begin al weet dat het ergens halverwege de aflevering slecht met hem gaat aflopen.

Markus is jong, soms bijna kinderlijk. Zijn eeuwige gespeel op de computer, ge-sms, gefacebook en ge-msn werkt mij soms op de zenuwen. Ik voel me er oud door. Alsof ik zijn moeder ben. Ik erger me aan zijn jeugdige naïviteit en optimisme. Zijn onverstoorbare vertrouwen dat alles altijd goed zal komen. Maar hij bezit ook een autoriteit en een rust waar ik hem om benijd. Keer op keer moet ik mijn mening over hem herzien en tot me door laten dringen dat hij niet alleen dat jonge broekie is, maar ook een serieus en verstandig mens die goed wil doen. Als Markus luistert, heb je het gevoel dat je gehoord wordt. Als Markus spreekt, luisteren de anderen. En Markus is bijna nooit opvliegend, weet zich altijd te beheersen.

Ik begrijp waarom degenen die hem ooit hebben toegelaten tot de politieacademie dachten dat hij een goede agent zou worden, en ik begrijp waarom hij bij de recherche is beland en niet bij de ordepolitie. Hij is analytisch, ziet snel patronen en verbanden. Als hij er niet is, zoals nu, merk ik hoeveel ik hem mis. Zijn lichaam en zijn warmte, ja, maar ook zijn gezelschap.

Hoe moet ik me hierin opstellen?

Ik denk aan wat Aina onlangs zei. Dat ik misschien laf ben, hem geen kans durf te geven. Misschien is dat zo, ik weet het niet. Ik weet alleen dat ik hem voortdurend met Stefan vergelijk, terwijl ik dat niet zou moeten doen. Terwijl er niets erger is dan dat. Ik vergelijk hun lichaam, hun verstand, hun ziel. Ik vergelijk, en Stefan komt altijd zegevierend uit de strijd. Maar als ik Stefan nu eens alleen maar laat winnen omdat hij er niet meer is? Zodat ik geen besluit hoef te nemen. Omdat ik het enige wat er nog is overgebleven van Stefan niet los wil laten?

Stefan is dood en Markus leeft. Ik weet dat ik vroeger of later gedwongen zal worden stelling te nemen, maar nu nog niet.

In plaats daarvan denk ik weer aan Henrik en de merkwaardige ontmoeting gisteren. Hoewel hij op me afkwam op een open plek waar mensen in de buurt waren, hoewel hij rustig en vriendelijk was, was de dreiging onmiskenbaar. De gedachte aan wat hij Kattis aangedaan heeft, doet mij huiveren.

De vrouwen in onze groep.

Zo verschillend van elkaar.

Geen gemeenschappelijke kenmerken behalve dat ene, dat ze mishandeld zijn door iemand op wie ze hadden moeten kunnen vertrouwen. Een vriend, een echtgenoot, een man, een stiefvader.

Ik vraag me af waarom Henrik mij eigenlijk opgezocht heeft. Om zijn macht te laten voelen? Om Kattis te laten inzien dat hij altijd weet wat ze aan het doen is? Zal hij haar iets aandoen? Is ze in gevaar? Misschien overdrijf ik, het is moeilijk om neutraal te blijven als je zelf wordt blootgesteld aan geweld en bedreiging. Ik geef mijn gedachten de vrije loop, weeg de voors en tegens tegen elkaar af, maar sta dan op en loop naar mijn werkkast. Ik voel dat ik hierover met Kattis moet praten.

Dat ze het recht heeft om het te horen.

De beltoon gaat een paar keer over en dan neemt ze op. Haar stem is hees en ze klinkt alsof ze net wakker is. Ik besef dat ik niet eens heb gekeken hoe laat het is en werp snel een blik op het magnetische klokje dat op de koelkast zit. Kwart over acht. Vroeg op de zaterdagochtend, misschien te vroeg,

'Met Siri Bergman, heb ik je wakker gebeld?'

Ik schaam me dat ik me op de telefoon heb geworpen, maar tegelijkertijd heb ik het gevoel dat ik niet kan wachten.

'Siri?'

Kattis' stem, vragend, onzeker.

'Ja, Siri, van de groep. Het spijt me heel erg als ik je wakker heb gebeld, maar ik wil ergens met je over praten.'

'Is er iets gebeurd?'

Ik hoor Kattis' onrust, de angst die als een streep door haar korte zinnen loopt.

'Sorry, nu heb ik je bang gemaakt. Er is wel iets gebeurd, maar het is niets... gevaarlijks. Er is helemaal geen gevaar. Ik wil er alleen met je over praten. En misschien niet over de telefoon.'

'Weet je, het zou me eigenlijk heel goed uitkomen als we elkaar vandaag kunnen zien.'

Kattis klinkt gretig en ik denk dat ze wil weten wat er aan de hand is. En ik begrijp haar. Ik tuur weer naar het klokje, probeer te bedenken wanneer ik naar de stad zal kunnen gaan en waar we elkaar kunnen ontmoeten. Ik heb nog een boel werk dat ik af zou moeten maken. Een gepast tijdverdrijf voor de zaterdag. We zouden elkaar in de kliniek kunnen ontmoeten. Niemand anders komt daar.

'Ik kan je later vanmiddag ontmoeten in de kliniek. Tegen vieren. Kan dat voor jou?'

'Zeker! Ik kom langs.'

Daarna stilte, een stilte waar twijfel achter schuilt.

'Ben je er zeker van dat er geen gevaar dreigt?'

'Ja, absoluut. Heel zeker.'

We beëindigen het telefoongesprek en ik blijf alleen achter. Voel me een leugenaar. Hoe kan ik beloven dat er geen gevaar dreigt? Dat weet ik zelf helemaal niet.

De kliniek is verlaten. Zoals ik al dacht werkt er niemand op zaterdagmiddag. Aina ligt waarschijnlijk onbekommerd te vrijen met Carl-Johan, haar laatste flirt, wat trouwens onverwacht lang standhoudt. Sven werkt vast in zijn zomerhuisje in Roslagen. Daar vlucht hij elk weekend naartoe na de scheiding met Birgitta. Ik heb geen idee wat Elin uitspookt op een zaterdagnamiddag. Ik weet bijna niets van haar en merk dat het me eigenlijk ook weinig interesseert, waar ik een beetje van schrik.

Ik mis onze oude receptioniste, Marianne, die in een revalidatiecentrum in Dalarna zit om te herstellen van de gevolgen van een auto-ongeluk. Ik weet dat ze er lang zal moeten blijven, en dat ze waarschijnlijk nooit meer terug zal komen in de kliniek. Het is onrechtvaardig en ik word er verdrietig van.

Er wordt aangebeld en ik loop naar de deur van de kliniek om open te doen. Kattis staat er met haar lange bruine haar zoals gewoonlijk in een paardenstaart. Ze draagt een strakke spijkerbroek, hoge rijglaarzen en een gebreide poncho. Ik besef dat ze mooi is, ondanks de vermoeide trekken rond haar ogen en mond, die me niet eerder echt zijn opgevallen, maar die nu onmiskenbaar aanwezig zijn.

Ik vraag haar binnen te komen. Ze maakt een onrustige en nerveuze indruk in de kleine hal. Trekt de blauwe, plastic overschoenen aan, maar doet de poncho niet uit. Omdat de kliniek leeg is, gaan we in de grote conferentiekamer zitten, die ook dienstdoet als lunch- annex werkkamer. Ik loop naar de keuken en vul twee bekers met koffie, zoek in de kast naar koekjes of broodjes en vind ten slotte een rode plastic emmer vol vanillekoekjes van de bakker uit Vingåker. Wanneer ik terugkom, zit Kattis er met gebogen hoofd en frunnikt met haar vingers aan haar paardenstaart. Ze kijkt naar me op.

'Het gaat om Henrik, hè? Ik weet dat het om Henrik gaat. Het wordt steeds erger met hem. Sinds hij mijn nummer heeft, belt hij de hele tijd.'

Ze zwijgt en kijkt me smekend aan. Alsof ze wil dat ik hem tegenhoud. Alsof ik degene ben die alles weer goed kan maken.

'Het gaat om Henrik, toch?' herhaalt ze. 'Wat heeft hij gedaan?'

'Hij heeft me gisteravond opgezocht. Hierbuiten. Dook plotseling uit het niets op.'

Ik maak een vaag gebaar in de richting van het Medborgarplatsen.

'Hij gedroeg zich eigenlijk niet eens bedreigend. Zei dat hij alleen wilde praten terwijl hij... Het is moeilijk uit te leggen maar het voelde alsof hij, ik weet het niet, gretig was, iets te gretig. Ik werd bang.'

Kattis kijkt me aan. Haar gezicht is rustig. Neutraal op een kleine, nauwelijks zichtbare frons tussen haar wenkbrauwen na.

'Het spijt me, Siri. Het spijt me zo. Het is mijn schuld. Ik heb hem verteld dat ik hier kwam.' Ze zucht diep. 'Als ik had geweten wat het allemaal in gang zou zetten, was ik nooit met de groep begonnen. Het is alsof het feit dat ik hier ben hem nog kwader maakt. En dan is er ook nog de aangifte bij de politie.'

'Aangifte?'

Ik ben verbaasd, heb niets gehoord over een aangifte bij de politie.

78

'Ik heb een paar maanden geleden aangifte gedaan voor mishandeling, daar werd ik ook gewezen op de mogelijkheid om me te laten behandelen. Ik weet dat er bijna een jaar is verstreken en dat er geen bewijs is, maar...'

'Goed zo! Toch? Is het wel goed?'

Vragend zoek ik Kattis' blik.

'Absoluut. Maar ook wel eng natuurlijk. Wie weet wat hij allemaal gaat doen en zo. En nu komt de rechtszaak dus steeds dichterbij...'

Ze doet haar best om haar tranen tegen te houden.

'Je moet de mensen bij de politie bellen die zich met de zaak bezighouden. Vertellen wat er is gebeurd. Ze kunnen je helpen, je kunt een soort noodhulplijn krijgen. Direct contact met de politie.'

'Denk je dat? Misschien denken ze alleen maar dat ik... hysterisch ben. Ze zijn niet bepaald overweldigd door mijn verhaal tot nu toe.'

'Ik denk echt dat je het moet doen.'

In mijn hoofd lopen de gedachten kriskras door elkaar.

De discussie met Kattis wekt pijnlijke herinneringen op. De gedachte aan mezelf en mijn koppige verzet tegen bescherming en de consequenties die dat misschien heeft gehad, spoken door mijn hoofd. Ik bedenk dat ik het Kattis zou moeten vertellen. Haar zou moeten vertellen wat ik heb meegemaakt. Haar zou moeten uitleggen waarom ze om hulp moet vragen. Het is tenslotte om haar te beschermen dat ik vandaag met haar heb afgesproken, dat ik haar over Henrik vertel.

'Ik weet niet hoeveel je van mij weet, Kattis, maar er heeft ook iemand achter mij aan gezeten.'

Ze knikt en kijkt omlaag naar haar handen. Lijkt zich heel even bijna te schamen.

'Ja, er werd natuurlijk wel over gepraat. Hoe die gek je bijna had vermoord in je huis. Het heeft ook in de kranten gestaan toen het gebeurd was.'

'Ik woonde alleen, net als jij. Mijn man, Stefan, was een jaar geleden overleden bij een ongeluk, dus ik was alleen met de kat overgebleven. Op de een of andere manier voelde het alsof het huis het enige was wat ik nog overhad van Stefan, en al was het beter voor mij geweest om naar de stad te verhuizen, ik bleef daar. Ik kon het gewoon niet opbrengen om het huis te verlaten, want het zou hebben gevoeld alsof ik hem verliet. Dus toen er vreemde dingen begonnen te gebeuren, wilde ik er niet echt in geloven. Het duurde lang voordat ik accepteerde dat ik werkelijk werd achtervolgd en dat het serieus was, meer dan alleen een soort grap. Toch weigerde ik tot op het laatst elke vorm van bescherming. Zag het als een soort krenking van mijn integriteit. Ik had niets verkeerd gedaan en hoefde daarom mijn leven niet te veranderen. Die instelling heeft me bijna het leven gekost. Ik had de raad van de politie moeten opvolgen en meteen weg moeten gaan. Ja moeten zeggen tegen alle noodhulplijnen en elke vorm van bewaking. Begrijp je dat? Ik wil dat je dat weet, want... ik wil niet dat jou hetzelfde overkomt.'

Haar ogen laten mijn gezicht niet los. In haar blik zie ik verschillende gevoelens: sympathie, bezorgdheid, angst, verdriet. En saamhorigheid. Er is iets blootgelegd wat ons verbindt. We zijn niet alleen patiënt en begeleider. We zijn met elkaar verbonden door onze ervaringen. Voorzichtig strekt Kattis haar hand uit en legt die op de mijne. Het voelt goed. Troostend. Ik laat hem daar liggen.

'Stoor ik?'

Aina staat in de deuropening van de conferentiekamer. Haar wangen zijn rood en het lange blonde haar hangt los over het oude leren jack. In haar blik zie ik verbazing, en iets anders, ik weet niet wat. Misschien woede. Ik trek mijn hand weg. Verberg hem onder tafel. Mijn wangen worden warm en schaamte verspreidt zich door mijn lichaam, vertakt zich bliksemsnel.

'We zijn net klaar. Er was iets gebeurd.'

'Oké, en... wat was er gebeurd?'

Aina, geleund tegen de deurpost. Met haar armen over elkaar voor haar borst.

'Oké, ik zal nu... maar gaan.'

Kattis pakt haar tas en staat op, wringt zich langs Aina en loopt verder naar de hal. Trekt de blauwe overschoenen uit en legt ze in de mand die gereserveerd is voor gebruikte overschoenen. Ze pakt de deurknop beet en draait zich dan om en zoekt mijn blik, zich ervan bewust dat Aina haar gezicht niet kan zien. Ze slaat haar ogen ten hemel en glimlacht samenzweerderig. Ik kan niet anders dan teruglachen. Een seconde later is ze weg.

'Waar ging dat over?' Aina staat nog in de deur en ziet er zowel geïrriteerd als nieuwsgierig uit. 'Ik bedoel, hand in hand zitten met een patiënt in een lege kliniek? Wil je Markus soms inruilen?'

Ze glimlacht lichtjes, maar ziet er eigenlijk helemaal niet vrolijk uit. Alleen maar woedend en dat andere waar ik geen woorden voor kan vinden.

'Het is niet wat je denkt.'

Mijn stem klinkt onverwacht schel en hoog. Het is de stem die ik heb als ik ruziemaak met Markus en heel even zie ik mezelf van buitenaf. Bedenk dat ik tegenwoordig met niemand meer overweg lijk te kunnen.

'En hoe zit het dan?'

Aina's gezichtsuitdrukking is bijna honend. Alsof we meespelen in een al geregisseerd drama.

'Vertel nu maar wat er aan de hand is. Echt, Siri. Ik vind je hand in hand met Kattis. Hier in de kliniek. Begrijp je dat ik dat een beetje merkwaardig vind? Verleden week bleef je achter om haar te troosten na de groep. Wat is er eigenlijk aan de hand tussen jullie?'

En opeens weet ik wat het is dat ik niet herken bij Aina, dat ongrijpbare gevoel dat zich niet open en bloot laat zien, maar zich verbergt achter de woorden, de formuleringen. Het gevoel dat Aina probeert te verbergen. Te bedekken.

Aina is jaloers.

GUSTAVSBERG, 22 OKTOBER, 'S AVONDS

Marek rent de trap af in het oude huis op benen die nooit moe worden. Mager, pezig en onvermoeibaar trommelen ze voort, voetbalbenen, kwajongensbenen, benen die uren kunnen wegrennen van de jongens met brommers bij het meer.

In zijn oren de iPod-koptelefoon, zijn handen vol met reclameblaadjes. De kleine fietsaanhanger, tot de rand gevuld met verse folders, staat bij de ingang. Vandaag is de reclame van Ica, die worsten en luiers in de aanbieding heeft, het Zweedse Onroerendgoedbemiddelingsbureau biedt zijn diensten aan, alsof ook maar iemand geïnteresseerd zou zijn in de appartementen in het deprimerende, vervallen gebouw. In het karretje liggen ook zwart-witte A5-velletjes van H-I-A Allservice, die schoonmaak-, timmermans- en schilderwerk aanbieden. Die velletjes deelt hij gratis uit. De firma is van Bogdan, de neef van zijn vader, en het komt voor dat hij mee mag om de allservice te verlenen waar het om gaat. Bogdan betaalt hem altijd goed, dus hij vindt het geen probleem om hem te helpen met de verspreiding.

Svensson, Holopainen, Skogsjö.

Van het geld dat hij verdient gaat hij een computer kopen en WoW spelen met zijn vrienden. Nu moet hij de computer in de schoolbibliotheek nog gebruiken, en daar kun je geen computerspelletjes op spelen of surfen naar websites met meisjes.

Hij is op de derde verdieping. De pistachegroene muren zijn bedekt met miljoenen witte en zwarte stippen. Alsof iemand het hele trappenhuis door gebaksstrooisel heeft gerold.

Uzgur, Johansson, Rashid...

Op Johanssons deur hangt een klein bordje met de tekst 'Geen reclame, dank u'. Hij strijkt een vettige haarlok uit zijn gezicht en pakt drie setjes van de reclameblaadjes, vouwt ze in elkaar tot een kleine puntzak en duwt die door de brievenbus. Die slaat met een klap dicht. 'Geen reclame', sommige mensen willen zo graag bijzonder zijn, ze krijgen het dubbelop van hem, net goed.

Tweede verdieping.

De lamp aan het plafond is kapot. Het enige licht komt van de derde verdieping door het trappenhuis en de zwakke groene flikkering van het kapotte bord van de drankwinkel, die precies achter het raam gevestigd is.

De deuren van de appartementen lijken op donkere gaten in het schemerige trappenhuis. De naambordjes zijn moeilijk leesbaar.

Lanto, Tarek, Olsson...

Maar wat is dat?

Olssons deur staat open. Een dunne lichtstraal dringt door tot het trappenhuis.

Hij voelt aan de deur. De veiligheidsketting zit er niet op.

Zijn eerste gedachte: misschien ligt er geld in het appartement, of sieraden, elektronica of iets anders wat snel in geld kan worden omgezet. Dan: stelen van Ica is één ding, inbreken in een appartement is iets heel anders. Hij beseft dat hij het niet zou kunnen doen. Niet alleen in elk geval, misschien als Kevin of Muhammed erbij zouden zijn, maar niet alleen.

Hij klemt de blaadjes in zijn hand. Wat zal hij er eigenlijk mee doen? Ze in de brievenbus stoppen of gewoon de deur openduwen en ze direct op de vloer in de hal leggen?

Hij besluit het laatste te doen. Als hij ze in de brievenbus stopt, valt de deur misschien in het slot en om de een of andere reden wil hij dat niet. Iemand kan hem tenslotte expres open hebben laten staan. Misschien iemand die een boodschap is gaan doen en niet buitengesloten wilde worden.

Om elf uur 's avonds?

Voorzichtig duwt hij de deur open, ruikt de zwakke geur van sigarettenrook en iets anders. Zoet, organisch, moeilijk te duiden.

Hij kijkt een donkere ruimte in. Links achterin komt licht uit een andere kamer. De keuken? In het zwakke licht ziet hij iets naast de bebloemde deurmat staan: een tas. Erbovenop ligt een portemonnee. Hij is opengeslagen als een boek, en ziet er vol uit. Alsof hij boordevol biljetten zit.

Het is eerder een inval dan dat hij het plant. Hij zakt langzaam door zijn knieën, strekt zijn hand uit en pakt hem op. Het gaat automatisch. Het is alsof hij zich uitstrekt naar een tak en een appel plukt. Zo makkelijk gaat het.

Shit, wat is hij zwaar. Hoeveel zit er eigenlijk in? Genoeg om wat wiet van Nico te kopen? Genoeg voor een computer? Meer nog?

Het kriebelt rond zijn middenrif van verwachting.

Net als hij de overvolle portemonnee in de zak van zijn sweater stopt, ziet hij de voeten.

De reclameblaadjes zeilen als papieren zwaluwen omlaag en landen geluidloos op het linoleum, en hij ziet hoe het witte velletje van H-I-A Allservice langzaam rood kleurt.

Instinctief doet hij een stap naar achteren, terwijl er binnen in hem iets kouds groeit, rukt het koptelefoontje van zijn oren, en dan hoort hij het. Een zwak raspen, alsof iemand met zijn nagels over een houten plank gaat. Het geluid komt uit de verlichte kamer en hij weet dat hij het niet moet doen, zijn hele lichaam weet dat wegrennen de enige juiste optie is, gebruikmaken van de sterke benen waarmee hij gezegend is.

Want diep vanbinnen weet hij al dat er iets verschrikkelijks is gebeurd, dat de vrouw die als een vormloze zak aan zijn voeten ligt niet zomaar op de vloer is gevallen of een epileptische aanval heeft gehad. Toch twijfelt hij niet, kijkt alleen omlaag naar zijn nieuwe, spierwitte basketbalschoenen, stapt behoedzaam over het lichaam, over de grote plas, probeert niet in de rode, kliederige brij te staan. Loopt de keuken binnen. Hoort de muziek uit zijn iPod-koptelefoontje als een ver verwijderd geknetter terwijl het raspende geluid steeds luider klinkt.

Ze zit onder de tafel en is gedeeltelijk bedekt met bloed. Om haar heen liggen krijtjes en voor haar heeft ze een tekening, waar ze ingespannen aan werkt met een blauw krijtje. Hij ziet dat elke millimeter van het vel is ingekleurd en vraagt zich af hoe lang ze er al mee bezig is.

Hoe oud kan ze zijn?

Aan haar lengte af te leiden misschien vier, vijf. Hij kan dat goed inschatten dankzij zijn vier jongere broertjes en zusjes. Ze is ongeveer even groot als Tomek, die vier is.

Oneindig voorzichtig strekt hij zijn hand naar haar uit, strijkt over haar schouder en haar blauwe ogen richten zich op hem. Haar blik is strak.

'Hé, maatje. Kom je met me mee?'

MEDBORGARPLATSEN, OKTOBER

Geen slachtoffer.

Dat is het enige wat ik kan denken wanneer Hillevi het woord neemt.

Ze zit rechtop, is gekleed in een eenvoudige zwarte jurk, donkere panty en bruine herenlaarzen. In het kortgeknipte zwarte haar hangen waterdruppels en haar mond is beschilderd met een wijnrode kleur.

Zo mooi. Zo perfect. Als een pop.

Maar toch sloeg hij haar. De man die Jakob heet en met wie ze getrouwd is. Van wie ze zegt dat ze van hem houdt en dat ze hem mist. Van wie ze zegt dat ze hem respecteert.

Het is een grijsbewolkte herfstmiddag als we weer bij elkaar zijn gekomen in de kliniek. Zoals gewoonlijk zitten we in een kleine kring en kijken bijna overdreven nieuwsgierig naar elkaar. Aina en ik hebben koffie en mineraalwater op tafel gezet en een kaneelbrood van de bakker in de Söderhallarna in plakken gesneden.

Eén stoel is verontrustend leeg.

Kattis' stoel.

Ik probeer niet ongerust te worden over de reden waarom ze niet is gekomen. Niet te denken aan wat er gebeurd kan zijn. Verdring de herinneringen aan de man met het kaalgeschoren hoofd die Henrik heet.

Hillevi heeft aangeboden haar verhaal te vertellen, nee, niet aangeboden, ze stond erop. Ze was bijna halsstarrig, als iemand die weet wat hij wil en gewend is het te krijgen.

Haar handen op haar knie, geen nervositeit. De groene ogen die kalm op Aina gericht zijn.

'Jakob en ik hebben elkaar in onze tienerjaren leren kennen, in de jeugdvereniging van de kerk. Ik was' – ze denkt even na, kijkt omhoog naar de tl-buis, die koud, wit licht op de kamer werpt – 'zo jong. Ik was zo jong.'

Ze glimlacht weer, en er zit geen enkele bitterheid in haar glimlach. Hij is warm en mooi en perfect, zoals alles aan haar.

'We zijn dus zo goed als ons hele leven bij elkaar geweest. Zijn samen opgegroeid. Getrouwd. Een gezin gesticht.'

Dan is ze even stil, alsof ze ergens naar zoekt in haar geheugen, maar er niet in slaagt het te pakken te krijgen.

'Hoe was jullie relatie in het begin?' vraagt Aina.

Ze lacht zachtjes en kijkt omlaag naar haar goedverzorgde handen, naar de donkerrode korte nagels. De grote zilveren ring.

'Het was fantastisch. Is het dat niet altijd in het begin? We waren vreselijk verliefd. We zíjn vreselijk verliefd.'

Er komt even iets verdrietigs over haar, maar dat duurt maar heel kort. Daarna is ze weer even beheerst als daarvoor.

Aina knikt en vraagt: 'Wanneer begon het mis te gaan?'

'Nadat Lukas was geboren, onze oudste zoon. Ik denk dat dat altijd een hoop processen in een relatie in werking zet. Dat het een hoop zaken uit je eigen jeugd oproept. Als je een kind krijgt, ga je ook je eigen jeugd opnieuw beoordelen. Het ouderschap van je eigen ouders. Toch? Jakob werd zelf geslagen als kind. Hij komt uit een sociaal aangepaste, maar ongelooflijk ouderwetse familie. De kinderen moesten worden opgevoed onder de tucht en vermaning van de heer.'

Ik zie dat Malin glimlacht op de stoel naast Hillevi. Hillevi ziet het ook, draait zich rustig naar haar toe.

'Jij lacht, en ik begrijp waarom. Het klinkt vreselijk ouderwets, hè?'

Malin lijkt zich te schamen, kijkt omlaag naar haar versleten spijkerbroek, kruist haar gespierde, bruine armen voor haar lichaam. Maar Hillevi lijkt niet verontwaardigd te zijn.

'Het is geen probleem, Malin. Ik weet zelf dat het idioot klinkt. Ik vind zelfs dat het idioot is. Er zijn een boel van dat soort mensen binnen de vrije kerk, al zijn de meeste natuurlijk normaal. Ik ben bijvoorbeeld opgegroeid in een vrij normaal gezin. Maar goed, in diezelfde tijd raakte Jakob zijn baan kwijt. Hij werkte als kapitaalbeheerder bij een bedrijf dat failliet ging. Van de ene op de andere dag was hij zijn baan kwijt. En ik denk dat hij niet alleen zijn inkomen verloor maar ook zijn professionele identiteit. Hij begon 's avonds te drinken. Niet veel. Hij is geen alcoholist, maar hij reageert slecht op alcohol. Die brengt een boel destructieve kanten van hem naar boven.'

'Wat doe jij voor werk, Hillevi?'

Ik weet dat de vraag nu misschien niet zo relevant is, maar vanaf het moment dat ik Hillevi zag, ben ik op een of andere mysterieuze wijze benieuwd naar haar. Gefascineerd, bijna geobsedeerd door dit sterke, mooie wezen.

'Ik ben kinderoncoloog, kankerdokter dus. Ik werk in het Astrid Lindgrens Kinderziekenhuis; ja, dat hoort bij het Karolinska Ziekenhuis.'

Ik knik naar haar, nu zo mogelijk nog nieuwsgieriger.

'De eerste keer dat Jakob mij sloeg was hij nuchter. Maar we hadden een moeilijke periode doorgemaakt. Lukas had telkens oorontsteking en was vaak ziek. Ik werkte veel 's nachts. Jakob was werkloos, keek de hele dag naar soaps en voelde zich nutteloos. We hadden ruzie, ik herinner me niet eens meer waar het over ging, dus het kan niet erg belangrijk zijn geweest. Het was maar één klap. In mijn gezicht. Maar de klap brak mijn neusbeen. Daarna was hij vertwijfeld, huilde in mijn armen. Ik huilde. We huilden allebei.'

Hillevi blijft onbeweeglijk zitten en het is stil in de kamer.

Sirkka kucht hees en haalt haar hand door haar droge, rode haar, dat nu een centimeter lange grijze uitgroei heeft. Schudt haar hoofd en zegt: 'Je had direct moeten vertrekken.'

Hillevi kijkt haar lang aan zonder iets te zeggen. Dan die rustige, vriendelijke glimlach en ze schudt haar hoofd.

'Jakob en ik...'

Ze zwijgt even en voor het eerst bespeur ik enige onzekerheid in haar gezicht, die ik eerst toeschrijf aan het feit dat ze het misschien toch met Sirkka eens is. Maar dan gaat ze verder: 'Ik weet niet goed hoe ik dit aan je uit moet leggen, Sirkka, zodat je me goed begrijpt. En aan de anderen. Voor Jakob en mij is het huwelijk heilig. Je laat je niet scheiden. Het is een geloofskwestie.'

Het wordt stil in de kamer. Zelfs Aina weet niet wat ze moet zeggen, knikt alleen maar langzaam zoals ze doet als ze iets echt niet begrijpt.

Ik kijk weer naar de lege stoel, waar Kattis had moeten zitten. Vraag me af of Henrik haar heeft gevonden, of ze er daarom niet is. Of dat ze ook ergens ligt met een gebroken neusbeen, haar gezicht besmeurd met bloed.

'Maar als mishandeling geen goede reden is om je te laten scheiden, wat is het dan wel?' vraagt Malin en er schuilt iets provocerends in haar stem. Iets waaruit blijkt dat ze Hillevi's waarden over het huwelijk niet deelt.

'Ik geloof, en ik weet dat Jakob er net zo over denkt, dat je moeite moet doen om uit een crisis te komen. Dat alle mensen in staat zijn zich te beteren. Bovendien is Jakob geen slecht mens, dat is hij echt niet. Hij kan zichzelf alleen niet beheersen. En zolang hij dat niet kan, kunnen we niet samenleven. Ik heb het zelf een beetje gehad met het beeld van mannen die vrouwen mishandelen in de media. Er is een tendens om ze te demoniseren, om uit de weg te gaan wat een man, of een vrouw, ertoe brengt om te slaan. Alles is zoveel gemakkelijker als we beslissen dat ze monsters zijn. Maar dat is een verklaringsmodel dat geen stand houdt. Niet voor mij in elk geval. Omdat het tekortschiet, maar ook omdat het niet te rijmen valt met mijn geloof.'

'Maar wat hebben jullie toen gedaan?' vraagt Sirkka en ik hoor dat ze haar rasperige stem zacht probeert te laten klinken, de angel uit de vraag probeert te halen.

'We zijn met onze dominee gaan praten. Hij is een goede vriend van ons allebei en we hebben veel vertrouwen in hem. We hebben samen gebeden. En het ging ook een tijdje beter. Maar toen begon het weer en Jakob ging naar een psycholoog die gespecialiseerd was in dit soort kwesties. Ik dacht dat hij het onder controle had. Hij dacht dat hij het onder controle had. Maar toen ik op een dag thuiskwam, had hij Lukas geslagen omdat hij een pak sinaasappelsap op de grond had laten vallen. Lucas was helemaal nat, van het sinaasappelsap en van het bloed. Ik moest zijn lip hechten met twee steken. De week erna plaste hij in zijn broek van angst toen ik hem vertelde dat papa hem van school zou halen. Ik kan het mezelf niet vergeven dat ik dat heb laten gebeuren.'

'Jullie hebben samen gebeden?'

Malin klinkt sceptisch, maar Hillevi knikt zonder naar haar te kijken.

'Ik verlang niet van je dat je het begrijpt, Malin. Het is niet hetzelfde als een verlanglijstje schrijven aan de Kerstman. Het gaat erom dat je een gesprek voert met God.'

De kamer is stil. Het enige geluid is het ruisen van het verkeer buiten. Voor het raam wervelt een eenzaam blad voorbij in de wind.

Hillevi zit onbeweeglijk met haar kleine handen op haar knie en haar groene ogen op mij gericht. Het is alsof haar blik dwars door me heen gaat, door de muur en nog verder. Helemaal tot in de zwarte hel waar ik denk dat ze geweest is.

De hel die huwelijk wordt genoemd.

Dan horen we doffe geluiden door de muur. Svens stem ergens bij de receptie.

Bonzen.

Een scherpe stem, een vrouwenstem. En dan weer Svens donkerdere geluid.

Volhardend.

Ze voeren een soort gesprek. Ruzie? De vrouw klinkt verontwaardigd.

Hillevi draait zich om naar Aina en kijkt haar vragend aan. Sirkka beweegt zich onrustig heen en weer.

Dan vliegt de deur open en iemand stormt naar binnen, een in het zwart geklede vrouw met haar jas aan en blauwe, plastic overschoenen in haar hand, waarvan ik weet dat Sven geprobeerd heeft haar te dwingen die aan te trekken.

Het is Kattis.

'Hij heeft haar vermoord!'

Ze schreeuwt de woorden uit, voor ze met zo veel kracht de kring binnendringt dat Sofie bijna van haar stoel tuimelt, en met haar been tegen de tafel stoot, waardoor het kleine blauwgeglazuurde keramische vaasje dat mijn zus op een pottenbakkerscursus heeft gemaakt met een klap op de grond valt.

'O nee.' Ze slaat haar handen voor haar mond. 'O nee, wat heb ik gedaan.' Ze zakt op haar knieën en raapt voorzichtig de scherven op. Houdt ze in de palm van haar hand, strijkt met een vinger over het azuurblauwe, geglazuurde oppervlak. 'Sorry, sorry. God, dat was niet de bedoeling.'

Ik heb oogcontact met Aina, sta langzaam op en ga op mijn hurken op de vloer naast Kattis zitten.

'Hé, Kattis, het was maar een vaasje, een lelijke vaas bovendien. Het geeft echt helemaal niets.'

Maar tranen en snot stromen over haar wangen.

'Ik had hier niet moeten komen,' mompelt ze. 'Ik maak alles kapot. Alles wat ik aanraak... wordt verpest. Het zou maar het beste zijn als hij me afmaakte.'

'Luister nou, het was maar een stom vaasje, het geeft niets. Het belangrijkste is dat jij in orde bent. Kom bij ons zitten en vertel...'

'Wie is er dood?' vraagt Hillevi, die de enige lijkt te zijn die zich voldoende in de hand heeft om de vraag te stellen.

Maar Kattis geeft geen antwoord, zakt alleen in elkaar op de lege stoel, verbergt haar gezicht in haar handen en snikt luid.

'Hij heeft haar vermoord. Hij heeft haar doodgeslagen. Voor de ogen van haar kind.'

Aina komt overeind en loopt naar Kattis toe. Legt haar hand vastbesloten op haar bovenarm.

'Kattis, vertel het vanaf het begin.'

'Nee,' brult Kattis en ze springt op uit de stoel. Schudt Aina's arm van zich af. 'Nee, ik red het niet meer. Snap dat dan. Hij heeft haar gedood en nu is hij van plan mij te doden. Ik weet dat het zo is.'

Aina drukt Kattis op de stoel en trekt voorzichtig haar jas uit, alsof ze een klein kind is. Houdt haar hard bij haar schouders vast, dwingt haar haar aan te kijken.

'Je moet vertellen wat er is gebeurd.'

'Henrik, het is Henrik. Begrijpen jullie het niet? Hij heeft zijn nieuwe vriendin doodgeslagen en nu wil hij mij vermoorden!'

'Henrik, je ex?'

Kattis knikt en kijkt voor de eerste keer op naar de anderen. Haalt diep adem.

'De politie kwam vanmorgen. Een jongen die reclame rondbrengt heeft Henriks vriendin gevonden, doodgeslagen. Haar dochter, ze is vijf, zat in een bloedplas onder de keukentafel naast haar dode moeder te tekenen. En nu gaat hij mij vermoorden!'

Kattis huilt de laatste zin. Als een aangeschoten stuk wild.

'Maar hebben ze hem opgepakt?' vraagt Sirkka.

Kattis schudt haar hoofd. Kijkt naar de grond, fluistert: 'Ik kan niet meer.'

Sven heeft zijn goede kanten.

Onder het flodderige ribcolbert en de vormloze blauwe overhemden verbergt zich een empathisch man en de versleten Birckenstocksandalen hebben vele kilometers gesloft en het een en ander meegemaakt.

Voorzichtig schuift hij me op een van de oncomfortabele plastic stoeltjes in de keuken, maakt koffie die ondanks het feit dat hij te koud en te slap is beter smaakt dan ik in lange tijd heb gedronken. Hij luistert naar mijn onsamenhangende beschrijving van de therapiesessie van vandaag, zorgt ervoor dat al mijn neerslachtigheid en woede naar buiten komen. Onderbreekt me niet. Zit daar alleen aan zijn pijp te frummelen zonder enige aanstalten te maken om te roken. Dat zou hij niet durven. Aina kan elk moment terugkomen met de afhaalmaaltijd die ze in de Söderhallarna is gaan kopen.

'Op de een of andere manier weet ik precies hoe ze zich voelt, Kattis bedoel ik. Ik weet tenslotte heel goed wat het betekent om opgejaagd te worden. Je voortdurend af te vragen wie zich in de schaduwen onder de bomen in het park verbergt, altijd aan de verlichte kant van de straat te lopen, rond te hangen bij hondeneigenaren en groepjes jongeren om die verlatenheid, eenzaamheid, kwetsbaarheid uit de weg te gaan.'

'Ik begrijp het.'

'En toch verlies je. Je wordt altijd ingehaald.'

'Ik begrijp het.'

Ik kijk hem even aan, me ervan bewust dat hij zichzelf herhaalt, mijn opmerkingen bevestigt alsof hij ze echt begrijpt.

Buiten is het donker. De kliniek is leeg op mij en Sven na. De vrouwen van de gespreksgroep zijn allemaal naar huis gegaan. Enkelen voerden luide, verontwaardigde discussies met elkaar, anderen, zoals Sofie, waren stil en leken van slag te zijn, zoals nu eenmaal gebeurt als je achterhaald wordt door de werkelijkheid.

Reality bites. Wordt het niet zo genoemd?

'Ik ben alleen zo bang dat hij haar ook zal vermoorden.'

'Ik begrijp het.'

Ik kan een glimlach niet onderdrukken.

'Wanneer je dat steeds zegt, voel ik me als een van je patiënten, begrijp je?'

Zijn hand op de mijne. Groot, warm, droog. Het soort hand dat mijn vader had toen ik klein was. Het soort hand dat oneindige veiligheid geeft, een aanraking om je in te verliezen.

Maar hij lacht zelf niet.

Ik kijk hem weer voorzichtig aan. Het grijzende haar is naar achteren gestreken, ontbloot het hoge, bruinverbrande voorhoofd. De rimpels rond zijn ogen zijn dieper dan gewoonlijk. Zijn blik vermoeid. Lusteloos misschien.

En ik zie Sven, een versleten man van in de vijftig die net verlaten is door zijn vrouw, maar dat naast zich neer kan leggen om naar mijn klaagzang te luisteren.

Ik ben plotseling benieuwd hoe het met hem gaat. Schaam me een beetje dat ik zo gefixeerd ben op mijn eigen problemen. Ik heb eigenlijk nooit gevraagd hoe het met hem gaat nu Birgitta hem na al die jaren verlaten heeft. Hoe hij omgaat met de eenzaamheid en de duisternis van de herfst.

'Hoe gaat het eigenlijk met jou?' vraag ik en ik gluur naar hem. En alsof het een afgesproken signaal is, tast hij naar zijn sigaretten, die naast zijn pijp op de tafel liggen. Pakt er een uit en stopt die langzaam in zijn mondhoek terwijl hij zich tegelijkertijd vooroverbuigt naar de lucifer.

'Je zou hier niet moeten roken. Je weet dat Aina gek wordt.'

Maar hij schudt alleen zijn hoofd alsof hij ergens anders aan denkt en mijn vermaning niet wil horen.

'Wat zal ik zeggen? Het is afschuwelijk.'

Ik knik zonder iets te zeggen, vermoed dat hij me in vertrouwen gaat nemen.

'Voel je je eenzaam?'

Hij knikt zonder antwoord te geven en kijkt naar zijn nicotinegele vingers, lijkt zijn nagels te bestuderen.

'Hoe lang is het nu geleden?' vraag ik voorzichtig.

'Ze is een maand geleden vertrokken.'

'Wat was er gebeurd?'

'Ze zei dat ze er genoeg van had. Dat ze niet langer tegen mijn leugens kon.'

'Leugens? Had ze je betrapt?'

Sven knikt en neemt een lange trek en de sigaret gloeit op als een sterretje in de nauwelijks verlichte ruimte.

'Met wie?'

'Hoe bedoel je, met wie?'

Sven kijkt me verward aan alsof hij de vraag niet begrijpt en ik word plotseling onzeker.

'Met wie heeft ze je betrapt?'

'Jezus, waarom hebben jullie allemaal zo veel vooroordelen?'

Sven staat op uit de stoel, begint door de keuken te drentelen met de sigaret in zijn hand. Ik weet niet of hij boos op me is of alleen maar van streek door de algehele situatie.

'Heb ik iets doms gezegd?'

'Ja... nee, ik weet het niet. Iedereen denkt toch dat ze me verlaten heeft omdat ik andere vrouwen had.'

'Was dat dan niet zo?'

'Natuurlijk had ik andere vrouwen. Zij ook trouwens. We hadden een open relatie. Een polyamoureuze relatie. Maar mensen hebben zo'n moeite om daar begrip voor te hebben, ze dragen hun stereo-tiepe beelden van wat liefde is met zich mee. Het heteronormatieve kerngezin. Je kent het.'

Hij zwijgt en kijkt me dwars door de keuken aan, alsof hij zich afvraagt of ik ruimdenkend genoeg ben om begrip te hebben voor wat hij vertelt.

'O, ik ben eigenlijk heel verbaasd. Ik verbind er absoluut geen waardeoordelen aan, ik had het alleen nooit kunnen... raden.'

'Niet alles is zoals het lijkt.'

'Ik neem aan dat je gelijk hebt.'

'Birgitta heeft in de loop der jaren veel minnaars gehad. En min-naressen.'

'Aha,' zeg ik en ik denk aan de grijsharige, mollige vrouw, aan de volle mond en het gerimpelde gezicht. Haar linnen gewaden en grote zilveren sieraden. De onmiddellijke autoriteit die ze uitstraalt als ze een kámer binnenkomt, hoe ze die opvult met haar vanzelfsprekende, krachtige aanwezigheid.

Waarom zou ze geen minnaars hebben? En minnaressen.

Sven laat zich weer in zijn stoel voor me zakken, hij lijkt wat gekalmeerd te zijn. Hij drukt de sigaret uit in de koekjestrommel, waar de as zich mengt met de kruimels van de citroenkoekjes van de bakker in de Götgatan.

De oude roestbruine lamswollen trui is rond zijn middel opgekropen en laat een stukje bleke, slappe huid zien. Sven is oud aan het worden, denk ik. Word je eenzaam oud? Zal ik eenzaam oud worden, ik die het zo vreselijk moeilijk vind iemand dichtbij te laten komen?

'Maar... ik snap het niet goed. Je zei toch dat ze je betrapt had?'

Hij lacht droef, schudt langzaam zijn hoofd en verbergt zijn gezicht in zijn handen. Zijn grote lichaam trilt en ik hoor een snik.

'Ze heeft me betrapt.'

'Maar...?'

'Ze heeft me betrapt met drinken. Ze vond me tussen de flessen, snap je. Dat was het enige wat ik van haar niet mocht doen. Het enige wat ik haar had beloofd dat ik nooit meer zou doen. Die vervloekte drank. Herinner je je jouw feestje nog, afgelopen zomer, toen ik zo dronken werd? Daarna moest ik haar beloven dat ik nooit meer zou drinken, anders zou ze me verlaten, zei ze. Andere vrouwen deden haar niet zoveel, maar drank... Ik begrijp het eigenlijk wel. Twintig jaar geleden was ik bezig huis en haard op te zuipen. Ik kwam dronken op de kliniek. Mijn patiënten klaagden, ik werd aangegeven. Ze dacht vast... dat het opnieuw zou gebeuren. Begrijp je?'

Ik antwoord niet. Dit had ik niet verwacht. Iedereen had gewoon aangenomen dat Birgitta Sven had verlaten omdat hij haar had bedrogen. Zijn affaires met vrouwen zijn legendarisch. Maar ik had er geen idee van dat hij dronk. Hij had wel eens verteld dat hij vroeger te veel had gedronken. Maar ik had dat op de een of andere manier afgedaan als een jeugdzonde, vermoedde niet dat hij er nog steeds problemen mee had.

Niets is zoals het lijkt.

Sven, die zijn werk altijd zo zorgvuldig doet, die zo gewaardeerd wordt door zijn patiënten en die Aina en ik allebei opzoeken als we raad nodig hebben.

Alcoholist? Ik kan het nauwelijks geloven.

'En nu?' Ik stel de vraag voorzichtig. Wil niet dat hij zich gedwongen voelt om antwoord te geven als hij dat niet wil. Wat hij me verteld heeft, was heel erg privé.

'Op het ogenblik heb ik enorm veel trek in een borrel,' zegt hij en hij kijkt me ondoorgrondelijk aan. 'Maar dat is nu voorbij. En liefde is ook voorbij wat mij betreft. Ik heb er genoeg van.'

Ik glimlach naar hem, buig me over de wiebelige eettafel en aai voorzichtig met een hand over de pluizige trui, zijn naar sigaretten ruikende adem komt me over de tafel tegemoet.

'Denk je niet dat je nu overdrijft? Misschien verander je wel van mening als je even de tijd krijgt.'

Hij pakt mijn hand en kijkt me recht in de ogen.

'Nee.'

'Nee?'

'Ik heb genoeg van liefde. Ik wil niet meer. Het is het niet waard. Het verdriet... is te groot.'

Ik knik, want wat valt er te zeggen?

We blijven lang zo zitten, met mijn hand in de zijne, terwijl het buiten steeds donkerder wordt. Dan kijkt hij me aan, constateert: 'Tja, daar zitten we dan. Twee alcoholisten in dezelfde kliniek.'

Hij knijpt zacht in mijn hand, een glimlach glijdt over zijn gezicht, en ik kan niet kwaad op hem worden. Ook als gezegd wordt wat niet gezegd mag worden, aangestipt wordt wat niet aangestipt mag worden. In plaats daarvan glimlach ik vermoeid terug en haal licht mijn schouders op.

Hij richt zijn blik op de deur en daar staat Aina met witte dozen van de Söderhallarna in haar hand. Ze heeft haar leren jack, de gestreepte muts en de veel te grote gebreide wanten nog aan. Haar blik rust kalm op mij en ik vraag me af hoe lang ze al naar ons gesprek heeft staan luisteren.

'Falafel?' vraagt ze zacht.

'Dus haar ex-vriend heeft zijn nieuwe vriendin gedood?'

Vijay op zijn stoel.

Zijn houding net iets beter dan een zak met brandhout. Sigaret in zijn mond en harige armen die uit het iets te strakke oranje T-shirt steken. Bij de deur liggen zijn neergesmeten gympen en aan zijn voeten heeft hij een paar schapenleren pantoffels. Pluizig bont steekt er bij de enkels uit. Weer denk ik dat hij op weg is om een van die excentrieke hoogleraren te worden die ons college gaven in onze studietijd, die ermee wegkwamen dat ze sociaal incompetent waren, dat ze met jonge studenten sliepen of conversaties met zichzelf voerden in de gangen.

'Ja, hij heeft haar gedood.'

Aina fluistert het antwoord zorgwekkend snel, alsof ze mij voor wil zijn, of misschien denkt ze dat ik geen antwoord kan geven op deze eenvoudige, maar noodlottige vraag.

We zijn bijeengekomen voor een soort crisisvergadering bij Vijay. Aina en ik zijn geschokt door wat er is gebeurd, dat de werkelijkheid ons kleine vrouwencollectief is binnengedrongen toen we elkaar net leerden kennen, dat we er opnieuw aan herinnerd zijn waarom we eigenlijk bij elkaar kwamen. Onze bijeenkomsten zijn geen meisjespraatgroepen, het zijn zelfhulpbijeenkomsten voor mishandelde of verkrachte meisjes en vrouwen.

Buiten valt de regen neer. Grijze wolken hangen boven de stad en een ijskoude wind jaagt over de doorweekte grasvelden die om het grote bakstenen gebouw van het Psychologisch Instituut liggen. Het is vrijdag en het universiteitsgebouw begint al leeg te lopen, ook al is het nog maar iets over drieën.

Onze dikke, vochtige herfstjassen liggen op elkaar in een hoek. Vijay is niet iemand die zich daar druk over maakt, maar hij woont samen met een pietje-precies. Olle, zijn vriend, kan slecht tegen zijn slordigheid. Hij is zo iemand die thuis zelfs t-shirts op dezelfde klerenhangers doet, die gymschoenen van cederhouten schoenblokken voorziet, ervoor zorgt dat snoeren en elektronica in speciale ruimtes worden opgeborgen zodat ze geen afbreuk doen aan de woning.

'Jezus,' mompelt Vijay en hij steekt nog een sigaret op.

'Wat moeten we doen?' vraagt Aina.

'Niets, of, ik bedoel, jullie moeten natuurlijk gewoon doorgaan. De groep is nu nog belangrijker voor de deelnemers geworden. Niet alleen voor deze vrouw, maar ook voor de anderen. Als die... Kattis bedreigd wordt, dan is het aan de politie om er iets aan te doen. Ik kan wel zo'n overvalalarm bestellen voor jullie kliniek. Dat had ik eigenlijk al eerder moeten doen.' Vijay zwijgt even, kijkt ons aan en blaast langzaam een gordijn van rook tussen ons, op een manier die de niet-ingewijden demonstratief zouden noemen, maar ik ken hem. Weet dat hij nadenkt. Overweegt wat we hem verteld hebben.

'Nou?' zeg ik.

Vijay trommelt met zijn vingers op de tafel, neemt nog een diepe haal. Lijkt zich ergens zorgen over te maken.

'Wat ik me afvraag is: hoe gaat het met jullie? Kunnen jullie hiermee omgaan?'

Het wordt even stil in de kamer voordat Aina de vraag probeert te beantwoorden: 'Wij zijn... in orde. Dat denk ik tenminste. En voor dit allemaal gebeurde, begon ik zelfs plezier te krijgen in de zelfhulpbijeenkomsten. Het is ongelooflijk interessant om geconfronteerd te worden met al die... lotgevallen van vrouwen. Ze zijn zo verschillend. En toch hebben ze allemaal één ding gemeen: ze hebben met geweld te maken gehad. Ik denk dat ik een beter beeld begin te krijgen van wat geweld tegen vrouwen werkelijk inhoudt.'

Vijay lacht zachtjes.

'Eigenlijk zijn ze helemaal niet zo representatief.'

'Wat bedoel je?' vraagt Aina.

'Ik bedoel alleen dat de groep waar jullie mee werken niet representatief is voor mishandelde vrouwen. Om te beginnen is hij etnisch homogener dan in de werkelijkheid. Jullie hebben één vrouw met een buitenlandse achtergrond. Een Finse achtergrond bovendien. Cultureel verwant dus. Alle anderen zijn Zweeds. Ze zijn niet representatief. In werkelijkheid worden vrouwen met een buitenlandse achtergrond er vaker mee geconfronteerd dan andere vrouwen, net als sociaal buitengesloten groepen als verslaafden en daklozen of vrouwen met een handicap. En dan zijn er natuurlijk oorlogen en conflicten. In dat soort situaties krijgen meisjes en vrouwen ermee te maken. Meisjessoldaten worden stelselmatig geconfronteerd met verkrachtingen, vrouwen worden verkracht en verminkt als onderdeel van de oorlogvoering.'

'Maar we hebben hier in Zweden helemaal geen gewapende conflicten...'

De opmerking ontglipt me en ik zie meteen aan Vijay dat hij mijn naïviteit vermoeiend vindt. Hij dooft zijn sigaret in een fles met Italiaans mineraalwater en buigt zich naar me toe. Praat langzaam en gearticuleerd, alsof ik een kind ben.

'Nee, maar er zijn hier veel meisjes en vrouwen die uit die gebieden komen. Daarom is het ook ons probleem. En niet alleen op een moreel niveau, maar ook op een praktisch niveau. Wij moeten voor ze zorgen.'

Ik knik. Schaam me voor mijn onwetendheid, dat ik er zo ondoordacht van uitging dat geweld tegen vrouwen gaat om Zweedse vrouwen die geslagen worden door Zweedse mannen in een of andere voorstad waar luxe nieuwbouwwoningen als paddenstoelen uit de vruchtbare Scandinavische grond schieten.

Alsof hij kan horen wat ik denk, gaat hij verder: 'Het is niet zo eenvoudig als je zou denken. De definitie van geweld tegen vrouwen is niet eenduidig. Het gaat niet alleen om fysieke mishandeling in huiselijke kring maar ook om bedreiging, psychische mishandeling, extreem doorgevoerde controle. Kinderhuwelijken, moedwillige ondervoeding van meisjes, het controleren van maagdenvliezen. Jullie kennen het.'

'En valt het onder één noemer te brengen?' vraagt Aina.

Vijay knikt, strijkt over zijn zwarte baardstoppels, waar in de loop der tijd steeds meer grijs in geslopen is.

'Macht,' zegt hij. 'Macht en controle. Daar gaat het uiteindelijk altijd om.'

Ik knik, kijk naar buiten door het kleine, sinds lang niet gelapte raam, dat nauwelijks iets van het groezelige herfstlicht binnenlaat.

Macht.

Is het zo eenvoudig?

Ik vraag me af of de man die mij ooit achtervolgde, die mij dood wilde hebben, er ook door gedreven werd. De macht om het bestaan onder controle te hebben, rechtvaardigheid te creëren. De macht om te beslissen over mijn leven, mijn dood.

'Haar dochter heeft alles gezien,' zegt Aina zacht.

'Hoe oud?' vraagt Vijay meteen.

'Vijf.'

'Dan krijgen ze nooit iets uit haar wat hout snijdt. Weet je hoe moeilijk het is om een vijfjarige te ondervragen? Het is uitgesloten dat je iets uit haar krijgt wat juridisch bruikbaar is.'

Hij schudt zijn hoofd en kijkt door het raam naar buiten, naar de regen en de modderige grasvelden. Ergens blaft een hond. Zwarte vogels vliegen in formatie langs het raam, misschien op weg naar een warmere plek.

'Weet je dat zeker?' vraag ik.

Vijay zucht en kijkt me met een vermoeide blik aan.

'Ja, ze zullen de hulp inroepen van een in getuigenissen gespecialiseerde psycholoog of een kinderdeskundige. Ze zullen haar ondervragen, maar niets bruikbaars uit haar krijgen. Onderzoek laat zien dat het buitengewoon moeilijk is om betrouwbare getuigenissen van kinderen onder de vijf jaar te krijgen. Ze hebben niet hetzelfde gevoel voor chronologie als volwassenen, ze mengen fantasie en werkelijkheid door elkaar. Herinneren zich details, maar niet het grote geheel. Bovendien is ze waarschijnlijk getraumatiseerd, wat het nog moeilijker kan maken om bij de herinneringen te komen. Waarschijnlijk zal ze zich niet meer herinneren wat er is gebeurd. Is ze zelf fysiek gewond geraakt?'

'Nee, ze leek geen fysiek letsel te hebben. De politie trof haar onder de keukentafel aan, midden in een plas bloed. In haar handen had ze haar krijtjes en een tekening.'

'Is het in de keuken gebeurd?'

'Ik geloof het wel,' zeg ik.

'Het is trouwens helemaal niet zeker dat ze ook maar iets heeft gezien. Toch? Misschien was ze in een andere kamer en kwam ze de keuken binnen om haar moeder te zoeken, vond haar, werd bang en verstopte zich onder de tafel. Dan kan toch?'

'Ja, dat kan.'

Aina wordt plotseling bleek, strijkt met beide handen over haar dijen alsof ze iets weg wil vegen. Haar nagels zijn afgebeten en ik kan resten van donkerrode nagellak zien.

'Hoe kun je zo gestoord zijn dat je iemand doodt van wie je houdt, of in elk geval van zegt te houden?'

Vijay negeert de vraag. Hij geeft er op geen enkele manier blijk van dat hij zich ongemakkelijk voelt bij het gespreksonderwerp, gaat in plaats daarvan met onverminderd enthousiasme verder met zijn uitleg. Dit is zijn stokpaardje, de analyse van de pathologische aspecten van de menselijke psyche, de beweegredenen van misdadigers en mishandelaars, de oorsprong van het kwaad.

'Dat deze mannen iemand werkelijk doden is hoogst uitzonderlijk. Vorig jaar zijn ongeveer 2700 gevallen van grove schending van de vrijheid van vrouwen gerapporteerd in Zweden, en dat is ongetwijfeld een enorm lage schatting. Maar in Zweden worden gemiddeld zeventien vrouwen per jaar gedood door een man met wie ze een relatie hebben. Het is dus heel ongewoon dat het zo afloopt. En als je naar de daders kijkt, dan zijn ze in tachtig procent van de gevallen gestoord, zestig procent is eerder tot een gevangenisstraf veroordeeld en vijftig procent is alcoholist. Ik weet helemaal niets van deze man, maar het is zeer waarschijnlijk dat hij ten minste aan een van deze criteria voldoet.'

Ik vertel niet dat ik Henrik zelf heb ontmoet, dat hij mij heeft opgezocht. Het laatste wat ik wil is dat Vijay en Aina zich weer zorgen om mij gaan maken.

Aina haalt haar schouders op.

'Ik geloof niet dat hij alcoholist is of in de bak heeft gezeten, maar wat weet ik ervan? Volgens Kattis was hij gewelddadig. Bovendien lijkt hij ongelooflijk verliefd op haar te zijn geweest en moeite te hebben gehad haar los te laten. Kon niet verdergaan met zijn leven, zeg maar. En zij lijkt hem ook niet los te hebben kunnen laten.'

Vijay lacht en buigt zich naar Aina toe. Strijkt voorzichtig een van de lange blonde haarlokken weg die uit het slordig geknoopte knotje zijn gevallen, legt de lok op zijn plek achter haar oor. Een gebaar dat zowel intiem als teder is.

'Geen liefde, het gaat nooit om liefde. Het gaat om macht. Vergeet dat niet.'

Uittreksel uit het rapport van de schoolgezondheidszorg, Älvängens lagere en middelbare school.

De moeder belt vandaag op het spreekuur en is heel erg ongerust over haar zoon, die in de derde klas zit. Ze vertelt dat de jongen steeds vaker klaagt over maag- en hoofdpijn en zegt dat hij ziek is. De moeder moet smeken om te zorgen dat hij naar school gaat. Ze zegt dat de jongen op school wordt gepest door de andere kinderen omdat hij langzaam en een beetje dik is. Bij één gelegenheid hebben enkele oudere jongens hem konijnenkeutels laten eten, waarvan ze zeiden dat het snoep was. Ze is ook bang dat haar zoon zal worden uitgebuit door andere kinderen aangezien hij lichtgelovig en een beetje naïef is. Denkt dat de andere kinderen hem zover hebben gekregen dat hij uit de buurtwinkel heeft gestolen door hem snoep en tijdschriften te beloven.
De moeder is erg van streek en huilt gedurende grote delen van het gesprek. Zegt dat ze niet weet wat ze moet doen en dat ze niets anders wil dan haar jongen helpen maar dat ze niet tot hem door kan dringen. Ze vertelt ook dat de situatie steeds meer conflicten thuis veroorzaakt omdat haar echtgenoot vindt dat ze zwak en toegeeflijk is.
We besluiten dat de jongen en de moeder hiernaartoe moeten komen om mij te ontmoeten voor een gezondheidszorggesprek. Geef ook de tip om naar de polikliniek te gaan om hem te laten testen op ev. ijzergebrek en dergelijke.
Sara Solberg, schoolzuster

Aina en ik staan tegen elkaar aan onder een kleine rode paraplu op de Götgatan. Dikke truien, sjaals en laarzen kunnen de snijdende kou niet buitenhouden.

'God, wat is het koud,' zegt ze en ze trekt het dunne leren jack strak om zich heen.

'Misschien zou je eens wat warmere kleren moeten kopen?'

Haar glimlach is breed en misschien een beetje toegeeflijk wanneer ze me aankijkt.

'Ik kan nu toch niet beginnen met thermobroeken en skimaskers? Bovendien' – ze wordt weer ernstig, richt haar gezicht omlaag alsof ze de natte stoep onder ons bestudeert – 'zit ik deze maand vreselijk slecht in mijn geld.'

'Wil je wat lenen?'

Ze schudt haar hoofd zonder antwoord te geven. Strijkt natte blonde haarlokken uit haar gezicht.

'Nee, ik moet iets achter de hand houden.'

Aina heeft bijna geen geld aan het eind van de maand. We hebben niet een bijzonder hoog loon, maar ik weet dat ze weinig huur betaalt, heel weinig. En andere onkosten heeft ze eigenlijk niet, dus ze zou geen economische problemen hoeven te hebben. Soms leen ik haar geld en dat krijg ik altijd in het begin van de volgende maand terug. Ik zou het hierover met haar kunnen hebben, mijn visie op hoe zij met haar geld omgaat kunnen geven, maar ik zie er niet echt het nut van in. Aina is mijn beste vriendin. Ze is volwassen en op elke mogelijke manier in staat om haar eigen besluiten te nemen.

Een auto rijdt met hoge snelheid door een plas en een golf bruingrijs water spat tegen Aina's scheenbeen.

'Idioot,' schreeuwt Aina en ze steekt haar middelvinger op naar de auto.

'Hé, wat doe je...' Ik pak haar arm vast en duw hem voorzichtig naar beneden. 'Wil je in een vechtpartij belanden?'

'Maar zag je dat niet, hij heeft me helemaal ondergespat.'

'Jawel, maar daar hebben we nu geen tijd voor. Je moet je agressie maar kwijt zien te raken op de yogamat. We hadden er twintig minuten geleden al moeten zijn.'

Aina zucht en haalt haar schouders op, trekt het leren jack nog strakker om zich heen.

'Komt iedereen?'

'Hillevi kon niet. Ze heeft dienst.'

We hebben bij De Pelikaan afgesproken om samen wat te eten en te praten over wat er gebeurd is. Over dat Kattis' ex-vriend zijn vriendin heeft vermoord. Haar koelbloedig heeft doodgetrapt in de keuken. En we gaan dat als beschaafde mensen doen, in een restaurant. Alsof we uitgaan om er een gezellige avond van te maken.

We hadden er bij de volgende sessie over kunnen praten, maar toen Malin voorstelde dat we elkaar in de kroeg moesten zien, en Sofie en Sirkka zeiden dat het vanzelfsprekend was dat wij ook moesten komen, ook al zijn we groepsleiders, besloten we hun besluit te respecteren. Tenslotte is het een zelfhulpgroep, geen therapiegroep. Het voelt ook goed om ergens anders naartoe te gaan, een beetje te ontspannen.

In de zwakverlichte ruimte hangt de geur van steak en vochtige wol. Er zijn veel mensen vanavond en ik ben blij dat ik een tafel heb gereserveerd. In een van de alkoven langs de muur vang ik een glimp van rood haar op en ik zie iemand wuiven. Sirkka.

'Daar,' zeg ik. 'Ze zijn er allemaal al.'

We banen ons een weg door bier drinkende, in het zwart geklede buurtbewoners. Wachten even om een serveerster door te laten, die dienbladen in haar handen heeft met gehaktballetjes en appelmoes.

Om ons heen stemmen en geroezemoes van mensen die we niet kennen, die deze donkere herfstavond met ons door zullen brengen. Op alle tafels brandende kaarsen, de vlammetjes flakkeren in de tochtvlaag van de deur, die voortdurend wagenwijd opengaat.

'Ha, meisjes,' zegt Sirkka en ze ontbloot haar gele tanden in een brede glimlach.

Aina omhelst haar en mompelt een begroeting met haar neus

begraven in het rode haar. Ik begroet Malin, die een T-shirt met lange mouwen draagt waarop de tekst TEAM BOSÖN 2009 staat. Ze ruikt fris, lacht en haalt een hand door mijn korte haar. Het gebaar heeft iets intiems, waardoor ik me plotseling gegeneerd voel. Wanneer ik me van haar wegdraai, komt Sofie eraan, ook met uitgestrekte armen. Ze omhelst me onhandig zonder iets te zeggen, maar ik merk aan haar dat ze blij is me te zien. Wanneer ik me opnieuw omdraai, staat Kattis voor me, en ik schrik. Haar haar is ongewassen en hangt piekerig over haar schouders. Haar ogen zijn gezwollen en haar mond is een dunne streep. Op haar wangen zie ik twee rode vlekken, alsof ze aangedaan is, of net heeft gehuild.

'Kattis,' is het enige wat ik kan zeggen.

'Ik weet het.' Ze schudt haar hoofd. 'Ik zie er vreselijk uit.'

'Nee, dat bedoelde ik niet. Ik...'

Ze lacht kort en wendt haar blik af, kijkt naar de bar en de mensen die zich in groepjes verdringen, lachen, luid praten, gebaren maken. Haar bleke, verbeten profiel tekent zich af tegen de bier drinkende barbezoekers, en het contrast is enorm. Ze zou meer op haar plek zijn op een begrafenis dan in een benauwde bierkeet op Södermalm.

Voorzichtig leg ik mijn hand op haar schouder en ik voel hoe ze beeft, alsof ik haar een elektrische schok heb gegeven. Ze kijkt me weer aan, geeft me een vermoeide, korte knik van verstandhouding, alsof we allebei iets begrijpen zonder dat we er een woord aan hoeven te wijden, en zakt dan weer op haar stoel zonder nog iets te zeggen.

Ik ga naast haar zitten en kijk naar de anderen. Sofie, Sirkka en Malin lijken niets gemerkt te hebben. Maar Aina staart me dwars over de donkere houten tafel aan en tussen haar getekende wenkbrauwen is een frons verschenen. Ik denk dat ze zich zorgen maakt om Kattis, en misschien ook wel om mij.

Dan breekt Sirkka het ijs.

'Lieve kinderen, dat het toch zo heeft moeten lopen.'

Kattis geeft geen antwoord, zit alleen stijf in haar stoel, met rechte rug, haar handen kalm voor zich op de tafel, haar blik gevestigd op de kaars die in het midden van de tafel staat.

'Ik heb er in de krant over gelezen...' begint Sofie voorzichtig. 'Het is zo'n raar gevoel om over Gustavsberg te lezen, je kunt gewoon niet geloven dat zoiets daar zou kunnen gebeuren. Het is zo ziek.'

'Het is nog veel zieker als het je ex-vriend is die iemand heeft gedood,' fluistert Kattis zonder op te kijken.

'Sorry, ik wilde niet...'

'Natuurlijk wilde je dat niet,' mompelt Kattis en ze kijkt naar ons terwijl we rond de tafel zitten. Er zit iets afgepeigerds en berustends in haar blik. De gezwollen, bloeddoorlopen ogen drukken een onverschilligheid uit die mij oneindig veel banger maakt dan haar huilbui die avond in de kliniek. 'Zoiets kun je gewoon niet vatten. Ik kan het niet eens vatten, en ik wist toch waartoe hij in staat was, begrijpen jullie?'

'Je moet nu sterk zijn,' zegt Sirkka en ze kijkt haar recht aan.

'Wat heeft dat voor nut?'

'Het maakt alle verschil in de wereld. Voor jou.'

'En zij dan? Susanne? Zij is dood, en niets wat ik doe kan ooit...'

'Haar kun je niet helpen. Je kunt alleen jezelf helpen,' zegt Sirkka, alsof ze precies weet waar ze het over heeft. 'Daar moet je mee beginnen, want je kunt een ander niet helpen voordat je jezelf hebt geholpen.'

'En hoe doe ik dat?'

Kattis' stem is nauwelijks hoorbaar, toch versta ik elk woord, alsof ze in mijn oor fluistert, met haar lippen tegen mijn oorlellen.

'Lief kind,' Sirkka knijpt in Kattis' bleke hand, 'je moet die kerel vergeten. Hem achter je laten.'

'Dat kun je makkelijk zeggen.'

'Je weet dat het zo is,' zegt Sirkka, en er zit iets opdringerigs in haar stem. 'Je zult niet vrij zijn voordat je hem zelf hebt losgelaten.'

Kattis trekt haar hand vlug terug, komt overeind en blijft bij de tafel staan, aarzelt, lijkt zich enkele seconden lang op te laden, alsof ze een toespraak gaat houden.

'Ik ga alleen... Excuseer me, ik ben zo terug.'

Dan loopt ze naar de toiletten. We kijken elkaar zwijgend aan.

'Was ik te hard tegen haar?' vraagt Sirkka.

'Nee,' zegt Aina, 'dat vind ik niet. Ze moet gewoon even alleen zijn. Hoe gaat het met jullie? Hebben jullie er veel aan gedacht?'

'Jawel,' begint Sirkka. 'Gustavsberg is niet zo groot. Mensen kennen elkaar, of weten in elk geval van elkaar. Er wordt gepraat.'

'De vrouw die vermoord is, Susanne. Haar zoon zat op hetzelfde gymnasium als een paar vrienden van mij,' zucht Sofie.

'Ik dacht dat ze een dochtertje had?' zegt Malin.

'Ja, maar ze had ook een oudere jongen. Hij is blijkbaar vreselijk lastig. In elk geval als hij op school was. Hij zit nu in een tehuis, geloof ik.'

'In een tehuis?' vraagt Aina.

'Ja, in zo'n tehuis voor verslaafden of criminelen of zo. Ik weet het niet precies.'

'Verslaafd of crimineel,' mompelt Aina en ze kijkt door het lokaal alsof ze ergens aan denkt.

'Ja, er wordt behoorlijk veel over die vrouw gepraat,' zegt Sirkka. 'Ik zou die roddels natuurlijk niet door moeten vertellen, maar toch. Ze was blijkbaar...'

Sirkka pauzeert, kijkt met een afwezige gelaatsuitdrukking door het lokaal.

'Wat?' vraagt Malin. 'Wat was ze?'

'Ik heb het alleen maar van horen zeggen,' zegt Sirkka met vaste stem en ze wrijft in haar handen alsof ze het koud heeft, 'maar er wordt gezegd dat ze een echte... sloerie was. Dat de ene kerel nog niet verdwenen was of de volgende stond alweer op de stoep. Ze had blijkbaar een... draaideur daar op de Blåsippevägen. Niet zo vreemd dat het dan zo met haar zoon is afgelopen, toch? Kinderen hebben toch een bepaalde stabiliteit nodig, denk ik.'

Malin beweegt onrustig heen en weer.

'Vat het niet verkeerd op, Sirkka, maar ik heb er problemen mee om vrouwen sloeries te noemen als ze alleen maar veel mannen hebben gehad. Mannen kunnen het met zo veel vrouwen doen als ze willen zonder een slechte naam te krijgen. Waarom is dat zo? Ik vind dat vrouwen elkaar moeten steunen, elkaar niet voor sloeries uit moeten maken. Dat vind ik het ergste wat er is, als vrouwen het voor elkaar verpesten. Er bestaat niets wat zo... onsolidair is. Er zou de doodstraf op moeten staan. Nee, dat meen ik echt.'

'Dat ben ik met je eens,' zegt Sirkka rustig. 'Ik vertelde alleen wat ik heb gehoord. Ik vind ook dat mannen echte sloeries kunnen zijn. Zeker.'

Dan arriveert het bier. Schuimende, beslagen glazen worden voor ons op de tafel gezet.

'De cola is voor mij,' zegt Malin. 'Ik drink niet... meer.'

Niemand zegt iets. Aina drinkt van haar bier en ik verbaas me er weer over dat ze niet kan drinken zonder geluid te maken, dat ze van die slurpende crèchegeluidjes moet maken als ze drinkt, hoewel ze een volwassen vrouw is. Ze droogt haar mond af met de achterkant van haar hand en kijkt weer rond door het volle lokaal.

'Zal ik gaan kijken waar Kattis blijft?' vraagt Sofie.

'Nee,' zegt Aina, 'ze redt zich wel. Hoe voel jij je, Sofie, gaat het goed?'

'Wat bedoel je?' vraagt Sofie en ze kleurt rood achter het bierglas.

'Ik bedoel, voelt het wel goed om door te gaan met de gespreksgroep nu... ondanks dat... dit gebeurd is?'

'Absoluut.' Haar antwoord komt meteen, zonder enige bedenktijd. 'Natuurlijk. Ik vind het hartstikke leuk jullie te ontmoeten. En... bovendien,' ze trekt aan een leren bandje met blauwe parels dat ze om haar pols heeft, '...denk ik dat Kattis ons nu nodig heeft.'

Ze slaagt erin de laatste zin als een vraag te laten klinken en ik verbaas me er weer over hoe voorzichtig en volgzaam ze is, hoeveel waarde ze eraan hecht om zich op ons in te stellen, om zich ondergeschikt te maken aan de groep.

'Dat vind ik ook,' zegt Malin. 'We moeten Kattis nu helpen. Zelf ben ik zo vreselijk kwaad. Ik zou die man dood kunnen slaan. Ik meen het. Letterlijk.'

'Dus je voelt veel... woede?' zeg ik.

Malin glimlacht breed.

'Ah, hou op. Weet je als wie je klinkt?'

'Als wie dan? Als een psycholoog? Jóuw psycholoog?'

Ze lacht weer, maar het is een vreugdeloze, mechanische, vlakke lach.

'Precies, en omdat jij dat bent kun je misschien begrijpen waarom ik kwaad ben?'

'Dat kan ik zeker. Maar ik weet niet...'

'Wat?' Ze houdt haar handen in de lucht.

'Ik weet alleen niet hoe constructief het is om kwaad te zijn.'

'Het is beter om kwaad te zijn dan bang te zijn,' zegt Malin. 'Het is beter om sterk te zijn dan zwak te zijn. Dat moet je toch met me eens zijn?'

'Ik wou dat ik even sterk was als jij.'

Het is Kattis die dat zegt. Ze staat plotseling weer bij de tafel. Ik heb haar niet aan zien komen en vraag me af hoe lang ze al naar ons gesprek geluisterd heeft.

'Jij bent sterk,' zegt Malin en ze neemt een slok van haar cola. 'Iedereen is sterk vanbinnen. Je moet alleen in contact komen met de kracht in jezelf. Het is iets waarop je kunt trainen.'

Kattis glimlacht aarzelend en laat zich op haar stoel zakken. Ze houdt het bierglas voor de kaars en bekijkt de vlam erdoorheen, draait haar hoofd, waardoor haar haar zwaar tegen haar schouder valt. Dan neemt ze voorzichtig een slok van het bier, alsof ze bang is dat het haar zal branden.

'Iets waarop je kunt trainen? Hoe dan? Door naar een soort sportschool te gaan?'

Collectief gegiechel.

Malin ziet er geïrriteerd uit.

'Ja, precies. Er is geen verschil tussen psychische en fysieke kracht. Je kunt je mentale kracht opbouwen, je hersens werken hetzelfde als een spier. En als je dat gedaan hebt. Ja, dan kan niemand je meer iets maken.'

'Ga jij het me leren?'

Kattis glimlacht voorzichtig.

'Natuurlijk, als ik klaar met je ben, zul je steenhard zijn. Maar je zult hard moeten trainen. Alles heeft zijn prijs. Als je je lichaam, of je geest, wilt veranderen, moet je je grote opofferingen getroosten. Je moet een deel van je leven, van je tijd, aan deze taak wijden.'

'Maar wil je wel zo worden?' vraagt Sirkka.

Malin verstijft, zet het glas op de tafel en haalt een hand door haar korte, witblonde haar. Er valt een korte stilte.

'Wat bedoel je met *zo*?'

'Nou, als een man, groot en gespierd. En hard tot in je ziel. We zijn tenslotte nog steeds vrouwen,' mompelt Sirkka en ze wrijft weer in haar handen, en plotseling begrijp ik dat ze er pijn aan heeft en ik vraag me af waarom ik dat niet eerder heb gezien, de kromme vingers, de gezwollen polsen. Ze heeft een vage glimlach om haar lippen, die de ontelbare rimpeltjes rond haar mond glad trekt, waardoor ze er jonger uitziet, als degene die ze ooit was.

Toen.

Ervoor.

Malin heeft haar armen voor haar borst gekruist. Iets donkers in haar ogen nu.

'Liever dat dan een slachtoffer.'

'Maar moet het dan zo zijn?' vraagt Sirkka. 'Moeten we mannen van onszelf maken om aan hun geweld te ontkomen? Moeten we zoals hen worden? Is dat de oplossing? Kunnen we niet blijven zoals we zijn, zonder verkracht en geslagen en... vernederd te worden? Is dat misschien te veel gevraagd?'

'Ik denk er in elk geval net zo over,' zegt Aina opeens en ze zet het bijna lege bierglas met een klap neer, waardoor iedereen opschrikt. 'Ik vind dat Sirkka er helemaal gelijk in heeft dat we niet zouden hoeven veranderen. Iedereen moet in een kort rokje rond kunnen lopen zonder verkracht te worden. Iedereen moet uit een relatie kunnen stappen zonder doodgeslagen te worden. Geen vrouw mag een hoer genoemd worden omdat ze haar seksualiteit omarmt. Maar tot het zover is, ga ik graag naar een zelfverdedigingscursus.'

'Ik vraag het me af. Had een zelfverdedigingscursus Susanne Olsson kunnen redden?' mompelt Sirkka.

'Susanne Olsson? Heette ze Olsson?' vraagt Malin. Het is alsof haar lichaam bevriest en het glas blijft in de lucht hangen, halverwege tussen de tafel en haar mond.

Kattis knikt.

'Waar woonde ze?'

'Blåsippevägen was het toch?' zegt Sirkka.

'Hoezo, ken je haar?' vraagt Kattis.

Malin schudt heftig haar hoofd en zet het glas neer.

'Absoluut niet, ik... Het is niets.'

Dan komt het eten. Een intensieve discussie over Gustavsberg komt op gang. Over het merkwaardige feit dat bijna iedereen op de een of andere manier van Susanne gehoord heeft, over de voor- en nadelen van het wonen in een kleine gemeenschap. Sirkka gesticuleert met haar magere, rimpelige armen in de lucht gestoken. Malin zit nog steeds met haar armen defensief over elkaar. Sofie kijkt ernstig van de een naar de ander, alsof ze de situatie in probeert te schatten, probeert te begrijpen wat er gebeurt. Te bepalen waar ze bij past. Aina lacht plotseling luid en klaterend, zoals alleen zij dat kan, en laat haar hoofd achteroverzakken.

Alleen Kattis kijkt mij met grote, donkere, lege ogen aan. En het is alsof alle anderen verdwijnen, alsof ze vervagen in de rumoerige ruimte, één worden met het bier drinkende publiek. En opeens is alles stil. Het enige wat er overblijft, zijn haar bleke gezicht en haar zwarte ogen en ik wil haar zo graag troosten, wil er voor haar zijn, wil de last lichter maken die zij om de een of andere reden toebedeeld heeft gekregen.

Ze likt over haar smalle, gebarsten lippen. Probeert een glimlach, die scheef wordt, stijf.

'Het komt wel goed,' zeg ik.

Ze glimlacht weer, en plotseling is ze mooi. Het maakt niet uit dat haar haar in vette slierten over haar schouders hangt, of dat haar ogen rood zijn. Ze is mooi.

Punt.

'Dat weet je niet,' zegt ze hees.

'Jawel, dat doe ik wel,' zeg ik. En op dat moment weet ik dat ik het meen. Dat een deel van mij, van mijn intuïtie, weet dat Kattis zich altijd zal redden. Dat ze een overlevende is, iemand die altijd weer bovenkomt in het duister, iemand die altijd weer op haar pootjes terechtkomt.

Iemand van wie wordt gehouden en die van anderen kan houden.

Niet iemand zoals ik.

De migraine is als een stalen hoed die op mijn hoofd drukt, het naar de modderige grond trekt als ik op een drafje loop over wat eens een grasmat was, maar nu op een kleipoel lijkt, met sporadische plukjes gras die er hier en daar bovenuit steken. De wind zweept de zee op zodat het schuim over de rotsen spoelt en grauwe blubberplasjes achterlaat op de plateaus. Regendruppels trommelen als breinaalden tegen mijn wangen.

Het is vijf uur en al donker.

Waarom hebben we in godsnaam de badkamer in een vrijstaand huisje gebouwd? Wiens idee was dat?

Stefan. Altijd Stefan.

Stefans idee: een huis bij de zee. Alleen hij en ik. Dicht bij de natuur. Dicht bij de mogelijkheid om te duiken.

Stefans idee: als we een badkamer in het bijhuisje bouwen creëren we ruimte voor een woonkamer.

Ergens boven de zee klinkt een langgerekt, klagend geluid. Als van een stervend dier, een gewonde zeevogel misschien? Ik blijf even staan, klem de ritselende plastic apothekerstas tegen me aan. Zijn inhoud hangt bedrieglijk licht aan mijn ijskoude hand en ik kan het niet helpen, de gedachte komt uit het niets: niet nog een keer. Het kind dat stierf, dat wij gedood hebben. Ik weet het, ik weet het, de correcte term is dat de zwangerschap werd beëindigd. Om goede redenen trouwens. Ernstige foetale schade maakte een eind aan mijn en Stefans ambities over een kerngezin.

Maar toch.

Plotseling is het alsof ik terugreis in de tijd, naar een andere dag, toen ik een andere zwangerschapstest had gedaan en langs dezelfde weg als vandaag liep om het goede nieuws met Stefan te delen. Toen mijn binnenste gevuld was met een warm en licht gevoel van iets wat het best omschreven kan worden als vertrouwen. In Stefan. In het leven misschien.

Nu is dat gevoel vervangen door een ondefinieerbare zuigende onrust in mijn hele lichaam. Als er nu iets groeit, in mijn donkere binnenste, weet ik niet zeker hoe ik het zou verwelkomen. Weet ik niet zeker of ik dat vertrouwen opnieuw zou kunnen voelen.

In het warme huisje laat ik me op de toiletpot zakken, verwijder de plastic verpakking van een voorwerp dat eruitziet als een thermometer, maar dat iets heel anders meet.

Plas.

Ontmoet de blik van David Bowie vanaf de muur. Even uitdagend als altijd, zoals hij daar nonchalant achterovergeleund staat, het slangachtige lichaam in een zilveren overall gestoken. Plateauschoenen. Rood haar. Veel make-up.

Hij knipoogt veelbetekenend naar me en ik haal diep adem en kijk naar het testresultaat.

POLITIEBUREAU VAN VÄRMDÖ, OKTOBER

Sonja Askenfeldt stopt het sigarettenpakje in haar handtas en vraagt zich af of ze misschien al te lang bij de politie zit. Vandaag gaan ze een klein meisje verhoren dat hoogstwaarschijnlijk heeft gezien hoe haar moeder werd vermoord, en het enige waar ze aan kan denken is dat ze na haar werk nog langs de bloemenwinkel moet om die cadeaubon in te leveren die bijna afloopt. Tien jaar geleden zou ze buikpijn hebben gehad op de dagen voor zo'n verhoor.

Ze weet uit ervaring dat ze zal reageren als het verhoor is begonnen, dat het moeilijk zal worden om te luisteren naar wat het meisje vertelt, maar voorlopig is alles nog net als altijd.

Een gewone werkdag.

Ze groet de kinderdeskundige.

'Hoi, Carin von Essen. We hebben elkaar toch al eerder ontmoet?'

Sonja knikt en glimlacht.

Zeker heeft ze Carin eerder ontmoet. Carin met het bosje in het bosje. Ze had vorig voorjaar een college gegeven bij een opleiding voor verhoortechnieken. Bovendien heeft ze een duidelijke herinnering aan haar van een personeelsfeestje in de zomer.

Dát personeelsfeestje.

Wat ze zich herinnert is een andere Carin, niet de formele, ernstige vrouw die nu voor haar staat, maar een dronken, giechelige, beetje propperige vrouw van in de veertig met een kreeftenmuts, een veel te diep decolleté en gescheurde nylonkousen. Ze was een van degenen geweest die het allerluidst zongen, die het ongecontroleerdst dansten en, waarschijnlijk, ook te dicht tegen de mannelijke collega's aan. Er was achteraf over haar gepraat, over hoe ze in een struik op de keerplaats voor het feestlokaal had geplast. Een heel klein bosje. Zo klein in feite dat het niet eens haar meest intieme delen had verborgen. En daarom wordt ze het bosje genoemd. Carin met het bosje in het bosje.

En nu staat ze dus voor haar, met haar pas geföhnde blonde haar en de witte, tot aan haar nek dichtgeknoopte piqué trui en ziet er alleen maar prachtig schoongeboend en moederlijk uit, als een ideale crèchejuf. Zoals de meeste kinderdeskundigen eruitzien. Het lijkt iets besmettelijks te zijn.

Carin zegt haar collega Roger gedag, die vandaag cowboylaarzen draagt en een ceintuur met een grote messing gesp die een adelaar voorstelt. Zijn gezicht klaart op als hij Carin ziet, en Sonja voelt een golf van irritatie en iets wat aan schaamte doet denken.

Schaamt ze zich voor Roger? Stralen zijn belachelijke kleren op haar af? Zijn zielige kleine avances naar Carin von Essen, waarvan hij denkt dat ze ze niet ziet.

Ze besluit snel dat het bespottelijk is. Zijn manier van kleden, zijn macho-uitspraken en paardachtige grijns hebben niets met haar te maken.

Ze werkt al jarenlang met Roger samen en hij is over het algemeen een goede agent. Maar het kan hem niet meer echt schelen. Het engagement dat hij tien jaar geleden had, is langzaam verdwenen, als water dat beetje bij beetje verdampt in een vijver en alleen een dun laagje achterlaat, dat verraadt wat er eerder is geweest. Precies zo is het met Roger. Zijn gevoelens en energie zijn drooggelegd. Er is nog slechts een dun laagje empathie en engagement over. Hij gaat naar zijn werk omdat het moet, omdat de aflossingen betaald moeten worden en omdat hij van de winter weer met zijn vrouw en de tweeling naar Tenerife wil reizen. En eigenlijk kan ze het hem ook niet kwalijk nemen. Niemand slaagt erin om lang idealist te blijven in dit vak. Of je gaat eraan ten onder of je wordt... hard. Je vormt een soort pantser tegen de werkelijkheid waarmee je elke dag geconfronteerd wordt. Leert grappen maken over dood, braaksel en verslaafde tieners. Leert erom te lachen ook trouwens.

En toch.

Ze ergert zich aan hem. Hij heeft de dunne scheidslijn tussen berusting en pure luiheid overschreden. Steeds vaker zit ze na werktijd aan rapporten te werken die hij eigenlijk had moeten schrijven, terwijl ze de meisjes op moest halen van het kinderdagverblijf, of zou gaan trainen, of alleen met een boek en een sigaret wilde gaan zitten.

Ze herinnert zichzelf eraan dat ze dit gesprek snel met Roger moet voeren. Dat het niet langer goed aanvoelt dat zij hem verwent als het derde kind dat ze niet heeft en niet wil hebben.

Carin, de kinderdeskundige, groet de vader van het kleine meisje. Het is gebruikelijk om de ouders erbij te hebben als heel jonge kinderen worden verhoord. De vader is nerveus en ziet er op de een of andere manier uit alsof hij net wakker is geworden. Ongekamd haar, opgezwollen en roodomrande ogen, de oude wollen trui op een onheilspellende manier om zijn buik gespannen.

'Waarom filmen jullie het verhoor?' vraagt hij en Sonja hoort iets terughoudends, misschien zelfs wel vijandigs in zijn stem.

'We filmen alle verhoren met kinderen onder de vijftien,' legt Carin geduldig uit. 'Dat betekent dat de kinderen bij een eventuele rechtszaak niet hoeven te getuigen. Dan wordt dit verhoor gebruikt. Je kunt Tilde nu gaan halen en naar de verhoorkamer brengen.'

De vader van Tilde knikt en wrijft over zijn baardstoppels, maar ziet er niet helemaal overtuigd uit.

'Maar ik mag er binnen dus niet bij zijn?'

'Nee, zoals ik gisteren heb uitgelegd mogen alleen het kind en de ondervrager erbij aanwezig zijn. Het is belangrijk dat het kind zich volledig op het verhoor kan concentreren en zelf antwoord geeft op de vragen. Als ouder kan het je gemakkelijk overkomen dat je je kind op weg probeert te helpen, en dan riskeer je dat het resultaat wordt beïnvloed. Je zult dus hier moeten wachten met... Roger en...?'

'Sonja,' zegt Sonja. 'Wij zorgen hier voor je. En je zult het verhoor door het raam kunnen zien en alles kunnen horen wat er gezegd wordt. En als het te zwaar voor Tilde wordt, dan houden we gewoon een pauze. Oké?'

'Oké,' zegt hij aarzelend, draait zich om en loopt langzaam de kamer uit om Tilde te halen.

'Nou, dan beginnen we maar,' zegt Carin met het bosje in het bosje en ze verlaat de kamer met geluidloze Ecco-stappen.

Sonja moet denken aan wat Roger haar eerder heeft verteld. Hij had het verhoor van Tilde doorgesproken met Carin en zij had verteld over de moeilijkheden van het verhoren van kinderen. Uitgelegd hoe belangrijk het was dat het kind zich veilig voelt, dat de ondervrager open en eenvoudige vragen stelt in een taal die het kind begrijpt, aangezien kinderen een beperkte woordenschat hebben. Carin had verteld dat Tilde, die net vijf is geworden, waarschijnlijk maar tussen de duizend en vijftienhonderd woorden kende. Bovendien begint het semantisch geheugen, het verklarend geheugen, zich pas op vijfjarige leeftijd te ontwikkelen. Hiervoor hebben kinderen slechts een beperkt vermogen om zich abstracte zaken te herinneren. Ze kunnen zich herinneren wat er is gebeurd, vooral als het om een traumatische ervaring gaat, maar ze kunnen het moeilijk overbrengen. Kinderen onder de drie jaar worden over het algemeen niet verhoord omdat de bewijswaarde van wat er uit zo'n verhoor komt heel erg beperkt is.

Tilde en Carin zitten elk op een stoel achter de tafel. Sonja herkent de verhoorkamer bijna niet. De kinderdeskundige heeft er kussens en planten en een paar stapels met papieren en boeken naartoe gebracht. Ze neemt aan dat dat is om het gezellig te maken, en dat is geen slechte gedachte.

Tilde zit volkomen stil. Haar bruine haar is vastgemaakt in een losse staart en de spijkerjurk hangt als een zak om haar magere lichaam. Haar benen slingeren vrij in de lucht vanaf de hoge stoel. Haar voeten reiken bij lange na niet tot de grond.

'Tilde, mijn naam is Carin von Essen en ik ben agent. Weet je wat een agent doet?'

Tilde knikt langzaam, maar geeft geen antwoord.

'Het is mijn werk om mensen op te pakken die dingen doen die verboden zijn. Die vechten of stelen bijvoorbeeld. Ik wil graag even met je praten over wat er met je mama is gebeurd.'

Tilde knikt weer op die langzame manier, alsof ze zich bewust is van de ernst van de situatie.

Carin glimlacht lichtjes naar haar en gaat verder: 'Heel goed. We gaan het zo doen. Ik ga je een paar vragen stellen over wat er gebeurd is en dan wil ik dat je ze beantwoordt. Als je het niet weet, moet je zeggen "ik weet het niet". Begrijp je dat?'

'Ja.'

Tildes stem is zo zwak dat hij bijna niet te verstaan is en toch gaan de haren in Sonja's nek ervan overeind staan. Er is iets bijzonders aan de misdaad waarbij het kind betrokken is. In al die jaren dat ze hier werkt is het bijna de enige die haar werkelijk tot op het bot aangrijpt. Er zijn dingen waar kinderen niet bij moeten zijn, die ze niet zouden moeten zien. En het is meer dan één keer voorgekomen dat ze met ze van plek had willen ruilen.

Kijk naar de foto's, antwoord op de vragen, wijs op de pop aan waar op je lichaam die slechte man je heeft aangeraakt, wijs op de foto aan welke jongen je kleine broertje met de spijker in zijn oog heeft gestoken, vertel over de dag dat je mama werd overreden door de trein.

'Dus als ik je bijvoorbeeld vraag "Wat voor kleur is mijn kat", wat zeg je dan?'

Tilde twijfelt even en frommelt aan haar jurk, lijkt na te denken.

'Ik weet het niet?'

'Precies. Want je hebt mijn kat nooit gezien, toch?'

'Nee,' zegt Tilde en ze kijkt naar haar knie.

'Goed, dan weet je hoe het zal gaan. Als ik iets zeg wat je niet begrijpt, moet je het vragen. Oké?'

'Ja,' antwoordt Tilde, met dezelfde dunne, bijna fluisterende stem.

'Wat is er met je mama gebeurd, Tilde?'

Tilde blijft even stil zitten, lijkt te twijfelen, maar begint dan te vertellen. En haar stem is plotseling sterk en helder. Helemaal niet meer zwak en dun zoals eerder.

'Die man sloeg mama.'

'En waar kwam die man vandaan, Tilde?'

'Van de deur.'

'Van welke deur?'

'De deur naar buiten.'

'Van de buitendeur?'

'Ja, hij bonkte heel hard op de deur, zodat mama open moest doen. Je mag niet zo hard op de deur bonken. Dat wordt *lewaai* dan.'

'En wat gebeurde er toen?'

'Die man sloeg mama.'

'Heb je dat gezien?'

Tilde knikt ernstig zonder antwoord te geven.

'Kun je vertellen wat hij deed?'

'Die man sloeg mama.'

'Hoe sloeg hij mama?'

'Hij sloeg en trapte en trapte en trapte.'

Pauze. Carin strijkt met haar vingers over de mouwen van de piqué trui, alsof ze het koud heeft.

'En wat gebeurde er toen?'

'Mama viel en er kwam heel veel bloed en de vloer werd vies, je mag niet kliederen op het tapijt. Maar het was kliederig en mama was gevallen. En hij hield niet op. Terwijl... mama... terwijl... Zo mag je niet doen.'

Tildes stem is nu schel en haar vuistjes liggen hard samengeknepen op haar knie. Haar benen slingeren niet meer heen en weer, het lichaampje is stijf en hard als een stok. De staart is losgeraakt en het bruine haar valt zacht en dun over haar magere schouders.

'Wat gebeurde er toen, Tilde?'

Carins stem is kalm en klinkt onaangedaan. Plotseling glijdt Tilde van de hoge stoel af, blijft op de vloer voor de tafel staan en houdt haar handen tegen haar oren. Schreeuwt: 'Niet meer praten, niet meer praten, niet meer praten, niet meer praten.'

Carin loopt naar haar toe, legt een hand op haar schouder, wacht tot ze stil wordt. Neemt haar kleine handen in de hare, zakt op haar hurken zodat ze op ooghoogte komt met Tilde.

'Zullen we gaan tekenen, jij en ik? Dan kunnen we straks nog even verder praten over je mama.'

Tilde knikt zonder iets te zeggen. Ze gaan weer aan de tafel zitten. Carin haalt krijtjes en papier tevoorschijn.

'Zal ik mijn huis tekenen?'

Tilde knikt.

'Oké, het is een klein huisje. Zo ongeveer.' Carin tekent met zwiepende bewegingen iets op het papier.

'Waar is de kat?'

Carin moet lachen.

'Zo, je herinnert je de kat nog? Ja, Adolf mogen we niet vergeten.' Ze tekent iets kleins, pakt een oranje krijtje en kleurt de contouren in. 'Zo ziet hij eruit. En er is nog een boom. Er is maar één boom, want de tuin is heel erg klein. Maar het is een goede boom, want er zitten elk jaar heel veel appels in. En je kunt ook in de boom klimmen, want hij heeft heel goeie klimtakken.'

'Wij hebben geen tuin bij mama.'

Tildes stem is weer rustig.

'Nee, niet alle huizen hebben een tuin. Maar jullie hebben misschien iets anders wat goed is?'

'Onze tv is hartstikke groot. Hij hangt aan de muur en is bijna helemaal plat, als een pannenkoek.'

'O, dat klinkt hartstikke goed. Weet je nog wat je die avond deed, voordat er op de deur werd geklopt?'

Tilde kijkt naar beneden, knijpt haar handen weer tot vuisten en beweegt onrustig op haar stoel. Haar voeten slingeren langzaam heen en weer door de lucht.

'Ik... weet het niet.'

'Oké, dat is goed. Je moet het zeggen als je het niet weet. Als je nog even probeert te denken aan die man die mama sloeg. Weet je hoe hij eruitzag?'

'Ik weet het niet.'

'Heb je die man eerder ontmoet of gezien?'

Weer beweegt Tilde heen en weer alsof het haar onrustig maakt om de vraag te beantwoorden.

'Ik weet het niet.'

'Zei die man iets?'

'Die man en mama schreeuwden.'

'Weet je nog wat ze zeiden?'

Twijfel.

'Ze schreeuwden hartstikke veel.'

'Kon je horen wat ze zeiden?'

'Ik weet het niet.'

'Oké, dat is hartstikke goed, Tilde. Je bent hartstikke flink. Herkende je de stem van die man?'

'Ik weet het niet.'

'Maar je denkt dat het een man was, niet een vrouw of een meisje?'

'Hij was... goochelaar.'

'Hoe weet je dat hij goochelaar was?'

Opnieuw zit Tilde er stil en ernstig bij, bekijkt Carin zonder iets te zeggen.

'Waarom denk je dat hij goochelaar was, Tilde?' herhaalt Carin.

'Hij pakte gild.'

'Wat pakte hij?'

'Gild.'

Pauze.

'Pakte hij geld?'

'Ja.'

Een snelle blik van Carin door het raam in hun richting.

'Was dat voor of nadat hij je mama had geslagen?'

'Eerst sloeg hij mama, daarna deed hij het.'

'Eerst sloeg hij je mama, daarna pakte hij geld?'

'Ja.'

Sonja zucht. Ze had geen rekening gehouden met roofmoord. Het geweld was daar veel te excessief voor. Maar als het zo is, is het beklemmend. Een vrouw doodgeschopt voor de ogen van haar kind omdat een junk snel een shot nodig had. Het is op zich totaal niet ondenkbaar, het gebeurt de hele tijd.

Roger buigt zich naar Sonja toe en fluistert tussen zijn tanden.

'Niet slecht. Het bosje groeit in mijn ogen.'

En hoewel ze het niet wil, kan ze het niet laten te glimlachen en ze voelt een onvoorwaardelijke genegenheid voor haar hopeloze, luie machocollega. Ze geeft hem een vriendschappelijke por in zijn zij en kijkt voorzichtig naar de vader van Tilde, bang dat hij hun ongepaste grap heeft gehoord, maar hij kijkt als gehypnotiseerd door het raam van de verhoorkamer terwijl twee stroompjes zweet langs zijn slapen lopen.

VÄRMDÖ, OKTOBER

Een perfecte zaterdag.

Lange wandeling langs het strand. De zee die op onze voeten jaagt.

Dikke mutsen. Wanten. Wollen truien onder de jassen. De hemel grijs en zwaar als een betonblok boven ons. Zwarte vogels cirkelen boven ons hoofd, alsof we de voorbode zijn van een maaltijd.

Daarna drinken we warme chocola op mijn bank. De kachel knettert in de hoek en de radio staat aan. Er wordt gesproken over overstromingen, over hoe een deel van E18 gewoon weggespoeld is, als een speelgoedbootje. Twee auto's werden meegesleurd. Beide chauffeurs zijn omgekomen. Een vrouwelijke passagier heeft het overleefd doordat ze door de gebroken voorruit was gekropen en op het dak van een worstenkraam was geklommen. Ze had de tsunami van 2004 in Thailand overleefd en vertelde met dunne stem dat dit erger was. Haar Rune kwam niet meer naar de oppervlakte van het modderige water. Na veertig jaar huwelijk, en na zowel kanker als een tsunami te hebben overleefd, verloor ze dus de liefde van haar leven door een moddergolf langs de E18.

Ik kijk naar Markus, die in een spijkerbroek en sweater tegenover me zit op de versleten oude bank. Zijn gezicht even glad als dat van een kind. De bleke ogen ongerust op een onbestemde manier. Ik vraag me af of ik hem zo dichtbij durf te laten komen dat ik mezelf kwetsbaar maak.

Even kwetsbaar als de vrouw op de radio.

'Ben je oké?' vraagt hij zacht in zijn zangerige Norrlandse dialect en ik leg mijn voeten op zijn knie. Langzaam masseert hij mijn voetzolen, kijkt me zwijgend aan.

'Natuurlijk ben ik oké.'

'Ik wou dat je je niet met dit soort dingen bezighield.'

'Met wat voor soort dingen?'

'Nou, geweld en zo. Wat ik de hele dag doe.'

'Wat vind je dan dat ik moet doen? Me alleen bezighouden met spinnenfobieën en koopziekte? Deze vrouwen hebben werkelijk hulp nodig. We leveren een bijdrage, Aina en ik. En Vijay, jezus, hij heeft zijn hele leven aan dit soort dingen gewijd.'

'Maar deze man lijkt gestoorder te zijn dan gemiddeld.'

'Bedoel je dan de gemiddelde man of dan de gemiddelde vrouwenmishandelaar?'

Hij schuift beledigd mijn voeten van zijn knie.

'Onzin, complete onzin. Echt.'

Ik giechel, neem een slok van de chocola, buig me naar hem toe. Kus zijn zachte mond, laat mijn tong langs zijn lippen gaan.

'Ben je nu chagrijnig?'

Hij ontdooit, legt zijn armen om mijn middel.

'Niet chagrijnig, alleen ongerust over jou.'

'Ik wil niet dat je je zorgen om mij maakt. Ik heb er schoon genoeg van dat mensen zich zorgen om me maken.'

'Ik weet het, maar deze keer heb ik er misschien een reden voor. Ik heb gepraat met de vrouw die het vooronderzoek leidt naar die gruwelijke moord in Gustavsberg. Het was duidelijk heel extreem. De hoeveelheid geweld die gebruikt is, was buiten elke proportie. Hij heeft blijkbaar... haar hele gezicht eraf getrapt, dat lag er zeg maar naast. Snap je dat? Voor de ogen van de dochter.'

Ik krijg opeens een onbehaaglijk gevoel. Neem nog een slok van de warme chocola.

'Heeft ze iets gezien?'

'Het meisje? Dat weet ik nog niet, ze zouden haar gisteren verhoren, geloof ik.'

'Vijay zegt dat het geen zin heeft om zulke jonge kinderen te verhoren.'

Markus haalt zijn schouders op.

'Dat weet ik echt niet. Ze roepen vast de hulp in van een psycholoog of kinderdeskundige.'

'Hebben jullie hem opgepakt? Haar partner.'

'Nee, je kunt iemand niet zomaar oppakken, en het is niet zeker dat hij het gedaan heeft.'

'Natuurlijk heeft hij het gedaan. Het is altijd de man.'

'Nee, het is *bijna* altijd de man.'

'Dat is hetzelfde.'

'Niet in juridische zin.'

'Hoe kun je dat zeggen? Hij trapt zijn partner dood voor de ogen van haar dochter en jij...'

'Maar Siri,' Markus kijkt me verbaasd aan, 'waar gaat het over? Wanneer ben je hier zo persoonlijk betrokken bij geraakt?'

Plotseling voel ik de misselijkheid als een golf in me omhoogkomen, ik laat bijna de beker op de bank vallen en moet naar de hal rennen. Het lukt me nog om de gammele houten deur te openen voordat ik overgeef op het trapje. De koude lucht kruipt onder mijn dunne kleren, houdt de misselijkheid heel even tegen. Ik adem zwaar.

Dan voel ik zijn hand op mijn schouder.

'Siri, wat is er aan de hand? Ben je ziek?'

Ik leun met mijn voorhoofd tegen de koude muur van het huis, voel de rijp smelten onder mijn warmte.

'Ik denk... ik denk dat het me even te veel werd met die moord. Kunnen we het ergens anders over hebben?'

Hij geeft geen antwoord, maar voert me ernstig weer naar binnen, het warme huis in.

De geluiden van de herfstnacht buiten ons slaapkamerraam: de wind die over de scheren jaagt, dunne takken die als vingers over de muren van het huis schrapen. De regen die trommelt op het eternieten dak. De zwakke geur van rook van het haardvuur die in de kamer is blijven hangen.

Markus tilt mij boven op zich, zodat ik schrijlings op hem zit, streelt over mijn borsten. Zijn handen zakken omlaag naar mijn heupen en daar laat hij ze even rusten. Dan strijkt hij over mijn buik en billen met zijn brede handen.

'Ben je wat dikker geworden?'

Zijn toon is plagend.

Ik schuif van hem weg, trek me terug naar de andere kant van het bed. Zak diep weg onder het donzen dekbed alsof ik daarmee de waarheid zou kunnen verbergen.

Het onnoembare.

Ik weet dat ik het hem zou moeten vertellen, maar ik kan de woorden niet vinden. Want hoe vertel je iemand zoiets?

Ik wil je kind hebben, maar jou niet.

Inktzwarte ochtend.

Windstil.

Geen geluid is te horen wanneer ik, alleen gekleed in Markus' enorme ski-jack en op rubberlaarzen, naar het huisje wankel. Het moet gevroren hebben vannacht want de plassen zijn bedekt met een millimeters dik laagje ijs, dat breekt als dun glas wanneer ik voorbijklats, zonder enig respect voor dit wonder van de natuur: het broze melkwitte vlies waar de kou de grond mee heeft gekleed.

Het misselijke gevoel doortrekt mijn hele lichaam, van mijn tenen tot mijn hoofd.

Maar vandaag red ik het. Op mijn knieën in het huisje spuug ik gal in de toiletpot.

'Ben je buiten geweest?' fluistert Markus slaperig wanneer ik terugkeer naar het warme bed en mijn ijskoude voeten tussen zijn krachtige benen steek.

'Mm. Geplast.'

Hij trekt me naar zich toe en ik voel zijn warme lichaam, perfect op temperatuur, niet vochtig maar droog. Ik ben altijd gefascineerd geweest door zijn lichaam, hoe gespierd hij is, hoe droog en zacht zijn huid is, hoe zijn handen precies weten hoe ze me vast moeten houden, waar, hoe hard.

Hij streelt over mijn buik. Kust mijn nek.

'Je bént dikker geworden.'

Hij klinkt hees, alsof hij nog niet helemaal wakker is. Ik trek me voorzichtig terug naar de andere kant van het bed, voor zover dat gaat, dat verdomde bed is hopeloos smal. Hoop dat hij weer in slaap valt en naar al dat zwart aan de andere kant van het raam kijkt. De ochtend die geen ochtend is, alleen een geluidloze, koude duisternis die mijn kleine huis omringt.

Het gevoel. We zijn alleen op de wereld. Geen vrienden. Patiënten weg. Familie ook. Alleen ik en Markus bestaan en mijn bed vormt het centrum van ons universum.

Is dat goed of slecht?

Ik hoor hoe hij zich beweegt, zich op zijn ellebogen opricht. Weer dichter bij me komt. Wakker is.

En ik weet de vraag voordat hij hem stelt.

'Siri, is er iets wat je me zou moeten... vertellen?'

Wat moet ik daarop antwoorden? De waarheid?

'Je weet het al, toch?'

Mijn stem: dun, breekbaarder dan het ijs voor het huis.

'Is het waar?'

Markus zoekt mijn hand in het donker en als hij hem vindt, knijpt hij er hard in.

'Is het waar is het waar is het waar?'

Hij is enthousiast. Als een kind dat een cadeautje heeft gekregen. Iets wat opengemaakt, bekeken en beproefd moet worden.

Het heeft geen zin het onvermijdelijke uit te stellen.

'Ja, Markus. Ik ben zwanger. Ik wil het kind graag houden, maar... ik wil... op mezelf wonen.'

'Wat? Wat zeg je? Hoe...? Ik begrijp niet wat je bedoelt. *Wat dan zelf?*'

'Op mezelf wonen. Hier in dit huis. Wat begrijp je er niet van?'

'En ik dan? Ik ben toch... ik word toch vader. Ik begrijp het niet. Waar kom ik in beeld?'

Je komt niet in beeld.

Ik zucht.

'Markus, ik weet het niet. Ik voel me zo verward. Ik weet niet of ik er klaar voor ben om samen te wonen.'

'Nee, maar je bent er wel klaar voor om een kind ter wereld te brengen? Zonder vader?'

Hij is van streek. En dat is niet vreemd, in zijn ogen moet ik het zwijn van de eeuw zijn, dat begrijp ik.

'Het is niet zo dat het geen vader zal hebben. Jij zult er zijn en...'

'WAAR ZAL IK ZIJN?' schreeuwt hij en hij springt uit het bed. 'WAAR precies had je gedacht dat ik zou zijn? Welke rol in je leven had je voor mij in gedachten? In het leven van mijn kind?'

'Lief, word niet kwaad. Ik weet het niet. Kan het niet helpen. Het is niet dat ik niet van je houd. Ik wil alleen niet... kan niet... je weet het. Samenwonen.'

'Siri, ik heb er zo schoon genoeg van dat ik de hele tijd rekening met jouw grillen moet houden. Jij kunt niet samenwonen. Jij kunt mijn familie niet ontmoeten. Ik wil geen kind met je als ik er niet bij mag zijn. Op mijn voorwaarden.'

'Nee, maar je hebt het nu niet voor het zeggen, hè?'

Een in alle opzichten onnodige opmerking. Moest ik hem dat door de strot duwen? Het inzicht van zijn eigen machteloosheid tegenover een besluit dat ik helemaal alleen heb genomen.

Verbazingwekkend rustig kleedt hij zich aan. Pakt zijn rugzak en loopt naar de hal. Ik kan horen hoe hij zijn jas aantrekt. De deur die open- en dichtgaat. Voetstappen die zich verwijderen en het geluid klinkt exact als gebroken glas wanneer zijn voeten het broze ijs rond mijn huis splijten en ik denk dat er misschien meer gebroken wordt dan alleen het ijs.

Mijn werkkamer. Het is er licht, maar niet bepaald gezellig. Onpersoonlijk zou je kunnen zeggen. En hij is zoals ik hem wil hebben. Mijn patiënten ontmoeten de therapeut Siri, geen privépersoon met verstand van geraniums of kelims of fotokunst. Mijn cliënten ontmoeten een professional. Iemand bij wie ze de angst van zich af kunnen praten, zonder dat ze iets terug hoeven doen.

In de obligate fauteuils, bekleed met grijs schapenleer, zitten Mia en Patrik. Vandaag heb ik de houten stoel genomen; ik kon het niet uitstaan dat Mia er nog een keer op moest zitten terwijl Patrik beslag had gelegd op de fauteuil.

Ze zien er vermoeid uit, alsof hun energie is uitgeput. Patriks normaal gesproken bleke gezicht glanst in het koude tl-buislicht in verschillende witte en groene tinten. Waterdruppels schitteren in de donkere baardstoppels. Mia ziet eruit alsof ze rechtstreeks uit bed komt: vormloze joggingkleren, ongewassen haar dat in vette slierten rond de bleke huid van haar gezicht zit. Boven haar rechteroor een vreemde krul, alsof ze lang op één kant geslapen heeft en haar haar niet heeft gekamd.

'Nee, het gaat niet goed. Helemaal niet goed zelfs.'

Patrik schudt zijn hoofd. Het is een droevige beweging. Alle agressieve energie die hij bij de eerdere bezoeken uitstraalde lijkt te zijn weggeblazen.

'Kun je het vertellen?'

'Ik weet het niet,' begint Patrik aarzelend. 'Ik weet niet of dit gaat werken.'

Hij valt stil en kijkt me met een ondoorgrondelijke blik aan, de kaken hard op elkaar geklemd, krampachtig.

'En jij, Mia? Waar ben jij vandaag?'

'Waar ik ben?'

Mia lijkt verward en onze blikken ontmoeten elkaar; het is alsof ik recht in de mist kijk, het enige wat ik zie is een vochtige vormloosheid, een omfloerste leegte, een niets zonder einde.

'Ik bedoel: hoe voel je je vandaag? Hoe gaat het met je?'

Het wordt meteen stil.

'Het gaat goed. Bedankt.'

Ze spreekt de woorden mechanisch en berekenend langzaam uit.

'Is dat echt zo? Als ik Patrik goed begrijp, dan is hij onzeker over hoe het met jullie gaat.'

Mia antwoordt niet, ze kijkt door het raam en anders dan bij onze eerdere afspraken zit ze volkomen stil. Roerloos. Geen onthullende trilling bij haar mondhoek. Geen zweetdruppels op haar voorhoofd. Ze is even onbeweeglijk als mijn fauteuils. Ik schraap mijn keel.

'Mia... ik weet dat je je niet zo goed hebt gevoeld, maar het is ongelooflijk belangrijk voor de therapie dat je je best doet om te vertellen hoe je je voelt. Anders leidt dit nergens toe. Anders kan ik je niet helpen. Ik kan mijn werk niet goed doen als je je op deze manier terugtrekt. Begrijp je dat?'

'Ja...'

Mia knikt terwijl ze met die lege blik door het raam naar buiten blijft kijken.

'Oké, hoe gaat het nu met je?'

'Het gaat... goed nu.'

Mia praat langzaam en regelmatig, ze klinkt alsof ze een tekst voorleest voor heel kleine kinderen. Alsof ze haar best doet om elke lettergreep te benadrukken.

'Het gaat dus beter dan toen we elkaar de laatste keer zagen?'

'Ja.'

Ze zwijgt en ik wacht op het vervolg. De uitleg. Maar die komt niet.

'Wat is er dan beter geworden?'

'Ik denk dat het goed gaat, dat is alles.'

Dezelfde regelmatige stem. Dezelfde gevoelloze mimiek. Dezelfde lege blik in het bleke gezicht. Plotseling hoor ik een langgerekte snik van de andere fauteuil komen. Patrik heeft zijn lange, magere bovenlichaam voorovergebogen en verbergt zijn hoofd in zijn handen. Zijn vingers masseren zijn hoofdhuid schokkerig terwijl zijn lichaam beeft.

'Jezus, Mia,' jankt hij met wanhoop in zijn stem. 'Jezus, ik wil dat het gaat werken. Ik weet dat ik gemene dingen heb gezegd. Ik weet dat ik je teleur heb gesteld. Je met de verantwoordelijk voor de kinderen heb opgezadeld. Maar nu kan ik niet eens... met je praten. Het is alsof je bent uitgelogd. *Ik weet niet waar je bent.* Begrijp je dat?'

'Hier.' Ik schuif de Kleenexdoos naar hem toe zonder ernaar te kijken. Maar hij ziet of hoort me niet.

'Wat heb ik gedaan? Waarom sluit je me buiten? Waarom moet het zo moeilijk zijn?'

Ik draai me weer naar Mia, die nog steeds in dezelfde houding in de fauteuil zit met haar blik naar het raam gericht, dat nu zwart ziet. Zonder een spier te vertrekken die verraadt wat ze denkt, legt ze plotseling haar krachtige hand over de zijne. En er is iets krankzinnigs en beangstigends aan dit vreemde, mechanische gebaar. Als een lap vlees rust haar hand onbeweeglijk op de zijne. Patrik draait zijn pols en knijpt hard in haar hand.

'Jezus, Mia, kunnen we het weer proberen? Ik beloof dat het nu beter zal gaan. Ik zal... je helpen. Ik beloof het.'

Ze geeft een onhandig klopje op de behaarde rug van zijn hand en zegt op een luchtige toon: 'Natuurlijk doen we dat.'

Markus en ik delen een glas witte wijn op de gladde rotsen bij het water. Het is koud maar windstil, hoewel de hemel onheilspellend grauw boven ons hangt en ik zwarte wolken aan de horizon zie. Over dikke truien, jassen en laarzen hebben we allebei een plaid om ons heen geslagen.

Zo zitten we daar. Zwijgen en kijken naar de zee.

Het wijnglas rust in Markus' hand. Hij draait het langzaam, alsof hij wijn gaat proeven. Markus drinkt bijna nooit, maar ik neem aan dat hij vandaag behoefte aan wijn heeft, stel me voor dat hij denkt dat hij op dat wijnglas kan steunen als op een kruk. Hij schraapt zijn keel en zet het glas voorzichtig in een rotsspleet die gevuld is met bruine dennennaalden.

Zelf kijk ik omlaag in het zwarte water, zie de lang geleden geel geworden bladeren in hopen langs de rotsranden liggen, vermoed het glibberige zeewier als een gifgroene schakering onder het zwartglanzende oppervlak, stel me de tocht van de vissen voor, in een koud en donker universum zonder einde.

Stefan, in het koude water. Zijn hoofd tegen een kussen van verstrengeld zeewier. Nieuwsgierige zeewezens onderzoeken het bleekzachte lichaam. Met voelsprieten of zuignappen, of?

Proeven ervan misschien?

Genoeg. Het is genoeg zo.

Stefan, voortdurend aanwezig. Ondanks de tijd, die alle wonden heelt.

Ik ben de psycholoog die anderen moet helpen om hun leven onder controle te krijgen, maar ik kan mijn eigen verleden niet loslaten, Ik ben menselijk, zegt Aina. 'Net als alle anderen. Onvolkomen. Zwak. Machteloos.'

'Ik moet je iets vragen,' zegt Markus en hij kijkt me met zijn bleke ogen aan. 'Ik bedoel, er is iets wat ik me afvraag.'

Hij kijkt me met een vreemde uitdrukking op zijn gezicht aan. Een mengeling van verbazing, scepsis... en afschuw. Alsof ik een nieuw soort insect ben dat hij net in de schuimende waterrand zag kruipen.

'Wat?' Mijn stem is hees en krachteloos, loodzwaar van schuld.

'Heb je ooit werkelijk van me gehouden?'

'Maar Markus, wat een rare vraag. Je weet dat ik van je houd. En waarom praat je in de voltooide tijd?'

Markus' wenkbrauwen zijn nu gefronst. Hij gelooft me niet.

'Dat zég je ja.'

Hij zwijgt.

'Maar...'

'Maar wat dan?'

'Maar ik vraag me af of je wel weet wat liefde is.'

Ik beweeg onrustig heen en weer. Ik heb geen zin in deze discussie, maar ik blijf omwille van Markus.

'Wat bedoel je? Hoezo zou ik niet weten wat liefde is.'

'Als je werkelijk van me houdt. Zoals ik van jou houd. Dan zou je mij dit niet aandoen. Mijn kind van me afnemen en...'

'Maar luister nou. Ik wil helemaal geen kind afpakken. Het is evenveel jouw als mijn kind. Ik wil alleen op mezelf wonen. Zoals ik nu doe. Zoals wij nu doen. Dat is alles.'

Ik kan zien dat Markus zo hard in de franjes van de plaid knijpt dat zijn vingers wit worden. Wanneer hij weer begint te praten, is zijn stem nauwelijks te verstaan.

'Dit zou je me niet aandoen als je van me hield. Zoals ik...'

'Nee, misschien doe ik dat dan wel niet. Misschien houd ik van je op mijn manier. Kan ik dat niet doen? Waarom is jouw manier de juiste manier? En waarom kan alles niet hetzelfde blijven? Waarom kunnen we niet gewoon doorgaan met...'

'Met wat? In het voorgeborchte leven? Samen zijn en tegelijker-tijd alleen zijn? Samen wonen en apart wonen? Alles tegelijk zijn, wat erop neerkomt dat we eigenlijk... niets zijn. Je moet een besluit nemen, Siri. Geen besluit nemen is ook een besluit.'

'Ja, oké dan,' zeg ik.

'Oké dan, wat?'

'Ik heb in elk geval een besluit genomen.'

Voordat de uitbarsting komt zie ik het al aan hem, aan de kramp-achtig op elkaar geklemde kaken, de rode gloed die zich over zijn anders zo bleke huid verspreidt, hoe hij overeind komt, stijfjes maar volkomen beheerst.

'Je bent *compleet gestoord jij*! Ik haat je. Wou dat we elkaar nooit hadden ontmoet. Je hebt mijn leven verpest. Snap je dat? *Snap je dat*?'

Zijn woorden zijn als een stomp in mijn maag, ik kan niet adem-halen, voel me misselijk. Ik draai me instinctief van hem weg. Naar de zee, die kalm en oneindig toegeeflijk voor mijn voeten ligt. Me verwelkomt. Me een soort vrede geeft.

'Je bent hartstikke... *idioot. Heb je eigenlijk wel gevoelens?*' brult hij in mijn oor.

Ik kruip in elkaar tot een bal, als een klein kind dat een klap pro-beert te ontwijken. Maar er komt geen klap. Vanuit mijn ooghoek zie ik hoe hij de geruite plaid het donkere water in slingert. Hij flad-dert als een blad in de zwakke wind, blijft op het wateroppervlak rusten, schommelt zacht voordat hij begint te zinken.

Uittreksel uit het protocol van het leerlingenzorgteam, Älvängens lagere en middelbare school.

In klas 5b blijven er problemen optreden met de jongen die klassenleraar Morgan Söderberg bij de vorige vergadering ter sprake gebracht heeft. De jongen is nog steeds vaak afwezig en als hij op school is gaat hij meestal zijn eigen gang. Wanneer de leraar eisen aan hem stelt, reageert hij agressief. Is moeilijk aan te sturen. De kennis van de jongen is moeilijk te beoordelen omdat hij zo vaak afwezig is. Heeft gedocumenteerde problemen met lezen en schrijven. Verleden week was hij in een vechtpartij verwikkeld met twee andere jongens. Een van de jongens liep een zo ernstige verwonding aan zijn gezicht op dat hij naar het ziekenhuis moest. Er is contact opgenomen met de ouders en ze vertelden dat de andere jongens hun zoon al lange tijd gepest hebben, en dat de ruzie was uitgebroken omdat de jongens de broek en onderbroek van de jongen omlaag hadden getrokken voor de ogen van enkele meisjes in de klas, iets wat de twee andere jongens volledig ontkennen. De ouders willen dat de school optreedt tegen het pesten. Niet één leraar op school heeft gezien dat hij ooit gepest is; ze beschouwen de jongen eerder als een eenling, maar we besluiten toch dat het antipestteam moet worden ingeschakeld om uit te zoeken wat er precies gebeurd is. We raden de ouders ook aan contact met de KJP op te nemen.

Ondertekend door Siv Hallin, maatschappelijk werker

De kliniek is in duisternis gehuld.

De ramen zijn zwart, glimmen.

Het enige wat te zien is, zijn de weerspiegelingen van de kamer waar wij ons in bevinden. Het perspectief is verwrongen, maar ik zie de stoelen rond de ovale vergadertafel staan. De silhouetten van de mensen die eromheen zitten. Het is stil in de kamer. Niemand praat, niemand lacht. Het is alsof de hele kamer zijn adem inhoudt, wacht, zijn geduld beproeft. Ik sluit mijn ogen en probeer de kracht te vinden om de groep door weer een sessie te leiden. Ik hoor hoe Aina haar keel schraapt en kijk haar kant op.

'Ik begrijp dat jullie veel vragen hebben na wat er vorige week is gebeurd. Het is heel beangstigend als geweld zo dichtbij komt. Ik denk dat het heel goed was dat we elkaar in De Pelikaan hebben ontmoet om er even over te praten. Hillevi, het was erg jammer dat jij er niet bij kon zijn.'

Aina is kalm en geconcentreerd. In haar grote gebreide trui en versleten spijkerbroek ziet ze eruit als een klein schoolmeisje dat haar vaders kleren aan heeft getrokken, maar ze praat met een natuurlijke autoriteit en de spanning lijkt bijna meteen uit de kamer te verdwijnen. Ik voel een enorme dankbaarheid; voor haar zekerheid en betrouwbaarheid. Haar vermogen om de leiding te nemen.

'Vergeef het me dat ik je onderbreek, Aina, maar ik heb nagedacht en er is één ding dat ik moet vragen.' Kattis' wangen zijn lichtroze en ze wappert met haar handen alsof ze gewicht achter haar woorden wil leggen. 'Ik begrijp het gewoon niet. Henrik heeft haar, Susanne, doodgeslagen en toch doet de politie niets. Waarom pakken ze hem niet op, waarom nemen ze hem niet in hechtenis? Het is volkomen onbegrijpelijk.'

Haar stem sterft langzaam weg.

'Hoe weet je dat de politie niets doet?' Malin kijkt Kattis oplettend aan.

'Hoe ik dat weet? Nou, ik kan bijvoorbeeld lezen. Iedereen weet dat de politie nog niemand heeft opgepakt. Anders had het wel in de krant gestaan.' Kattis wuift met een meegebrachte *Metro*. 'Bovendien zag ik Henrik gisteren in het centrum van Gustavsberg. Hij was gehaktballen aan het kopen bij de Ica als de eerste de beste Zweed. Ik begrijp niet hoe dat mogelijk kan zijn.' Haar blik zoekt de mijne, en ik probeer een gevoel van begrip en sympathie over te brengen, wat niet moeilijk is. Ik ben tenslotte ook van slag.

'Misschien heeft ze haar verdiende loon wel gekregen,' mompelt Malin. En het wordt stil in de kamer, terwijl we proberen op ons in te laten werken wat ze precies gezegd heeft.

Kattis' blik kruist die van Malin en even flitst er iets op in haar ogen: twijfel, verbazing, misschien zelfs afschuw. Sirkka zit met haar mond open alsof ze iets wil zeggen, maar er komt geen woord over haar lippen.

'Maar... wat zeg je?' fluistert Aina, en voor de allereerste keer lijkt ze in een professionele situatie haar zelfbeheersing te hebben verloren. Aina, die altijd zo beheerst is, altijd antwoord heeft op alle vragen, instinctief weet hoe ze om moet gaan met moeilijke situaties.

'Sorry, vergeet het,' mompelt Malin.

Niemand is in staat om iets te zeggen.

'Vergeet het, zei ik. Ik meende het niet zo. Het was gewoon een domme opmerking. Kunnen we het alsjeblieft vergeten?'

Ze heeft haar armen defensief over elkaar geslagen.

Aina kijkt me vragend aan, en opnieuw voel ik die onmacht, ik weet niet hoe ik op de situatie moet reageren.

'Ik weet dat jullie gelijk hebben, dat de politie ermee bezig is, maar het voelt gewoon zo klote, en ik ben zo bang...' Kattis blijft steken en schudt langzaam haar hoofd, en Hillevi, die naast haar zit, buigt zich naar haar toe.

'Het komt wel goed. Je zult zien dat het goed komt.' Ze glimlacht zacht naar Kattis en kijkt dan snel naar Malin.

Ik denk iets duisters en vragends in haar blik te zien. Maar haar zachte stem klinkt zo rustig, zo zeker dat ik merk dat ik haar geloof. Misschien komt alles wel goed. Misschien was Malins opmerking alleen maar een soort misverstand, misschien wordt Henrik vandaag opgepakt, misschien zullen we allemaal weer veilig, sterk en gelukkig zijn.

Misschien is dat werkelijk mogelijk.

Kattis zucht en kijkt met roodomrande ogen naar het plafond.

'Nou, ik denk dat ze hem zullen oppakken.' Sirkka's schorre stem, langzaam, voorzichtig. 'Het zou niet juist zijn anders. Het zou gewoon niet juist zijn.' Ze zucht diep en kijkt omlaag naar haar handen, wrijft haar scheve vingers over elkaar.

'Ik las in de krant dat ze zo zwaar mishandeld was dat ze bijna niet geïdentificeerd kon worden. Hoe kun je dat doen? En haar dochter. Die dus alles heeft gezien.'

Sofie kijkt naar ons, zoekt verklaringen die niet te vinden zijn. Ik wou dat ik iets verstandigs kon zeggen. Dat ik kon optreden als een waardige vertegenwoordiger van de grotemensenwereld. Ik weet dat Sofie volgens de definitie volwassen is, maar het is moeilijk om haar als iets anders dan een kind te zien. Ze zit ineengedoken en het enige wat ik wil is haar in mijn armen nemen, haar beschermen, haar beloven dat haar geen vreselijke dingen meer zullen overkomen.

'Ik vind ook dat het weerzinwekkend is, maar ik begrijp niet waarom jullie er allemaal zo zeker van zijn dat hij, Henrik, het gedaan heeft.' Malin kijkt om zich heen en ziet er geïrriteerd uit. 'Natuurlijk, hij ligt het meest voor de hand, maar... we weten het niet. Ik bedoel alleen dat dingen niet altijd zo zijn als ze lijken.'

'Maar waarom is dat zo moeilijk te begrijpen?' Kattis draait zich naar Malin toe. Ze ziet er kalm uit, maar haar stem klinkt schel en als ze verdergaat hoor ik dat ze woedend is: 'Die man heeft mij bijna vermoord. Hij is tot alles in staat. Soms zijn de dingen gewoon zoals ze lijken. Hij was haar man, hij mishandelt vrouwen, zij is dood. Hoe ingewikkeld kan het zijn?'

'Ik bedoel alleen dat we iemand niet mogen veroordelen als we niet alle feiten kennen. Iemand niet mogen veroordelen zonder hem gehoord te hebben. Ik wil niet in twijfel trekken wat hij jou heeft aangedaan. Het spijt me als dat zo leek.'

Malin steekt afwerend haar handen omhoog en het is duidelijk dat ze het naderende conflict in de kiem wil smoren.

'Afgezien van wie het gedaan heeft, is het natuurlijk afschuwelijk. En ik word er bang van. Bang dat mij net zoiets zal overkomen, of een van jullie. Maar het belangrijkste op dit moment is dat we hier zijn... dat we iets van ons eigen leven proberen te maken.'

Hillevi glimlacht voorzichtig naar de anderen in de groep en ik bedenk dat ze de rol van moeder op zich heeft genomen. Die alles in orde maakt en bemiddelt in conflicten. Zorgt dat de anderen zich goed voelen. Waardoor ik me afvraag wie er voor haar zorgt.

Wanneer kan Hillevi klein en zwak zijn?

Aina mengt zich in het gesprek.

'Ik denk dat Hillevi onder woorden brengt wat we nu allemaal voelen. Angst. Maar ik vind dat je een belangrijk punt aanstipt. We kunnen niets veranderen aan wat er gebeurd is, maar we kunnen ons eigen leven wel beïnvloeden. En dat is een van de belangrijkste redenen dat we elkaar hier zien. Om elkaar te helpen manieren te vinden om het geweld achter ons te laten. Om zelftwijfel en onmacht en minachting los te laten, elkaar de kracht te geven om door te gaan.'

Er is een schijnsel rond Aina als ze praat. Haar haar glinstert in het licht van de lamp en haar ogen glimmen. Ik ben verbaasd. Aina is meestal niet degene die vlammende toespraken houdt, maar haar betrokkenheid lijkt echt te zijn. Er zijn blijkbaar kanten aan haar die ik niet ken, na al deze jaren. Alsof ze mijn blik op zich voelt, kijkt ze mijn kant uit en glimlacht kort.

'We gaan nu verder praten over welke hulpmiddelen de samenleving heeft voor mishandelde vrouwen. Siri zal hier straks meer over vertellen, maar eerst wil ik vragen of iemand nog opmerkingen heeft over verleden week, afgezien van waar we het net over gehad hebben?'

Aina's blik glijdt langs de vrouwen in de kring. Ze zijn allemaal stil, maar opeens steekt Sofie haar hand op. Het gebaar is zowel kinderlijk als ontroerend. Haar jeugd en kwetsbaarheid plotseling zo zichtbaar.

'Ga je gang, Sofie.'

Aina glimlacht bemoedigend en Sofie lijkt het woord te gaan nemen. Ze laat langzaam haar hand zakken, die trilt van wat nervositeit en inspanning lijken te zijn. Haar gezicht is melkwit, maar haar wangen hebben koortsachtige blosjes gekregen. Op haar voorhoofd blinken zweetdruppeltjes als kleine edelstenen in een tiara.

'Nou... waar we het vorige week over hadden. Wat Hillevi vertelde. Over haar kind. Ik wil iets tegen Hillevi zeggen.'

Hillevi kijkt oplettend naar Sofie, lijkt haar nervositeit en angst in zich op te nemen en knikt langzaam.

'Ik wil graag horen wat je te zeggen hebt, Sofie. Kom, vertel het maar.'

De kinderarts, moeder van drie kinderen, zit voorovergebogen en luistert met veel respect naar het achttienjarige meisje, en ik bedenk dat iedereen hier gelijk is. Het maakt niet uit wat je basis in het gewone leven is. Wat voor werk je doet. Wat voor opleiding je hebt gevolgd. Waar je huis staat. Hier is het belangrijk wat je gemeen hebt, wat je met elkaar verenigt. Niet waarin je van elkaar verschilt.

'Nou, wat je vertelde over je kind en je man. Hoe hij jullie zoontje sloeg...' Sofie durft Hillevi niet aan te kijken, kijkt in plaats daarvan strak naar het beduimelde notitieblok dat voor haar op tafel ligt. 'Zo was het voor mij ook. Mijn stiefvader sloeg me dus. Heeft me altijd geslagen. Zolang ik me kan herinneren.'

Hillevi knikt weer en Aina mompelt iets bemoedigends. Sofie snuift en vertelt verder.

'Mijn moeder en hij waren altijd zo verliefd. Ze zijn zo verliefd. Zo ben ik opgegroeid, zeg maar, met het beeld van mama en mijn stiefvader als twee... sprookjesfiguren. Mama vertelde altijd over hoe zij en Anders elkaar ontmoet hadden, in een café in de stad. Hoe papa naar mama toe kwam terwijl ze met mij in de kinderwagen zat te lezen, en met haar begon te praten. Hoe ze verliefd raakten. Meteen. Pang, liefde op het eerste gezicht. Ze gingen direct samenwonen. Ze zijn van die mensen die het niet kunnen laten om elkaar voortdurend aan te raken, hoewel ze al bijna zeventien jaar samen zijn.'

'Maar waarom ben je dan hier? Als alles zo vreselijk *hunky dory* is?'

Malins stem is sarcastisch en gemeen en ik schrik verbaasd op. Voordat ik heb kunnen reageren, heeft Aina zich naar Malin gedraaid. Ik zie dat Aina alleen haar wenkbrauwen licht optrekt en dat Malin haar gezicht onmiddellijk afwendt en zachtjes een verontschuldiging tegen Sofie mompelt. Even denk ik na over wat er eigenlijk met Malin aan de hand is. Ik neem me voor dat ik na de sessie met haar moet praten. Dat ik moet begrijpen waarom ze zo reageert als ze doet.

'Maar dat probeer ik juist uit te leggen.' Sofie lijkt geërgerd dat ze onderbroken is. 'In elk geval is het zo dat Anders van nature opvliegend is. Maar hij wordt nooit kwaad op mama. Zij is zijn engel. Hij zou haar nooit iets aandoen. Maar hij wordt kwaad op mij. Ik weet niet hoe oud ik was toen hij mij voor het eerst sloeg. Op de een of andere manier voelt het alsof hij mij altijd geslagen heeft. Ik heb lang gedacht dat alle vaders hun kinderen slaan. Dat het gewoon zo was. Het was pas op school, toen ze het hadden over die wet tegen het slaan van kinderen, dat ik begreep dat het niet zo hoorde. Hij sloeg meestal niet zo hard. Het was eerder een oorveeg of een por. Als ik te laat was, of niet had schoongemaakt, of mijn huiswerk niet had gedaan. Mama zei vaak tegen hem: "Maar Anders, laat Sofie met rust", maar ze deed nooit iets. Probeerde hem niet tegen te houden of zo. Ze liet het gewoon gebeuren. Ze had altijd verklaringen voor waarom hij sloeg. "Anders heeft het moeilijk, hij heeft problemen op zijn werk", "Anders is moe", "Anders heeft pijn in zijn rug". Er was altijd een goede verklaring. Het was alsof mama altijd zijn kant koos. Alsof het hen tegen mij was. Het voelde alsof ik zomaar een of ander kind was dat hun prachtige liefde kwam verstoren. Mijn eigen moeder vond dat haar man... belangrijker was dan ik.'

'Lief kind.' Sirkka wrijft met haar rimpelige handen over haar knie en schudt haar hoofd, waardoor het dunne rode haar heel even omhoogkomt van haar magere schouders. 'Begreep je niet dat het... fout was? Het is tegennatuurlijk om zo tegen een kind te doen.'

'Is dat zo?' Sofie kijkt Sirkka recht in de ogen. 'Misschien is dat wel onze natuur.'

'Wat bedoel je?' Sirkka ziet er oprecht verbaasd uit.

'Ik bedoel... Ik denk vaak dat het net als met de leeuw is.'

'De leeuw?' vraagt Aina.

'Ja, wanneer een leeuwenmannetje een nieuw leeuwenvrouwtje ontmoet, doodt hij altijd haar jongen. Want die heeft ze natuurlijk met een ander mannetje gekregen. En ik denk vaak dat het zo zit. Ik ben niet van hem. Hij verstoot me, zeg maar. Het is... de natuur.'

Het wordt stil in de kamer. Sofie kijkt zonder iets te zeggen naar de linoleumvloer, maar ik denk dat ik een zwak gesnuif hoor.

'Sofie, wat gebeurde er daarna?' vraagt Aina zacht.

'Nou... Anders begon steeds meer te drinken. Hij heeft altijd veel gedronken, mama en Anders hebben altijd een boel feesten en dingen gehad, maar het werd erger en erger. En hoe meer hij dronk, hoe kwader hij werd. En er was altijd iets mis aan mij. Hij begon me echt te slaan.'

Sofie zwijgt. Haar ogen glimmen en haar gezicht is stijf en gespannen. Toch komt de pijn erdoorheen. Haar verhaal heeft de hele groep aangegrepen. Dat een man zijn vrouw slaat is verkeerd, maar een kind slaan is in strijd met onze diepste instincten. Ik zie hoe Sirkka discreet haar ogen droogt, hoe Malin langzaam haar handen open- en dichtknijpt alsof ze Sofies stiefvader zelf te lijf zou willen gaan.

En Hillevi. Hillevi laat Sofie niet los met haar blik. Haar gezicht is ernstig. Bleek. Heel langzaam knikt ze, alsof ze opeens iets heeft begrepen.

'Hij gaf me een duw waardoor ik van de trap viel en mijn arm brak. Omdat ik op een zaterdagavond te laat thuiskwam. Hij ging door het lint toen ik Viktor ontmoette, mijn vriend. Zei dat hij een loser was en dat ik een beter iemand moest zoeken. Geen nietsnut uit een voorstad. Maar het ergste was niet dat hij me sloeg, of dat ik mijn arm brak, of dat hij me een hoer noemde. Het ergste was dat mama altijd aan zijn kant stond. Dat ze hem altijd verontschuldigde. Dat er altijd een goede verklaring was voor waarom hij deed wat hij deed. Eerlijk gezegd, dat hij mij sloeg kan me niet schelen, maar dat mijn moeder me in de steek liet...'

Sofie stopt even en kijkt naar Hillevi.

'En daarom moest je hem verlaten. Voor je kinderen. Ze moeten weten dat jij hun mama bent. Dat je aan hun kant staat. Dat het niet juist is om te slaan. Dus. Dat wilde ik alleen maar zeggen.'

Hillevi strekt langzaam haar arm uit naar Sofie. Haar wangen zijn bleek, bijna wit. Haar ogen staan vol tranen. Ze raakt Sofies hand even aan.

'Ik hoor wat je zegt, meisje. Ik hoor wat je zegt, en ik beloof je dat ik mijn kinderen nooit in de steek zal laten.'

Een discrete klop op de deur doorbreekt de bijna hypnotiserende stemming die in de kamer is ontstaan. Elin doet de deur op een kier en kijkt door de kleine opening naar binnen.

'Hé, hallo jullie.'

Elin ziet er verward uit en Aina en ik wisselen discreet een blik uit. Aina rolt met haar ogen en ik moet op mijn wang bijten om niet in giechelen uit te barsten. Elin is een schat, maar ze heeft het totaal niet onder controle. Ze had moeten weten dat we bezet zijn, dat we midden in een sessie zitten en dan absoluut niet gestoord mogen worden.

Er zijn geen aanvaardbare redenen om ons te storen. Tenminste, bijna geen.

Ze staat aarzelend in de deuropening en lijkt niet te weten wat ze moet doen. Haar zwarte haar is tegenwoordig fraai opgestoken en haar gezicht is zoals gewoonlijk opgemaakt met het bleekste wit en het zwartste zwart.

'Uhm, er is hier een man. Die binnen wil komen.'

Ze gluurt naar achteren, ziet er gegeneerd uit, en ik zie een vage schaduw achter haar.

'We kunnen nu helaas niemand binnenlaten. We zitten midden in een sessie. Het spijt me, maar je zult moeten vragen of hij morgen terugkomt, of belt.'

Elin knikt en wil de deur weer dichttrekken. Dan gebeurt alles heel erg snel. De schaduw maakt zich los van de muur en duwt Elin hard de kamer in.

'Jullie moeten me binnenlaten. Ik moet iets vertellen. Jullie moeten naar me luisteren! Luister naar me!'

Het kaalgeschoren hoofd glanst van de regen, of misschien van het zweet, en blinkt in het licht van de plafondlamp. Ook deze keer weer het grote ski-jack. Ik herken Henrik meteen, de man die zijn vriendin heeft gedood. De man die uit het donker opdook op het Medborgarplatsen.

Hij rijst op in de deuropening en ik zie dat hij wankelt. Zijn ogen hebben een koortsachtige glans en een zwakke, maar duidelijk waarneembare geur van alcohol verspreidt zich door de kamer.

Elin ziet eruit als een kleine pop zoals ze op haar knieën voor hem ligt.

'Jullie moeten... naar mij... luisteren!'

Zijn stem is luid, zijn gezichtsuitdrukking wanhopig. De gebruinde huid van de vorige keer ziet er grauw en viezig uit. Baardstoppels bedekken zijn uitgemergelde gelaat.

'Het spijt me heel erg, maar ik moet je verzoeken weg te gaan.'

Ik loop langzaam naar Henrik toe, probeer er kalm maar tegelijk vastbesloten uit te zien. Probeer zeker over te komen. Vanbinnen alleen zwarte angst. Trillende vingers, het geluid van mijn hart, dat luid, luid slaat. Honderden decibellen luider dan normaal. Mijn maag die zich omdraait. In mijn oren een huilen, een schreeuwen dat steeds luider wordt.

Henrik kijkt me aan. De lichtblauwe ogen zijn roodomrand.

Woede, verdriet, wanhoop.

In zijn ogen kijken is als verdrinken in een spectrum van duistere gevoelens.

'Ja, ja, ja. Ik zal gaan, maar jullie moeten eerst naar me luisteren. Jullie moeten luisteren. Zij moet luisteren.'

Hij wijst naar Kattis, die in elkaar gekropen in haar stoel zit. Ze houdt haar armen om haar hoofd en haar hele lichaam lijkt te schudden.

'Kijk dan naar me. Kijk naar me, Kattis! We moeten praten. Jij wilde toch praten! Nu heb je je kans. Ik ben er nu. We moeten praten!'

Henrik struikelt, valt bijna over Elin, maar weet op het laatste moment mijn stoel beet te grijpen.

'Godver,' mompelt hij, vooral tegen zichzelf. Richt zich dan weer op, schommelt licht heen en weer.

Ik kijk Aina aan. Ze ziet er verbeten uit en komt ook overeind uit haar stoel.

'Het spijt ons, maar we moeten je vragen te vertrekken, anders moeten we de bewaking roepen.'

Aina's stem klinkt autoritair, zeker. Alsof we in staat zijn om alleen door het te denken een bewaker deze kant op te krijgen. Want een alarmsysteem hebben we natuurlijk niet. Als Vijay het heeft besteld, is het niet gekomen, maar waarschijnlijk is hij het gewoon vergeten.

'Jullie moeten helemaal geen bewaker roepen, jullie moeten naar me luisteren! Ik ga jullie vertellen hoe het werkelijk zit. Snappen jullie dat?' Plotseling begint hij te snikken en ik zie tranen tevoorschijn komen in zijn ooghoeken. 'Godver, godver, godver,' herhaalt hij, alsof hij zichzelf uitscheldt omdat hij emotioneel is.

Ik kijk snel om me heen in de kamer. Sirkka zit stijf rechtop en kijkt voor zich uit. Haar rimpelige gezicht volkomen gesloten, totaal uitdrukkingsloos. Sofie is gaan huilen, drukt zich tegen Hillevi aan, terwijl Hillevi voorzichtig over haar haar strijkt. Kattis verbergt nog steeds haar gezicht in haar armen. En Malin kijkt vol haat naar Henrik. Elin zit op de grond, verfomfaaid en in elkaar gekropen als een hoopje zwarte kleren en kettingen.

'Zeker, zeker moet je praten.' Aina loopt langzaam op Henrik af terwijl ze op een rustige, bijna plechtige toon tegen hem praat. Duidelijk als tegen een kind.

'Niet hiernaartoe komen. Niet dichtbij komen,' gromt hij en hij heft een arm op. Ik zie iets blinken in zijn hand. Metaal. Een kolf? Een wapen?

'Aina, ga zitten! Laat Henrik praten. Henrik, je mag praten. Vertel wat je wilt zeggen.'

Ik wuif met mijn hand dat Aina naar achteren moet. Ik weet niet of zij het wapen in Henriks hand heeft gezien, maar ik begrijp dat we ons plotseling in een compleet andere situatie bevinden. Een dronken, agressieve vrouwenmishandelaar, misschien ook een moordenaar, die hier is gekomen om rekenschap te eisen, en die een wapen heeft meegenomen. Het enige wat ik niet kan begrijpen is waarom Henrik hier is. Om Kattis iets aan te doen misschien, maar waarom? Waarom niet in het geheim, waarom zou hij haar hier aanvallen? Openlijk?

'Jullie moeten naar me luisteren!' Henrik houdt zijn blik op mij gericht. Smeekt om bevestiging.

'We zullen luisteren. Je mag vertellen.'

Aina praat weer met haar zachte, kalme stem.

'Jullie moeten het begrijpen. Ze is gek! Begrijpen jullie dat? Gek!'

Henrik wijst naar Kattis met het metalen voorwerp. Ze richt haar gezicht naar hem op, kijkt hem aan, ziet er naakt uit. Kwetsbaar. Vertwijfeld.

Maar niet bang.

155

'Ze is niet zoals ze zich voordoet,' gaat hij met een onduidelijke stem verder. 'Ik heb haar nooit aangeraakt. Snappen jullie? Ik heb haar nooit... geslagen. Ik zweer het bij God. Ik heb nooit een hand opgeheven tegen een vrouw. Snappen jullie dat? Zij is... een monster. Die mij vervolgt. Ze is gek en zal jullie ook manipuleren. En jullie...'

Opeens begint hij te lachen. Het is eerst een zacht, verstikt gesnuif, maar het groeit uit tot een echte lach, luid, ongeremd borrelt hij op en vult de hele kamer.

'Ze heeft jullie er al in laten lopen. Snappen jullie dat?' Hij lacht weer, zo hard dat hij nauwelijks nog kan praten, zo hard dat hij voorover moet buigen en met zijn ene arm op zijn knie moet steunen. 'Snappen jullie dat? Ze heeft al... Jullie zijn erin gelopen, allemaal. Het is allemaal niet waar. Ze heeft al... *Snappen jullie dat?*'

Dan sterft het lachen weg en het wordt stil in de kamer. Niemand zegt iets en Henrik lijkt ook niet meer te weten wat hij moet doen. Hij kijkt naar Kattis en wanneer hij weer begint te praten is het alsof de woorden tot haar zijn gericht, niet tot ons, wij zijn maar figuranten.

'Susanne is dood. Ik hield van haar. Houd van haar. En nu is alles verwoest, jij stomme hoer. Ben je nu tevreden?'

Diepe snikken nu. Zijn pijn en verdriet, die zo hevig en zichtbaar zijn.

'Je hebt mijn leven verwoest.'

Hij fluistert nu alleen nog maar en ik kan de afwasmachine horen brommen in de keuken en de auto's voorbij horen ruisen in de regen op de Götgatan. Het is alsof de tijd zijn adem inhoudt. Op de grote klok aan de muur bewegen de wijzers zich langzaam vooruit. Het geluid van de seconden die verstrijken echoot in de kamer. Niemand beweegt zich. Niemand zegt iets.

Henrik heeft een stoel naar zich toe getrokken en is gaan zitten. Ademt zwaar, veegt het snot en de tranen van zijn gezicht met de mouw van het ski-jack, dat ritselt als hij zich beweegt. Hij houdt het wapen nu duidelijk zichtbaar voor zich. Ik weet niets van wapens. Weet niet eens of het een pistool of een revolver is. Niet welk soort het is of welk kaliber. Ik denk aan Markus, aan zijn dienstwapen, dat hij verzorgt alsof het een baby is en dat ik niet eens mag aanraken.

Dat achter slot en grendel wordt bewaard zoals in het reglement staat voorgeschreven.

Ik weet niet wat voor wapen Henrik heeft, maar ik weet wat het aan kan richten. Dat het kan doden.

Hij ziet er vermoeid uit. Alsof zijn leven al voorbij is. Beelden van een gijzelingsdrama gaan door mijn hoofd. Doden en gewonden. Daders die zelfmoord plegen. Speciale politieagenten die worden ingeroepen om met de gijzelnemers te spreken. Rustig praten, contact leggen, een persoon voor ze worden.

Maar de aanwezigheid van de politie veronderstelt dat iemand weet dat we hier zijn, dat Henrik hier is. En niemand weet dat. Er is verder niemand in de kliniek vandaag. Sven heeft een vrije dag genomen om naar zijn zomerhuisje te gaan en, neem ik aan, in zijn oude zonde te vervallen.

'Waarom, Kattis? En wat doe je hier in godsnaam, bij deze ouwe wijven?'

Henrik kijkt weer om zich heen en steekt het wapen in de lucht. Sofie snikt en drukt zich dichter tegen Hillevi aan.

'Hoe kunnen wij je helpen, Henrik? We willen je helpen. Zeg wat je nodig hebt zodat het weer goed komt. Wij luisteren naar je.'

Aina weer. Rustig. Veilig. Voor een buitenstaander is er niets wat erop duidt dat ze bang of ongerust is.

'Jullie moeten alleen begrijpen dat ze gek is en over alles liegt. Niets van wat ze zegt is waar. Ze is *slecht*!'

Henrik brult de laatste woorden uit. Aina's poging om hem te kalmeren lijkt niet te werken. Henrik is ergens anders, in een andere werkelijkheid. Plotseling staat Kattis op. Steekt haar handen uit naar Henrik.

'Het spijt me, Henrik. Het is allemaal mijn schuld. Ik begrijp dat nu.'

Kattis. Uitdrukkingsloos gezicht, bleke wangen, grote ogen.

Ik zie dat ze huilt en wil zo graag een hand naar haar uitstrekken, haar troosten.

Ze komt met gebogen hoofd op Henrik af. Ziet eruit als iemand die naar zijn eigen terechtstelling loopt en ik vraag me af of ze dat van plan is. Zich op te offeren.

Ik wou dat ik haar kon tegenhouden, haar midden in de beweging kon stoppen, maar ik durf niet. Iets binnen in mij dwingt me om in te zien dat ik niet durf. Dat ik niet bereid ben mijn leven te geven voor een ander.

Ik wil alleen maar thuis zijn. Ik denk aan het leven in mijn buik. Aan het leven dat groeit en een mens kan worden.

Een kind.

Ik denk aan Markus. Aan zijn warme handen. Zijn lichaam. Zijn lach. Markus en een kind. Zo ingewikkeld, en opeens zo eenvoudig.

'Nee!'

Hillevi's schreeuw doorbreekt de stilte. Snijdt door de zware lucht. Ze komt overeind en gaat tussen Kattis en Henrik in staan.

'Nee,' herhaalt ze. 'Laat haar met rust. Ga weg. *Ga weg*.'

Henrik kijkt verward naar Hillevi, alsof hij niet begrijpt wat er gebeurt. Hillevi staat stevig voor hem. Kijkt hem aan en schudt langzaam haar hoofd.

'Je moet nu weggaan. Geef me je wapen. We zullen je helpen. We zullen zorgen dat je hulp krijgt.'

'Maar je begrijpt het niet.'

Henrik kan alleen nog maar fluisteren en in zijn stem is een berustende toon geslopen. Zijn blik is glasachtig en hij kijkt bijna bang naar Hillevi. Dan doet hij een stap naar achteren en heft zijn wapen op.

'Blijf staan, verdomme.'

Weer heb ik het gevoel dat de tijd heeft opgehouden te bestaan. Dat we allemaal gevangen zijn in dit ogenblik, niet in staat om iets aan het verloop te veranderen.

Hillevi komt dichter bij Henrik en alles wordt koud in me.

Henrik is dronken, misschien gek. Hij is waarschijnlijk bang, heeft paranoïde waanvoorstellingen over Kattis. Als hij zich be-dreigd voelt door Hillevi, kan er van alles gebeuren. Ze zou niet zo dicht bij hem moeten komen. Ze zou naar achteren moeten stap-pen.

Kattis staat er met gesloten ogen. Sofie zit er verlaten bij nu ze niet langer tegen Hillevi aan kan leunen. Malin en Sirkka zitten ver-stijfd op hun stoel.

Plotseling zie ik Elin, vergeten in een hoek van de kamer. In haar hand houdt ze een mobiele telefoon. Het display is zwak verlicht.

Ze kijkt naar me en knikt langzaam en ik begrijp het. Ze heeft een boodschap verstuurd. Hulp is onderweg. Vlug verbergt ze het mobieltje ergens in de zwarte kleren.

Hillevi houdt haar handen in de lucht om te laten zien dat ze ongevaarlijk is. Niets slechts in de zin heeft. Kleine Hillevi tegen de opgepompte reus Henrik. Henrik kijkt haar verbaasd aan met het blinkende wapen in zijn hand.

En dan.

De secondewijzer maakt weer een sprong naar voren op de klok aan de muur. Ergens toetert een auto. De afwasmachine piept, om aan te geven dat ze klaar is. Iemand haalt diep adem. Hillevi doet een stap naar voren, het is geen grote stap, geen haastige beweging, alleen een kleine, vastberaden pas voorwaarts. Maar Henrik schrikt en er klinkt een schot.

Hillevi's tengere, in het zwart geklede lichaam valt achterover, over de tafel die in het midden van de kring met stoelen staat, gooit de schaal met broodjes en de Kleenexdoos op de grond en vanuit mijn ooghoek kan ik zien hoe de broodjes, die verspreid over het bruine tapijt liggen, langzaam het bloed absorberen en rood kleuren tot ze op neergeworpen kluwens garen lijken.

Henrik kijkt verbaasd naar zijn eigen hand, alsof hij niet kan begrijpen wat er is gebeurd, niet beseft wat hij heeft gedaan.

Dan stilte.

Ik had nooit kunnen vermoeden hoe luid een schot klinkt in een gesloten kamer.

Oorverdovend.

En hoe de stilte daarna het geluid wegvaagt en het vult met leegte.

Het vult met Niets.

Later. Geluiden. Bewegingen. Mensen die in en uit de kamer rennen. Het blauwe licht dat regelmatig langs de muur zwaait, een weerspiegeling van de ambulances en politieauto's die buiten op het plein staan. Elin in een Laminostoel met een deken om zich heen. Starre blik. Gehurkt naast haar een vriendelijke vrouw, die vraagt hoe het met haar gaat. Of ze verzorging nodig heeft.

Sirkka, Sofie en Malin, die in een hoek zitten, zien er klein en verlaten uit. Kattis staat in een andere hoek en praat met een agent. Haar gezicht is wit, en er zit iets stijfs en hoekigs in de manier waarop ze zich beweegt. Ik neem aan dat ze in shocktoestand verkeert.

Opeens legt iemand een hand op mijn schouder. Ik schrik instinctief. Mijn lichaam is nog steeds tot het uiterste gespannen. Signaleert gevaar en zet aan tot vechten of vluchten. Ik keer me om en daar staat Markus, in een spijkerbroek en een flodderige sweater.

'Ik hoorde het. Ik hoorde dat er een schot was gelost in een psychologenkliniek op het Medborgarplatsen. Ik ben hier zo snel als ik kon naartoe gereden. Ik dacht dat jij...'

Hij blijft steken en draait zijn gezicht weg, alsof hij zijn gevoelens wil verbergen.

'Jezus, Siri, ik dacht dat jij het was die...'

Ik zeg niets. Laat hem mij alleen omhelzen, mij wiegen als een klein kind, friemel aan de sweater, voel de pluizige stof. Neem Markus' geur in me op, die zo aan thuis en veiligheid doet denken.

'Markus, god wat ben ik blij om jou te zien!' Aina staat naast ons. Haar gezicht is rood en besmeurd met mascara. Ze huilt, maar lijkt dat zelf niet in de gaten te hebben.

'Weet je iets? Over Hillevi?' Ze kijkt gespannen naar Markus en ik laat zijn lichaam los. Ik wil hem niet loslaten, maar ik besef dat ik wel moet. Ik zet een paar stappen achteruit en bekijk hem. Speur naar aanwijzingen.

'Ik weet niets, tenminste, ik weet alleen wat ik op de radio heb gehoord. Een vrouw neergeschoten. De dader op vrije voeten, te voet weggevlucht.'

'Waar is hij?'

Ik kijk om me heen. Herinner me Henriks gezicht meteen na het schot. Die was als die van een pas ontwaakt kind: naakt, moe en uitdrukkingsloos. Zijn blik op het wapen, bijna verbaasd. Alsof het een nieuw stuk speelgoed was waarvan hij niet precies begreep hoe hij het moest gebruiken.

En Hillevi.

Hoe ze op haar rug op de tafel lag als een dier op de slachtbank. Haar grove, maar kleine herenlaarzen die vrij in de lucht schommelden, boven de vloer, en de zwarte rok die op was gekropen en een klein, mager bekken ontblootte.

Ze zag eruit als een kind.

Sirkka die zich over haar lichaam boog, het bloeden probeerde te stelpen met rimpelige, met bloed besmeurde handen.

Bloed.

Overal bloed, dat over de vloer stroomde, waardoor het zand-kleurige sisaltapijt donkerrood werd.

'We hebben hem nog niet gevonden, maar dat is alleen een kwestie van tijd. We gaan hem oppakken.'

Aina kijkt naar Markus. Probeert hem te laten begrijpen wat wij gezien hebben. Uit te leggen wat zich niet uit laat leggen.

'We moeten naar ze toe.'

Ik wijs naar Sirkka, Malin en Sofie, die nog steeds op hun stoel zitten. Koud en vergeten.

'Er komen zo ambulancepersoneel en agenten en die doen dat. Ze zijn getuigen, er zal voor ze gezorgd worden. En voor jullie ook, er zal zich iemand over jullie ontfermen.'

Markus ziet er nu rustiger uit. Hij is op vertrouwd terrein. Misdaden en catastrofes zijn aan de orde van de dag voor hem.

'Hillevi. Je moet nazoeken wat er met Hillevi is gebeurd.'

Aina draait haar gezicht naar Markus. Smekend. Markus knikt en loopt naar een man toe die een leidende functie lijkt te hebben. Ze praten even en ik zie dat Markus zich naar ons omdraait. Misschien legt hij uit wie ik en Aina zijn. De man praat en knikt. Zijn bewegingen en gezichtsuitdrukking verraden niets. Ik weet niet wat hij zegt of wat er met Hillevi is gebeurd. Markus komt weer terug. Ik zoek zijn blik en zie er niets in. Alleen een neutrale, professionele uitdrukking. Ik weet het niet, zie het niet, kan het niet vermoeden.

Markus loodst ons door de kamer naar de keuken, waar het leeg is. We laten ons op de keukenstoelen zakken. Mijn handen trillen. Ik kan de aanblik ervan niet uitstaan. Ik weet niet wat het is, maar plotseling ben ik zo vreselijk moe, en ik kan die trillende handen niet meer zien, omdat ze me herinneren aan wat we hebben meegemaakt. Wat ik niet kan aanvaarden.

'Hillevi is in haar buik geraakt.' Markus kijkt ons aan alsof hij ons ervan moet overtuigen dat wat hij vertelt de waarheid is. Dat het overeenkomt met wat wij hebben gezien.

Aina knikt lichtjes.

'Haar buik bloedde. Ze heeft verschrikkelijk veel bloed verloren. Niemand kan zo veel bloed verliezen zonder dat...'

'Ze heeft veel bloed verloren door de schotwond. Dat klopt.'

Markus schraapt zijn keel. Hij ziet er opgelaten uit en ik voel opeens een ijskoude klomp in mijn buik. Ik weet wat hij gaat zeggen. Ik weet dat iemand die zo veel bloed verliest het niet kan overleven.

'Hillevi is naar het Söderziekenhuis gebracht, waar werd vastgesteld dat ze dood was. Ze is waarschijnlijk al in de ambulance overleden, maar ze werd pas doodverklaard in het ziekenhuis. Dat moet wel, want je kunt iemand niet doodverklaren...'

Hij zwijgt, alsof hij beseft dat wij nu niet kunnen luisteren naar niet ter zake doende details over hoe en waar een doodsverklaring gegeven kan worden. Aina en ik kijken naar elkaar en langzaam dringen de woorden tot ons door.

Hillevi is dood.

Ik zit in elkaar gekropen op de bank met mijn dekbed om me heen geslagen. Toch heb ik het vreselijk koud. Het lijkt of het beven nooit meer op zal houden. Op de tafel voor me staat een mok met thee die Markus voor me heeft gemaakt. Misschien hoopt hij dat ik door de warmte van de drank rustig word.

Buiten is de wind te horen die door de kronen van de dennen trekt. Het waait hard en de regen slaat met onregelmatige tussenpozen tegen het raam.

Ik heb zin in een glas wijn. Ik weet dat er een doos in de kast boven de koelkast staat, maar ik denk aan het kind en ik weet dat ik het niet moet doen. Ik kan het mezelf niet toestaan om nog te drinken, hoewel mijn lichaam verlamd is van angst, die binnen in me trekt en scheurt. Het verlangen naar alcohol is zoveel groter dan ik wilde inzien, mijzelf toestond in te zien. Maar ik weet ook wat alcohol kan aanrichten bij een foetus en daar kan ik me niet schuldig aan maken. Ik denk aan het ongeboren kind in me en aan het kind dat ik verloren heb en weet dat ik geen risico's kan nemen. De wijn moet wachten. Ondanks het brandende gevoel in mijn maag, de lichte misselijkheid en mijn hartslag, die veel te hard en te snel is. Markus wou dat ik het aanbod van de dienstdoende arts aannam om Stesolid te nemen, maar ook kalmerende medicijnen zijn taboe. Geen alcohol, geen medicijnen.

Alleen maar zwarte angst.

Markus loopt door de kamer met een nerveuze en rusteloze energie, en ik weet dat hij verscheurd wordt tussen het verlangen hier bij mij te blijven en ervandoor te gaan, zich op zijn werk te werpen. Hoewel de moord, of doodslag, op Hillevi niet op Markus' bord zal belanden, ligt de verantwoordelijkheid voor het oplossen van de dood van Henriks vriendin bij de recherche van Nacka, bij

Markus' collega. En de mogelijkheid dat er een verband tussen deze twee misdaden bestaat, zal natuurlijk onderzocht worden.

'Waarom hebben jullie hem niet opgepakt?' Mijn stem klinkt vreemd, het kost moeite om de woorden uit te spreken. Ze rusten als grote, logge stenen in mijn droge mond.

'Henrik bedoel je?' Markus is blijven staan, de rusteloze wandeling is toevallig onderbroken.

'Natuurlijk bedoel ik Henrik. Waarom hebben jullie hem niet opgepakt? Hij heeft tenslotte zijn vriendin al vermoord, als jullie hem hadden opgepakt, was Hillevi... En nu is hij verdwenen. Wat als jullie hem nooit te pakken krijgen?'

Ik zwijg. In mijn gedachten wordt dezelfde scène steeds opnieuw afgespeeld. Hillevi die voor Henrik staat, bij hem probeert te komen, het schot dat afgaat, Hillevi die tegen de tafel valt. En het bloed. Het bloed dat over het tapijt stroomt en zich vermengt met de porseleinscherven en kaneelbroodjes. De scène is onwerkelijk, maar tegelijkertijd onverbiddelijk. Onmogelijk om je tegen te verweren.

'Siri, niet alles is altijd zoals het lijkt.' Markus zoekt mijn blik en strekt zijn hand uit. Raakt voorzichtig mijn schouder aan. 'We hebben hem verhoord. Ik keek toe met een collega. Hij heeft een alibi, hij kan die vrouw niet hebben vermoord. Een goed alibi ook, hij was in de kroeg met een employé van zijn bouwbedrijf. Tien mensen zweren dat hij daar zat en drankjes achteroversloeg en karaoke zong. Bovendien kan het personeel van de bar getuigen dat het klopt. Ze herinneren zich hem, hij was dronken en vervelend, viel de barmeisjes lastig.'

'Hoe kunnen jullie er zo zeker van zijn?' Ik hoor dat ik vijandig klink, bijna agressief. 'Het is bekend dat hij vrouwen mishandelt. Kattis heeft verteld...' Ik zwijg, weet dat ik op het punt sta de geheimhoudingsplicht te schenden, namen en inlichtingen te onthullen waar ik verplicht ben over te zwijgen.

'Kattis, is dat zijn ex? Zijn ex die ook deelneemt aan je groep van mishandelde vrouwen?'

Ik knik. Weet dat het toch wel uit zal komen. Dat de politie in kaart zal brengen wie er in de groep zitten en wat daar gezegd is. Alles om te begrijpen en te verklaren, om Henriks daad onder woorden te brengen, verbanden te vinden, een samenhang te creëren.

'Oké, we kunnen wel zeggen dat Henriks versie niet helemaal overeenkomt met die van Kattis. Zelf ontkent hij alles, zegt dat hij haar nooit heeft aangeraakt. Dat zij alles verzint.'

'Maar zo is het toch altijd? Hoeveel mannen die mishandelen erkennen dat ze schuldig zijn en accepteren hun straf of behandeling? Hoe gebruikelijk denk je dat dat is? Ik begrijp niet hoe je het voor hem op kunt nemen. Jullie hebben een vreselijke fout gemaakt en nu proberen jullie dat te verdonkeremanen door te beweren dat hij onschuldig is.' Ik voel de huilbui komen. Zoute tranen lopen over mijn wangen en omlaag naar mijn nek. Ik voel me gekwetst, machteloos, vertwijfeld.

'Siri, hoor je niet wat ik zeg? Henrik heeft een alibi. Hij kan zijn vriendin vrijwel zeker niet hebben vermoord. En de politie kan niet in de toekomst kijken, we kunnen geen misdaden voorkomen waarvan we niet weten dat ze plaats gaan vinden. En bovendien...' Markus twijfelt. Hij heeft ook een geheimhoudingsplicht waar hij rekening mee moet houden en ik ben me ervan bewust dat hij niet alles wat hij weet aan mij kan vertellen. Dat hij misschien al meer heeft gezegd dan hij eigenlijk mag. 'En... de agent die Henrik vertelde dat ze dood was, zei dat hij gebroken was. Dat hij compleet instortte. Ze zei dat als hij toneelspeelde het de beste voorstelling was die ze ooit heeft gezien. Ze moesten een ziekenverzorger naar hem toe sturen, die hem een kalmerend middel gaf.'

'Hij kan het evengoed hebben gedaan. Hij kan iemand hebben ingehuurd. Hij is tenslotte hartstikke gek, wat voor soort mens loopt er met een wapen rond? En sluipt in het donker achter mij aan op het Medborgarplatsen. En hij wilde eigenlijk Kattis iets aandoen, niet Hillevi.'

'Siri, het eerste wat wij doen als we een dode vrouw vinden is haar leefsituatie onderzoeken. We weten dat de meest waarschijnlijke dader de echtgenoot, partner of vriend is. Dat is vreselijk, maar zo is het nu eenmaal. We hebben Henrik gecheckt, zijn relatie met Susanne Olsson onderzocht. Alles wat we hebben kunnen vinden wijst erop dat Henrik een doodgewone man is. Behalve de mishandelingsaangifte van zijn vorige vriendin valt er niets op hem aan te merken. Alleen een paar bekeuringen. Hij heeft geen strafblad, leidt een bedrijf, is een populaire directeur. Niemand van degenen met wie we hebben gepraat, heeft ooit een neiging tot gewelddadigheid bij hem gezien. Iedereen lijkt hem te mogen, behalve een buurman die vindt dat hij een te grote BMW heeft en ervan overtuigd is dat hij zwart werkt, wat hij ook zeker doet. Hij heeft een heleboel geld verloren bij de paardenrennen, maar verder lijkt hij een doodgewone man te zijn. Er valt niets op hem aan te merken, Siri, niets concreets. Afgezien van Kattis' beschuldigingen. We konden het niet weten.' Markus steekt zijn handen in de lucht in een gebaar dat spijt uitdrukt en gaat dan op zijn hurken zitten en pakt mijn hand. Streelt over mijn haar.

'En het wapen? Waarom had hij een wapen? Welk doodnormaal, onschuldig persoon heeft thuis een wapen in zijn bureaula liggen? Kom op, Markus, hij is gestoord en dat weet je.'

Ik ben rechtop gaan zitten op de bank en heb het dekbed van me af geschud. Plotseling besef ik dat ik het niet meer koud heb. Het is alsof de woede en het verdriet mijn lichaam weer op gang hebben gekregen. Buiten wakkert de storm aan. De regen zwiept tegen het raam en de windvlagen rukken aan de takken en de bomen. Ook de natuur lijkt tekeer te gaan over wat er is gebeurd.

'Ik weet het niet zeker, maar hij is lid van een schietclub. Heeft een vergunning en alles. Heeft aan schietwedstrijden meegedaan toen hij jonger was. We denken dat hij het wapen heeft gebruikt waar hij een vergunning voor heeft. Als je wilt weten wat ik denk, Siri, dan is dat dit. Henrik heeft Susanne niet gedood, maar er is iets met hem gebeurd toen hij het bericht van haar dood kreeg. Vraag me niet wat, dat weet jij beter dan ik. Hij stortte in, crashte. Werd gek, als je wilt. Zag Kattis als de zondebok voor alle ellende die hem was overkomen.'

'Kattis? Maar hij kan toch niet serieus denken dat zij iets met de moord op Susanne te maken heeft?'

'Ik weet niet wat hij denkt, hij had misschien het gevoel dat zij zijn leven aan het saboteren was met al die beschuldigingen van mishandeling. En toen gebeurde dat met Susanne. Ik denk dat het gewoon te veel voor hem was. Dat hij een beetje kierewiet werd. Jij weet daar veel meer van, zou het zo gegaan kunnen zijn?'

Ik haal mijn schouders op.

'Ik neem aan van wel, hij werd misschien psychotisch. Dat kan gebeuren. Absoluut.'

Markus ziet er plotseling cynisch en moe uit.

'Siri, mensen kunnen een hoop onzin vertellen, zich een hoop dingen inbeelden. Vorige week hadden we te maken met een dubbele zelfmoord. Een alleenstaande moeder die zichzelf en haar vijfjarige dochter van het leven had beroofd omdat ze ervan overtuigd was dat ze vervolgd werden door een Zuid-Amerikaans drugskartel. Ze zag geen andere uitweg meer. Haar ex trof haar en hun dochter dood aan in de slaapkamer toen hij zijn meisje kwam halen om bij hem het weekend door te brengen. Ze had eerst het meisje tabletten laten slikken en ze daarna zelf ingenomen. Haar arts vertelde dat ze aan paranoïde schizofrenie leed, wat met medicijnen in bedwang werd gehouden. Het probleem was alleen dat ze opgehouden was haar medicijnen in te nemen...'

Markus schudt zijn hoofd.

'Ik bedoel alleen dat zieke mensen met iedereen *hang-ups* kunnen krijgen. En die vrouw in jouw groep, Kattis, zij zegt dat hij haar achtervolgde, hè? Misschien is hij geobsedeerd door haar, ziet hij haar als de wortel van al het kwaad. Ik weet het ook niet.'

Hij kijkt naar me. Een windstoot lijkt het huis op te tillen. De muren lijken plotseling dun en broos, en even denk ik dat het hele huis weg zal vliegen in de harde wind. Hij gaat verder: 'Ze hebben misschien een soort ongezonde fixatie op elkaar. We kunnen hem in elk geval niets maken. Niets concreets. We hebben sowieso heel erg weinig concreets. Het enige wat we weten is dat het een man was. Er zijn geen getuigen, behalve het kleine meisje dan. Maar, lieve god, een vijfjarige...' Hij pauzeert even. 'En we hebben ook geen technische bewijzen. Het is de nachtmerrie van elke politieman. Een moordmysterie.'

We zwijgen een poosje. Markus schraapt zijn keel.

'Siri...'

Hij beweegt onrustig heen en weer. Ik ken Markus als hij zo doet, weet wat er gaat komen. Kijk hem aan. Dat rustige, eerlijke gezicht met die blauwe ogen, het archetype van de betrouwbare, vriendelijke politieagent. Maar ik zie ook de aanzet tot wallen onder zijn ogen, de baardstoppels en kleren die net iets sjofeler zijn dan gewoonlijk. Wat er tussen ons speelt, is een kwelling voor Markus. Het spel dat een eigen leven lijkt te leiden, waarvan ikzelf niet eens de instructies en regels heb.

'We moeten praten. Over ons.'

'Dat moeten we, ja.'

Mijn antwoord komt snel, want ik weet dat Markus gelijk heeft. We moeten praten. Wat er met Hillevi is gebeurd, en die martelende langzame minuten in de kliniek met Henrik. De gedachte dat alles voorbij zou kunnen zijn. De schok en de angst. Alles staat opeens in een ander perspectief. Ik weet nog steeds niet wat ik wil, of ik wil samenleven met Markus, maar tegelijkertijd is de gedachte dat ik hem zou verliezen bijna ondraaglijk. En het kind, het kind dat ervoor gekozen heeft in mij te blijven. Ongepland, verrassend, overweldigend.

'Siri... ik dacht dat jij het was. Dat jij gewond was. En de hele tijd dacht ik dat ik het tegen je moest zeggen. Dat ik wil dat we het in elk geval proberen. Dat het ook mijn kind is. Dat ik denk dat ik echt van je houd en... dat ik bij je wil zijn. Lieve Siri, sluit me niet buiten.'

'Ik kan niets beloven.' Ik kijk Markus recht aan. 'Ik kan niets beloven, maar we kunnen het proberen.'

POLITIEBUREAU VAN VÄRMDÖ, OKTOBER

De verhoorkamer is klein en vierkant en weer spartaans gemeubileerd: een tafel, een paar stoelen en een kale tl-buis aan het plafond. Verdwenen zijn de speeltjes, de krijtjes en de stapels papier die de kinderdeskundige naar binnen had gebracht om te zorgen dat Tilde zich minder slecht op haar gemak zou voelen. Op de tafel microfoons. Geen schilderijen, geen versiering. Niets wat als wapen kan worden gebruikt. De grote spiegel aan de ene muur, die geen spiegel is maar een raam naar een ernaast liggende kamer waar de collega's het verhoor kunnen volgen. En daar, achter het glas, staat Roger Johnsson, leunend tegen het raam met zijn hand op zijn heup.

Marek Dlugosz zit in de stoel die naar het raam is gedraaid. Hij ziet er niet meer zo stoer uit. Niet zoals toen ze hem oppakten en hij een boel herrie schopte. Het scheelde maar een haar of ze hadden hem kunnen aanklagen voor gewelddadig verzet en geweld tegen een agent.

Net zestien geworden en dus strafbaar. Hij zou zich gelukkig moeten prijzen dat ze niet in een slechte bui waren.

Hij strijkt door het dunne haar op zijn voorhoofd, zucht en gaat op de stoel zitten. Pakt een Losec om het brandende gevoel onder zijn borstbeen te verdoven. Prent zichzelf in vandaag geen koffie meer te drinken, ook al komt de vermoeidheid opzetten. Neemt zich nog een keer voor minder te gaan roken, of op zijn minst over te stappen op een minder zwaar merk. De brandende pijn dwingt hem van houding te veranderen, zich de rug te strekken en zijn borstkas vooruit te steken.

Er was een tijd dat hij zich niet liet provoceren door kleine criminelen als Marek, dat hij zelfs naar ze luisterde, ging zitten en ze de tijd gaf. Ze probeerde te begrijpen.

Alsof er iets te begrijpen viel.

Ooit had hij genade voor recht laten gaan. Dingen door de vingers gezien. Geloofd dat hij kon helpen, verschil kon maken.

Alsof dat iets uitmaakte.

Hij had door het centrum van Gustavsberg gelopen als een soort vader van de stad. Was bevriend geweest met alle jongeren, had geprobeerd de baldadigheid te begrijpen. Had geprobeerd degenen te redden die nog niet echt in de problemen waren gekomen, had geprobeerd degenen te waarschuwen die zich in de gevarenzone bevonden.

Maar.

Hij was ermee opgehouden. Je komt op een punt, een soort inzicht – een tweesprong misschien –, waarop je moet kiezen tussen jezelf en hen, om je verstand niet te verliezen, om niet gewoonweg krankzinnig te worden.

Hoe vaak was hij niet te hulp gekomen en gewoon verraden? Hoe vaak hadden die klotejongeren niet recht in zijn gezicht tegen hem gelogen? Beloofd dat het de laatste keer was dat ze stalen, vochten, hasj rookten?

Het brandende gevoel komt met vernieuwde intensiteit terug en hij moet overeind komen en even heen en weer lopen voor de spiegel om zijn gedachten van de pijn af te leiden.

Beelden flitsen voorbij in zijn bewustzijn. Johnny Lanto in de kleine, schrootwaardige Opel.

Grote god, waarom denkt hij nu aan hem? Dat is al zo lang geleden.

Johnny Lanto had ook veel beloofd. Dat hij nooit meer zijn vaders auto zou lenen. Als hij hem maar niet verraadde, als hij zijn vader maar niet belde. Want dan zou hij geslagen worden, zo hard dat hij niet meer zou kunnen lopen. En dat wilde hij toch niet? Of wel?

Dan het volgende beeld.

Wat eens Johnny Lanto's gezicht was geweest. Een kliederig masker van vlees en bloed. Al voordat ze op hem hadden gewacht om de legitimatie uit zijn portemonnee te pakken, wist hij het, wist hij dat het Johnny was. Het blonde, halflange haar. Het blauwe jack tot op zijn middel. De onttakelde Opel die als een dode kever op zijn kop op de bevroren akker lag.

Al die klotejongeren die hij had zien doodgaan. Al die stomme, kleine criminelen. En niet één had hij er gered.

Hanna, die hem had beloofd dat ze clean was. En dat alles goed ging en dat ze blij was dat ze zwanger was, al was ze natuurlijk veel te jong. En hij had haar geloofd, had haar over haar zachte, lange rode haar gestreken en haar onhandig geluk gewenst.

Volgende beeld: Hanna op de vloer van het toilet in het winkelcentrum. Het tengere lichaam in een vreemde houding gebogen. De hand die op de witte tegels rustte, alsof ze ze streelde. Het witte gezicht, de blauwe lippen. Zo stijf als een stok. De buik die opbolde onder het T-shirt. De canule die naast haar op de smerige vloer lag.

Vaarwel, Hanna. Goodbye, adios, adieu. Als ik niet zo verdomd naïef was geweest, had je misschien vandaag nog wel geleefd. En dan had je kind misschien gevoetbald met de tweeling. Ze zouden ongeveer even oud zijn geweest.

En dat is waarom Roger Johnsson besloten heeft zich niet meer te bemoeien met de jonge criminelen, op te houden met begrip te hebben voor vandalisme.

Sonja Askenfeldt komt de verhoorkamer binnen. Gaat tegenover Marek zitten, met haar rug naar Roger toe. Verzamelt haar papieren. Pakt haar pen met haar magere vingers. Leidt het verhoor in door de datum en de naam op te dreunen. Ze heeft haar donkere, doffe haar bijeengebonden in een neerhangende staart. Aan het lint schommelt iets wat eruitziet als een kleine vlinder. Heeft ze haarlinten van haar dochters geleend?

Sonja is goed. Ze is betrouwbaar en methodisch en kundig op een manier die je tegenwoordig bijna niet meer ziet. En ze begrijpt mensen, is een kei in verhoren afnemen. Mannen en vrouwen die direct van de politieacademie komen, weten alles van crimineeltechnische onderzoeken, synthetische drugs en eerwraak. Maar een verdachte kunnen ze niet verhoren, niet eens een zestienjarige.

Vooral geen zestienjarige.

'Op de avond van 29 oktober bevond je je in de betreffende woning. Wat deed je daar?'

'Maar dat heb ik toch al gezegd. Ik bracht reclame rond. Dat weten jullie al. Waarom vragen jullie dat?'

Marek ziet er nerveus uit, heeft zijn armen defensief over elkaar gevouwen, tapt met zijn schoenzolen op de vloer.

'Wat was het voor reclame die je bezorgde?'

'Wat? Het was gewoon reclame.'

'Voor wat dan?'

'O, Ica, en nog iets. Weet ik niet meer.'

'Voor welk bedrijf werk je?'

'Bedrijf?'

'Ja, want je hebt de Ica-folders vast niet op eigen initiatief uit de winkel op het plein gehaald?'

'Oké, bedoel je dat. Zweedse Reclamedistributie heten ze. Geloof ik.'

Sonja maakt een aantekening op haar papieren en strijkt een paar donkere haarslierten uit haar gezicht.

'En wat gebeurt er als je bij Susanne Olssons deur komt?'

'Die staat open.'

'Open? Hoe? Wijd open of maar een beetje open?'

'Nee, een beetje maar. Ik merkte het toen ik de reclame naar binnen wou duwen.'

'En wat deed je toen?'

'Ik deed de deur open.'

Sonja trommelt ongeduldig met de pen op haar papieren.

'Waarom?'

'Om... de reclame binnen te leggen.'

'Maar je had ze toch ook in de brievenbus kunnen stoppen?'

'Ik wilde niet dat...'

'Wat?'

'De deur had dicht kunnen gaan, en...'

'Ja. En?'

'Nou, iemand had hem misschien expres open laten staan.'

Sonja zwijgt weer en maakt nog enkele aantekeningen in de papieren voor zich, schrijft de kleine, scheve letters op die Roger zo goed kent.

Ooit had hij haar mooi gevonden. Voordat ze zo mager werd, voordat haar haar zijn glans verloor en de huid over haar jukbeenderen gespannen en leerachtig werd. Nu voelt hij niets als hij naar haar kijkt. Voelt geen enkel verlangen om tegen die knokige kont aan te schurken, om die smalle, naar nicotine ruikende lippen te kussen.

Het gerucht ging dat haar man haar had verlaten voor een drie-entwintigjarige tandhygiëniste uit Riga. Zelf wist hij het niet. Hij had het nooit gevraagd. Ze hadden tien jaar samengewerkt, maar hij had het nooit gevraagd. Sommige dingen moeten privé blijven. Vooral in dit werk.

'En wat zag je toen je de deur opendeed?'

'Ja, toen zag ik hem. De portemonnee dus.'

'Je zag niets anders, hoorde niets?'

'Nee, het was donker. En ik had muziek opstaan.'

Sonja knikt.

'En toen pakte je de portemonnee?'

'Ja, dat heb ik al verteld. Waarom vraag je dat opnieuw?'

'Hé, ik stel hier de vragen. Geef antwoord. Waarom heb je de portemonnee gepakt?'

Marek mompelt iets onverstaanbaars.

'Praat zodat ik het kan horen, je bent nu niet thuis bij je Poolse moeder.'

'Ik wilde er gewoon naar kijken.'

'Waarom?'

Marek haalt zijn schouders op.

'Geef antwoord op de vraag.'

'Oké, ik dacht dat er misschien geld in zat.'

'Dat je wilde wegpakken?'

'Ik weet het niet. Ik dacht niet na. Oké. Ik... pakte hem gewoon.'

Marek verheft zijn stem, die schel en hees wordt, en achter het glas vermoedt Roger dat er een blos op zijn bleke wangen is gekomen.

'Het kleine meisje zegt dat degene die haar moeder doodde geld heeft gepakt. Wat zeg je daarvan?'

Marek spreidt zijn armen in een berustend gebaar.

'Wat wil je dat ik zeg? Wat weet ik nou? Ik heb haar niet gedood, ik vond haar alleen. Ik had haar daar achter kunnen laten, maar in plaats daarvan hielp ik het meisje. En nu krijg ik het zeg maar op mijn dak. Hoe denk je dat dat voelt?'

'Marek, wij denken dat je Susanne en haar dochter op de avond van de negenentwintigste hebt bezocht, dat je haar portemonnee hebt gepakt en dat je haar zo hebt mishandeld dat ze eraan stierf. En we hebben een getuige die deze versie onderschrijft.'

'Maar jezus. Dit is toch ziek. Ik heb haar niet, ik heb nooit iemand gedood... verwond...'

Sonja bladert rustig door de stapel papieren voor haar.

'Ik lees het hardop aan je voor. Even kijken, vorig jaar, mishandeling. Vorig jaar, diefstal. In juli dit jaar...'

'Maar ik heb nooit iemand GEDOOD. Snap dat dan, stomme HOER!'

Zonder noemenswaardig te reageren buigt Sonja Askenfeldt zich bijna berekenend naar de microfoon toe. Kijkt op de klok, zegt rustig dat het verhoor onderbroken wordt, zet de opname stil. Daarna slaat ze zo hard met haar hand op de tafel dat Marek opspringt van zijn stoel en daarna zijn gezicht in zijn handen verbergt.

Roger glimlacht in zichzelf.

Sonja zal die Poolse rotjongen in een mum van tijd hebben geknakt.

MEDBORGARPLATSEN, NOVEMBER

Ik zit in mijn kamer in de kliniek, die de groene kamer wordt genoemd.

Aina houdt mijn hand vast. Krampachtig.

Voor één keer is zij de zwakke, tranen lopen over haar blozende wangen en ze veegt het snot af aan de mouwen van de lila angoratrui en schudt vertwijfeld haar hoofd.

'Waarom nou net Hillevi? Het is niet eerlijk. Wie moet er nu voor haar kinderen zorgen? De vader? Die ze slaat?'

Ik knijp in haar hand zonder antwoord op haar vraag te geven, want wat kan ik zeggen? Het was het eerste waar ik aan dacht toen de eerste schok voorbij was. Haar kinderen, de drie jongetjes. Die zo bang voor hun vader waren dat een van hen in zijn broek plaste toen hij ze van school zou komen halen. Wat gaat er nu met ze gebeuren?

Ik klem het vochtige papiertje in mijn vrije hand, kijk weer naar Aina en haar bloeddoorlopen ogen ontmoeten de mijne.

'Bel nu!'

Ik knik en strek mijn hand uit naar de telefoon, vouw het papiertje open op het bureau, kijk naar het haastig neergepende nummer, dat van de directeur van Solgården is, het opvanghuis waar Hillevi met haar kinderen woonde.

De telefoon gaat vijf keer over zonder dat iemand opneemt, dan hoor ik een lichte stem met een Spaans klinkend accent.

'Solgården, met Mirta.'

Ik leg rustig en misschien een beetje geforceerd uit waarom ik bel, dat Hillevi in mijn gespreksgroep zat, dat ze verteld had over de mishandeling, dat ik erbij was toen ze stief en dat ik me afvraag wat er nu gaat gebeuren.

'Met de kinderen, ik vraag me af wat er met de kinderen gaat gebeuren. Ik kan niet... ophouden eraan te denken. De vader sloeg een van de kinderen immers. Daar weten jullie toch van? Het is heel belangrijk dat de jongens niet bij hem worden geplaatst.'

'Het is heel tragisch,' zegt Mirta, alsof ze mij niet gehoord heeft. 'In alle jaren dat ik hier heb gewerkt, heb ik nog nooit een vrouw verloren. Niet één. Mijn meisjes zijn geslagen en verkracht, maar niet gedood. *Dios mío*, we konden haar niet beschermen.'

'Maar... ze is toch ook niet gedood door haar man.'

'Het geweld van mannen tegen vrouwen,' begint ze, maar dan stopt ze alweer en zucht diep. 'Wat kan ik voor je doen?'

'De kinderen...?'

'De kinderen zijn onder de hoede geplaatst van de sociale dienst. Ze zijn in een opvanghuis in Nacka in afwachting van het onderzoeksrapport.'

'Onderzoeksrapport?'

'Ja, de oudste, Lukas heet hij, hè, heeft verteld dat zijn vader hem heeft geslagen. Dat hebben we doorgegeven aan de sociale dienst, wat we altijd moeten doen als we te weten komen dat het slecht met een kind gaat. Dat is de wet. Nu voert de sociale dienst een soort van spoedonderzoek uit. Maar als je het mij vraagt, denk ik dat de kinderen over een paar weken terug zijn bij hun vader. Dat gebeurt bijna altijd. Het is namelijk vreselijk moeilijk om de beschuldiging van de jongen te bewijzen. En de vader is nu een eenzame weduwnaar... door natuurlijke oorzaken. Ja, ik ben misschien cynisch, maar ik denk dat dat zal gebeuren.'

Opeens schreeuwt er een kind zo schel op de achtergrond dat ik de hoorn bijna laat vallen. Ik hoor de vrouw die Mirta heet iemand, van wie ik vermoed dat het een kind is, de les lezen in het Spaans.

'Sorry, het is een hectische dag hier. We hebben net drie nieuwe meisjes binnengekregen. Ja, het leven gaat hier ook verder...'

Het wordt stil in de hoorn, we weten allebei niet wat we moeten zeggen. Dan neemt zij het woord weer: 'Hillevi, dat was een bijzonder meisje, hè?'

'Ja, ze was heel bijzonder.'

'Ze was sterk. En ze bracht die kracht over op alle meisjes hier.'

Ze krijgt een brok in haar keel en ik weet niet wat ik moet antwoorden.

'Ze was een echte engel, dat meisje. Dat was ze,' zegt Mirta zacht. 'Een engel,' fluister ik. 'Dat klopt, ze was een engel.'

We lopen het korte stukje van de Söderhallarna naar Aina's kleine appartement op Blekingegatan 27. De koude regen die zachtjes in het donker omlaag valt maakt de herfstbladeren die opgehoopt liggen bij de Allhelgonkyrkan gevaarlijk glad. Aina zegt niets, loopt alleen gebogen tegen de regen en de wind in. De rode sjaal laag na laag om haar nek gewikkeld, de handen diep in haar zakken gestoken, de blik gericht op het natte asfalt.

Bij haar thuis steekt ze kaarsen aan en zet het theewater op. We blijven zwijgend aan de tafel zitten in de ouderwetse keuken. En het is alsof Hillevi bij ons is in het stille, kleine appartement. Ik kan bijna haar zachte, androgyne parfum ruiken, haar fijngesneden, poppenachtige gezicht en de perfect gemanicuurde handen zien.

'Het is afschuwelijk.'

Aina bijt op haar duimnagel en kijkt door het raam naar buiten, naar de donkere straat waar het regenwater kleine, vuile stroompjes vormt in de goot.

Ik knik. Nip van de hete thee en streel Aina voorzichtig over haar arm met mijn vrije hand. Ze kijkt me plotseling aan. Iets zwarts in haar blik, als onderdrukte woede die naar de oppervlakte komt, en ik word plotseling bang. Er zijn momenten dat ze me vrees aanjaagt; ze kan zo veel duisternis in zich hebben, zo scherp zijn.

Dan herinner ik me plotseling iets, een andere woede, een andere duisternis.

'Hé, dit alles met Hillevi... Het is zo intensief geweest, zo totaal uitputtend. Ik heb er zoveel aan gedacht dat ik bijna iets was vergeten. Herinner jij je nog wat Malin bij de sessie zei, voordat Hillevi werd neergeschoten?'

'Malin?'

'Ja, voordat Henrik binnenkwam. Ze zei iets vreemds. Iets over dat die doodgeschopte vrouw, Susanne, misschien wel haar verdiende loon gekregen had. Herinner je je dat nog?'

Aina's donkere ogen kijken in de mijne en zonder me met haar blik los te laten, zet ze voorzichtig het theekopje op het schoteltje.

'Ik weet het nog. Wat kan ze daarmee bedoeld hebben? Dat was een heel rare opmerking.'

Onwillekeurig huiver ik, voel een zwakke rilling in mijn maagstreek.

'Denk je ook niet dat er iets met Malin aan de hand is? Al dat geklets over sterk zijn en zelfverdediging, en nu die rare opmerking.'

Aina zwijgt een poosje met de dampende theekop in haar handen.

'Ik weet het niet. Ik vind Kattis ook een beetje raar.'

'Kattis? Zij is zo normaal als wat. Hoe kun je dat nou zeggen?'

Aina steekt haar hand op alsof ze mijn woorden tegen wil houden.

'Wacht even nu, Siri. Je bent niet objectief als het om Kattis gaat. Jullie hebben een band gekregen, hè? Jullie houden elkaars hand vast in de kliniek, bellen elkaar en huilen bij elkaar uit. Vind je dat dat kan? Vind je dat ethisch?'

Aina's wangen kleuren rood en ik kan zien hoe haar kaken zich spannen.

'Nee, maar...' Ik moet lachen. 'Je bent toch niet jaloers, Aina?'

De vraag komt uit het niets, maar zodra ik hem heb uitgesproken, voel ik de zwaarte ervan.

Aina fronst haar wenkbrauwen en leunt achterover op de oude, scheve keukenstoel.

'Misschien. Er was een tijd dat we elkaar alles vertelden. Vergeet dat niet.'

Haar woorden komen aan als een oorvijg en ik draai me van haar weg als het tot me doordringt: ze heeft gelijk. Een deel van onze intimiteit is verdwenen. Misschien komt het door mijn relatie met Markus. Misschien hebben we onze vriendschap gewoon niet goed onderhouden. Misschien heeft de tijd haar veranderd, haar een andere vorm gegeven.

Ik strek me uit naar een van de servetten die op een stapeltje op de tafel liggen. Er staat een meiboom op.

Wantrouwend houd ik het voor haar omhoog voordat ik mijn neus erin snuit.

'Misschien is het tijd om de keuken eens op te knappen?'

Aina glimlacht.

'Ah, Carl-Johan heeft die vorige week meegenomen. Ik weet niet waar hij al die vreemde prullen vandaan haalt.'

'Carl-Johan.' Ik spreek de naam langzaam uit. 'Je gaat nu al een tijdje met hem, hè?'

Aina schuift onrustig heen en weer en ziet er plotseling beschaamd uit.

'Ja, ik geloof het wel.'

'Wil je er iets over vertellen?'

'Absoluut niet.'

Aina's affaires met mannen zijn legendarisch. Er zijn altijd nieuwe mannen in haar leven. In de loop der jaren heb ik ze zien komen en gaan. Jonge en oude, langharige en kale, met baard en zonder. Vuilnismannen en directeurs. Zweden en buitenlanders. Aina discrimineert niet, verscheidenheid lijkt haar richtlijn te zijn. Juist daarom verbaast het mij om te horen dat ze nog steeds met deze man is. Hij had al lang geleden afgeserveerd moeten zijn.

'Je bent toch niet...'

Ze wuift afwerend met haar hand.

'Natuurlijk ben ik dat niet.'

Maar haar blik gaat de mijne uit de weg en ze bloost.

'O godver.'

Ze zucht diep.

'Moeten we het over mijn affaires hebben? Hillevi is dood, hè.'

We laten deze constatering zwijgend op ons inwerken terwijl de thee afkoelt in de grote keramische koppen.

'Het voordeel van alleen hier komen is natuurlijk dat je de gelegenheid hebt om over dingen te praten waar je het niet over wilt hebben als Mia erbij is. Het hoeft niet met jullie relatie te maken te hebben. Het kan net zo goed over dingen gaan die je zelf ter sprake wilt brengen.'

Patrik en ik hebben met elkaar afgesproken voor een afzonderlijk gesprek. Ik heb niet veel gewerkt de afgelopen dagen, wat gezien de situatie niet zo vreemd is. In mijn dromen sta ik, en niet Sirkka, gebogen over Hillevi heen en probeer het bloed tegen te houden dat uit haar buik stroomt. Mijn handen halverwege in haar kloppende, nog steeds warme lichaam. En net op het moment dat ik besef dat het hopeloos is, word ik wakker, badend in het zweet, met het dekbed als een slang rond mijn middel gesnoerd.

Patrik, die tegenover me zit, zucht diep en slaat zijn armen over elkaar voor zijn borst. Zijn lange lichaam trilt van frustratie.

'Oké, maar ík ben nu niet degene die problemen heeft.'

'Je relatie loopt op de klippen, heb jij dan geen probleem?'

'Jawel, maar wat ik bedoel is dat het niet *mijn schuld* is.'

'Oké, dan zijn we het er dus over eens dat je een probleem hebt?'

Patrik zucht diep en demonstratief terwijl hij routineus een portie pruimtabak onder zijn gebarsten bovenlip stopt en zijn hand afdroogt aan zijn vochtige spijkerbroek. Hij kijkt naar buiten door het grijze raam, het regent weer vandaag. Een fijne maar aanhoudende motregen die de windvlagen zo nu en dan om de hoeken van de huizen jagen.

Ik kan de geur van Patriks wollen trui, vochtig van de regen, in de kamer ruiken en plotseling herinner ik me de geur van wollen wanten, vochtig van de sneeuwballen, wollen ondergoed, vochtig van het zweet, dat uit moest na het skiën, een vrijpartij na veel witte wijn op een donkere herfstavond met een puisterige klasgenoot op een vochtig Perzisch tapijt. Verschillende nuances van wol, kortom. Geurherinneringen, binnengesijpeld langs de donkere dwaalwegen van het geheugen.

Hij lijkt te merken dat ik ben afgeleid, want hij haalt vragend zijn magere schouders op.

'Mia is het probleem,' fluistert hij ten slotte.

'Oorzaak en gevolg zijn vaak heel complex in relaties. Als iemand problemen heeft, beïnvloedt dat de hele relatie. Omgekeerd kun je ook zeggen dat het basisprobleem niet altijd bij degene ligt met wie het ogenschijnlijk slecht gaat.'

'Als je het mij vraagt, is dat een hoop gelul,' zegt Patrik en hij staart me uitdrukkingsloos aan over de kleine tafel, waarop een waterkaraf, glazen en een doos Kleenex naast elkaar staan.

Hij heeft het natte, zwarte leren jack nog aan en zit nonchalant achterovergeleund. Het is alsof hij niet wil erkennen dat we een uur samen gaan doorbrengen, maar in plaats daarvan wil aangeven dat hij snel, heel snel weer weg zal gaan.

'Patrik' – ik twijfel even, denk na over hoe ik het moet formuleren – 'je bent vaak kwaad als we elkaar ontmoeten. En je lijkt erg kwaad op Mia te zijn. Ik vraag me af waar al die woede vandaan komt.'

'Maar dat is toch duidelijk?'

'O ja?'

'Je kunt je gewoon niet gedragen zoals Mia doet. Dat is zo'n enorm... verraad tegenover... tegenover... de kinderen. Wanneer je kinderen op de wereld zet, neem je een bepaalde verantwoordelijkheid op je. Ben je het daarmee eens?'

'Op welke manier vind je dat Mia jullie verraden heeft?'

Patrick zucht weer, voor de tiende keer tijdens ons gesprek.

'Hoe duidelijk moet ik zijn? Ze is verslaafd aan een soort angstverdovende pillen. Dat is... het ultieme verraad. Iets ergers kun je degenen die van je houden niet aandoen. Ze heeft de tabletten boven ons verkozen. Zo eenvoudig is het.'

'Dus je voelt je afgewezen?'

'Afgewezen, afgewezen, het gaat niet om mij. Het gaat om de kinderen. En om het feit dat ze er zelf voor gekozen heeft. Hoe kun je een doosje tabletten verkiezen boven je eigen kinderen? Als kind ben je tenslotte volkomen afhankelijk van je moeder. Ja, ik moet toegeven dat ik daar compleet gek van word.'

We zwijgen even. Hij stampt zachtjes met zijn ene schoenzool op de grond.

Ongeduldig. Ongelukkig.

'Patrik, heb je zoiets ooit eerder meegemaakt in je leven? Iemand die je verwaarloosd heeft misschien? Toen je klein was?'

'Misschien.'

'Wat bedoel je daarmee?'

Hij begint weer met zijn voet te stampen, zucht en slaat zijn handen voor zijn gezicht.

'Mijn moeder... mama, ze dronk heel veel.'

'Dus je moeder was alcoholiste? Hoe oud was je toen ze drankproblemen kreeg?'

'Weet ik niet. Ik denk dat ze altijd problemen heeft gehad. Maar ik merkte het waarschijnlijk pas toen ik zes, zeven jaar was.'

'En hoe heeft haar probleem jullie relatie beïnvloed?'

'O, ze was geen outcast of zo. Het was nooit zo dat de sociale dienst bij ons langskwam, als je begrijpt wat ik bedoel. Maar ze kon heel erg onvoorspelbaar zijn. Soms kregen we geen eten. Ik at bijna altijd bij vrienden na schooltijd. Iedereen stond klaar. Ik ben opgegroeid op Domarö, aan de scherenkust bij Stockholm. Dat is een kleine gemeenschap. Mensen zorgen voor elkaar. Ze... roddelen niet over elkaar. Ze wisten natuurlijk dat mijn moeder zoop, en dus hielp iedereen me zoveel als ze konden. Maar niemand... zei iets. En ja, het kwam voor dat ze ons sloeg. Of alleen maar huilde. Ik weet niet wat erger was. Ik zorgde voor mijn kleine broertje.'

'Hoe lang is het zo doorgegaan?'

'Ik ben uit huis gegaan toen ik zestien was. Daarna stierf mama in hetzelfde jaar dat ik achttien werd. Het was een auto-ongeluk, dus het had niets met de alcohol te maken. Denk ik.'

'En wat voel je als je aan je moeder denkt?'

'Ik denk niet aan haar.'

Het antwoord komt bliksemsnel en zijn blik is plotseling weer zeker. Wijkt niet voor de mijne.

'Natuurlijk doe je dat wel. Kom op. Probeer je gevoelens onder woorden te brengen.'

'Ik ben... Ik ben waarschijnlijk... woedend,' zegt hij en hij aarzelt even voor hij verdergaat: 'Ha, dat had ik eigenlijk niet verwacht, het is zo lang geleden dat ik eraan gedacht heb. Maar zo is het. Ik ben woedend. Punt.'

'Waarom ben je zo kwaad?'

'Ze heeft ons verwaarloosd. Ze heeft haar verslaving boven haar eigen kinderen gesteld.'

Ik buig me naar hem toe.

'Net als Mia dus?'

Patrik staart me zwijgend aan met trillende handen. Zijn ogen worden vochtig en zijn gezicht ziet er ondanks de zwarte baardstoppels kinderlijk uit. Zijn blik is smekend.

Ik zeg niets en knik zachtjes.

Weer regen.

Harde druppels die tegen de voorruit van mijn auto kletteren. De ruitenwissers die gelijke tred proberen te houden met de watermassa's. Het geluid van de wissers, verdovend en op de een of andere manier rustgevend.

Ik heb vandaag vrijgenomen. De afspraken omgegooid en ruimte gemaakt voor een vrije dag. Ik ben nu op weg naar de stad, rijd langs zwarte zee-inhammen en zomerhuisjes die er eenzaam en verlaten bij staan in de grijze herfstdageraad. In de zomer is de weg naar de stad vol waterglitter, zeilboten en rondreizende mensen. Nu is het landschap verlaten en de rijweg bijna leeg. Af en toe ontmoet ik een andere auto waarvan de gele lichten weerspiegeld worden op de natte weg, en bij Baggensstäket word ik ingehaald door een bus, die nog meer water over mijn kleine auto werpt. Verder niets.

De verlatenheid geeft me genoeg ruimte om te piekeren. Wat ik eerder heb geprobeerd te verdringen is nu een feit. Bewezen door een zwakke blauwe plus op een plastic stokje.

Een kind.

Ik probeer te begrijpen wanneer het is gebeurd. Ik ben een volwassen vrouw. Ik weet hoe kinderen er komen en hoe je je daartegen beschermt. Tegelijkertijd heb ik geen enkel idee wanneer dit kan hebben plaatsgevonden. Hoe het kan hebben plaatsgevonden. Ik kan het niet aanvaarden. Niet begrijpen. Alleen de misselijkheid die nooit weg lijkt te gaan, maakt het onwerkelijke werkelijk. Want de vorige keer was het precies hetzelfde.

Toen, met Stefan.

Het kind dat ons kind zou worden. Het kind dat er nooit kwam. En nu een nieuw kind. Zo onverwacht. Merkwaardig. Onbegrijpelijk. En ik denk aan Markus. Zijn onvervalste vreugde over de zwangerschap en zijn pijn over mijn ontbrekende respons. Heel even schaam ik me. Voel de schaamte branden in mijn buik omdat ik niet van Markus kan houden zoals hij van mij houdt. Het niet kan, niet durf, niet wil. Ik kan mijn vinger niet eens op de reden leggen. Weet alleen dat iets in me niet los durft te laten.

Wat ook meespeelt, is een soort waanidee. Alles waar ik aan meedoe wordt verwoest. Iedereen van wie ik houd gaat dood. Als ik loslaat en zwicht voor Markus, dan... Ja, wat dan? De gedachte is irritant en irrationeel en ik weet dat ze deprimerend en totaal niet constructief is.

Ik sla af naar Södermalm en begin mijn reisdoel te naderen. Een paar mensen snellen voort onder grote zwarte paraplu's. Een groep schoolkinderen komt uit de Sofia-school lopen, zo te zien zonder last te hebben van de regen. Hun kleren zijn doorweekt en hun haar plakt tegen hun gezicht, maar ze trekken zich er niets van aan, trappen tegen een kleine voetbal en eten uit een zak chips die ze aan elkaar doorgeven.

Nog een paar huizenblokken en ik ben er. Tot mijn verbazing vind ik een parkeerplaats vlak voor de ingang en ik ren van de auto naar de glazen deur en ga het rode bakstenen gebouw binnen. Binnen volg ik de bordjes naar de vroedvrouwenkliniek. Balancerend op één been trek ik de lelijke blauwe overschoenen aan die in een mand bij de ingang staan.

Er is niemand bij de receptie, dus ga ik op een van de grote banken zitten en blader door een tijdschrift terwijl ik de omgeving in me opneem. Op een andere bank zit een gigantische vrouw die in haar mobieltje praat. Ik hoor haar vertellen over bloeddruk, ziekenhuisopname en zwangerschapsvergiftiging terwijl ze tegelijkertijd schijnbaar onbewust keer op keer over haar reusachtige buik streelt.

Verderop klinkt het gerinkel van porselein en gedempt gelach. De wanden zijn versierd met kunst uit Ikea, affiches over vrouwenbescherming en een oproep om deel te nemen aan een onderzoeksproject over pijnbeleving bij barende vrouwen.

Overal blaadjes over zwangerschap en kinderen.

Opeens gaat er een deur open en een vrouw van in de vijftig kijkt naar buiten en ziet mij. Ze heeft kroezig haar en is gekleed in een tuniek met geborduurde bloemen. Een grote bronzen hanger rust tussen haar borsten. Ze ziet mij en houdt haar hoofd schuin.

'Ben jij Siri Bergman?'

Ik knik en voel de misselijkheid toenemen. Opeens word ik bang dat ik ga overgeven in de keurige wachtkamer, maar ik bedenk tegelijkertijd dat het juist hier, in deze omgeving die ingesteld is op zwangere vrouwen, minder erg zou zijn dan waar ook.

'Hoi, Siri, ik ben Monica Wall en werk hier als vroedvrouw. Je bent van harte welkom.'

Ze neemt mijn klamme hand in haar warme droge en leidt me dan haar kamer binnen en wijst naar een stoel recht voor een groot bureau. De muur achter het bureau hangt vol met foto's van baby's. Bedankkaarten van ouders en kinderen. Ik vraag me af of er ooit ook een foto van het kind in mijn buik zal hangen, maar de gedachte is zo abstract dat ik er verder niet bij stilsta.

Monica vertelt over het gesprek van vandaag, dat een intakegesprek is, en wat we zullen gaan doen. Ik hoor haar praten over lengte, gewicht. Bloeddruk en informatiemateriaal.

'En waar is de vader?'

'De vader?' Mijn antwoord als een lege echo, zonder werkelijke inhoud. Monica kijkt op en vangt mijn blik. Ze heeft buitengewoon heldere blauwe ogen.

'Of ben je soms alleen? Dat is helemaal niet ongebruikelijk. We hebben groepen voor moeders die eenstaande ouders zijn. Ja, zo noemen we dat. Eenstaande, niet alleenstaande. Je hoeft tenslotte helemaal niet alleen te zijn omdat er geen vader in het spel is.' Ze glimlacht bemoedigend, en ik moet een paar keer slikken om de zure smaak uit mijn mond te krijgen.

'Er is een vader, maar hij kon vandaag niet komen. We wonen niet samen, maar we hebben een relatie, dus...'

'Ik begrijp het,' zegt Monica en ze glimlacht opnieuw. 'Hij is welkom om mee te doen wanneer hij maar wil. Hij krijgt tenslotte ook een kind en we moedigen vaders aan om zoveel mogelijk deel te nemen. Is dit je eerste kind?' Ze glimlacht weer en ik merk dat ik steeds meer geprovoceerd word door die rustige, veilige, glimlachende vrouw. Die op alles een antwoord lijkt te hebben.

'Ik heb eerder een late abortus gehad. Mijn kind, het kind... de foetus... had een misvorming waardoor hij niet kon overleven buiten de baarmoeder. Ze ontdekten het bij een echoscopie. Maar dat is nu vijf jaar geleden.'

Monica houdt me een doos Kleenex voor en ik besef dat ik huil, wat ik zelf niet had gemerkt. De hormonen, denk ik. Het zijn die verdomde hormonen.

Monica ziet er onverstoord uit, alsof ze elke dag huilende vrouwen tegenkomt, en ik besef dat dat natuurlijk ook zo is. Ze gaat verder met vragen stellen. Laatste menstruatie, ziektes, anticonceptiepillen. Ik antwoord zo goed als ik kan en ze constateert dat een echoscopie de enige manier is om vast te stellen hoe ver de zwangerschap gevorderd is, omdat ik op menstruatie lijkende bloedingen heb gehad toen ik al zwanger was.

'Rook je?' Ze kijkt op van achter de computer, waarop ze een formulier invult dat over mijn gezondheid gaat.

Ik aarzel.

'Want als je rookt, kun je hulp krijgen om te stoppen. We werken samen met het medisch centrum, waar we hypnosetherapie aanbieden om te stoppen met roken.'

'Ik rook heel zelden,' zeg ik. 'Ben geen gewoonteroker.'

Monica ziet er tevreden uit en vult iets in op het formulier en ik voel de misselijkheid weer opkomen. Ik weet welke vraag er nu gaat komen. Ik weet alleen niet hoe ik die moet beantwoorden. De vraag die ik vrees. De vraag die een naam geeft aan mijn onrust. Die mij laat denken aan foetale schade, misvormingen, kleine breekbare zenuwcellen.

'En hoeveel alcohol drink je?'

'Ik ben er nog maar net achter gekomen dat ik zwanger ben, en ik heb natuurlijk wel alcohol gedronken voordat ik het wist... Maar ik drink heel weinig. Echt.' Ik kijk in haar heldere blauwe ogen en glimlach. 'Ik drink in principe nooit alcohol, alleen soms een glas wijn bij een feestje en zo.'

Monica glimlacht stralend terug.

'Mooi zo, dan is het nu tijd om je te wegen,' zegt ze en ze wijst naar de digitale weegschaal die in een hoek van de kamer staat.

Rapportaantekeningen, KJP
Gesprek/bezoek:

11-jarige jongen komt samen met zijn ouders. De jongen heeft problemen met agressiviteit op school. De ouders vertellen dat de jongen groot en sterk is en vaak in vechtpartijen verzeild raakt omdat hij moeite heeft om zijn agressiviteit te beteugelen als hij wordt gepest. De jongen klaagt er vaak over dat de andere kinderen gemeen zijn en wil het liefst thuisblijven van school. Het is heel moeilijk om hem naar school te krijgen.

De ouders beschrijven de jongen als een in principe rustig en zeker kind, dat echter altijd een beetje anders is geweest. Als hun gevraagd wordt toe te lichten op welke manier, vinden ze het moeilijk dat te preciseren. Ze vertellen over zijn problemen met leren op school en verder dat de jongen altijd een eenling is geweest die het liefst met zijn ouders omgaat en niet met andere kinderen. Hij houdt er veel van om aan motoren te sleutelen samen met zijn vader, die een garage heeft. De ouders vinden dat ze zelf een goede relatie hebben, al zijn er wrijvingen ontstaan in verband met de problemen met de zoon. De vader geeft aan dat hij soms vindt dat de moeder te slap optreedt en dat je de jongen met vaste hand moet leiden en duidelijke grenzen moet stellen. De moeder is het hiermee eens maar meent tegelijkertijd dat het moeilijk is om hard tegen de zoon te zijn wanneer ze ziet hoe hij lijdt.

De jongen zelf maakt een verlegen indruk. Hij ontwijkt de blik van ondergetekende en kijkt in plaats daarvan naar zijn handen. Hij vertelt met weinig woorden over wat er gebeurd is en geeft geen blijk van sterke gevoelens. Het lijkt alsof hij veel agressiviteit in zich koestert uit bescherming tegen zijn destructieve krachten. Hij zegt dat hij vindt dat zijn vrienden stom zijn en dat hij bijna nooit mee mag doen. Een tijdje geleden hebben twee vrienden hem een 'lelijke streek' geleverd toen ze zijn broek omlaag trokken en zijn penis, die ze 'vetlappik' noemden, aan een meisje lieten zien op wie de jongen verliefd is. De jongen vertelde dat hij zich 'helemaal warm' over zijn hele lichaam voelde worden en dat hij de andere jongens alleen maar 'in elkaar wilde stampen'. Omdat hij groot en sterk is kon hij ze overmannen en sloeg daarna de ene jongen in zijn gezicht, waardoor hij negen hechtingen nodig had. De jongen toont hier geen berouw over maar vindt dat de andere jongen kreeg 'wat hij verdiende'. Hij zegt ook dat de andere kinderen altijd stom tegen hem doen en dat hij helemaal niet meer naar school wil. Op de vraag wat hij in plaats daarvan zou willen doen, antwoordt hij dat hij in de garage zou willen werken met zijn vader.

Samenvatting van de beoordeling:
11-jarige jongen die zo nu en dan agressief en naar buiten gericht is en dan weer passief en in zichzelf gekeerd. Enige kind van samenwonende ouders. De vader werkt als automonteur bij zijn eigen bedrijf, de moeder is bloemiste. De ouders gedragen zich overbeschermend en overheersend en het lijkt waarschijnlijk dat het naar buiten gerichte gedrag van de jongen hier een reactie op is. De problemen op school hangen zeer waarschijnlijk samen met de onwil van de ouders om de jongen naar school te laten gaan. Dat hij vaak afwezig is bevestigt deze hypothese in hoge mate.
De moeilijkheden van de jongen kunnen zodoende opgevat worden als een symptoom van een pathologische gezinsdynamiek en gezinstherapeutische bemiddeling wordt gezien als de meest relevante behandeling. De ouders hebben over twee weken een nieuwe afspraak bij ondergetekende.
Anders Krepp, gekwalificeerd psycholoog, gekwalificeerd gezinstherapeut

Markus zet de borden op de oude klaptafel, zet de glazen op een rij en legt het bestek in twee keurige stapeltjes.

'Is het zo goed?'

'Ja, tuurlijk, iedereen kan zelf pakken. Het zijn alleen Vijay en Aina maar, we hebben geen tafelschikking nodig.'

Hij lacht en strekt zijn lange, gespierde arm uit. Vangt me in het voorbijgaan, trekt me naar zich toe met een vanzelfsprekende autoriteit. Hij ruikt alsof hij net uit de douche komt en ik boor mijn neus in de oksel van zijn grijze sweater.

Het gevoel dat bij me opkomt, is moeilijk te definiëren. Ergens groeit hoop, een soort vertrouwen dat ik jarenlang niet gekend heb. En nog iets anders: een zacht, warm geluksgevoel dat door mijn lichaam stroomt. Alsof de zon midden in het donkere Stockholm van november op me schijnt.

Op het moment dat Markus de flessen Amarone opent, wordt er op de deur geklopt. Ik sluip de tochtige kleine hal in, buig voorover en tuur door het kijkgat in de deur dat Markus heeft laten installeren nadat ik overvallen was in mijn huis.

De gezichten van Aina en Vijay glimlachen naar me, grotesk verwrongen door de lens.

Een wijnfles in Vijays vuist.

Ik doe open, laat de gure herfstlucht binnen en omhels ze allebei.

Even later zitten we aan de keukentafel en eten de door Markus gemaakte bœuf bourguignon. Vanuit de zitkamer kan ik het vuur horen dat knettert in de kachel. Een zwakke rookgeur hangt in het huis. Aina draagt een gebreide wollen trui en dikke wollen sokken. Ik denk dat ze het nog steeds koud heeft want ze heeft haar knieën opgetrokken onder haar trui en zit als een kikker op de keukenstoel. Haar wangen gloeien in het zwakke licht van de blokkaars op tafel.

Buiten is het pikdonker. De duisternis is zo totaal dat ik niet eens de contouren van de bomen rond de baai kan zien, de hemel niet kan zien schitteren op de onrustige zee. Maar ik kan de golven horen door het dunne, enkele raam.

Vijay nadert het onderwerp voorzichtig, kijkt zowel mij als Aina aarzelend aan voordat hij de vraag stelt.

'Hoe gaat het nu met jullie? Na alles wat er gebeurd is?'

Aina neemt een grote slok wijn en kijkt naar het donker buiten, haalt haar schouders op.

'Ik weet het niet. Het is raar. Er zijn zo veel gevoelens, ik denk er de hele tijd aan. Het is niet overdreven om te zeggen dat het het eerste is waar ik aan denk als ik wakker word en het laatste voordat ik ga slapen.'

'Ik droom erover,' val ik in, en op het moment dat ik het zeg heb ik er al spijt van, want ik zie de bezorgdheid in hun ogen.

'Wat bedoel je ermee dat je erover droomt?' vraagt Vijay met een verraderlijk zachte stem, maar ik weet wat hij denkt. Ik weet wat ze allemaal denken. Dat ik nog steeds breekbaar ben. Dat ik situaties zoals deze niet aankan, dat in het beste geval mijn professionalisme eronder lijdt en in het ergste geval mijn eigen geestelijke gezondheid.

Vijay veegt een paar rijstkorrels van zijn sweater, die een logo heeft dat ik herken van een hardrockband uit de jaren zeventig. Ik bedenk dat je het nooit goed weet met Vijay, het kan echte liefde voor de muziek zijn, maar het kan ook een nieuwe – voor mij compleet onbekende – trend zijn. Zo een die nooit doordringt tot mijn niet-hippe winkels.

'Ah, vergeet het.' Ik wuif afwerend met mijn hand, maar omdat ze er nog steeds weifelend uitzien besluit ik dat ik het ga proberen uit te leggen. 'Ja, oké, ik heb er echt over gedroomd, maar in mijn droom was ik het die Hillevi probeerde te redden door haar handen in de wond te steken, niet Sirkka.'

Direct herinner ik me de droom weer, even duidelijk als een echte herinnering: hoe het bloed uit Hillevi's magere lichaam stroomt, hoe mijn handen verdrinken in haar warme, pulserende binnenste. Hoe het leven uit haar wegvloeit in hetzelfde ritme als de plas op de vloer van de kliniek groeit en de gevallen kaneelbroodjes de vloeistof opzuigen en rood worden, als reusachtige rozen.

Bloedrozen.

'Hoe liep het af?' vraagt Markus. 'Heb je haar gered?'

'Dat hoef je niet te vragen,' antwoord ik. Misschien iets te scherp.

'Je voelt je waarschijnlijk schuldig over haar dood,' gaat Markus verder en ik voel mijn ergernis toenemen.

'Ik denk dat je dingen in mijn droom ziet die er misschien niet zijn,' mompel ik, en ik doe mijn best om mijn stem laag en beheerst te houden. Want ik wil deze avond, die zo veelbelovend is begonnen, niet verpesten.

Aina lijkt de spanning tussen mij en Markus opgemerkt te hebben, want ze schiet me te hulp.

'Wat denk jij, Vijay? Denk je dat Henrik Susanne ook heeft gedood?'

'Mensen, dat kan ik niet zeggen. Het zou enorm onprofessioneel van me zijn om mij over zoiets uit te laten zonder meer van de misdaad te weten.'

'Maar je kunt er toch wel iets over zeggen? Wie doet zoiets eigenlijk?'

Vijay zucht diep en beweegt onrustig heen en weer.

'Oké,' begint hij langzaam. 'Ze was thuis met haar dochtertje toen de dader kwam. Voor zover we weten deed ze zelf de deur voor hem of haar open. Daarna werd ze doodgetrapt en de dader vertrok. De dochter, die onder de eettafel zat, heeft de daad gezien, maar de dader niet kunnen identificeren. Klopt dat?'

'Dat klopt,' mompelt Markus. 'De dochter zegt dat het een man was, dat ze hem gezien heeft en dat ze hem niet herkende. Maar ze kon de dader niet beschrijven.'

Vijay wrijft over de baardstoppels op zijn kin, lijkt even na te denken en knikt dan naar Markus.

'Wat vertelde ze nog meer?'

Markus ziet er plotseling ontmoedigd uit, haalt licht zijn schouders op.

'Ze hebben eigenlijk niet zoveel meer uit haar gekregen. Ze hadden een kinderdeskundige ingeschakeld en naar wat ik gehoord heb, heeft ze het goed gedaan...'

Vijay steekt zijn hand op om Markus te onderbreken.

'Het is jullie schuld niet, je collega's lijken het prima te hebben gedaan. Ze is gewoon te jong. Je krijgt niets verstandigs uit een vijfjarige. Wat weten we nog meer? De dader heeft buitensporig veel geweld gebruikt en de trappen waren voornamelijk op het gezicht gericht. Er zijn geen andere wapens of voorwerpen gebruikt. Klopt dat?' Markus knikt opnieuw. 'Is er technisch bewijsmateriaal op de plek gevonden?'

'Niet veel. De technische recherche denkt dat de misdaad door een man is gepleegd op grond van de kracht die gebruikt is en de hand- en voetafdrukken die op de plek zijn aangetroffen. Ze vermoeden ook dat de dader handschoenen heeft gebruikt. De afdrukken lijken daarop te wijzen. Bovendien vonden ze sporen van een soort talk, zoals op sommige chirurgenhandschoenen zit. Verder niets vermeldenswaardigs. Er zijn een boel verschillende vezels op de plek gevonden, hondenharen, kattenharen, hamsterharen, de hele ark van Noach lijkt er te hebben gewoond. En ze vonden etensresten en stukjes vijlsel waarvan de technische recherche denkt dat het resten kunnen zijn van lasspatten.'

'Hm, dat is interessant. Heel interessant.' Vijay leunt achterover en kijkt naar het plafond.

'Wat is er interessant?' vraagt Aina.

'Dat van de handschoenen. Dat duidt erop dat er een soort planning achter zat, wat dan weer op een ander type misdaad wijst dan dat je eerst beschreef.'

'Dat moet je even uitleggen,' zegt Markus.

'Nou kijk, er zijn natuurlijk heel veel modellen om moordenaars en andere geweldsmisdadigers mee te classificeren, maar het zowel eenvoudigste als meest bruikbare model deelt geweld slechts in twee groepen in: reactief en instrumenteel. Als het om reactief geweld gaat doodt de dader uit een reactie op iets: een provocatie, een persoon of misschien een daad die oude trauma's tot leven wekt. Het is niet gepland, als ze een wapen gebruiken, nemen ze meestal iets wat op de plek aanwezig is, een steen of een keukenmes bijvoorbeeld. Het wapen of het gebruikte voorwerp wordt vaak op de plek achtergelaten. Het geweld kan heel grof zijn en de plek van de misdaad is een rommeltje en vaak vol technisch bewijsmateriaal omdat de daad niet gepland is. De meeste moorden vallen in deze categorie.

Familiegeweld en kroeggeweld zijn voorbeelden van typisch reactief geweld. Meestal kennen het slachtoffer en de dader elkaar ook. Dus... op het eerste gezicht lijkt dit zo'n misdaad te zijn. Maar...'

Vijay pauzeert even voor het effect en laat zijn blik rond de tafel dwalen, en ik vermoed dat hij ervan geniet om in het centrum van de belangstelling te staan en zijn kennis te kunnen delen, want ik weet dat dit zijn paradepaardje is. Hij glimlacht en wrijft langzaam in zijn handen, zoals hij altijd doet als hij iets belangrijks gaat vertellen.

'Wat?' vraagt Aina ongeduldig.

'Er klopt iets niet. Die handschoenen. Dat de moordenaar handschoenen droeg dus. Dat komt niet overeen met het gedrag van de reactieve dader. Hij of zij plant het niet van tevoren. Maar,' mompelt hij, bijna in zichzelf, 'instrumenteel geweld kan natuurlijk overgaan in reactief geweld. En dan is er nog het onnodig excessieve geweld dat gebruikt is. Buitensporig geweld kan erop wijzen dat de dader zelf een geschiedenis heeft van herhaalde traumatisering. Als hij dan zelf in een situatie beland waarin hij geweld gebruikt, komt het oude trauma boven, wat tot nog heviger geweld leidt. Het kan zo zijn gegaan. Het aanvankelijk instrumentele geweld kan zijn overgegaan in reactief geweld.'

Markus kijkt naar me en trekt discreet zijn wenkbrauwen op. Ik glimlach, weet dat hij vindt dat Vijay intellectualiseert, dat hij zich verstrikt in theoretische modellen die niet toepasbaar zijn op de werkelijkheid. Maar het is Aina die de vraag durft te stellen.

'Maar wat betekent dit allemaal? Denk je dat Henrik het gedaan heeft of niet?'

Vijay aarzelt even, alsof het hem moeite kost om het correct te formuleren.

'Ik denk dat de misdaad gepland was. Het gebruik van handschoenen bijvoorbeeld. En ik denk dat het op een of andere manier persoonlijk was, dat de trappen alleen op het gezicht gericht waren, wijst daarop. Ja, vanuit mijn zeer beperkte kennis over de zaak ga ik ervan uit dat hij het geweest moet zijn, Henrik.'

'Henrik heeft een alibi,' zegt Markus.

'Ja...' Vijay aarzelt weer. 'Maar hoe zat het ook alweer, het was een ondergeschikte die hem een alibi gaf, toch?'

'Ja, ze werken samen in zijn bouwbedrijf. Hoezo?'

'Ze zijn afhankelijk van hem. Het kan zijn dat ze liegen om hem te helpen. Dat zou niet voor het eerst zijn. En dat Henrik daarna die vrouw in jullie groep doodschiet, bewijst dat hij in staat is om te doden. Het is een feit dat het heel onwaarschijnlijk is dat de moordenaar iemand anders dan Henrik zou zijn, puur statistisch gezien. Onwaarschijnlijk, maar niet onmogelijk.'

'Waarom onwaarschijnlijk?' vraagt Markus.

'Om de eenvoudige reden dat er in dat geval twee moordenaars rond zouden lopen, wat statistisch gezien niet erg geloofwaardig is, ook al is het heel goed mogelijk. Ja, het is absoluut mogelijk.' Opnieuw aarzelt Vijay enkele seconden voor hij verdergaat. 'Het zou tenslotte zo kunnen zijn dat een complete vreemde Susanne gedood heeft. Verplaats je dan eens in Henriks situatie. Iemand vermoordt je vriendin. Daarna word je aangeklaagd voor moord. Je kind – dat op zich niet van jou is, maar met wie je je toch heel erg verbonden voelt – wordt van je afgenomen. Mensen zijn door minder ernstige trauma's psychotisch geworden, toch? Het zou in elk geval de moord in jullie kliniek kunnen verklaren. Het is hoe dan ook... heel erg belangrijk dat de politie er niet van uitgaat dat Henrik de dader is voordat het bewezen is. Het doet me denken aan een zaak in Gävle in 2005. Een negenentwintigjarige man die in een schuurtje in de tuin van zijn pleegouders woonde, doodde een pleegbroer en een pleegzus met enkele maanden tussenruimte. Zowel de politie als de officier van justitie was er zo zeker van dat de eerste moord begaan was door de vriendin van het eerste slachtoffer dat ze helemaal buiten beschouwing lieten dat er een andere dader zou kunnen zijn, ook al waren er genoeg bewijzen die daarop wezen. Als ze anders hadden gereageerd, had het tweede slachtoffer misschien nog geleefd.'

'Dus je zegt dat het Henrik niet is geweest?' vraagt Markus.

Vijay zucht weer. Nog dieper deze keer. Uit frustratie dat hij niet meteen begrepen wordt.

'Nee, dat zeg ik niet. Ik zeg alleen dat het iemand anders geweest kan zijn. Maar puur statistisch gezien is het natuurlijk het waarschijnlijkst dat hij het is.'

'Wat je eerder zei,' begin ik. 'Dat met reactief en instrumenteel geweld. Als het gepland was, als het instrumenteel was, wat zou dan het motief zijn?'

'Tja, het motief bij instrumenteel geweld kan van alles zijn. Geld, wraak, seksuele neigingen. Maar in dit geval is er niets wat op seksueel geweld wijst, dus zou ik in dit geval denken dat het daar niet om ging. Wat heeft Henrik gezegd toen ze hem verhoorden, dat moeten ze toch gedaan hebben voordat hij de vrouw in jullie groep doodde en verdween?'

'Hij zei dat hij compleet onschuldig was. Dat hij zowel Kattis als zijn vriendin, Susanne, nooit geslagen heeft. Dat Kattis over alles liegt, dat ze er alleen maar op uit is zijn leven kapot te maken. En dat hij in de kroeg zat op de avond dat ze werd vermoord, wat getuigen bevestigen.'

'Misschien is het toch een complete vreemde geweest,' stelt Aina voor. 'Iemand die haar heeft uitgepikt en haar heeft achtervolgd? En daar in Gustavsberg heeft rondgeslopen?'

'Er wordt veel gepraat over stalkers tegenwoordig. Hoe ziet de typische stalker er eigenlijk uit?' vraagt Markus.

'Dan moeten we misschien eerst definiëren wat een stalker is.'

Vijay ziet er triomfantelijk uit en schuift nog een vork met boeuf bourguignon in zijn mond. Markus knikt verbaasd.

'Oké, is er een definitie?'

Vijay glimlacht minzaam, alsof Markus een van zijn minder begaafde studenten op de universiteit is.

'Er zijn veel definities, maar ik denk dat die welke Meloy in 1998 formuleerde de beste is. Wat hij zei komt erop neer dat stalking het bewust, kwaadwillig en terugkerend vervolgen en treiteren van een ander persoon is. En als je naar de daders kijkt, zijn het meestal mannen, vaak met een vastgelegd crimineel verleden en psychiatrische problemen of een drugsverslaving. Ze hebben gemiddeld een hogere intelligentie dan andere soorten misdadigers, al zijn er subgroepen van stalkers die eerder zwakbegaafd en sociaal incompetent zijn.'

'Dus ze kunnen zowel slimmer als dommer zijn dan de gemiddelde Zweed? Dan is er niet veel om op af te gaan.'

Markus kijkt sceptisch, maar Vijay haalt alleen zijn schouders op en glimlacht.

'Het is geen absolute wetenschap. Ze hebben trouwens vaak ook psychiatrische stoornissen: borderline, narcisme, antisociale persoonlijkheidsstoornis. Er zijn natuurlijk omgevingsfactoren die meespelen. Vaak gaat er een soort van gevoelsmatig verlies vooraf aan het gedrag, bijvoorbeeld een stukgelopen relatie, een sterfgeval of dat ze simpelweg hun baan hebben verloren.'

'Word je daar gek van?' vraagt Markus.

'Tja, wel als je een kwetsbaar individu bent.'

Vijay doopt een stukje baguette in de bruine saus en glimlacht breed. Markus schudt zijn hoofd alsof hij er niet in meegaat, niet gelooft wat Vijay vertelt.

'Nee, Markus.' Vijay glimlacht nog steeds en zijn witte tanden fonkelen tegen zijn bruine huid. 'Nee, jij zou niet gek worden als je je baan verloor. Je zou waarschijnlijk alleen heel veel computerspelletjes gaan spelen. Toch?'

Markus, die er plotseling gegeneerd uitziet, schenkt nog wat wijn voor zichzelf en Aina in.

'Maar,' begint Aina, 'zijn er geen vrouwelijke stalkers?'

'Jawel, maar die zijn veel, veel ongebruikelijker. Ik las laatst over een studie die gemaakt is over ongeveer tachtig vrouwelijke stalkers in de Verenigde Staten, Canada en Australië. Die is feitelijk heel interessant want ze laat zien dat ze een ander profiel hebben dan mannelijke stalkers. Het zijn voornamelijk alleenstaande, heteroseksuele, goedopgeleide individuen van in de dertig. Ook hier zit er vaak een psychiatrische stoornis achter. Meestal is het borderline. Vrouwelijke stalkers zijn minder geneigd tot geweld over te gaan dan mannelijke stalkers, maar als de vrouw eerder een liefdesrelatie met het slachtoffer heeft gehad, neemt het risico markant toe.'

Ik voel hoe een koude windvlaag vanuit het ongeïsoleerde raam langs mijn lichaam trekt en ik huiver onwillekeurig. Deze hele discussie – al dat gepraat over dood, over haat – maakt me misselijk.

'Moet het een man zijn geweest die Susanne heeft gedood?' vraagt Aina.

'De technische recherche zegt dat de dader vrijwel zeker een man was, de dochter zei het tenslotte ook toen ze haar verhoorden,' zegt Markus.

'Zou de moord op Susanne een roofmoord geweest kunnen zijn? Dat kleine meisje zei iets over dat de dader geld mee had genomen, ik heb er niet eerder aan gedacht,' zegt Markus.

'Weet je nog wat ze precies zei?'

'Niet echt. Iets over dat hij, de moordenaar dus, geld pakte, dat hij kon goochelen.'

Vijay glimlacht droef.

'Ja, maar alleen omdat zij zegt dat hij geld heeft gepakt, kun je er niet zeker van zijn dat het echt zo is gegaan. Je weet het nooit met kleine kinderen. Ze hebben een levendige fantasie, hè? Het zou me persoonlijk zeer verbazen als het een roofmoord was.'

Vijay pauzeert en stopt een portie pruimtabak in zijn mond. 'Maar mensen doen zo veel zieke dingen, dus ja, in theorie kan het. Maar het geweld was te grof, te...' Hij krabt even in zijn nek, alsof hij nadenkt, kijkt omhoog naar het plafond, zwijgt nog even voor het effect, en gaat dan verder.

'Trappen in het gezicht, dat is heel erg persoonlijk en duidt op een waanzinnige haat. Roofmoord ziet er doorgaans anders uit. Je krijgt een klap als je je portemonnee, autosleutels of tas niet los wilt laten. Maar er zijn natuurlijk uitzonderingen. Als de dader, of daders, onder invloed van drugs waren, zou dat het grove geweld kunnen verklaren. Rohypnol, of flunitrazepam, zoals het eigenlijk heet, kan bijvoorbeeld een gevoelsmatige afstomping oproepen waardoor de dader in staat is bijzonder brute, gewelddadige misdaden te begaan. Het vindt gretig aftrek onder criminelen, ze noemen het "roopies". Wisten jullie dat? Het wordt op verschillende internetforums aanbevolen voor hen die de onrust of angst voor een inbraak, beroving of misschien een geplande mishandeling willen dempen. Maar goed, je zei dat het meisje had gezegd dat de dader geld pakte. Dat de dader iets meenam hoeft niet te betekenen dat het om een roofmoord gaat. Moordenaars nemen wel vaker voorwerpen van het slachtoffer mee: geld, souvenirs.'

Plotseling word ik overvallen door misselijkheid, die elke cel van mijn lichaam in beslag neemt. Ik sta zonder een woord te zeggen op en ren de kamer uit terwijl ik Aina's en Vijays blikken in mijn rug voel branden. Ook deze keer haal ik het huisje voordat ik Markus' stoofschotel in de kleine, ouderwetse wc-pot spuug.

Ik blijf een tijdje op de grond zitten.

Bowie glimlacht naar me vanaf de muur, maar als ik me niet vergis is zijn blik bezorgd onder de blauwe oogschaduw.

Novembernacht.

Ik lig dicht tegen Markus' lichaam aan. Zijn handen op mijn buik.

'Heb je al een afspraak gemaakt?'

'Volgende week donderdag. Ga je mee?'

'Natuurlijk ga ik mee. Ik moet onze baby toch zien? Het is ongelooflijk. Wanneer ga je het Aina trouwens vertellen? Ze zal teleurgesteld zijn als je het niet vertelt.'

Ik antwoord niet, want ik weet dat hij gelijk heeft. In plaats daarvan druk ik mijn lichaam nog dichter tegen het zijne aan en luister naar het geluid van de golven en de wind die rond het huis jaagt.

'Ik houd van je,' zegt Markus en hij kust mijn nek.

Ik antwoord daar ook niet op, maar die nacht droom ik niet van Hillevi, voor de eerste keer sinds een week. Ik slaap diep en vredig, als een kind, zonder ook maar één keer wakker te worden.

Er is iets gebeurd in de kliniek.

Het is of het licht van de kale tl-buis in de kamer een warmere tint heeft gekregen. De zachtgroene wanden lijken van binnenuit op te lichten. En ik besef dat mijn kamer zo plotseling van karakter is veranderd door het paar dat voor me zit. Zij zijn ook veranderd. Patrik, rechtop, een glimlach rond zijn lippen, een tevreden grijns misschien? Mia, een andere vrouw dan die ik me van de laatste keer herinner. Het is ook alweer een tijd geleden dat ze me voor het laatst samen bezochten, door zieke kinderen en Patriks baan hebben we onze afspraak een paar keer op moeten schuiven. Maar de verandering is frappant: Mia's haar valt in zachte, lichtbruine golven rond haar gezicht, ze heeft zich opgemaakt – ik kan niet beweren dat ik het erg smaakvol vind, groene oogschaduw is nooit mijn ding geweest – maar doordat ze moeite heeft gedaan ziet ze er oneindig veel beter uit. En de kleren. Een donkerblauwe spijkerbroek en een laag uitgesneden zwarte blouse hebben de obligate kruippakjes in volwassen maten vervangen.

Maar misschien het belangrijkste: Mia zit in de fauteuil en Patrik op de houten stoel. Ik weet niet waarom dit detail mijn aandacht trekt, maar op de een of andere manier lijkt het een belangrijk teken te zijn. Een vredesgebaar van de kant van Patrik misschien. Zijn magere kont die over het harde hout schuurt in ruil voor haar toegenomen inzet.

'Jullie zien er ongelooflijk... monter uit. Ik hoop dat jullie je even goed voelen als jullie eruitzien.'

Mia giechelt en ziet er heel even gegeneerd uit. Alsof ik iets intiems heb gevraagd.

'Ja, het is eigenlijk... een klein wonder,' zegt ze met een stem die ik niet herken. De breekbare, hese stem is vervangen door een volle altstem.

Ze kijkt onderzoekend naar Patrik, die nog steeds die grijns op zijn gezicht heeft. Ze zien er een beetje ondeugend uit, alsof ze tieners zijn die net seks hebben gehad op mijn toilet. En wie weet, misschien is dat ook wel zo?

Hij woelt door zijn geblondeerde haar zodat de zwarte haarwortels zichtbaar worden en duwt de hoornen bril iets hoger op zijn neus.

'Mia heeft gelijk. Het is... fantastisch eigenlijk. Het voelt alsof we weer op het goede spoor zitten.'

'Vertel, wat hebben jullie gedaan waardoor het weer goed gaat?'

Mia kijkt omhoog naar het plafond en lijkt even na te denken.

'Nou, we hebben op zich alles gedaan waar we het laatst over hadden, je weet wel, een schema maken voor hoe we het werk thuis verdelen en zo. En we hebben gewerkt met dat model voor probleemoplossing. Het werkt. Zeker. Maar...'

'Maar wat?'

'Mia is gestopt met die tabletten,' zegt Patrik zacht en hij knijpt hard in Mia's hand. Ik zie hoe zich een rode blos langs Mia's bleke nek verspreidt terwijl ze knikt. We blijven even zo zitten. Zwijgend.

'Was het moeilijk?' vraag ik ten slotte.

Mia lijkt eerst niet te kunnen antwoorden. Schudt alleen langzaam haar hoofd.

'Nee, dat is juist... het vreemde eraan. Het was niet moeilijk. Want zodra Patrik ophield met... boos te zijn. Zodra hij me binnenliet... Ik weet het niet. Ik denk dat ik de pillen niet nodig had. Niet echt.'

'En hoe voel je je nu?'

'Beter. Beter dan sinds heel erg lang. Het is vreemd. Ik voel me zo... *sterk*. Alsof ik een berg zou kunnen beklimmen, kotszieke kinderen nacht na nacht zou kunnen sussen zonder zelf te slapen, een marathon zou kunnen lopen... Ah, ik weet het niet. Het klinkt misschien belachelijk?'

'Nee, helemaal niet,' zeg ik en ik raak licht haar arm aan. Voel het dunne, glimmende synthetische materiaal van de blouse wegglippen onder mijn vingertoppen. Koud en glad als een vis.

Mia en Patrik glimlachen samen. Een beetje verlegen misschien. Zelf denk ik een tijdje na, het klinkt iets te eenvoudig. Een relatie in crisis, een partner, moeder, die benzodiazepine neemt om het vol te houden. En een paar weken later is alles weer gewoon: geen verslaving, geen conflicten, handen die elkaar zachtjes aanraken wanneer je elkaar in de keuken tegenkomt, blozende wangen. Harmonie en verlangen. Samenwerking. Een plotselinge bereidwilligheid om elkaars situatie te begrijpen. Empathie. Werkt het zo? Kan het zo eenvoudig zijn? Zo banaal?

'Ik denk dat jullie me moeten helpen om het te begrijpen,' begin ik voorzichtig, want ik wil hun nieuwe, breekbare saamhorigheid niet in twijfel trekken of op het spel zetten. 'Hoe is het precies gegaan toen jullie elkaar weer vonden, want het was vast niet zo eenvoudig dat je de tabletten gewoon op een dag door het toilet hebt gespoeld, toch, Mia?'

'Nou, eigenlijk denk ik dat het wel zo eenvoudig was,' zegt Mia en ze haalt haar hand door haar pasgewassen haar, legt het goed achter haar ene oor.

'Nee, nee, nee. Het moet zijn begonnen toen ik bij mezelf te rade ging,' zegt Patrik. 'Ik denk dat toen ik begreep waarom ik de hele tijd zo vreselijk boos op Mia was... dat het toen verdween. We hebben gepraat en ik heb over mijn moeder en zo verteld.'

'...en toen voelde ik dat ik voor Patrik moest stoppen met de Sobril,' vult Mia aan. Ze is nu geestdriftiger. Gebaart met haar mollige handen, die als dikke mussen voor haar gezicht fladderen.

'Oké, jullie hebben het fantastisch goed gedaan, als ik me zo mag uitdrukken, want we zitten tenslotte niet in de schoolbanken. Maar jullie hebben echt je best gedaan. Wat jullie moeten weten is dat het heel gemakkelijk is om weer terug te vallen in oude gewoontes. Als er iets moeilijks gebeurt, als jullie het niet met elkaar eens zijn, als jullie kwetsbaar zijn. Het kan helpen om dat van tevoren te weten. Dat het iets normaals is. Het is belangrijk dat we nu samen een plan maken hoe we jullie vooruitgang in stand kunnen houden, kunnen handhaven.'

'Er zullen geen problemen meer komen,' zegt Mia rustig. 'Ik voel me zo sterk, heb ik dat gezegd? Ik denk dat ik alles aankan.'

Ik kijk naar Patrik, maar hij zegt niets, knikt alleen ijverig terwijl hij aan zijn t-shirt trekt, waar THE SMITHS op staat.

Vrijdagochtend.

Ik word wakker van een scherpe knal en ga rechtop in bed zitten, maar ik hoor niets anders dan de gebruikelijke geluiden van het huis: het zwakke zoemen van de koelkast, de regen die op het dak valt en de wind die buiten raast.

De duisternis is zo compact dat ik moet denken aan een groot zwart dier dat zich rond mijn kleine huis heeft gewenteld om te slapen.

Ik stap uit bed, trek mijn versleten ochtendjas aan, sluip de kamer binnen, voel een koude windvlaag over de vloerplanken trekken. Ik huiver en kijk naar de klok: halfzeven, bijna tijd om op te staan.

In de kamer is alles rustig, maar ik zie bijna meteen dat er iets mis is met het middelste raam. Een lange barst loopt van de ene naar de andere kant, alsof iemand met een zwaar voorwerp tegen de ruit heeft geslagen.

Lang sta ik stil achter het raam naar buiten te kijken. Alles is zwart en ik kan niets onderscheiden, alleen een vage schittering in het water bij de rotsen. De wind moet zijn aangewakkerd in de loop van de nacht, want ik hoor hoe de takken van de dennen tegen de muren slaan. Ik neem aan dat er weer een tak uit de grote boom is gevallen die de ruit heeft geraakt. Het is eerder gebeurd, maar het raam was niet kapotgegaan. Toen niet.

Het is nog steeds pikzwart buiten als ik door de bladerloze rozenbottelstruiken naar het huisje en het toilet sluip. Een ijskoude windvlaag dringt onder het t-shirt dat ik als nachthemd gebruik.

Markus is naar een cursus over rampvoorbereiding in Västerås en zelf heb ik slecht geslapen, ben een paar keer wakker geworden met hartkloppingen, badend in het zweet. Ik kan me geen dromen herinneren, alleen een vaag maar doordringend gevoel van paniek en angst. En het gevoel dat het allemaal te laat is. Dat het kwaad al is geschied, dat er een gebeurtenis in gang is gezet die niet meer gestopt kan worden.

Het kleine, kleiachtige paadje is niet stijfbevroren, maar het scheelt niet veel. Stijf en hard wijkt de onderlaag maar een paar millimeter onder mijn rubberlaarzen. In mijn hand heb ik de grote zaklamp die ik altijd meeneem. De lichtkegel zoekt zijn weg over mijn modderige grasveld en naar de rotsen daarachter. Ooit was ik echt bang voor het donker, nu voel ik alleen een licht onbehagen als ik erdoor omringd ben. Als een soort duizeling misschien, niet echt storend, maar ongemakkelijk.

Net als mijn hand zich om de deurknop van het huisje sluit, hoor ik een geluid achter me. Eerst denk ik dat het een gewond dier is, want het is een glijdend, slepend geluid.

Ik keer me om en richt de buitenproportionele zaklantaarn naar het huis, schijn over de deur en de afbladderende houten voorkant, die nodig overgeverfd moet worden. Laat de lichtkegel over de grond glijden: geelbruine grassprieten, knoestige takken van de dennen, die de herfststormen naar beneden hebben geblazen, berijpte naalden in hoopjes langs het huis. Ik zie niets vreemds. En het enige wat ik hoor is het ritmische geluid van golven die tegen de rotsen slaan.

'Markus, ben jij het?'

Maar niemand geeft antwoord.

Ik besluit dat het een dier moet zijn geweest en niets anders dan dat.

Opnieuw denk ik dat we naar de stad zouden moeten verhuizen. Het is om heel veel redenen niet praktisch om hier te wonen, maar iets houdt me hier vast.

Stefan?

Het is alsof ik denk dat de afstand tot hem zal toenemen als ik uit het huis trek.

Ons huis.

Markus staat hier tweeslachtig tegenover. Hij zou het liefst in een appartement op Södermalm wonen, maar omdat hij in Nacka werkt hoeft hij nu niet lang heen en weer te reizen. En hij weet dat ik niet wil verhuizen.

De deur van het huisje glijdt met een knarsend geluid open en ik haast me de warmte in. De kleine badkamer is spartaans ingericht; de enige versiering is de collage van Bowiefoto's op de ene muur. Ik ga op de wc-pot zitten en plas terwijl ik tegelijkertijd mijn tanden poets, bedenk dat als ik ooit verhuis ik een echte badkamer wil hebben, zo een met tegels op de muren, vloerverwarming en een badkuip.

Een luxe waar je over kunt dromen.

De lucht voelt zo mogelijk nog kouder en guurder aan als ik door de tuin terugloop naar het huis. De ramen schijnen als gele ogen in het donker wanneer ik bij de deur kom. Ik neem een laatste, grote sprong, om de plas te ontwijken die zich precies voor de trap gevormd heeft.

Binnen in de relatieve warmte van het huis stop ik hout in de kachel en steek hem aan, loop naar de keuken om de theepot op het vuur te zetten. En het is dan, als ik met de pistachekleurige retro theepot die ik van mijn zussen met kerst heb gekregen in mijn handen sta, dat ik het geluid hoor. Het klinkt alsof iemand vanuit de zitkamer klopt.

Aarzelend sluip ik de keuken uit. De vloerplanken voelen kouder aan dan gewoonlijk, maar in de zitkamer heeft de warmte van de kachel zich al verspreid en ik hoor het brandende hout knetteren.

Ik zie haar niet meteen. Eerst onderscheid ik alleen de contouren van een wit gezicht achter een van de zwarte vensterdeuren. Bleek en hologig lijkt het mij aan te staren terwijl ik daar midden op de vloer sta, verstijfd van angst, midden in een beweging. Dan komt het gezicht dichterbij, drukt zich tegen de ruit, en ik zie wie het is.

Malin.

Ik open de deur op een kier. Ze heeft geen jas aan, alleen een dun vest en gymschoenen. Haar ogen zijn gezwollen en rood en haar huid is zo wit als papier.

'Mag ik binnenkomen?'

'Maar wat is er gebeurd?'

'Laat me alsjeblieft binnen. Weet je nog dat je zei dat we altijd contact met je konden opnemen als er iets was en... ik hield het thuis niet meer uit en toen ben ik hierheen gereden. Sorry dat ik niet eerst gebeld heb. Ik had eerst moeten bellen, maar...'

Zonder iets te zeggen open ik de deur en ze glipt als een kat naar binnen.

'Kom binnen, het is ijskoud.'

Ze knikt naar me en wrijft in haar handen, maar lijkt geen moment te twijfelen. Loopt recht naar mijn oude geelbruine bank en laat zich neerzakken.

Voorzichtig loop ik naar haar toe, leg de geruite deken om haar bevende, afgekoelde lichaam.

'Maar je hebt bijna geen kleren aan? Wat is er gebeurd?'

'Ik houd het niet meer vol. Ik kan er gewoon niet meer tegen.'

Lege blik, de schouders gespannen opgetrokken tegen haar hoofd. Het natte blonde haar tegen haar schedel geplakt.

Ik ga naast haar op de bank zitten en neem haar hand in de mijne, voel dat ze beeft, van de kou en misschien ook van iets anders. Angst?

'Malin, wat is er gebeurd?'

Maar het is alsof ze me niet hoort. Ze beeft alleen onder de deken, kijkt met een lege blik recht voor zich uit. Plotseling maak ik me zorgen dat ze misschien echt onderkoeld is en dat ik haar naar een dokter moet brengen.

'Wil je een kop thee?'

Ze knikt zonder naar me te kijken en ik loop aarzelend naar de keuken om theewater op te zetten.

'Wil je iets anders, een boterham?'

Ze schudt haar hoofd.

De situatie voelt ongemakkelijk aan. Ik ben niet zo dik met Malin, zou haar onder normale omstandigheden nooit thuis hebben uitgenodigd. Oké, Aina en ik hebben de vrouwen in de groep aangemoedigd om te bellen als ze wilden praten. Maar om zomaar naar mijn huis te komen, om halfzeven 's ochtends. Dat is niet de bedoeling. Ik loop met het stomende kopje thee naar Malin toe en ga voorzichtig naast haar zitten.

Ze trilt zo als ze het kopje oppakt dat ze de hete thee op de bank en over haar handen morst, maar ze lijkt het niet te merken.

'Weet je, een tijdje had ik het gevoel dat ik het allemaal onder controle had,' fluistert ze.

'Wat had je onder controle?'

Ze kijkt me aan en glimlacht zwak.

'Mezelf. Na de verkrachting was het of de hele wereld in elkaar stortte. Ik dacht een tijdje dat ik echt gek werd. Dat ik mijn verstand aan het verliezen was. Daarna... Ik dwong mezelf om ongelooflijk gedisciplineerd te zijn met trainen en eten en stopte helemaal met drinken omdat ik zo bang was om de controle te verliezen. En weet je? Het werkte. Ik heb mijn leven, mijn verstand teruggekregen. Het is soms alleen alsof alles... terugkomt. Bijvoorbeeld toen ik hem in het centrum tegenkwam, de verkrachter. Ik kreeg een vreselijke paniekaanval. En dan voelt het alsof ik weer gek word en... dat wil ik natuurlijk niet, want ik wil mijn leven onder controle hebben, ik wil niet in die afgrond vallen, ik wil niet gek worden.'

'Ik denk niet dat je gek wordt, Malin, ik denk dat het alleen zo voelt. En hoe meer je wegvlucht voor die gevoelens, hoe meer kracht je ze geeft. Het zou het beste zijn als je de confrontatie aan durfde te gaan met die gevoelens in plaats van ervandoor te gaan zodra de angst zich aandient.'

'Maar nu is alles naar de klote.'

Ze laat haar hoofd op haar knie zakken, laat het op de geruite plaid rusten. Voorzichtig neem ik het theekopje uit haar handen en zet het op tafel.

'Wat is er gebeurd waardoor je je nu zo voelt?'

'...en ik ben terug in dat zwarte gat en het voelt alsof ik weer waanzinnig ga worden.'

'Je moet het vertellen, Malin. Anders kan ik je niet helpen.'

'Oké.' Ze zucht en heft haar hoofd op van de plaid, kijkt me aan. 'Die griet die werd doodgeschopt door haar man, die Susanne. Zij was een van degenen die mijn verkrachter een alibi hebben gegeven. Eerst begreep ik het niet. Maar toen Kattis vertelde hoe ze heette en waar ze woonde, toen wist ik het meteen. Er waren er meer die hem een alibi gaven, vijf in totaal, dus het was niet alleen haar schuld. Maar... weet je hoeveel uur ik die mensen heb liggen haten, heb gewenst dat ze dood zouden gaan? En nu is het gebeurd, en ik weet niet of ik blij moet zijn of dat ik het verschrikkelijk moet vinden. Aan de ene kant vind ik dat ze het verdiende om te sterven, aan de andere kant weet ik hoe ziek dat is, en ik wil niet ziek zijn. En toen kwam de politie en die begon allemaal vragen te stellen over de verkrachting en of ik Susanne kende en wat ik van haar vond. Ze probeerden aan het licht te brengen dat ik er op een of andere manier bij betrokken was, alsof ik nog niet genoeg had geleden. Ik zei tegen ze dat ik een geweldsslachtoffer was. Ik wil alleen dat mijn leven weer zo wordt als het was. Ervoor. Maar dat lukt niet, want nu komt alles wat er met me gebeurd is weer terug. Ik kan niet meer slapen, kan niet eten, kan me niet eens lang genoeg concentreren om naar een televisieprogramma te kijken, ik heb het gevoel dat ik weet dat ik gek ga worden. Nu echt.'

Het is eindelijk opgehouden met regenen. De zware wolken zijn weggetrokken en een bleekblauwe novemberhemel is tevoorschijn gekomen. De wind is gaan liggen en de baai ligt er rustig bij, alleen zwakke rimpelingen zijn op het oppervlak te zien. Een paar zeevogels deinen op het wateroppervlak, duiken omlaag en verdwijnen in het zwarte water om daarna weer boven te komen.

Ik weet niets van vogels. Weet niet wat voor soort het is, wat ze eten, waar ze broeden. Als Markus hier was geweest, had hij het me misschien kunnen vertellen, hij is meer een buitenmens dan ik. Is dol op planten en dieren. Kan vuur maken met twee stokjes, lijkt een ingebouwd kompas te hebben.

Een echte padvinder.

Maar Markus is nog steeds in Västerås en ik ben alleen in het huis. Overgelaten aan mijn eigen gedachten en beslissingen.

Malin is naar huis gereden. Ze heeft een paar uur op mijn bank geslapen en ging toen weg, leek zich vooral schuldig te voelen omdat ze mij had lastiggevallen. Zelf zit ik achter de computer te werken, omdat de enige patiënt van vandaag heeft afgebeld, en ik besloten heb thuis te werken.

Ik denk na over Malins verhaal. Vraag me af of ze iets te maken kan hebben gehad met wat er met Susanne is gebeurd. Probeer haar reactie te begrijpen, hoe extreme discipline een schild kan vormen tegen gevoelens van onmacht, vernedering en angst.

Hoe ik me ook inspan, ik kan niet ophouden aan haar te denken. Ik maak wat schoon, doe de afwas, meet nog een keer de slaapkamer op, om te zien of er echt plaats genoeg is voor het kinderbedje.

Dan valt de schemering en is er weer een dag voorbij.

De volgende ochtend staan er vijf berichten op de voicemail van mijn mobieltje. Vier zijn van Elin op kantoor, die afspraken wil omzetten, maar de berichten die zij achterlaat zijn zo verwarrend dat ik niet begrijp wat ze bedoelt. Ik maak een notitie in mijn agenda dat ik haar maandag moet bellen om de situatie te ontwarren.

Het vijfde bericht is van ene Roger Johnsson. Hij stelt zich voor als de agent die de moord op Henriks vriendin Susanne Olsson op moet lossen en zegt dat hij opgebeld wil worden, zo spoedig mogelijk.

Roger Johnsson neemt de telefoon al op voordat hij over heeft kunnen gaan. Alsof hij de hele zaterdagochtend alleen maar op mijn telefoontje heeft zitten wachten. Hij zegt zonder omwegen dat hij me wil ontmoeten, het liefst vandaag. Ik stel voor dat we maandag afspreken, maar hij zegt dat het belangrijk is en dat hij het zou waarderen als ik straks langs zou kunnen komen. Wanneer ik vraag waar het over gaat, antwoordt hij ontwijkend, een strategie die ik van Markus ken. Hij wil dat ik onvoorbereid ben als we elkaar zien, zodat hij mijn reactie, mijn spontane reactie kan zien. We spreken af dat we elkaar vanmiddag zien op zijn werkplek in Nacka Strand.

Zijn en Markus' gemeenschappelijke werkplek.

Want Markus en Roger zijn collega's, vertelde Roger me. Kennen elkaar, groeten elkaar, drinken soms samen koffie. Maar werken niet samen aan dit onderzoek.

Ik doe de deur voorzichtig open. De vogels zijn weg en een merkwaardige stilte heeft zich over mijn kleine baai gelegd. Het is vrijwel windstil en het water strekt zich glad en loodgrijs uit. Donkere wolken zijn vanuit het noorden de hemel binnengetrokken en de lucht voelt kouder aan.

Het ziet ernaar uit dat het gaat onweren.

Roger Johnsson is van middelbare leeftijd. Draagt een spijkerbroek, overhemd en colbert. En een leren ceintuur met een grote gesp van messing. Hij is een van de weinige Zweedse mannen die een snor hebben. Op de een of andere manier moet ik aan de mannen in de tv-serie *Dallas* denken. Hij ziet eruit als een van de vrienden van Bobby Ewing, maar dan zonder cowboyhoed. Een soort anachronisme in een cowboyshirt, rechtstreeks uit het Texas van de jaren tachtig gedropt in Nacka Strand.

'Ja, Siri. Je vraagt je natuurlijk af waarom je hier bent.' Hij kijkt naar me en ik zie een glimp van een verborgen glimlach achter de weelderige snor. 'Ik wil het met je hebben over Malin Lindbladh. Je was getuige van de schietpartij op het Medborgarplatsen en ik heb een paar vragen die daarbij aansluiten en bij een ander geweldsmisdrijf. Markus heeft je misschien al over het onderzoek verteld?'

Roger leunt voorover en kijkt naar me, staart me strak aan, op een manier die ongemakkelijk aanvoelt. Alsof ik naakt voor hem zit. Ik ben blij dat ik hier vrijwillig ben en niet in de hoedanigheid van verdachte. Ik denk dat het heel onaangenaam kan zijn om met Roger te maken te hebben. Iemand die je het liefst aan jouw kant wilt hebben.

We zijn in zijn dienstkamer op het politiebureau van Nacka. Buiten is het al donker, hoewel het nog maar drie uur is. Het schijnsel van de straatlantaarns wordt weerspiegeld in het natte asfalt en enkele mensen haasten zich, op weg naar het busstation of misschien de veerboot, door de hevige regen die vanuit het noorden deze kant op is getrokken. Rogers kamer is klein en volgepropt met boeken, papieren en ordners. Een radio staat zachtjes aan. Easy listening. Iemand die Monica heet groet haar geliefde en daarna zingt Ronan Keating.

'Was je een paar jaar geleden niet betrokken bij een andere zaak? Was er niet een patiënt in je tuin vermoord? Het lijkt gevaarlijk om bij jou in behandeling te gaan. God, ik wist niet dat therapie zo dodelijk kon zijn.'

Hij lacht, kort en hinnikend, en ik voel me steeds opgelatener. Roger Johnsson moet mijn achtergrond kennen, weten wat ik heb meegemaakt. Toch zit hij daar grapjes te maken over wat er met mij en mijn patiënten is gebeurd. Het is onbegrijpelijk en onaangenaam. Bovendien stelt hij vragen over een van mijn patiënten. Mijn ergernis neemt steeds meer toe.

'Ja?' zeg ik vragend.

'Malin, ze zit dus in een soort groep voor mishandelde vrouwen die jij leidt. Klopt dat?'

Roger kijkt me aan, in zijn blik een mengeling van medelijden en hooghartigheid. Ik voel me klein, kwetsbaar. Zou de politie mensen zoals ik juist niet moeten helpen? Moeten bijstaan en beschermen. Of is dat alleen zo in Amerikaanse politieseries?

'Het is een groep voor vrouwen die met geweld te maken hebben gehad, niet alleen voor mishandelde vrouwen. En wat Malin betreft, ik kan eigenlijk niets over haar zeggen. Ik heb geheimhoudingsplicht. Het is vertrouwelijk wie bij mij in behandeling is.'

'Vertrouwelijk ja. Maar Malin heeft zelf verteld dat ze in behandeling bij je is en dat we met jou kunnen praten. We weten dat het zo is. We hebben haar verhoord nadat...'

Hij twijfelt, alsof hij zich de naam van Hillevi niet kan herinneren.

'...die vrouwelijke patiënt die in dezelfde groep zat was doodgeschoten. We willen graag dat je enkele gegevens bevestigt. Kun je misschien iets over de groep vertellen?' Hij kijkt me indringend aan.

'Ja... Het is dus een soort zelfhulpgroep. Voor vrouwen uit de gemeente Värmdö die met geweld te maken hebben gehad. Het idee is dat de deelnemers de kracht moeten krijgen om zelf verder te werken aan hun problemen, ook als de groep zelf is opgehouden.'

'Oké, dat klinkt... goed, neem ik aan. Wij van de politie hebben bijna nooit tijd om de slachtoffers de aandacht te geven die ze eigenlijk verdienen.'

Ik zie iets oplichten in zijn blik, zwak maar toch, het is er. Bezieling misschien. Empathie? En ik vermoed dat er ergens achter die smerishouding en de buitenproportionele snor betrokkenheid schuilt.

'Malin Lindbladh werd twee jaar geleden verkracht in Gustavsberg. Weet je daarvan?'

'Natuurlijk, dat is een van de dingen die we in de groep hebben besproken.'

'Ze heeft dus verteld wat er is gebeurd?'

'Ze heeft gedetailleerd verteld wat haar overkomen is, ja. Ze heeft ook verteld dat jullie de dader ermee weg hebben laten komen.'

'Wij beslissen niet of misdadigers schuldig zijn en welke gevolgen dat voor ze heeft. De rechtbank heeft hem vrijgesproken.'

'Omdat een paar van zijn vrienden hem een alibi hebben gegeven, ja.'

Roger haalt zijn schouders op.

'Dat gebeurt soms. Soms komt iemand ergens mee weg. Dat begrijp je vast wel. Maar als je zo ingewijd bent in wat Malin is overkomen, dan weet je misschien ook dat Susanne Olsson een van de vijf personen was die de man die werd aangeklaagd voor de verkrachting een alibi hebben gegeven?'

'Ja, ze heeft het me verteld. De anderen in de groep niet, alleen mij.'

'Wat zei ze erover?'

'Ze vertelde het alleen. Dat Susanne Olsson hem een alibi heeft gegeven en dat jullie haar verhoord hebben. Ze was van streek.'

'Van streek, waarom?'

'Dat is toch niet zo vreemd. Alles wat er gebeurd is, dat jullie haar verhoord hebben, brengt herinneringen boven aan de verkrachting en de rechtszaak, en daardoor voelt ze zich beroerd.'

Roger knikt alsof hij het begrijpt en wrijft over zijn grijzende snor.

'En wat is jouw beeld van Malin Lindbladh? Je... klinische beeld? Is ze toerekeningsvatbaar, zoals we vroeger zeiden? Betrouwbaar?'

'Ik vind dat ze absoluut toerekeningsvatbaar is, een beetje apart misschien, maar absoluut toerekeningsvatbaar.'

'Apart? Op welke manier?'

Ik beweeg onrustig heen en weer op de oncomfortabele bezoekersstoel, bang om iets verkeerd te formuleren, om onbedoeld de verdenking op Malin te laden.

'Ik denk dat ze het vreselijk moeilijk heeft gehad na de verkrachting. Ze legt zichzelf en haar lichaam te zware trainingen, diëten en andere disciplinemaatregelen op om de angst onder controle te houden. Dat is mijn indruk. Mijn klinische indruk,' zeg ik en ik houd mijn hoofd schuin.

Roger glimlacht.

'En hoe zit het met haar betrouwbaarheid, vind je? Vertrouw je haar?'

Ik denk even na over Malins verhaal. Niets van wat ze verteld heeft lijkt gelogen of overdreven te zijn. Ik zie geen enkele reden om wat ze verteld heeft niet te geloven.

'Ja, ik denk dat ze betrouwbaar is. Je kunt het natuurlijk nooit zeker weten, maar ik denk toch... ja, ik vertrouw haar.'

Roger Johnsson grijnst.

'Interessant dat je zegt dat je het nooit zeker kunt weten. Je hebt namelijk een hoop collega's binnen de rechtspsychiatrie die een eed op het een of het ander willen zweren. Denk alleen maar aan Thomas Quick.'

Hij schudt zijn hoofd, alsof hij me beklaagt omdat ik tot zo'n belachelijke beroepsgroep behoor, vol naïeve experts en charlatans.

'Mijn oordeel is dat ze geloofwaardig is, en dat je het nooit kunt weten.'

Hij knikt weer, kijkt me aan en slaat het zwarte notitieblokje dicht. Ons gesprek is voorbij.

Uittreksel uit onderzoeksrapport van de sociale dienst betreffende kinderen en jongeren.

Veertienjarige jongen wordt aangeklaagd wegens grove mishandeling van een vierendertigjarige winkelier omdat deze hem had beschuldigd van diefstal in zijn winkel. De gebeurtenis is bij de politie aangegeven en is in onderzoek. De jongen beweert zelf dat hij de winkelier weliswaar heeft geslagen maar dat deze hem vasthield en de politie dreigde te bellen, en dat hij toen in paniek raakte en zich vrij vocht. Hij geeft ook toe dat hij de winkel, die sportkleding verkoopt, binnen was gegaan met de bedoeling een polshorloge te stelen, maar weigert verder commentaar te geven op wat er is gebeurd.

De ouders van de jongen vertellen dat de jongen gedurende zijn hele jeugd grote problemen op school heeft gehad. Dat hij de laatste jaren slechts sporadisch naar school is gegaan en in plaats daarvan met een groepje van drie oudere jongens in het centrum rondhangt. Het vermoeden bestaat dat er zowel sprake is van criminaliteit als van drugsgebruik onder deze jongeren. Het gezin is eerder in contact geweest met de KJP maar vond niet dat het gesprek ergens toe leidde. Ook de leerlingenzorg is er niet in geslaagd iets aan het destructieve gedrag van de jongen te doen en hem terug op school te krijgen.

De ouders zeggen dat ze wanhopig zijn en niet meer weten wat ze moeten doen. Ze zien de ontwikkeling van de zoon met grote bezorgdheid aan. Vertellen ook dat alle conflicten rond de zoon hun relatie op een negatieve manier beïnvloed hebben en dat ze nu een scheiding overwegen. Denken alleen dat dit nog grotere problemen voor de jongen op kan leveren omdat hij slecht met veranderingen om kan gaan. De moeder geeft ook toe dat ze bang is om alleen met de zoon te zijn omdat hij soms vreselijke woede-uitbarstingen kan hebben als hij niet krijgt wat hij wil. Hij viel haar een paar dagen geleden fysiek aan toen zij na herhaalde aansporingen ten slotte zijn computer uitzette omdat hij computerspelletjes speelde terwijl de afgesproken speeltijd verstreken was. Bij deze gelegenheid schudde hij haar door elkaar en schold haar uit voor oud wijf. De ouders denken dat de jongen misschien een andere woonsituatie nodig heeft.

Jovana Stagovic, ambtenaar bij de sociale dienst, jongerenafdeling

Vergadering in de kliniek.

Elin zit met een stapel facturen op haar knie en ziet er ongelukkig uit. Toen ze vanochtend naar haar werk kwam had ze plotseling rood in plaats van zwart haar en de obligate zwarte kleren waren vervangen door een jarenvijftigjurk met grove laarzen eronder.

'Maar wie moet de facturen dan goedkeuren?'

'Dat maakt niet uit,' zegt Sven vermoeid. 'Zolang het maar iemand van ons is. Je kunt ze niet zomaar betalen, dat moet je toch begrijpen.'

Elin wordt rood en kijkt omlaag naar de tafel zonder antwoord te geven.

Aina werpt Sven een koele blik toe en legt haar hand moederlijk op die van Elin.

'Hé, Elin, het ging maar om duizend kronen. We hebben het er niet meer over.'

'Zweeds Adresregister A B? Hoe kun je zo verdomde stom zijn om die te betalen? Iedereen snapt toch dat dat een namaakbedrijf is.'

Sven haalt zijn handen door zijn ongewassen, grijsdoorschoten haar en ik ruik hoe een zweetlucht zich door de kamer verspreidt. Aina en ik maken ons allebei zorgen dat Sven eraan onderdoor gaat, dat hij te veel drinkt.

Ik denk aan het gesprek dat we een paar weken geleden hadden. Toen hij zei dat hij genoeg had van de liefde. En van alcohol. Dat hij nooit meer een druppel zou drinken. Ik stel vast dat hij die belofte niet lang heeft volgehouden. Maar zo gaat dat nu eenmaal.

'Sven,' zegt Aina waarschuwend.

'We zouden het op je loon in moeten houden,' gaat hij verder.

Elin laat de stapel papieren met een bons op de grond vallen, slaat haar hand voor haar mond alsof ze wil voorkomen dat ze iets zegt en rent dan de kamer uit.

'Dat was niet zo fraai. Alleen omdat jij problemen hebt, hoef je ze nog niet op anderen af te reageren.'

Aina ziet er rustig uit, maar er zit een gevaarlijke scherpte in haar stem, een gespannen toon die verraadt dat ze op het punt staat vreselijk kwaad te worden.

'Mijn problemen hebben hier niets mee te maken.'

'Jouw problemen hebben hier alles mee te maken, dat weet je heel goed,' zegt Aina rustig.

'Ja, maar ik ben in elk geval niet degene die hier gekken met wapens naartoe haalt.'

'Maar,' zeg ik, omdat ik ook genoeg begin te krijgen van Svens slechte humeur, 'daar konden wij toch ook niets aan doen?'

Sven mompelt iets over Vijay.

'Wat?' zegt Aina. 'Als je er een probleem mee hebt dat wij voor Vijay werken, dan moet je dat zeggen in plaats van daar voor je uit te zitten mompelen.'

'Als jullie er niet op hadden gestaan om mee te doen aan die studie, dan was dit allemaal nooit gebeurd. Als je het mij vraagt, werkt hij alleen met jullie om zich belangrijk te voelen.'

Zijn stem is zacht maar vijandig en opnieuw ruik ik de zweetlucht, dwars over de ovale tafel heen.

'Je weet even goed als wij dat we geld nodig hebben,' zegt Aina.

Sven zwijgt en klemt zijn kaken op elkaar, pakt dan zijn mosgroene ribcolbert, dat hij op de rugleuning heeft gelegd, en verlaat de kamer even plotseling als Elin.

Aina kijkt me zonder iets te zeggen aan.

Vanaf het moment dat Hillevi werd neergeschoten gedraagt Sven zich openlijk vijandig tegenover Aina en mij. Alsof hij het ons kwalijk neemt wat er is gebeurd.

Vijay heeft hij nooit gemogen. Vijay is succesvol, Vijay is hoogleraar terwijl hij nog geen veertig is. Vijay is alles wat Sven wilde worden, maar nooit geworden is. Een constante en pijnlijke herinnering aan zijn eigen tekortkomingen.

'Hij stinkt,' stelt Aina vast.

'Ja, ik rook het. We moeten met hem praten. Zo gaat het niet langer. Hij verzorgt zijn persoonlijke hygiëne niet eens meer.'

Dan gaat de telefoon. Ik pak hem op en kijk naar het display, herken het nummer niet.

'Neem maar op,' zegt Aina, 'het ziet er toch niet naar uit dat we nog gaan vergaderen. Jezus, wat was iedereen emotioneel vandaag.'

'Kun jij hem niet opnemen,' zeg ik, 'ik wil even met Sven praten.'

Aina haalt haar schouders op en knikt.

Sven zit op zijn kantoorstoel in zijn kamer. De lamp is uit en in het donker zie ik de gloed van de sigaret die hij rookt, hoewel we hadden afgesproken dat hij niet meer zou roken in de kliniek.

Langzaam treden de contouren van zijn meubels naar voren in het donker. Stapels papieren liggen verspreid over de grond. Plastic bakjes en lege McDonald's-verpakkingen staan op zijn bureau. Een stoel is omgevallen in de hoek, waarschijnlijk door het gewicht van zijn blauwe jas, die ernaast op de grond ligt.

Het ruikt naar sigarettenrook en iets anders, bedorven eten? Oude kaas?

'Jezus, Sven...'

Hij antwoordt niet. Neemt alleen een trek van zijn sigaret, waardoor het oranje oog oplicht.

Ik ga op mijn hurken naast hem zitten, leg mijn hand op zijn arm. Voel hem trillen onder zijn vochtige wollen trui.

'Ik wist niet... dat het zo erg was.'

Langzaam buigt hij zich voorover, laat zijn hoofd op een lege Big Mac-verpakking zakken. Snikt luid.

'Ik mis haar zo. Waarom is liefde zo verdomde moeilijk?'

En ik antwoord niet, want er bestaat immers geen antwoord op die vraag. Ik streel in plaats daarvan over zijn dikke, golvende haar en verlaat de kamer, even stil als ik binnenkwam.

Aina zit voor me in een van de nauwe alkoven van De Pelikaan. Een groot schuimend bierglas staat voor haar op het donkere, bekraste houten tafelblad. Zelf drink ik cola, hoewel ik eigenlijk een biertje zou willen. Of misschien nog liever een glas wijn.

Aina drinkt gulzig haar bier op, terwijl ik voorzichtig aan mijn cola nip.

'Ik heb ze allemaal gebeld...' begint ze.

Ik knik en kijk om me heen door het lokaal. Een mengeling van het jonge, hippe Södermalmpubliek, gewone arbeiders die nog een borreltje nemen op weg naar huis en de gebruikelijke alcoholisten, die zich stil en verbeten aan het zuipen wijden.

Het schijnsel van de kaarsen wordt weerspiegeld in de donkere, gelakte houten panelen. Door de gewelfde ramen met spijlen kan ik de verkleumde bewoners van Södermalm voorbij zien komen in het donker.

Aina knikt naar me van boven haar bier.

'Ze willen nog een paar keer komen. Willen een soort afsluiting. Bovendien denk ik dat ze er allemaal behoefte aan hebben om te praten over wat er gebeurd is.'

'Dan doen we dat. Zeg... er is nog iets gebeurd.'

Aina kijkt op. Ziet er bezorgd uit.

'Wat?'

'Malin kwam bij me thuis langs.'

'Kwam ze bij je thuis? Waarom dan?'

Aina kijkt me geschokt aan.

'Om me iets te vertellen. Wist je dat Susanne Olsson een van degenen was die haar verkrachter een alibi hebben gegeven?'

'Dé Susanne Olsson? Die vermoord is?'

'Precies.'

'Maak je een grapje?'

'Totaal niet. Ik ben ook bij de politie geweest om het erover te hebben.'

'De politie? Waarom?'

'Ik neem aan dat het betekent dat Malin een soort van motief had om Susanne te vermoorden, in theorie in elk geval.'

'Jezus, denken ze dat?'

'Hij zei het niet ronduit, maar het ligt voor de hand dat ze nu een onderzoek naar haar in moeten stellen.'

'Maar de dader was toch een man?'

'Ja, ik weet het ook niet. Ik dacht alleen dat je het wilde weten.'

'Weten de anderen in de groep hiervan? Weet Kattis het?'

'Ik denk het niet. Het kostte Malin enorm veel moeite om erover te vertellen.'

'Ik zei toch al dat Malin gek is.'

Ik bekijk Aina terwijl ze daar voor me zit met haar kaken op elkaar geklemd en haar armen over elkaar voor haar borst.

'Soms vind ik dat je een beetje...'

'Wat dan? Zeg het maar. Hard ben?'

'Ja, dat is het misschien.'

Ik voel hoe mijn wangen warm worden, heb plotseling helemaal geen trek meer in cola, schuif het glas met een beslist gebaar aan de kant. Ik wil het niet meer over Malin hebben, wil niet meer denken aan alles wat er is gebeurd sinds de vrouwen van de groep in ons leven kwamen.

'Hoe gaat het met je vriend?' vraag ik daarom.

Aina ontspant zich, legt haar handen op haar knie, glimlacht.

'Vriend... dat weet ik niet. Maar het gaat goed. Dat had je nooit van me gedacht, zeker?'

Er zit bijna iets triomfantelijks in haar toon. Ik schud mijn hoofd, denk dat ze gelijk heeft, dat ik eigenlijk nooit heb geloofd dat ze in staat zou zijn een langdurige relatie te hebben.

'Ik ben blij voor je.'

Ze glimlacht onzeker en kijkt me met haar grote grijze ogen aan.

'Als ik eerlijk ben...'

'Ja?'

'Het is een beetje eng om jezelf zo aan een ander over te leveren. Ik bedoel, als hem iets zou overkomen...' Haar blik wordt duister.

'Dat is het hele punt toch?'

'En wat heeft dat te betekenen?'

Ze wijst naar de cola die naast me staat en ik begrijp dat ze iets vermoedt, dat ze het misschien al lang in de gaten heeft gehad. Aina kent me zo goed, weet dat ik na zes uur nooit iets anders dan wijn zal drinken. Kent alle excuses die ik gebruik om mezelf te gunnen wat mijn lichaam nodig heeft.

Ik kijk haar aan. Ze ziet er ernstig uit.

'Is het waar?'

En ik voel hoe op eigen initiatief een glimlach uitbreekt op mijn gezicht.

'Jezus, wat fijn.'

Ze vliegt overeind, buigt zich naar me toe zodat het bier bijna omvalt en omhelst me, en ik snuf de honingachtige geur van haar haar op die ik zo goed ken.

'Ergens in het voorjaar,' zeg ik bijna buiten adem.

Ze glimlacht nog steeds, maar gaat vlug weer zitten.

'Hartstikke fijn. Echt. Maar hoe moet het dan met de kliniek?'

Ik kijk haar niet-begrijpend aan. Heb daar nog niet eens aan gedacht. De kliniek lijkt ver weg en onbelangrijk in vergelijking met het leven dat in me groeit.

'De kliniek?'

'Ja, wat doen we met je patiënten? Want je was toch niet van plan om op deze manier door te werken, hè?'

'Ik weet het niet...'

'En dan is er nog de huur. Als jij niet werkt, moeten Sven en ik die dan delen, of hoe had jij het gedacht?'

Een frons verschijnt tussen Aina's wenkbrauwen en ze ziet er bezorgd uit.

'Ik heb nog niet echt nagedacht over wat ik ga doen.'

'Elin is tenslotte ook niet gratis,' gaat ze door, alsof ze me niet gehoord heeft.

Plotseling maakt een stille teleurstelling zich van me meester. Het inzicht dat deze voor mij levensbelangrijke gebeurtenis voor Aina in de eerste plaats een praktisch probleem is. Ik kijk naar het glas cola

dat naast me op de tafel staat en bedenk dat ik bijna alles zou over-
hebben voor een glas wijn.

Maar één glas.

's Nachts droom ik weer van Hillevi.

Ze zit naast me op het bed en het schijnsel van de maan licht zilver op in haar haar. In plaats van de mooie zwarte jurk die ze de laatste keer dat ik haar zag aanhad, draagt ze een wit linnen hemd. Ter hoogte van haar middel breidt een roodzwarte vlek zich steeds meer uit en ik kan de zoetige geur van haar bloed ruiken.

Ze is blootsvoets, en haar fijne, kleine voeten zijn vuil, alsof ze van buiten komt, over de rotsen bij de zee heeft gelopen.

Ze ziet er bezorgd uit, haar donkere ogen zwerven over mijn lichaam terwijl ik verlamd onder het dekbed lig.

'Het is jouw schuld,' zegt ze. 'Het is jouw schuld jouw schuld jouw schuld jouw schuld.'

En ik kan niet antwoorden want mijn keel is dichtgesnoerd van angst en verdriet. Ik wil haar aanraken. Haar mijn hand, mijn lichaam aanbieden, als troost. De enige troost die ik haar kan geven, maar mijn ledematen gehoorzamen niet.

Ze lijkt even na te denken, kijkt door het raam naar buiten, naar de maan en de zee die zwaar rond de rotsen rust. Bestudeert de brosse rijp op het raam, lijkt na te denken over het varenachtige patroon.

'Als ik niet naar jou was gegaan,' fluistert ze en ze wrijft met haar hand over haar buik en ik kan zien hoe die rood kleurt van het bloed dat uit haar dunne lichaam wordt gepompt. 'Als ik niet naar jou was gegaan, dan was ik nu bij mijn kinderen geweest. Ze hebben me nodig. Hoe moet het nu verder met ze?'

Haar ogen, zwart en dof als stukjes kool, ontmoeten de mijne en ik schreeuw en schreeuw, maar er komt geen geluid over mijn lippen. Ik voel hoe haar koude bloed zich rond mijn lichaam verspreidt, een kleine plas vormt in de kuil waarin ik lig.

'Beloof me dat je de kinderen helpt,' zegt ze en plotseling is de verlamming verdwenen en ik knik naar haar.

Ze knikt kort terug en is dan verdwenen.

De heuvel die naar het Söderziekenhuis leidt, is steil en zwaar om te beklimmen. Twee oudere dames met stokken lopen ons hard voorbij en gaan met hoge snelheid verder naar het Sachsska Kinderziekenhuis. Mijn conditie wordt steeds slechter. Het is alsof ik een ernstige ziekte onder de leden heb. De vroedvrouw heeft me verzekerd dat het alleen door de zwangerschap komt. Dat alles normaal is.

Dat alles normaal is.

Markus is uitgelaten, verwachtingsvol. Praat onafgebroken, springt van het ene onderwerp naar het andere. Zijn baan, Kerstmis, het huis van zijn ouders in Skellefteå, waar zijn vader een bergverwarming aan het installeren is. Ik geef korte antwoorden, probeer te luisteren maar kan mijn gedachten er niet bij houden. Die keren voortdurend terug naar mijn vorige echoscopie in het Söderziekenhuis. De ernstige, verbeten dokter. Het kind dat zo zwaar beschadigd was dat het niet kon overleven.

Het onvoorstelbare.

Wat mijn en Stefans eerste tijd met ons ongeboren kind zou zijn, veranderde in een nachtmerrie vol Latijnse woorden, diagnoses, pogingen uit te leggen waarom ons kind beschadigd was. Waarom ons kind niet zou kunnen leven.

Nu loop ik over dezelfde weg met een andere man. Hetzelfde trottoir, dezelfde huizen met hun grauwe, gepleisterde muren. Alles ziet er hetzelfde uit, maar toch is de wereld anders. Niets is hetzelfde.

Markus is opgehouden met praten en kijkt me oplettend aan. Hij ziet er zo wanhopig jong uit met zijn warrige, ongekamde haar, dat nat is van de regen die onvermoeibaar uit de zware wolken valt.

'Zwaar?' Markus' blik vol bezorgdheid. Het is ontroerend, en ik waardeer het, maar tegelijkertijd vind ik het moeilijk om om te gaan met zijn zorgzame houding. Ik wil mezelf niet als zwak en hulpbehoevend zien.

'Ja, een beetje.'

We gaan naar binnen door de glazen deur aan de voorkant, die naar de vrouwenkliniek leidt. De vrouw bij de balie, achter een glazen ruit, vraagt of we voor een echoscopie of een bevalling komen. Het gevoel van onwerkelijkheid wordt steeds groter. Mijn hart slaat snel, snel in mijn borst en het is alsof ik moeilijk adem kan halen, alsof ik niet genoeg lucht binnenkrijg. Ik verlang hevig naar een glas wijn. Maar dat is natuurlijk onmogelijk. Geen wijn. Dat heb ik beloofd. Geen wijn, geen alcohol. Niet eens een biertje.

We gaan op de vergaderstoelen van de wachtkamer zitten en ik kijk naar de andere bezoekers. Een hoogzwangere vrouw zit een appel te eten terwijl ze door een tijdschrift bladert. Ze heeft haar laarzen uitgedaan en haar voeten op de stoel tegenover haar gelegd. Haar voeten zijn opgezwollen en ik verbaas me erover dat ze überhaupt kan lopen. Een jong stel zit met een klein kind op schoot een boek te lezen. Het kind wijst naar iets in het boek en lacht verrukt. Het stel kijkt elkaar aan en ze beginnen ook te lachen. Hun saamhorigheid vanzelfsprekend, onmiskenbaar.

Een lange vrouw in groene ziekenhuiskleren komt naar ons toe. Haar donkere haar is achterovergekamd en opgestoken met een schildpadkleurige haarklem. Om haar nek heeft ze een dun leren koord met een zwart sieraad eraan dat er Afrikaans uitziet. Ik vraag me af of alle vroedvrouwen alternatief zijn, of ze allemaal het liefst aardvrouwen genoemd zouden willen worden en psychoprofylaxe leren, of dat er ook vroedvrouwen zijn die van moderne technieken houden en medicinale pijnbestrijding willen gebruiken.

De vrouw stelt zich voor als Helena en legt uit dat zij vandaag het onderzoek zal doen. We volgen haar door de gang een nauw kamertje in. Het is er zo krap dat er nauwelijks plaats genoeg is voor drie personen. De kamer is warm, te warm. Het gevoel niet genoeg lucht te krijgen wordt steeds sterker en ik merk dat ik in paniek raak.

Ik moet op een brits gaan liggen die bedekt is met crêpepapier en mijn spijkerbroek tot aan mijn heupen laten zakken. Markus zit op een stoel bij het hoofdeinde.

Tegen de muur voor ons een scherm.

Helena legt uitvoerig en pedagogisch uit wat de bedoeling van de echoscopie is, dat ze naar de organen van de foetus kijken en dan zijn hoofd opmeten om zijn leeftijd en groei vast te stellen.

'Is dit je eerste kind?' Helena glimlacht terwijl ze doorzichtige gelei op mijn buik smeert. Zich niet bewust van de kracht van de vraag, van zijn lading.

'Het is mijn eerste kind, dus ik ben een groentje. Waarom doe je die smurrie op Siri's buik?'

Markus komt tot mijn redding. Blijft met de vroedvrouw praten terwijl ik mijn ogen sluit en mijn eigen ademhaling tel. Me probeer te concentreren op het hier en nu. De angst probeer te negeren. Ik hoor Helena's stem, hoe ze beschrijft wat ze op het scherm ziet dat naar haar toegekeerd staat, van ons af zodat we de beelden niet zullen interpreteren, of verkeerd zullen interpreteren. Ik hoor de woorden, haar rustige toon. Ik hoor het, maar kan wat ze zegt niet omvormen tot begrijpelijke zinnen.

'En nu willen jullie misschien kijken?' Helena raakt voorzichtig mijn schouder aan en ik doe mijn ogen open. Het scherm voor ons staat aan en laat zwarte en witte velden zien. Plotseling voegt het wit zich samen tot een lichaam. Ongelijke schaduwen worden een romp, armen en benen. Een hoofdje komt tevoorschijn op het scherm. Ik hoor Helena's woorden niet meer. Kijk alleen naar het kind dat zich beweegt, ongeduldig, nerveus.

'Ik meet het hoofdje en het dijbeen op om een idee te krijgen van de leeftijd. Het lijkt erop dat je in week achttien bent.'

Helena glimlacht en kijkt me vragend aan. Ik besef dat ik geen woord heb gezegd sinds ik me heb voorgesteld.

'Week achttien?' Ik ben verbaasd. Besef dat bijna de helft van de zwangerschap al verstreken is terwijl ik me er nauwelijks van bewust was. Dat ik het aan niemand heb verteld behalve aan Markus en Aina, niet aan mijn ouders, niet aan mijn zussen. Dat ik er zo zeker van was dat deze zwangerschap ook in pijn en leegte zou eindigen dat ik heb geprobeerd te doen alsof ze niet bestond.

'Week achttien.' Helena kijkt op haar scherm, tikt cijfers in en kijkt dan weer op. 'Dat betekent dat jullie rond 29 april volgend jaar ouders worden.'

Ik kijk weer naar het scherm, zie het silhouet van het kind. Kijk naar Markus. Mijn hart klopt nog steeds hard en snel, maar de angst is weggezakt. Is vervangen door iets anders.

Hoop?

Markus zit in de fauteuil die hij voor de tv heeft getrokken. In zijn handen een controller, op het scherm vindt een of andere strijd plaats. Ik begrijp niet wat hij zo leuk aan die spelletjes vindt. Zo nu en dan noem ik het zelfs onvolwassen, maar ik begrijp dat ik zelf zo veel eigenaardigheden heb die Markus accepteert en verdraagt dat ook hij de ruimte moet krijgen voor wat hem interesseert.

In de zitkamer staan een paar lege verhuisdozen tegen de muur en ik snap dat Markus nog meer spullen uit zijn appartement heeft gehaald. Dat hij zich thuis begint te voelen. Ik trek mijn hoge laarzen uit, gooi de natgeregende jas en sjaal over een stoel in de kleine hal.

'Ik moet alleen nog even deze ronde afmaken...' Markus blijft uiterst geconcentreerd op de virtuele vijand aan de andere kant van het scherm schieten.

'Oké.' Ik pak de plastic tassen met boodschappen op en loop naar de keuken. Begin spullen in de koelkast en vriezer te stoppen. Verbaas me erover hoe alledaags en vanzelfsprekend alles voelt. En dat het gevoel me eigenlijk wel bevalt. In de zitkamer hoor ik Markus vloeken. Het spelletje is voorbij en hij heeft blijkbaar verloren.

'Kan ik helpen?'

Markus komt de keuken binnen, loopt naar me toe en geeft me een kus op mijn wang. De verloren slag lijkt alweer vergeten. Hij streelt me over mijn schouder.

Er is iets veranderd tussen ons. Markus is rustiger geworden, minder koppig, misschien omdat hij zich veiliger voelt. En als hij rustig is, voel ik me minder in een hoek gedreven. Zo eenvoudig, maar toch zo moeilijk. Ik schud mijn hoofd en zet de laatste spullen in de keukenkast. Markus gaat aan de keukentafel zitten. Legt zijn hoofd in zijn handen. Hij ziet er zorgelijk uit.

'Wat weet je eigenlijk van kinderen? Van kinderpsychologie, bedoel ik.'

Hij heeft zijn gezicht naar me opgeheven en ik zie dat hij ongeschoren is en dat zijn ogen bloeddoorlopen zijn. Ik weet dat hij de laatste tijd meer heeft gewerkt dan normaal. Hij is zijdelings betrokken bij het onderzoek naar de moord op Susanne Olsson, maar hij werkt vooral aan twee verkrachtingen die hebben plaatsgevonden bij Hellasgården. Ik weet dat ze buitengewoon gewelddadig waren en dat gevreesd wordt dat het een serieverkrachter is, en ik weet dat het onderzoek zwaar op hem weegt.

'Kinderen? Maak je je zorgen of ik wel in staat ben een kind op te voeden? Denk je dat ik een slechte moeder zal zijn?'

'Het gaat niet altijd alleen maar over jou, schat.' Markus' glimlach is vermoeid, en hoewel ik weet dat hij een grapje maakt, schaam ik me toch. 'Je weet dat kleine meisje nog, Tilde? Ze woont nu bij haar vader, permanent. Vroeger bracht ze om de week het weekend bij hem door en woonde de rest van de tijd bij Susanne. Hoe dan ook, de vader zegt dat Tilde bijna niet meer praat. Ze tekent alleen maar. Ze heeft het niet meer over haar moeder gehad, helemaal niet naar haar gevraagd. Het is alsof ze zich heeft afgesloten. En hij weet niet hoe je ervoor kunt zorgen dat ze zich weer opent.'

'Is ze in behandeling? Ziet ze een psycholoog?'

Ik denk aan het kleine meisje dat urenlang onder de keukentafel zat te tekenen terwijl haar moeder dood naast haar op de vloer lag en aan wat Markus eerder heeft verteld over het politieverhoor met haar.

'Ja, ze heeft een psycholoog van de KJP. Maar ik weet niet wat ze doen, dat weet jij vast beter.'

'Ik heb eigenlijk geen idee. Ik heb nooit met getraumatiseerde kinderen gewerkt. Ze helpen haar misschien om zich uit te drukken. Tekenen, schilderen... ah, ik weet het niet.'

Ik besef dat mijn kennis van de behandeling van kinderen die getuige zijn geweest van geweld buitengewoon beperkt is. Opeens herinner ik me een lezing in het Psychologisch Instituut van een blonde vrouw met grote zilveren ringen in haar oren en een mooie kasjmieren sjaal rond haar nek die vertelde over haar werk met vluchtelingenkinderen in een kamp ten noorden van Stockholm.

Hoe de kinderen tekeningen van soldaten moesten maken en ze daarna in stukken moesten scheuren.

'Wat is er trouwens met de roofmoordtheorie gebeurd?'

'Ze denken dat het een roofmoord geweest kan zijn. Zo... eenvoudig dus. Het is allemaal zo verschrikkelijk zinloos.'

'En Henrik, waar komt hij in beeld, als rover?'

Ik kijk naar Markus, zie hoe hij zijn gezicht vertrekt en zijn ogen ten hemel slaat.

'Ik geloof niet in die roofmoordonzin. Het lijkt gewoon niet te kloppen. Zo veel razernij. Ze hebben de reclamebezorger verhoord die haar heeft gevonden. Hij had van de gelegenheid gebruikgemaakt om haar portemonnee te stelen, dus dat maakt hem ook tot een verdachte. Maar jezus, een zestienjarige die haar helemaal niet kende. Nee, daar geloof ik niet in. En Henrik is nog steeds verdwenen. We hebben een daderprofiel door iemand laten maken en die denkt dat hij voornamelijk een gevaar voor zichzelf is. Is bang dat hij zelfmoord zal plegen als tot hem doordringt wat hij heeft gedaan. Alsof dat zou helpen. Zijn ex Kattis belt ons elke dag meerdere keren. Ze is doodsbang dat hij achter haar aan zal komen, en ze is er nog steeds heilig van overtuigd dat hij Susanne Olsson ook gedood heeft. Dat zegt ze in elk geval.'

Ik zie berusting bij Markus, en vermoeidheid, maar ik zie ook woede. Een gevoel dat Markus bijna nooit laat zien.

'En dat met Malin?'

Hij schudt zijn hoofd.

'Merkwaardig toeval, hè? Dat ze in hetzelfde milieu terechtkomt als Henrik Fasths ex-vriendin. Als het al toeval is. Maar ik geloof het, want de dader was vrijwel zeker een man en bovendien heeft Malin een alibi. Ze deed mee aan een halve marathon in Skåne op de dag dat Susanne werd vermoord.'

'Dan is het dus allemaal toeval?'

'Waarschijnlijk wel ja. Gustavsberg is tenslotte niet zo groot. En ze zijn ongeveer even oud, het is dus niet helemaal onwaarschijnlijk dat het inderdaad toeval was.'

Markus haalt zijn schouders op en wrijft over zijn slapen.

'Dat hele onderzoek is gewoon één enorme puinhoop,' gaat hij verder. 'De pers maakt ons af omdat we Henrik niet meteen hebben opgepakt, en iedereen heeft een mening over wat er is gebeurd die ze openbaar willen maken. En het komt er altijd op neer dat wij waardeloos zijn.'

We staan naast elkaar in de kleine keuken. Markus vermoeid en boos. Ik bezorgd. Ik denk aan Henrik, zijn verwarde, gewelddadige gedrag. De gedachte dat hij ergens is, zich ergens verbergt, zijn tijd beidt, beangstigt me terwijl ik tegelijkertijd inzie dat Markus gelijk heeft. Henrik is waarschijnlijk het gevaarlijkst voor zichzelf.

Dan gaat Markus' mobieltje. Ik voel een vlaag van teleurstelling. We zouden de avond samen doorbrengen. Hoogstwaarschijnlijk betekent dit dat Markus ergens naartoe moet, misschien een verhoor, misschien een mogelijke dader. Hij geeft korte antwoorden door de telefoon. Bromt en knikt voordat hij ophangt. Hij lijkt geïrriteerd, van streek door de informatie die hij heeft gekregen. Hij loopt naar de zitkamer, zet de laptop aan die op het buffet bij het raam staat en tikt iets in. Enkele seconden later opent zich een nieuw venster en ik zie de zwarte koppen op de website van het *Aftonbladet*: 'Zal ze de moordenaar van haar moeder vinden – De nieuwe getuige van de politie van de moord op Susanne, Tilde, 5 jaar'.

Patriks tranen.

Hoe ze over zijn roodgevlekte wangen stromen. Natte vlekken maken op zijn versleten spijkerbroek.

Al het vertrouwen en alle hoop die hij voelde toen we elkaar de vorige keer zagen, weggeblazen als de herfstbladeren rond mijn huis.

Hij buigt zijn lange lichaam voorover naar de geelgespikkelde linoleumvloer. Onderworpen. Getemd. Door het leven, door de liefde.

Ik schuif de Kleenexdoos over de tafel, even machteloos als altijd. Probeer de balans op te maken.

'Ze is weg. Ik denk dat ze iemand anders heeft. *Die verdomde hoer.*'

Zijn stem even krachteloos als zijn lichaam.

'Oké, vanaf het begin nu. Wat is er gebeurd?'

Een zucht en hij leunt achterover. Hangt als iemand die koorts heeft in mijn fauteuil. Alsof hij niet in staat is om rechtop te zitten. Elke spier volkomen uitgeput.

'Eergisteren. Ongelooflijk. Toen ik thuiskwam... Ze, ze... was aan het pakken. Zo simpel als dat. En daarna. Ging ze gewoon weg. Liet mij en de kinderen achter. Zo simpel als dat. *Jezus...*'

Zijn magere lichaam beeft.

'Wat zegt ze zelf?'

'*Ik. Haat. Haar.*'

Hij schreeuwt en ik weet waarom. Dit doet zo veel pijn. Als iemand van wie je houdt verdwijnt. Tegen je wil. Ik voel zo met hem mee. Zou die spichtige man, die ongeschoren jongen, in mijn armen willen sluiten en hem alleen maar heen en weer willen wiegen.

Maar dat kan natuurlijk niet.

Hij is cliënt, ik ben therapeut.

Onze rollen zijn duidelijk afgebakend: hij zit in de ene fauteuil, ik in de andere.

Hij huilt en ik schuif Kleenex naar hem toe.

Hij betaalt en ik luister.

'Oké, oké, oké. Dit zei ze: ik heb haar geholpen, dat is geweldig, ze is weer sterk, bla bla bla. Een hoop gelul, als je het mij vraagt. Nú beseft ze dat ze niet van mij houdt. En nú is ze sterk genoeg om mij te verlaten. Dankzij mijn steun. *Graag gedaan godverdomme!*'

Hij wrijft over zijn gezicht met een Kleenex, veegt het snot van zijn kin en mond, knijpt het vochtige papieren zakdoekje tot een prop die hij naar de prullenmand gooit. Hij mist en de prop landt met een doffe plof op mijn klinisch schone vloer.

We reageren allebei niet.

'Bovendien is het totaal *niet logisch!* *Ik* had haar moeten verlaten. *Ik* verdiende al het geld, zorgde voor de kinderen terwijl zij... bang was. Op de bank lag. At. Als een dikke, domme koe. Mij gebruikte. Als iemand weg had moeten gaan, dan was ik het. Niet zij. Het is niet... eerlijk.'

'En hoe voelde je je toen ze je vertelde dat ze de relatie wilde verbreken?'

'Als je nog een keer zoiets doms vraagt ben ik meteen weg. *Snap je?*' gromt Patrik tussen zijn tanden door. Maar het is een krachteloze opmerking, een tandeloos dreigement. Hij zucht en kijkt omhoog naar het plafond.

'Oké, oké. Het voelde alsof ik doodging. Het voelde alsof ik doodging en alsof zij mijn leven van me afpakte. We hebben tenslotte een leven samen, twee kinderen. Hoe kan ze dit doen? Het is verkeerd. Het is... *tegennatuurlijk*. Een moeder laat haar kinderen niet in de steek.'

Buiten de kamer maken Aina en Sven ruzie. Haar stem schel, die van hem doffer, volhardend. Geeft niet toe.

'Zoals je moeder deed? Ik bedoel, zij heeft je op een bepaalde manier ook in de steek gelaten.'

'Houd op met dat gezeur over mijn moeder!' brult Patrik. 'Het gaat niet over mijn moeder. Het gaat over Mia, jezus christus.'

'Natuurlijk, het gaat over jou en Mia, maar een deel van de pijn die je voelt heeft zeker te maken met de ervaringen die je met je meedraagt.'

Patrik luistert niet. Hij is ver weg met zijn gedachten. Mompelt iets onverstaanbaars tegen de glimmende vloer.

'Wat zei je?' vraag ik.

'De liefde.'

Hij fluistert iets.

'De liefde?'

'*Love fucks you up.*'

En ik kan alleen maar knikken.

Patrik trekt strepen met zijn natte schoen op de vloer, smeert het vuilbruine water uit. Als een kind, denk ik. Hij ziet eruit als een kind. Een ontmoedigd, in de steek gelaten kind.

'En nu?' vraag ik.

Hij kijkt me aan. Lege, roodomrande ogen en een gefronst voorhoofd, hij ziet er niet-begrijpend uit. Alsof ik iets in een vreemde taal tegen hem heb gezegd.

'Nu?'

'Wat gebeurt er nu? Hebben jullie het daarover gehad?'

Hij schudt verdrietig zijn hoofd met een afwezige uitdrukking op zijn gezicht. Kijkt naar buiten door het zwarte raam, knijpt zijn mond tot een dunne streep.

Het enige wat ik hoor is het piepende geluid wanneer hij zijn schoenzool over de linoleumvloer trekt.

GUSTAVSBERG, NOVEMBER

De rijtjeshuizen zijn gebouwd in het midden van wat een veld lijkt te zijn, aan de voet van het sparrenbos, dat zich helemaal uitstrekt naar het meer in het westen en naar het kleine centrum in het oosten. De gele houten huizen met de blauwe deuren hebben een afwaswatergrauwe kleur aangenomen in de novemberschemering. Voor de huizen staan de auto's keurig opgesteld in een rij. Uit de huizen schieten schotelantennes in verschillende groottes als paddenstoelen uit de grond. Warm geel licht komt van de ramen, spiegelt zich in de drassige grond, zoekt verder zijn weg naar het donker achter de keurige tuintjes, naar het bos waar niemand woont.

Kent Hallgren is moe, moe tot op het bot.

Moeër dan iemand het verdient te zijn, denkt hij en hij giet een scheut whisky in het Duralexglas. Geen ijs. Hij had liever wel ijs gehad, maar hij is te moe om naar de vriezer te lopen, die aan de andere kant van de keuken staat. Zijn benen voelen aan alsof ze van steen zijn, zijn rug doet pijn en zijn hoofd staat op springen. Wanneer hij het glas naar zijn mond brengt, ruikt hij de scherpe geur van zijn eigen zweet.

De afgelopen tijd, denkt hij, zou je het liefst gewoon van de kalender willen schrappen, van de harde schijf willen wissen, zeg maar.

Susannes dood is hard bij hem aangekomen. Hij slaapt slecht en kan zich niet op zijn werk concentreren. Opnieuw denkt hij dat hij dit niet verdiend heeft. Dat hij eigenlijk een beter leven verdient, zonder schulden, zonder een geschifte ex-vrouw die wordt doodgeslagen, zonder een kind op zijn dak.

Het is niet dat hij geen sympathie voor Susanne voelt, want dat doet hij wel. Ze zijn toch drie jaar samen geweest en God weet dat ze het niet verdiende om te sterven, al was ze de laatste jaren een eersteklas hoer. Ze had haar goede kanten, Susanne. Zo was ze een goede moeder voor Tilde, gaf haar goed te eten, zag er altijd op toe dat ze goed gekleed was en dat haar haar gevlochten was. Had een goed contact met het crèchepersoneel en het kinderzorgcentrum.

En nu rust de volledige verantwoordelijkheid op hem.

Natuurlijk is dat niet prettig. Natuurlijk is dat niet eerlijk. Hij is er niet op voorbereid om de hele tijd voor een kind te zorgen, weet niet hoe je dat doet. Kan geen vlechten maken, weet niet waar een klein meisje mee wil spelen.

Lege verpakkingen van de kebabzaak en de pizzeria liggen in een hoek naast de waterbak van de kat. Tilde heeft op een paar van de pizzadozen getekend. Een gezicht met kogelronde ogen en lange, scherpe tanden glimlacht hem tegemoet vanaf het vettige bruin-beige karton.

Hij denkt verstrooid dat het gezicht er niet plezierig uitziet, dat het in feite een slecht gezicht is. Waarom heeft ze dat getekend? Is het een afbeelding van... de moordenaar? Zou hij de pizzadoos naar de politie moeten brengen? Hoeveel heeft ze eigenlijk gezien? Heeft ze...? Nee, hij moet daar niet aan denken. Hij moet zichzelf in de hand houden. Hij besluit de kartonnen doos niet naar de politie te brengen, het stelt niet veel voor als compositiefoto.

Tilde zit aan de keukentafel en rijgt houten kralen aan een vislijn. Hij had geen ander draad, want Tilde blijft normaal gesproken nooit zo lang bij hem, in elk geval niet zo lang dat ze speelgoed nodig heeft. Meestal zijn een pluchen draak en een tekenblok genoeg. Maar nu heeft hij dus kralen voor haar gekocht in een speelgoedwinkel in het centrum. Ze zeiden dat het perfect zou zijn voor een vijfjarig meisje, en het lijkt te kloppen, want ze zit er nu al bijna een uur mee te priegelen.

Hij nipt van zijn whisky, die lauw en rokerig is, en waar hij braakneigingen van krijgt als hij hem doorslikt. Denkt aan wat de politie zei, dat ze nog steeds niet weten wie de dader is. Dat Henrik niet met de moord in verband kan worden gebracht, dat hij een alibi heeft. Maar de politie moet hem toch wel verdenken? Je hoeft geen kernfysicus te zijn om te zien dat er iets niet aan hem deugt. Die spieren... Hij gelooft niet dat je door schroot te tillen zulke spieren kunt krijgen. Hij moet ook iets anders hebben genomen. Onbegrijpelijk dat Susanne voor hem is gevallen. En dan dat schieten, vast en zeker nog een manier om zijn agressieve neigingen de vrije loop te laten. Bovendien, en dat ging hem eigenlijk helemaal niet aan, maar het gerucht ging dat Henrik alles wat hij verdiend had vergokt heeft op paarden.

En nu zit hij hier met een vijfjarige op zijn dak, zo had hij het zich niet voorgesteld. En de reis naar Phuket met de jongens heeft hij natuurlijk af moeten zeggen.

Hij neemt een grote slok van de lauwe drank en de alcoholdampen doen pijn aan zijn ogen.

Iedereen had er begrip voor gehad toen hij het afzei. Iedereen vond het vreselijk wat er met Susanne was gebeurd. Hij was eigenlijk een soort van beroemdheid geworden in zijn kennissenkring. Iemand die je met respect en belangstelling tegemoet trad. Iemand met wie je contact zocht. Het voelde eigenlijk best wel goed.

Dan staat ze plotseling voor hem. Slaat haar dunne armpjes over zijn in een spijkerbroek gestoken benen en kijkt hem aan met die grote blauwe ogen, die ook de ogen van Susanne zijn, en hij voelt hoe iets zachts zich verspreidt rond zijn middenrif. Een gevoel waarvan hij de naam niet kent en ook niet weet hoe hij ermee om moet gaan.

'Klein vrouwtje, papa's kleine vrouwtje.'

Hij buigt zich naar haar toe en kust haar op haar wang.

'Bah, papa, je ruikt als de juf.'

'Als de juf?' vraagt hij verward.

'Ja, als de juf wanneer ze dat blauwe spul op haar handen had gesmeerd.'

'Blauwe spul?'

Dan weet hij het opeens. Op het toilet van de crèche staat een grote pompflacon met handontsmetting die het personeel gebruikt als ze hun handen wassen. Het schijnt te helpen tegen de griep. Ruikt hij zo, als handontsmetting? Hij zet het glas met de barnsteenkleurige vloeistof neer en trekt haar op zijn schoot.

'Tijd om naar bed te gaan, vrouwtje.'

Ze knikt ernstig en het verbaast hem weer dat ze zo gehoorzaam is. Hij vraagt zich af of ze zo zal blijven of dat het een fase is die ze doormaakt. Of ze getraumatiseerd is en hoe dat zich zal gaan uiten.

Hij legt haar in bed en drukt zijn neus in haar bruine haar, snuift de geur van eten en zeep op.

'Slaap lekker, prinsesje.'

'Je moet mijn tanden ook poetsen. Je moet je tanden poetsen.'

Ze spert haar blauwe ogen open en kijkt hem weer met die ernstige blik aan, en hij zucht.

'O, dat is papa vergeten. Ik ga het pakken, goed?'

Ze knikt.

Hij loopt naar de badkamer, zoekt in de chaos op de wasmachine naar de kleine tandenborstel die eruitziet als een giraf. Vindt hem uiteindelijk onder een doosje pruimtabak, maar kan haar tandpasta dan niet vinden, die naar snoep smaakt. In plaats daarvan doet hij een beetje Colgate op de tandenborstel en loopt terug naar de provisorische kinderkamer. Denkt dat hij die vlug moet opknappen, de muren een vrolijkere kleur moet geven. Geel misschien? Inrichten met kindermeubeltjes – bij Ikea zijn ze goedkoop en goed, dat heeft hij op internet gezien – en de bandysticks en de tv-spelletjes eruit moet gooien.

Voorzichtig poetst hij haar perfecte tandjes terwijl ze gehoorzaam haar mond openspert.

'Zo dan. Nu gaan slapen.'

Ze kijkt hem geschokt aan.

'Maar papa, je bent het nachthemd vergeten.'

'O, o, dat is niet zo mooi.'

Hij trekt haar het nachthemd aan, dat met Dora de ontdekkingsreiziger erop. Geeft haar nog een kus op haar wang en sluipt de kamer uit.

Nog een whisky, denkt hij. Als iemand het verdient, ben ik het wel.

Hij gaat voor het raam staan en kijkt naar het donkere, met water doordrenkte veld. Naar het bos erachter, naar de silhouetten van de dennen en sparren die nog steeds te zien zijn tegen de donkere hemel. Zucht diep. Stelt zich het meelachtige, witte zand voor op de stranden in Phuket, de bars in Patong. De bruine, zachte huid van de vrouwen en de smalle heupen onder de veel te korte rokjes.

Bedenkt dat hij het nodig had gehad om er even uit te zijn. Eindelijk de rust te krijgen die hij verdient. De rust die hij zo nodig heeft.

Hij leunt met zijn voorhoofd tegen het raam, hoort de wind buiten. Ziet de glimmende herfstbladeren voorbijfladderen in het donker.

'Paaapa.'

Eerst antwoordt hij niet. Het lukt hem niet eens om zijn ogen te openen, hij leunt alleen met zijn hele gewicht tegen de koude ruit.

'*Paapaa!*'

Ze staat midden in zijn kamer met haar gezicht naar het raam gericht. Het dunne gordijn wappert licht in de tocht.

'Maar mijn kleine vrouwtje, je moet slapen.'

Hij tilt haar op, maar ze wurmt zich uit zijn armen. Gilt hard.

'Papa, er stond een leeuw voor mijn raam!'

'Maar meisje...'

Hij strekt zijn arm naar haar uit om haar op te tillen, maar ze is sneller, rent naar de zitkamer. Hij volgt haar.

'Liefje, er zijn geen leeuwen.'

'Die zijn er wel. Ik heb ze gezien.'

'Ja, ja. Maar hier zijn geen leeuwen, in Gustavsberg. In Zweden. Het is hier te koud... ze... gaan dood.'

Sinds ze die natuurfilm over leeuwen op tv zag, is ze bang geworden. Hoe kunnen ze zoiets laten zien in de meest bekeken zendtijd? Het gaat zijn verstand te boven. Dieren die elkaar in stukken scheuren, is dat geschikt voor kinderen?

Tilde gaat op de leren bank zitten. Legt haar armen om haar benen, steekt haar neus tussen haar knieën.

'Ik zag een leeuw voor het raam. Ik zag hem ik zag hem ik zag hem.'

'Oké, zullen we gaan kijken of de leeuw weg is? Zullen we samen gaan kijken?'

Ze heft haar hoofd op, kijkt hem aan en knikt.

Ze staan voor het zwarte raam. Hij draagt haar op zijn ene heup en verbaast zich erover hoe licht ze is. Een kind, zo belangrijk, maar niet zwaarder dan dit.

Een koude, vochtige luchtvlaag komt ze tegemoet vanaf het raam en hij herinnert zichzelf eraan dat hij het moet maken zodra het weer warm en licht genoeg is.

'Zie je wel, geen leeuwen.'

Ze kijkt wantrouwig door het raam naar buiten, buigt zich zo ver voorover dat haar adem vochtige plekken op de ruit vormt.

'Zie je wel?'

Ze lijkt te twijfelen, krabt in haar haar met een hand die vies is. Op haar nagels zitten nog steeds restanten van Susannes lichtroze nagellak. Hij vraagt zich af of hij het ooit zal leren om dat soort meisjesdingen met haar te doen. Nagellak op de nageltjes doen, vlechten in haar haar maken. Weten welke spijkerbroek de goede is.

'Zo, nu moet je gaan slapen.'

'Papa.'

'Ja?'

'Beloof je me dat je me nooit zult trappen.'

Hij verstijft, midden in een stap.

'Maar vrouwtje, wat zeg je nou toch? Natuurlijk zal ik je nooit trappen. Ga nu maar slapen.'

Zijn hart klopt luid in zijn borst en zweet wringt zich tevoorschijn op zijn slapen.

Voorzichtig legt hij haar weer in haar bed, dat ook een bank is.

Dat *eigenlijk* een bank is.

Sluipt de kamer uit op trillende benen en doet de deur dicht. Keert terug naar het glas met de barnsteenkleurige vloeistof, zet de tv aan om te zien hoe Federer de vloer aanveegt met Söderling. Stelt vast dat het Zweedse tennis naar de klote is. Denkt aan Phuket, aan het lauwe, zoute zeewater, aan alles wat hij moet missen.

Hij besluit dat hij zichzelf nog best een glas kan gunnen.

Hij wordt wakker omdat hij het koud heeft. De tv staat nog aan en hij ziet een vrouw en een man glimlachend van een bruine dieetdrank drinken. Ze zijn klein en bruinverbrand en zien er blij en gelukkig uit.

Koude lucht zwiept door de kamer en zijn ledematen voelen vreemd verdoofd aan wanneer hij overeind probeert te komen. Zijn hoofd bonkt en een golf van misselijkheid spoelt over hem heen.

Staat de deur open?

Hij pakt de afstandsbediening en zet de tv uit. In de stilte die dan ontstaat, hoort hij een bonkend geluid. Als een deur die openstaat en in de wind slaat.

Langzaam loopt hij naar de hal.

Wat is dat in godsnaam?

Koude lucht wervelt rond zijn benen en hij kijkt verward omlaag naar zijn voeten, alsof het probleem zich daar bevindt. Op de koude stenen vloer voor hem.

Bonk, bonk.

Plotseling vormt zich een gedachte in zijn hoofd, of misschien is het een soort primitief instinct.

Hij loopt naar Tildes deur en doet die open. En op het moment dat hij dat doet, stromen alle geluiden van het bos het huis binnen, overstemmen zijn gedachten, verdrinken zijn bewustzijn.

IJskoude lucht laat de gordijnen langs de muren zweven, als oude zeilen. Bladeren tuimelen naar binnen op de parketvloer, plakken aan zijn enkels.

Het raam slaat tegen de muur.

Bonk, bonk.

Hij kijkt naar de bank, waar de legergroene slaapzak verfrommeld in de hoek ligt.

Tilde is weg.

MEDBORGARPLATSEN, NOVEMBER

Het is een vreemd gevoel om weer een groepsbijeenkomst voor te bereiden. Aina is voor één keer eens op tijd en samen zetten we de stoelen en de tafel op hun plek. Eén stoel minder. Vandaag gaan we het hebben over wat er is gebeurd. Het onder woorden brengen, begrijpen, verklaren.

'Ik word er soms zo moe van. Van alles wat we doen. Denk je nu echt dat het iets uithaalt? Dat we iets veranderen? Het zijn alleen maar woorden, woorden, woorden.'

Ik kijk verbaasd naar Aina terwijl ze gebogen over het tafeltje staat. Een karaf water, glazen en een thermosfles met koffie neerzet. Aina is normaal gesproken nooit degene die twijfelt of ontmoedigd is.

'Natuurlijk betekent het iets wat we doen. Dat weet je. Je hebt een heleboel mensen geholpen. Je bent goed in wat je doet. Heel erg goed zelfs.'

Aina kijkt naar me, en ik zie dat haar ogen rood en gezwollen zijn. Ze heeft gehuild.

'Al die woorden.' Ze schudt haar hoofd. 'Het is alsof we de werkelijkheid met woorden vullen om te verklaren wat we niet kunnen verklaren. Om onze demonen te bezweren. Ze onder de oppervlakte te houden... maar eigenlijk veranderen we niets. We zijn wie we zijn, de wereld is zoals die is. Wat gebeurd is, is gebeurd.'

Ze schudt haar hoofd en de tranen lopen over haar wangen. Ze staat helemaal stil, verroert geen vin, laat geen enkele reactie zien. Alleen maar die tranen.

'Jezus, Siri, ik kan de gedachte aan Hillevi's kinderen niet verdragen. Dat ze bij die vader moeten wonen die ze slaat. Dat hun moeder dood is en dat de enige die ze hebben in deze wereld die gewelddadige vader is. Het is idioot. Waanzinnig.'

Ze droogt haar tranen met de achterkant van haar handen. Wrijft ze over elkaar als een klein kind. Hoewel ze een volwassen vrouw is, ziet ze eruit als een meisje. Een gekwetste, in de steek gelaten vijf-jarige. Ik loop naar haar toe en omhels haar. Houd haar stevig vast. Voel hoe haar hele lichaam schudt van het huilen. We blijven lang zo staan, ik met mijn armen om Aina, tot ze ophoudt met huilen.

De groep is verzameld: Malin, Sofie, Kattis en Sirkka. Toch is er een leegte, een afwezigheid die tastbaar is. Hillevi was zo'n sterke per-soonlijkheid, duidelijk en vastomlijnd. Je kunt je niet voorstellen dat ze weg is. Het is alsof ze elk moment door de deur zou kunnen komen lopen, zou glimlachen, zich verontschuldigen dat ze te laat is en dan op haar plek zou gaan zitten.

'Waarom hebben jullie haar stoel weggehaald?' Het is Sofie die de vraag stelt, ze klinkt boos, opstandig.

'We dachten dat, dat Hillevi nu eenmaal weg is. Dat het geen zin heeft het te ontkennen.' Aina kijkt haar strak en ernstig aan, ziet hoe Sofie langzaam knikt en zich dan terugtrekt.

Aina begint langzaam te vertellen over Hillevi's dood. Over wat er de vorige keer dat we elkaar zagen gebeurd is. Eerst is ze weife-lend, zoekend, maar dan komen de woorden steeds sneller. Ze be-schrijft de gebeurtenis opnieuw. Henrik, waanzinnig en woedend met dat wapen. Hillevi, die op hem in probeert te praten.

Aina praat en wij luisteren. Stil, in de ban van haar woorden.

Plotseling breekt Sofie in, bevestigt iets wat Aina gezegd heeft. Identificeert zich met een gevoel. En dan komt de groep op gang. Van passieve, stille toehoorders worden ze actieve deelnemers die zichzelf binnenstebuiten keren, hun angst, hun pijn. Er zit zo veel kracht in de woorden, in de beleving. En samen lukt het ons ze te leiden. Lukt het ons de controle over de groep te behouden, erop toe te zien dat iedereen aan het woord komt en gezien wordt, dat er naar ze geluisterd wordt. We vangen Kattis' angst op, Malins woede, Sofies verdriet en Sirkka's stille ernst. Vangen de gevoelens op, tot de groep bereid is verder te gaan.

'Eén ding is vreemd. Ik weet best veel van jullie allemaal, behalve van jou, Sirkka. Dat voelt merkwaardig. Ik zou echt graag willen weten... hoe je hier terecht bent gekomen. In onze groep.'

Malin haalt haar hand door haar lok, legt hem achter haar oor. Er is een rust over de groep gekomen. Alsof alle gevoelens uitgesproken zijn en de behoefte gewekt is om het ergens anders over te hebben. Ik kijk naar Sirkka, hoe ze aan haar nagelriemen frunnikt, de lichte nagellak kritisch bekijkt, zoekt naar foutjes die er niet zijn.

'Er valt niet zoveel te vertellen. Ik had een man die mij sloeg als hij ontevreden was, en dat was hij altijd.'

Een zware, berustende zucht.

'Hoe hebben jullie elkaar ontmoet?' onderbreekt Sofie haar. Kijkt naar de zoveel oudere Sirkka, probeert te begrijpen wie ze is, wat ze heeft meegemaakt.

'Nou, dat is geen ongewoon verhaal.' Sirkka kijkt de groep rond. Om de een of andere reden blijft haar blik bij mij hangen. Ze glimlacht zwakjes, bijna onzichtbaar. 'Ik heb Timo in het begin van de jaren zeventig ontmoet. Eenenzeventig. We waren toen allebei jong. Waren allebei vanuit Finland naar Zweden gegaan om te werken. Dat deed je toen, je kwam naar Zweden om te werken, hier waren de banen. We hebben elkaar zelfs op de boot ontmoet. Silja Line.'

Ze glimlacht ironisch en Sofie giechelt zachtjes.

'Echt waar? Hebben jullie elkaar op de boot ontmoet? En zijn bijna veertig jaar bij elkaar gebleven? Dat moet, zeg maar, uniek zijn, ik dacht dat daar alleen maar onenightstands en dronkenschap voorkwamen.'

Sofie ziet er verbaasd uit. Verbaasd en een beetje opgewonden. Alsof ze plotseling begrijpt dat Sirkka niet altijd de vrouw is geweest die ze nu voor zich ziet.

'Ja, er werd flink gefeest op een deel van de boot. En gedanst, ja allemachtig...' Sirkka glimlacht weer. Vrolijker deze keer. Haar blik naar binnen gekeerd, verloren in herinneringen aan een tijd die verstreken is.

'En?' Malin kijkt nieuwsgierig naar Sirkka. 'Wat gebeurde er daarna?'

'Nou, we ontmoetten elkaar en werden een stel. Timo was knap en leuk. In het begin was het geweldig. We waren gelukkig. Die eerste tijd, toen niets nog serieus was. We woonden in een klein appartement in Solna, in Råsunda. We hadden het in onderhuur en het was heel belangrijk dat niemand dat te weten kwam, daarom slopen we altijd de trappen op. Het appartement was vreselijk klein. We hadden geen keuken, alleen een keukenblok in de kamer. En je moest in de kelder douchen. Maar voor ons was het een kasteel. Ik werkte als verpleeghulp in het Karolinska Ziekenhuis en hoefde alleen maar de Norra-begraafplaats over te steken om op mijn werk te komen. Timo werkte bij de Scaniafabriek in Södertälje, hij moest met de trein heen en terug. En toen werd ik zwanger. Het was niet gepland maar gebeurde gewoon. En we waren er eigenlijk allebei niet zo blij mee. Maar wat konden we doen? Dus kregen we ons eerste meisje in april tweeënzeventig.'

'Maar waarom lieten jullie geen abortus doen, als jullie het niet wilden?' Sofie kijkt Sirkka vragend aan.

'Abortus was toen niet toegestaan. Je hoorde wel van mensen dat ze naar andere landen gingen om daar abortus te laten doen, Polen bijvoorbeeld. En je kon vragen hier abortus te laten doen, als je een bijzondere reden had, maar we hadden niet echt een bijzondere reden. We deden wat de meeste van onze vrienden ook deden. We trouwden. De jaren zeventig waren misschien een ruimdenkende tijd op een aantal gebieden, maar er waren er nog steeds veel die het een schande vonden om kinderen te krijgen als je niet getrouwd was. Je moest getrouwd zijn, gevestigd zijn. Wat zouden de mensen anders denken?'

Sirkka spreidt haar armen in een berustend gebaar en ik begrijp dat ze dit verhaal, haar levenslot, al een oneindig aantal keer herkauwd heeft.

'We waren in elk geval blij toen het meisje kwam. Ze was zo mooi. We kregen ook een groter appartement, in Södertälje. Timo woonde zo dichter bij zijn werk en ik was toch thuis met Helena. En het jaar erop kwam Mikael.'

'Maar wat gebeurde er toen?' Sofies ogen zijn groot en rond. Ze kijkt aandachtig toe. Een kind dat naar een sprookje luistert.

'Ja, kijk,' Sirkka zucht, 'het is zo moeilijk uit te leggen. Timo werd ontevreden, en jaloers. Hij begon op me te letten, me in de gaten te houden. Nu heb ik inmiddels begrepen dat het altijd zo begint, maar toen... Ik dacht dat ik iets verkeerds had gedaan. Probeerde te veranderen. Vrolijker te zijn, beter schoon te maken, beter te koken. Erop te letten dat de kinderen zich gedroegen als papa thuis was. Ik werd minder aardig tegen vreemden, trok me terug van mijn vrienden. Maar het hielp niet. Niets wat ik deed hielp. Hij werd kwaad. Hij werd waanzinnig kwaad. Kwaad als de kinderen schreeuwden en stoeiden. Kwaad als ik er chagrijnig uitzag. Kwaad als ik vrolijk was. Kwaad als het eten niet smaakte. Ik herinner me de eerste keer dat hij me sloeg nog. Het was kerst en ik had Janssons *frestelse* gemaakt naar het recept van zijn moeder. Hij zei dat het te zout was. Hij zei dat hij zich schaamde voor zijn familie. Dat hij getrouwd was met een lelijk oud wijf dat niet kon koken. En toen sloeg hij me in mijn gezicht.'

Sirkka doet haar ogen dicht. Een rilling trekt over haar rimpelige gezicht. De herinnering doet pijn. Na al die jaren doet het nog steeds pijn.

'Het was of hij ervan genoot. Ik kan me niet herinneren dat hij ooit sorry heeft gezegd, of zich heeft verontschuldigd. Het was of hij alleen maar deed waarvan hij vond dat hij er het recht toe had. Hij werd iemand anders, een ander persoon. En ik kon het niet begrijpen. Ik bevond me opeens in de hel en ik wist niet hoe ik daar terecht was gekomen. Hij was een duivel. Een echte duivel.'

Weer vertrekt haar gezicht van de pijn.

'En je kon hem niet verlaten?' Aina's woorden zijn zachtaardig, het is niet eens een vraag, alleen een constatering.

'Nee, ik kon nergens naartoe, had geen werk, geen eigen geld, geen vrienden. Mijn familie woonde in Finland, maar mijn ouders begonnen oud te worden en mijn moeder kreeg toen kanker. Het duurde een halfjaar en toen was ze weg. Het enige wat ik had was die man. En de kinderen. Ik leefde voor hen.'

Weer is er een glimp te zien van die bijna onwaarneembare glimlach, alsof Sirkka heeft geleerd niet met haar gevoelens te koop te lopen. Ze zit onbeweeglijk in haar stoel, vertelt zakelijk en kalm, alsof het verhaal niet over haar gaat. Alleen de lichte trillingen in haar rimpelige gezicht getuigen van de gevoelens die zich daar ergens onder bevinden.

'Eerst sloeg hij me maar af en toe. Tierde vooral. Schold me uit als er iets fout ging. Een oorvijg misschien. Een klap met zijn vlakke hand tegen mijn hoofd. Daarna werd het anders. Bedreigingen. Hij zei tegen me dat hij me zou doden als ik iets niet leerde. Als ik niet deed wat hij zei. Ik denk dat hij ervan genoot om mij te vernederen. Mij bang te zien. Hij had me in zijn macht en dat wist hij. Hij bezat me. Ik heb erover nagedacht waarom hij me niet verliet, als ik tenslotte zo waardeloos, zo lelijk, zo... afstotend was. En ik denk dat het alleen maar dat was. Hij bezat mij en daardoor voelde hij zich machtig. Zo heb ik het in elk geval voor mezelf verklaard.'

Sirkka kijkt verontschuldigend naar mij en Aina, alsof ze vindt dat ze zich op ons terrein heeft begeven. Dat wij de verklaringen moeten geven.

'De kinderen, die hebben me erdoorheen geholpen. Er waren momenten dat ik dood wilde. Dat was de enige uitweg die ik kon bedenken. Maar de kinderen, die zorgden ervoor dat ik altijd weer door kon gaan.'

'Maar waar je nu over vertelt, dat is dertig jaar geleden. Bedoel je dat je de hele tijd bij hem bent gebleven, en dat het zo door is gegaan? Al die jaren? Je hele volwassen leven?' Kattis ziet er onthutst uit. Kijkt Sirkka aan met een blik vol sympathie.

'Ja, zo is het gegaan. Precies zoals je zegt. Mijn hele volwassen leven. Eerst waren de kinderen nog klein, en daarna... Je went aan alles. Ik kan het niet anders verklaren dan dat je aan alles went. Zelfs het meest weerzinwekkende wordt alledaags. En je weet waar je op kunt rekenen. Later ben ik zelfs aan mezelf gaan twijfelen. Misschien had hij wel gelijk, Timo. Misschien was ik een dom oud wijf dat zich zonder hem niet kon redden. Ik wist wat ik had. Een slechte man, zeker. Maar een dak boven mijn hoofd en geld voor eten. De kinderen werden groot, gingen uit huis. Ze praatten er wel eens met mij over dat ik hem moest verlaten. Ze wisten natuurlijk wat er aan de hand was. Ook al hadden ze het maar gedeeltelijk gezien. Zelfs Timo was verstandig genoeg om het ergste voor de kinderen verborgen te houden. En ik verdedigde hem, legde het uit, streek het glad. Het klinkt onvoorstelbaar, maar zo was het. En op een bepaalde manier hadden we elkaar. Ik kan het niet goed uitleggen, maar... we waren met zijn tweeën al die jaren. Soms hadden we het bijna gezellig, hoe vreemd dat ook klinkt. Dan was het of er een wapenstilstand was. En de tijd verstreek. De jaren gaan zo snel, opeens ben je oud, zijn de kinderen weg, en alles waar je ooit van gedroomd hebt is allang verdwenen. Alles is al te laat. Je leven heeft je verlaten. Dat was misschien het ergste. Wanneer ik besefte dat hij eigenlijk mijn hele leven van me gestolen had. Het voelde alsof hij niet meer van me af had kunnen pakken, zelfs niet als hij me gedood had. En pas op dat moment...'

Sirkka zwijgt en ziet er bedachtzaam uit. Alsof ze met zichzelf overlegt. De plotselinge stilte in de kamer is zwaar, beladen. Elk geluid merkwaardig uitvergroot. Het zachte zoemen van de ventilatoren, het regelmatige getik van de klok. De regen die tegen het raam slaat. Niemand zegt iets. Het is alsof we allemaal wachten op Sirkka's laatste zin. Alsof we weten dat er nog iets is. Iets wat gezegd moet worden.

'Het was op een dinsdag. Ik had nachtdienst in het ziekenhuis en stond het eten voor ons klaar te maken. Zoals ik altijd deed. We zouden samen eten en daarna zou het tijd zijn om naar mijn werk te gaan. Timo zat op de bank naar zo'n documentairekanaal te kijken, wat hij vaak deed, hij hield ervan om zijn nieuwe kennis te etaleren. Hij voelde zich al een paar dagen een beetje beroerd. Was thuisgebleven van zijn werk. En nu zat hij daar op de bank en riep me. Eerst dacht ik dat hij iets wilde hebben. Dat ik iets voor hem moest halen, maar toen... Ik begreep dat er iets mis was. Zijn stem klonk vreemd. Toen ik de zitkamer binnenkwam zat hij er met zijn armen om zich heen geslagen. Dat zag er raar uit. Ongewoon. Zijn gezicht was helemaal grijs en zweterig. Hij had pijn in zijn arm en op zijn borst. Wou dat ik een ambulance belde. Ik had jarenlang in de verzorging gewerkt. Ik weet hoe het eruitziet als het hart het af laat weten. En ik wist dat hij een hoge bloeddruk had en een beetje te dik was. Roken deed hij ook. Ik stond daar naar Timo te kijken en ik begreep dat het ernstig kon zijn. Heel ernstig. En opeens was het alsof... Al die jaren... Al die jaren die we samen hadden doorgebracht, trokken door mijn hoofd. Alle klappen, alle schimpscheuten. De hoon. Nu was hij opeens de zwakke en ik de sterke. En ik wist dat ik naar de telefoon moest lopen en op moest bellen. Lieve god, ik zag tenslotte dat hij ziek was. Maar ik kon het niet. Hij had alles van me afgenomen. Mijn hele leven. En nu zat hij daar op de bank en wou dat ik hem hielp. En ik, ik keek hem aan en knikte, fluisterde dat ik zou bellen. Daarna liep ik naar de keuken. Zette de aardappels uit, trok de steelpan aan de kant. Legde de varkenskarbonades weer in de vriezer. Zette de borden en glazen in de kast. Het was als een film die je terugspoelt. Ik ruimde de sporen op van een maal dat we nooit hadden gegeten. En toen liep ik naar de hal, trok mijn jas aan, pakte mijn handtasje. En ik pakte de telefoon, we hadden zo'n draagbare. Ik stopte hem in het handtasje en toen vertrok ik. Ik ging naar mijn werk. Toen ik weer thuiskwam zat hij nog steeds op de bank. Op dezelfde plek, in bijna dezelfde houding. Maar hij was dood. En toen ik zag dat hij weg was, ging ik op de grond zitten en huilde. Van opluchting.'

's Nachts droom ik weer van Stefan.

Altijd weer Stefan.

We vrijen in het donker en zijn koude, natte lichaam beweegt zich energiek op het mijne. Ik weet dat hij nu aan de zee toebehoort, dat hij in de golven rust, maar ik wil hem niet loslaten. Wil hem nog heel even bij me houden. Hem nog een laatste keer in me voelen.

En ik denk dat dit sterker is. Sterker, beter en meer levend dan seks met Markus.

Ook al is hij dood.

Dus heb ik seks met mijn dode man. En ik geniet ervan. Houd hem stevig vast om zijn magere heupen, proef de smaak van het zeewater dat van zijn rug, langs zijn schouders in mijn mond druipt.

Na afloop gaat hij naast me in het bed liggen, met zijn hand op mijn buik. Ik zie hoe zijn borstkas op en neer gaat in de duisternis, alsof hij werkelijk ademt, zie zijn zwarte ogen die glinsteren in het donker.

'Zo,' zegt hij zachtjes en hij streelt voorzichtig over mijn buik met zijn vochtige, koude hand. 'Nu is het kind ook van mij.'

Net als ik antwoord wil geven, voel ik handen die me door elkaar schudden. Die me terugvoeren naar de werkelijkheid. Stefans lichaam wordt wazig, lost in het niets op tot alleen een vochtige windvlaag overblijft.

Ik begrijp dat Markus me wakker heeft gemaakt en ben plotseling bang dat ik in mijn slaap heb gepraat. Stefans naam misschien heb geroepen, of iets anders.

Iets ergers.

'Siri, word wakker!'

Ik kijk hem aan. De man die van mij is. De man van wie ik echt zou moeten houden. Die mijn liefde verdient en nodig heeft.

Het is donker in de slaapkamer, maar zijn gezicht licht op in het zwakke gele schijnsel van de kachel in de zitkamer. Zijn haar staat recht overeind en ik zie zweetdruppels op zijn voorhoofd.

'Siri, ze is weg. Iemand heeft haar meegenomen.'

'Wie? Waar heb je het over? Wie is er weg?'

'Tilde, je weet wel, dat kleine meisje dat getuige was van de moord op Susanne. Iemand heeft haar gisteravond ontvoerd uit haar vaders huis.'

Opeens ben ik klaarwakker. Ondanks de warmte in het huis krijg ik het vreselijk koud. Mijn buik trekt zich samen en ik voel me misselijk.

Tilde. Het kleine meisje dat zat te tekenen in de plas met het bloed van haar moeder.

De getraumatiseerde kleine Tilde, die alleen maar had kunnen vertellen dat de moordenaar een man was.

Ontvoerd.

Uittreksel uit een brief aan de sociale dienst van de behandelende verzorger, verzorgingshuis Säby.

De cliënt is een 18-jarige jongen die vanaf zijn veertiende hier op Säby heeft gewoond. Hij heeft tijdelijk ook bij gezinnen gewoond, maar dat werkte niet zo goed. Het liep er meestal op uit dat hij weer naar ons terugkeerde op Säby. Gedurende de jaren dat de cliënt bij ons woonde, hebben we veel gewerkt met milieutherapeutische taken. De cliënt heeft bv. verantwoordelijkheden over onze keukentuin gekregen, waar hij zeer zorgvuldig mee is omgegaan. Hij heeft ook gewerkt met verschillende soorten scheppende activiteiten zoals drama en beeld. We hebben wat problemen gehad om de cliënt te motiveren voor studie en kunnen daarom slecht beoordelen wat zijn intellectuele capaciteit is, maar velen onder het personeel vinden dat hij wat langzaam is en het moeilijk vindt om lange instructies te begrijpen. Hij functioneert absoluut het best in gestructureerde situaties, waarbij hij kan werken met praktische opdrachten. Hij heeft ook laten zien dat hij heel kunstzinnig begaafd is en houdt ervan om te tekenen en te schilderen. Gedurende de perioden dat hij bij gezinnen woonde, zijn er vaak conflicten geweest en soms zelfs vechtpartijen. We vinden dat de cliënt er grote problemen mee heeft om zich aan te passen aan nieuwe situaties en het is ook duidelijk dat hij zich het best voelt in een rustige omgeving. In zijn omgang met de andere jongeren op Säby is de cliënt erg voorzichtig en teruggetrokken geweest. Hij wil graag bij de andere jongeren zijn en wordt geweldig blij als hij aandacht krijgt en wordt uitgenodigd deel uit te maken van de sociale gemeenschap. Tegelijkertijd is het duidelijk dat hij niet goed weet hoe hij zich moet gedragen als hij in het gezelschap van leeftijdsgenoten is. Hij wordt nerveus en onzeker en kan ook agressief zijn, vooral als hij de bedoelingen van de andere jongeren verkeerd interpreteert. De tijd is nu gekomen voor de cliënt om uitgeschreven te worden van Säby en terug te keren naar zijn woonplaats. Het lijkt het waarschijnlijkst dat hij in zijn ouderlijk huis gaat wonen, dat in zijn bezit is gekomen nadat zijn ouders waren overleden. Wij van Säby vinden dat het belangrijk is dat de cliënt ondersteuning zal blijven krijgen van de gemeente in verband met zijn uitschrijving, omdat we niet geloven dat het waarschijnlijk is dat hij zich helemaal alleen zal kunnen redden. Contact met een ambtenaar van de sociale dienst wordt aangeraden. We denken ook dat het goed voor hem zal zijn deel te nemen aan het arbeidsleven; contact met een arbeidsbureau lijkt ons daarom zeer belangrijk.

Peter Runfeldt, behandelend verzorger van het verzorgingshuis Säby

Ik zit te huilen op een stapel met dissertaties in Vijays kamer.

De tranen stromen langs mijn wangen.

Vijay zit zelf op zijn stoel en ziet er bezorgd uit. Ik weet wat hij denkt: dat het een vergissing was om mij de leiding over de zelf-hulpgroep te geven, dat ik niet sterk genoeg ben, dat ik mijn eigen trauma niet kan scheiden van dat van mijn patiënten. Dat het verle-den me uiteindelijk heeft ingehaald.

Vijay propt een portie pruimtabak naar binnen en schraapt zijn keel.

'Maar het is toch niet jouw schuld dat iemand dat meisje ont-voerd heeft? Dat moet je toch begrijpen?'

Ik kan niet antwoorden, schud alleen mijn hoofd en snuit luid-ruchtig mijn neus in de grote papieren zakdoek die ik van hem heb gekregen. Die langzaam maar zeker verandert in een nat balletje.

'Ze was een getuige,' vervolgt hij op een bedachtzame toon, 'dat stond zelfs in de krant. Waarschijnlijk wilde de dader haar... uit de weg hebben.'

Ik snuit mijn neus weer en kijk naar hem.

'Iedereen kan het gedaan hebben. Markus zegt dat ze totaal geen aanwijzingen hebben. Ze vonden geen sporen bij het raam. Het had te hard geregend, dus er waren geen voetstappen of zo. Henrik is op de vlucht, dus hij kan haar gepakt hebben. Maar hij heeft eigenlijk geen motief omdat hij een alibi heeft voor de moord op Susanne. Waarom zou hij Tilde dan ontvoeren? Hij kan Susannes moorde-naar tenslotte niet zijn. Hoe je het ook wendt of keert, het lijkt of alles te maken heeft met die eerste moord, die op Susanne.'

Vijay pakt nog een servet uit zijn bureau, frommelt dat tot een balletje en gooit het naar waar ik op de stapel papier op de grond zit. Ik vang het en ga verder: 'De politie heeft de hele kennissenkring

van Susanne onder de loep genomen. Ze hebben met iedereen gesproken van haar werk, van haar familie. Ik geloof niet dat ze iets
gevonden hebben.'

'Het lijkt alsof we iets missen,' zegt Vijay. 'Puur statistisch gezien zou de moordenaar van Susanne iemand geweest moeten zijn
die dicht bij haar stond. De meeste moorden worden begaan door
mensen die dicht bij het slachtoffer staan. De aard van de misdaad
duidt daar ook op. Ze werd doodgetrapt. In haar gezicht. Dat is
heel bruut. En heel persoonlijk. Het duidt erop dat degene die de
misdaad beging sterke gevoelens voor haar had, of tegen haar had,
moet je misschien zeggen.'

Ik snuit mijn neus weer.

'Dus wat denk jij?'

Vijay klopt met zijn pen tegen het bureau.

'Ik denk dat we ons moeten richten op het mogelijke motief.'

'Dus?'

'Nou, als het klopt wat Kattis zegt, dat Henrik een vrouwenmishandelaar is, dan zijn er goede redenen om te vermoeden dat hij het
gedaan heeft.'

'Maar hij zat in de kroeg.'

'Zeggen zijn vrienden en hijzelf, ja.'

Ik denk even na over deze opmerking. Als Henriks alibi vals is.
Als zijn vrienden liegen... Het zou kunnen kloppen. Het onnodig
grove geweld. De haat. Het komt overeen met zo'n dader.

'Maar zou de politie dat niet hebben gecontroleerd? Of het alibi
klopt, bedoel ik.'

'Ja, ongetwijfeld. Ik probeer alleen mogelijke verklaringen te vinden voor wat er gebeurd kan zijn. Dan hebben we de roofmoordtheorie. Daar geloof ik helemaal niet in. De handelwijze is helemaal
verkeerd. Zolang er geen drugs in het spel zijn. Dan hebben we de
vader nog, Tildes biologische vader. Had hij misschien redenen om
Susanne te haten? Ik neem aan dat de politie hem ook heeft onderzocht?'

'Dat weet ik eigenlijk niet.'

'Natuurlijk hebben ze dat. Hij is een voor de hand liggende verdachte.'

'Maar het kan Tildes vader toch niet zijn geweest die haar heeft ontvoerd? Ze is uit zijn huis verdwenen.'

'Zegt hij, ja. Het is niet ongebruikelijk dat ouders die hun kinderen doden beweren dat iemand ze ontvoerd heeft.'

'Maar allejezus...'

Vijay spreidt zijn armen in een berustend gebaar.

'Het spijt me, Siri, maar zo is de wereld nu eenmaal. En hoe sneller we dat kunnen accepteren en kunnen begrijpen hoe deze mensen denken en handelen, hoe makkelijker het wordt om ze te stoppen. Trouwens, wie zegt dat ze ontvoerd is?'

'Maar ze is door het raam verdwenen. Midden in de nacht.'

Vijay glimlacht zwakjes.

'Misschien is ze weggelopen?'

'Waarom zou ze dat doen? Een vijfjarige verdwijnt niet zomaar door het raam midden in de nacht...'

'Als ze niet...'

'Wat?'

'Als ze niet weg wilde vluchten voor haar vader. Misschien was ze om een of andere reden bang voor hem?'

Ik denk een tijdje na over wat Vijay zegt. Zou het zo kunnen zijn dat Tilde haar vaders woning vrijwillig heeft verlaten? De kou en het donker in is gevlucht met alleen een nachthemd aan? Ik vind het moeilijk om te geloven.

Even denk ik erover Vijay over Malin te vertellen, maar ik besluit dat het niet belangrijk is. Malin liep een marathon op die dag en de moordenaar was een man. De dood is een man, denk ik.

Vijay schuift onrustig heen en weer, trekt de visserstrui strakker om zich heen. Leunt achterover in zijn stoel, legt zijn voeten op het bureau. Zijn gympen komen boven op een boek over Afrikaanse kunst terecht, maar hij lijkt het niet te merken.

Hij wrijft over zijn baardstoppels en ziet er opeens droevig uit.

'Denk jij dat ze nog leeft?'

'Wie zal het zeggen. Als iemand haar het zwijgen wil opleggen, heeft de politie weinig tijd. Dan moeten ze opschieten. Heel erg opschieten. En misschien is het al te laat. Als Henrik haar heeft meegenomen, als hij Susanne niet gedood heeft maar alleen psychotisch en in de war is en vindt dat zij bij hem moet zijn, dan zijn de kansen beter.'

Ik merk dat de tranen weer beginnen te stromen. Een onschuldig kind weggeroofd. In levensgevaar. Ik kan het niet helpen, maar opeens denk ik aan het leven dat in mij zit, dat even onschuldige kind dat daar in het donker groeit. En hoe oneindig wreed en onvoorspelbaar de wereld kan zijn.

'Er is iets...', begin ik, 'iets waar ik je niet over verteld heb. Iets over mij.'

'Ik weet het,' zegt hij alleen en de heimelijke glimlach verschijnt weer op zijn gezicht. 'Felicitaties zijn op zijn plaats, geloof ik?'

'Hoe...'

Hij grijnst breed.

'Maar m'n lieve meisje. Je drinkt geen druppel meer. En je bent toch een behoorlijke innemer. En Markus is als een warme deken voor je.' Hij pauzeert even. 'Weet je, ik ben hartstikke jaloers.'

'Ja?'

'Ja.'

Plotseling ziet hij er verlegen uit, kijkt omlaag naar zijn rommelige bureau en ziet het mooie kunstboek onder zijn vieze gympen. Haalt het voorzichtig weg, veegt het af en kijkt me weer aan.

'Olle wil geen kinderen. Ik zou het graag willen, maar hij heeft zo'n verdomd anaal karakter. Houdt van orde en netheid, wil geen kinderen die je bestaan binnenstebuiten keren. Zegt hij in elk geval.'

Vijay ziet er plotseling weer bedroefd uit, een gevoel dat ik niet vaak bij hem zie. Ik begrijp dat hij mij dichterbij laat komen dan hij ooit eerder heeft gedaan. Voorzichtig vraag ik: 'Zegt hij? Maar... denk je dan dat er iets anders achter zit?'

Vijay haalt gelaten zijn schouders op, steekt nog een sigaret aan en vanuit een ooghoek kan ik zien dat zijn hand licht beeft.

'Ik geloof niet...'

'Wat?'

Hij aarzelt. Neemt een aanloop.

'Ik geloof niet dat hij nog van me houdt.'

Zijn blik ontmoet de mijne en zijn ogen zijn zwart en leeg van verdriet. Hij knikt langzaam naar me.

'Nu weet je het,' fluistert hij.

Hoewel het nog maar twee uur is, is het al bijna donker. Door de straatgoot kolken stroompjes bruingeel water met herfstbladeren en afval erin. De stroompjes passeren mijn voeten en verdwijnen met een slurpend geluid in een straatrooster.

Naast de McDonald's zie ik het bordje: 'Arbeidscentrum'. Hier werkt ze dus.

Kattis heeft me op de koffie uitgenodigd, en hoewel ik weet dat we te vriendschappelijk met elkaar omgaan, dat ik te veel om haar geef en al een tijd geleden de professionele afstand tussen therapeut en cliënt heb laten varen, sta ik hier dus voor haar kantoor om koffie te drinken en een broodje te eten, alsof dat het beter zal maken. Ik kom tot mezelf door te bedenken wat Aina ervan zou vinden als ze ons nu zou zien en opeens schaam ik me, want ik weet dat ze aanmerkingen op mijn gedrag zou hebben. Aanmerkingen waar ik weinig tegen in zou kunnen brengen, omdat ze eigenlijk helemaal gelijk heeft.

Ze glimlacht breed wanneer ze de deur opendoet en mij lang en warm omhelst.

'Kom binnen. Lieve god, je vingers zijn net ijsklompjes.'

Ze veegt een paar regendruppels van mijn voorhoofd en lacht weer. Een beetje gegeneerd deze keer. Ik leg mijn tas en jas neer en volg haar de lichte lokalen in. Het plafond is hoog, op zijn minst vijf meter, en langs de muur zijn enorme ramen met spijlen die uitkijken op de St. Eriksgatan. In het open kantoorlandschap zitten zo'n tien mannen en vrouwen van onze leeftijd aan een tafel die lukraak in de kamer lijkt te zijn neergezet. Enkelen zwaaien voorzichtig en ik zwaai terug.

'Wat is het hier mooi.'

'Ja, hè? Het is een oude fietsfabriek van rond de eeuwwisseling. We zijn hier nu met zijn vijftienen, al is niet iedereen er op dit moment. Er zijn er een paar op werkbezoek en zo.'

Ze loopt door de open kamer naar een keukentje rechtsachter in het lokaal.

'Ik heb kaneelbroodjes gekocht, ik wist niet waar je van hield. Hoop dat het oké is.'

Ze ziet er opeens ongerust uit, alsof ze heel graag wil dat elk detail vandaag klopt. Ik knik en ga op een van de stoelen zitten.

'Kaneelbroodjes zijn prima.'

Zo zitten we er even, op de witte stoelen aan de witte tafel in de enorme witte kamer. We praten wat, eten de pasgekochte kaneelbroodjes op, giechelen een beetje om een verhaal over Kattis' vorige baas.

'Hé,' zegt ze opeens en ze legt haar hand op de mijne. 'Ik heb iets voor je.' Ze staat op en loopt naar het keukentje en strekt zich naar iets uit. 'Hier, ik wil dit graag aan je geven.'

Ik kijk haar met een glimlach aan.

'Kattis, dat had je niet hoeven doen.'

'Maak open!'

Ze klinkt alsof ze nauwelijks kan wachten.

Ik kijk naar het mooi ingepakte pakje dat op mijn knie ligt. 'Blaas & Kneed' staat er op het etiket. Langzaam trek ik het zwarte, geteerde koordje eraf dat naar een steiger in de zomer ruikt en maak het pakje open. Het is een kleine helderblauwe keramische vaas. Hij lijkt op de vaas die Kattis om had gegooid in de kliniek op de dag dat ze de therapiekamer binnen kwam stormen om te vertellen dat Susanne dood was. Ik blijf een paar seconden met de vaas op mijn knie zitten omdat ik niet goed weet hoe ik moet reageren.

'Waarom...?'

Ze houdt haar handen voor zich alsof ze wil protesteren tegen wat ik zeg, mijn woorden met haar handen tegen wil houden.

'Het is belangrijk voor me. Begrijp je dat?'

Ik knik en kijk haar aan en opeens ziet ze er zo droevig uit terwijl ze tegenover me zit in die dikke grijze trui met capuchon. Ik zet de vaas voorzichtig voor me op de tafel, zie hoe hij weerspiegeld wordt in het glanzende tafelblad.

Dan kijkt Kattis plotseling op, boven mijn linkerschouder. Fronst haar wenkbrauwen en kijkt geïrriteerd.

'Ja? Wat is er?'

Ik draai me om en zie een jongen van in de twintig achter me. Hij is gekleed in een versleten spijkerbroek en een sweater. Het donkere, halflange haar hangt als een gordijn over zijn ogen en hij kijkt me niet aan. Met zijn ene hand speelt hij met een munt.

'Kunnen we even praten?'

Zijn stem donker en hees – alsof hij een rockzanger is en de hele nacht gerookt heeft, zijn blik is nog steeds op de grond gericht.

'Het komt nu niet uit, Tobias. Je zult even moeten wachten. Ik heb een gast.'

'O. Oké.'

Maar in plaats van weg te gaan, gaat hij op een van de stoelen aan de tafel zitten. Er valt een ongemakkelijke stilte. Ik pluk de suikerkorrels die van de kaneelbroodjes zijn gevallen van de tafel, verzamel ze en eet ze één voor één op.

'Tobias...' begint Kattis.

'Het geeft niet,' probeer ik, maar ze schudt haar hoofd.

'Ik moet met Siri praten. Je zult even op de banken bij de entree moeten wachten, is dat goed?'

Voor de eerste keer richt hij zijn blik op Kattis en hij kijkt gekwetst, verongelijkt naar haar. Alsof ze hem heeft gegriefd met haar afwijzing. Maar een seconde later kijkt hij alweer naar de tafel en haalt zijn schouders op. Dan komt zijn slungelige lichaam overeind en drentelt hij zonder om te kijken naar de entree.

'Sorry,' begint Kattis.

'Je hoeft je niet te verontschuldigen, jezus, we zijn tenslotte op je werk.'

Zonder aandacht te schenken aan mijn opmerking gaat ze verder: 'Tobias is een van de jongens die ik begeleid. Hij is een lieverd, echt. En een beetje verliefd op me, geloof ik.'

Ze giechelt.

'Misschien moet ik mijn geld op hem inzetten, dan zou ik tenminste een aardige man hebben.'

Ze glimlacht en schudt haar hoofd en ziet er bijna vertederd uit. Als een moeder of een oudere zus.

Plotseling ben ik nieuwsgierig naar hoe Kattis werkt, wil meer over haar baan weten.

'Wat doen jullie hier eigenlijk op het Arbeidscentrum? Ik weet natuurlijk dat je begeleider bent, maar wat betekent dat in de praktijk?'

'Het Arbeidscentrum is een hulpdienst voor jongvolwassenen die om verschillende redenen moeite hebben om tot hun recht te komen in het arbeidsproces. Dat kan bijvoorbeeld komen doordat ze een handicap hebben of langdurig werkloos zijn of lang in de ziektewet hebben gezeten. We spreken met onze cliënten af, maken samen een competentie-inventaris en stellen een actieplan op dat verschillende zaken kan bevatten, bijvoorbeeld bijscholing, of een lijst van het soort banen waar ze naar moeten zoeken. Daarna helpen we ze ook met het vinden van een baan. Leren ze hoe ze een cv en sollicitatiebrieven moeten maken, enzovoort. We worden gefinancierd door de staat, maar zijn eigendom van een stichting.'

Opeens staat er een jonge, donkere vrouw bij de tafel. Ze is gekleed in een batik jurk en heeft haar dreadlocks opgestoken in een hoog knotje. Haar gelaatsuitdrukking is verbeten, grimmig.

'Sorry, ik stoor. Maar er is iets gebeurd, Kattis.'

'Wat?' Kattis trekt haar wenkbrauwen op.

De vrouw zucht en kijkt me bezwaard aan, fluistert dan iets, maar luid genoeg dat ik het kan horen.

'Het is Muhammed...'

'Ja?' zegt Kattis dringend en ik vraag me af of ze misschien de leidinggevende van de vrouw is.

'Hij heeft de hele boel afgebrand.'

'Wat? Wat is er gebeurd?'

'Er was blijkbaar iets mis met het lasapparaat. Ik weet het niet, het was misschien zijn schuld niet. Maar ze zeggen dat hij het expres heeft gedaan. Hij is nu op weg hiernaartoe.'

'Natuurlijk was het zijn schuld.' Kattis zucht, komt overeind en legt haar hand op de arm van de vrouw, knijpt er even in. 'Het komt wel goed, ik maak het in orde. Heb je het nummer van Asplunds Plaatwerk?'

De vrouw knikt en glimlacht opgelucht.

'Dank je. Ik waardeer het. Echt.'

Kattis glimlacht breed.

'Het is mijn werk. Ik zal met Muhammed praten als hij er is.'

Dan keert ze zich naar mij.

'Hij is een van onze cliënten. We hebben wat problemen met hem gehad. Nou ja, dat heb je gehoord. Hij heeft' – ze aarzelt – 'de onplezierige gewoonte om dingen in brand te steken. Het is niet voor het eerst dat dit gebeurt. Misschien kunnen we het er een keer over hebben? Jij als psycholoog kunt misschien aan me uitleggen waarom hij dat doet?'

Ze zwijgt en frunnikt aan haar haar voordat ze weer verdergaat: 'Het spijt me, ik moet hiermee aan de slag. En ik zou eigenlijk eerst nog met Tobias moeten praten, dus...'

'Geeft helemaal niets. Ik moet toch weer terug naar mijn werk.'

Pas als ik in de regen op de St. Eriksgatan loop, besef ik dat ik de vaas op de tafel in het keukentje heb laten staan. Ik keer me om, loop terug naar het trappenhuis en open de deur.

Voor me, op de rode bezoekersbank, zit Kattis vlak naast een donkere, langharige jongen in een overall en met glanzende witte gympen. Zijn hand ligt in de hare en haar gezicht heeft een verbeten uitdrukking.

Hij kijkt me verbaasd aan als ik eraan kom lopen en trekt zijn hand terug.

'De vaas,' mompel ik. Plotseling overvallen door het vreemde gevoel dat ik me heb opgedrongen, een privésituatie heb verstoord.

'Dit is Muhammed,' zegt Kattis.

De langharige jongen groet niet, kijkt in plaats daarvan demonstratief naar zijn schoenen en kruist zijn armen voor zijn borst. Ik kijk hem aan en er komt iets bij me op: er is iets met deze donkere jongen, iets met lasapparaten en branden, maar ik weet niet meer wat. En dan is de gedachte weg, glijdt als water door mijn handen. Even onmogelijk om vast te houden.

Kattis glimlacht en gaat zonder nog iets te zeggen de vaas halen. En opnieuw verbaas ik me erover hoe zeker en betrouwbaar ze overkomt in haar beroepsrol. Hoeveel haar cliënten en haar collega's haar lijken te waarderen.

Dan omhelzen we elkaar nog een keer en begeef ik me in het herfstdonker naar het Medborgarplatsen.

ERGENS BUITEN STOCKHOLM, NOVEMBER

Ze zit naast hem op de bank in de vreemde kamer met al de oude, stoffige meubels. Het doet haar denken aan het poppenhuis dat ze thuis bij mama heeft. De meubels staan dwars door elkaar heen, soms op hun kop of op elkaar gestapeld als conservenblikjes in een kast. Hij heeft haar een ijsje gegeven en dat eet ze stilletjes op, probeert geen slurpende geluiden te maken, zodat hij niet kwaad wordt. Hij houdt er niet van als ze geluiden maakt. Hij houdt er ook niet van als ze morst. Of als ze praat. Het is het beste om volkomen stil en onbeweeglijk te blijven zitten zodat hij niet kwaad wordt.

Ze denkt aan Henrik, dat hij haar altijd ijsjes laat eten op zijn knie en nooit kwaad wordt als ze morst. Niet eens als het hele ijsje valt en op zijn broek of trui terechtkomt. Hij lacht alleen en geeft haar een nieuwe, ook als mama protesteert. Dat doet hij omdat ijs goed voor je maag is. Net als bier.

Ze trekt haar benen op onder het nachthemd, zodat ze het niet koud krijgt. Maar het helpt niet. Koude lucht sijpelt toch naar binnen onder het dunne linnen, kruipt tegen haar lichaam aan als een koud diertje. Slingert zich om haar buik, benen, borstkas.

Ze kan er niets aan doen, maar haar vingers worden kleverig als het ijsje smelt en begint te lekken en ze kijkt oplettend naar hem voordat ze haar handen af durft te vegen aan het nachthemd waar Dora de ontdekkingsreiziger op staat. Maar hij ziet het niet, rookt alleen en kijkt door het donkere raam naar buiten, naar de regen die omlaag valt.

Buiten is er alleen maar bos.

Dat weet ze, want hij heeft haar naar buiten laten kijken, haar uitgelegd dat het bos kilometerslang doorgaat, dat ze zou verdwijnen als ze erin zou gaan. Dat niemand haar ooit zou vinden en dat de vossen en de kraaien haar uiteindelijk zouden opeten omdat ze altijd honger hebben en bovendien vinden dat kleine kinderen heel erg lekker zijn.

Uit de kleine tv in de hoek komt muziek en twee jongens met zonnebrillen, petjes en grote gouden halskettingen rijden rond in een lange, witte auto en zingen terwijl ze gebarentaal met hun handen lijken te spreken. Net als Fadime op de crèche, die helemaal niets kan horen. Maar hij lijkt noch naar de tv te kijken noch naar de muziek te luisteren. Hij wil alleen maar roken en naar de regen buiten kijken.

Voor haar op de grond ligt de grote witte hond op zijn zij te slapen. Ze mag de hond van hem niet aanraken. Al is het een aardige hond, heeft ze gemerkt, want hij komt vaak naar haar toe en likt haar over haar gezicht en haar handen, met zijn lange kleverige tong, die vies ruikt.

Vroeger wilde ze een hond hebben. Ze vroeg altijd om een hond als ze jarig was of met kerst, maar ze kreeg er nooit een, want mama zei dat het *teveelwerrek* was.

Nu heeft ze een hond.

Maar geen mama.

En ze bedenkt dat ze veel, veel liever haar mama terug zou willen hebben. Hij mag zijn stomme hond houden die uit zijn bek stinkt. Als mama terugkomt, hoeft ze helemaal geen hond. Ze zou nooit meer om een hond vragen, nooit meer ergens om vragen.

Als...

Riiiiiiing.

Het geluid is zo scherp dat het bijna pijn doet aan haar oren. Even denkt ze dat het haar schuld is, dat ze weer iets heeft aangeraakt wat ze niet aan mag raken, heeft gepraat toen ze stil moest zijn, met haar benen heeft geschopt terwijl ze niet mocht bewegen.

Ze kruipt als een bal in elkaar op de bank. Maakt zich zo klein dat hij haar misschien niet ziet. Haar niet slaat.

Kun je je zo klein en onzichtbaar maken dat niemand je ziet, alleen maar op basis van wilskracht? Kan dat?

Maar hij lijkt niet boos te zijn, alleen nerveus. Kijkt naar de hal, waar de hond al staat te blaffen, springt van de bank en haast zich naar de deur, schuift de hond weg met zijn voet en gluurt door het oogje dat alles daarbuiten ziet.

De deurspion.

Dan sluipt hij terug, zakt voor haar neer en pakt haar ernstig bij haar schouders vast.

'Goed luisteren nu.'

Ze knikt langzaam, durft hem niet aan te kijken. Kijkt omlaag, al staat hij zo dichtbij dat ze zijn adem kan voelen, die net zo ruikt als een asbak.

'Je moet je achter de bank verstoppen. Begrijp je dat?'

Hij wijst naar de rug van de bank en ze knikt opnieuw.

'Je mag absoluut niet tevoorschijn komen. Oké?'

Ze kijkt naar de vloer. Stofvlokken strijden om een plek met ijspapiertjes, een koptelefoon steekt onder de bank uit, een kapot snoer ligt gekruld als een slang die van gezelligheid houdt rond een van de poten.

'Kom. Ga achter de bank liggen.'

Vlug klimt ze over de met fluweel beklede bank, glijdt neer op de koude vloer erachter. Gaat plat liggen met haar hoofd naar de kamer gericht. Onder de bank door kan ze zijn voeten zien als hij weer naar de deur loopt en opendoet.

Aan de andere kant staat een vrouw. Dat kan ze eigenlijk niet zeker weten, want de spijkerbroek en rubberlaarzen zouden zowel van een man als van een vrouw kunnen zijn, en meer kan ze niet zien vanuit haar verborgen positie, maar de stem – de stem is van een vrouw. En er is iets bekends aan. De vrouw praat snel, snel en zacht, en hij bromt zo nu en dan een antwoord.

Dan ziet ze zijn benen in de keuken verdwijnen. De benen van de vrouw blijven in de hal staan, onbeweeglijk, alsof de rubberlaarzen zijn vastgegroeid aan de vloer. Kastdeuren gaan open en dicht, pannen rammelen. Dan komen zijn benen terug, lopen naar de deur en blijven voor de rubberlaarzen staan.

'Ah, dankjewel. Wat aardig. Tot later dan,' zegt de vrouw.

De rubberlaarzen keren zich om en verdwijnen in het donker. De deur gaat met een klap dicht, maar hij blijft er staan, wacht zonder zich te bewegen voor het spionnenoog.

Tuurt de duisternis in.

Net als hij weer naar de kamer wil gaan, is het scherpe geluid terug.

Riiiiiiing.

'Shit,' mompelt hij, draait zich om en loopt terug.

De deur gaat weer open en ze voelt een koude wind over de versleten parketvloer jagen.

'Ja?'

'Nou, ik ben vergeten...'

En opeens weet ze op wier stem de stem van de vrouw lijkt: op die van mama. Het is mama's stem niet, hij lijkt er alleen heel erg op en meteen herinnert ze zich precies hoe haar mama klinkt en hoe ze ruikt als ze haar neus in haar zij boort en hoe zacht en warm haar buik is als je die aanraakt.

Er komt opeens een angst over haar die groter, veel groter is dan die voor de man in het huis. Stel je voor dat mama daar echt bij de deur staat en dat zij haar niet zou zien. Stel je voor dat mama haar is komen halen en dat ze haar niet kan vinden. Ze wordt misselijk van de gedachte, haar hart begint snel te kloppen, slaat hard in haar borst. Het kost haar maar een paar seconden om een besluit te nemen. Snel trekt ze zich over de bank heen, klimt over de stapels kranten op het tapijt en rent naar de deur.

'Maaama!'

Een muur van koude lucht slaat haar tegemoet. Hij draait zich om en ze ziet dat zijn ogen zijn opengesperd en dat hij zijn vuisten balt.

'Maaaama!'

In de deuropening staat een vrouw met grijs, kortgeknipt haar en een bril. Ze heeft een rasp in haar hand en haar mond staat open, alsof ze erop wacht dat iemand haar iets gaat voeren. Ze zet een paar onzekere passen achteruit, nog steeds met haar mond open.

'Godver,' brult de man, vangt haar op en drukt haar op de koude grond, waardoor er iets scherps in haar wang drukt. 'Ik zei toch tegen je, klotekind. Ik zei toch, ik zei toch.'

Dan richt hij zijn aandacht op de vrouw in de deuropening, die haar mama niet is, alleen maar een stomme grijsharige vrouw die ze nooit eerder heeft gezien.

'Sorry, Gunilla. Dit is niet...'

Maar wat hij ook wil zeggen, de vrouw lijkt niet te luisteren. Ze blijft alleen achteruit het trapje aflopen alsof ze een spook heeft gezien. Hij laat haar los en zet een paar stappen naar de vrouw toe, trekt haar naar binnen en doet de deur achter haar dicht.

'Gunilla...'

Maar de vrouw luistert niet. Ze kan het aan haar ogen zien, die groot en glimmend zijn geworden en op de een of andere manier helemaal leeg.

'Lieve god, wat gebeurt hier eigenlijk?' fluistert ze en ze drukt de rasp met beide handen tegen haar borst, alsof het een teddybeer is.

Ze probeert zich weer zo klein mogelijk te maken. Als een bal. Een onzichtbare bal in de hoek van de kamer. En ze stopt haar vingers in haar oren en mompelt het rijmpje dat haar opa haar geleerd heeft: *'Bakker, bakker, bolleman. Bak een broodje, als je kan.'* Maar al heeft ze haar vingers in haar oren en praat ze, ze hoort de bonzen en de klappen toch. Ze spreekt de woorden luider uit: *'Bak een broodje, lekker rond? Voor mijn broertjes kleine mond.'*

Iets kouds drukt tegen haar been. Ze kijkt voorzichtig over haar hand heen, het is een rubberlaars en als ze die met haar blik volgt, ziet ze dat het been van de vrouw er nog aan vastzit, dat de hele vrouw languit op de grond ligt, zo plat als een pannenkoek, alsof ze ligt te zonnen op het strandje bij het meer.

VÄRMDÖ, NOVEMBER

Aina en ik proberen ons evenwicht te bewaren op de gladde stenen bij de zee, bukken tegen de harde wind, kijken uit over het donkere water, waar de golven schuimkoppen hebben gekregen.

'Pas op, het is glad,' waarschuw ik haar. Maar ze antwoordt niet, stopt alleen haar handen nog dieper in de zakken van haar parka. Haar haar danst om haar hoofd in de wind.

Voorzichtig begeven we ons naar de grote, platte rots waar we 's zomers altijd gaan zitten zonnen.

Een andere tijd, een ander leven, zo voelt het, want er zijn weinig gelijkenissen tussen mijn kleine zeebaai van vandaag en de uitnodigende, zomerwarme zee die ons in augustus verwelkomde.

Aina is stil en bokkig. Ik was verbaasd en blij toen ze belde en zei dat ze langs wilde komen. Vroeger, voor Markus, kwam ze vaak. Nu komt het vrijwel nooit meer voor.

'Elin huilde vrijdag bijna. De avondkranten bellen blijkbaar zo vaak dat de patiënten er niet meer tussen komen,' constateert ze.

'Zolang Elin onze privénummers maar niet geeft. Ik begrijp niet waarom ze het allemaal zo interessant vinden.'

'Ik begrijp het wel. Moeder van drie kinderen doodgeschoten in een psychologische kliniek in het midden van Stockholm. Dat is best spectaculair. Maar ze hebben gelukkig het mogelijke verband met de moord op Susanne nog niet ontdekt.'

'Heeft de politie jou ook verhoord?' vraagt ze en ik versta de woorden nauwelijks, ze verdrinken bijna in het geloei van de wind en het geraas van de golven.

'Ja. Ze hebben iedereen verhoord. Zegt Markus.'

Ze glimlacht kort, een vluchtige, moeilijk te duiden glimlach.

'Wat zegt hij nog meer, jouw Markus?'

Mijn Markus? Ik verbaas me over haar woordkeuze, maar besluit er niet op in te gaan. Aina is soms humeurig, dat is niets om je druk over te maken.

'Hij zegt dat ze iedereen van de kliniek en van de zelfhulpgroep verhoord hebben. Er is nog steeds geen verdachte voor de moord op Susanne, of voor de ontvoering van Tilde. En Henrik is nog steeds op vrije voeten. Ze weten ook niet zeker hoe, of zelfs of, de moord op Hillevi in verband staat met de moord op Susanne.'

'Verder niets?' vraagt Aina.

'Nog één ding. Markus vertelde gisteren dat Henrik op dezelfde sportschool zit als die jongen die Malin heeft verkracht.'

'En wat betekent dat?'

'Waarschijnlijk niets. Er zijn niet zo veel sportscholen in Gustavsberg, dus het is waarschijnlijk toeval. Maar het is net een vrij onbekende sportschool. Er wordt blijkbaar veel in drugs gehandeld.'

'En dus?'

'Ik weet het niet. Het betekent misschien dat Henrik makkelijk aan drugs kon komen, wat zijn gedrag zou kunnen verklaren, dat hij zo agressief was. Wat denk jij ervan?'

'Ik weet het niet,' begint Aina twijfelend, 'maar ik heb lang nagedacht over wat Sirkka vertelde. Ik kan dat niet loslaten.'

'Sirkka?'

'Ja, ze heeft ons in feite verteld dat ze haar man heeft gedood. En dat ze zich er totaal niet schuldig over voelt.'

Aina strijkt vochtige blonde haarslierten weg die over haar gezicht en in haar mond zijn gewaaid en keert zich naar de wind, waardoor haar haar naar achteren wordt geblazen.

'Zo heb ik het helemaal niet opgevat. Ze heeft alleen geen hulp ingeroepen. En toen stierf hij.'

Aina glimlacht.

'Nee, nu ben je naïef. Ze wist precies wat ze deed. Ze heeft hem gedood en ze voelt zich er niet schuldig over. Heb je daar geen moeite mee?'

Ik haal mijn schouders op, weet niet wat ik moet antwoorden.

'Waar wil je naartoe?'

'Ik vraag het me alleen af. Als je zoiets één keer hebt gedaan... Betekent dat dan dat je in staat bent het nog een keer te doen?'

Weer weet ik geen antwoord. Aina kijkt landinwaarts, lijkt mijn huis te zoeken, dat verstopt ligt tussen rotsplateaus en dennenbomen.

'Zullen we naar binnen gaan?' vraagt ze en ik knik.

Langzaam lopen we over het paadje terug naar het huis. Ik heb de grote zaklamp bij me en schijn ermee op de grond voor ons zodat we niet struikelen over wortels of in een van de kuilen stappen die gevuld zijn met natte bladeren.

Binnen is het warm. De kachel in de zitkamer knettert en de lucht is doortrokken van een zwakke, maar waarneembare rookgeur.

'Wil je thee?' vraag ik.

'Ik wil wijn,' zegt ze zonder me aan te kijken en ze laat zich op de bank zakken, trekt haar benen op tegen haar lichaam en slaat haar armen om haar knieën. Ik loop naar de keuken om te kijken wat ik heb. Tot voor kort kwam het nooit voor dat ik geen wijn in huis had, maar tot mijn verbazing stel ik vast dat de wijn op is. Dat de kast waarin ik mijn flessen en bag-in-boxen bewaar me leeg aanstaart.

'Hé,' roep ik vanuit de keuken. 'Er is geen wijn.'

'Heb je sterkedrank?'

'Sterkedrank? Serieus?'

'Ik ben nog nooit zo serieus geweest.'

Ik schud mijn hoofd naar haar vanuit de deur en keer terug naar de keuken om te zoeken. Sterkedrank is nooit mijn ding geweest, maar misschien heeft Markus een paar flessen meegenomen. Onder de gootsteen vind ik een blauwe fles gin.

'Ik heb gin. Wat wil je erin? Ik heb geen tonic.'

'Niets.'

Aina is duidelijk niet in goeden doen, denk ik terwijl ik een half drinkglas vul met de heldere vloeistof. Door de alcoholdampen trekt mijn maag samen en plotseling is dat vertrouwde, verstikkende gevoel er weer. Ik steun tegen de aanrecht en wend mijn gezicht af om de geur niet te hoeven ruiken.

Aina bedankt me fluisterend en leegt het halfvolle glas in één teug.

'Carl-Johan is getrouwd,' zegt ze opeens. Onderbreekt me midden in een zin. En eindelijk kijkt ze me aan. Ik begrijp het meteen, begrijp waarom ze is gekomen, waarom ze zo nors was, waarom ze de lauwe sterkedrank in het Duralexglas nodig heeft.

Op haar gezicht verschijnt een scheve glimlach.

'Getrouwd, begrijp je? Dat was echt het laatste wat ik van hem had verwacht. Ik was zo bezig met de vraag of ik me gevoelsmatig aan één man zou kunnen binden. Ik ging er helemaal van uit dat hij mij echt wilde. Dat willen ze altijd. Ik ben degene die ze verlaat. Snap je?'

'Ja, ik weet het,' zeg ik. Want in al die jaren waarin de ene na de andere man de revue passeerde in Aina's leven was het altijd op dezelfde manier geëindigd. Zij verliet ze.

'Dus, nu ik voor de eerste keer...'

Ze krijgt de woorden niet uit haar mond, maar ik knik haar zwijgend toe. Haar kaken zijn krampachtig op elkaar geklemd en er is een diepe frons tussen haar wenkbrauwen verschenen.

'Hoe kwam je erachter?'

Ze trekt weer die scheve glimlach.

'Ze belde. Zijn vrouw belde. Naar mij.'

'Zijn vrouw? Maar hoe kwam ze aan je nummer?'

'Ach, het is zo banaal dat ik het nauwelijks kan beschrijven. Ze had zijn sms'jes bekeken en mijn boodschappen gevonden, hij was blijkbaar niet zo verstandig geweest om ze te wissen. Dus belde ze mij.'

'Jezus, wat zei ze?'

Aina veegt een traan weg die over haar wang naar haar kin rolt.

'Ze was heel kalm. Alsof ze belde om een taxi te bestellen, of eten bij een restaurant bestelde, of iets anders. Ze vertelde dat het niet de eerste keer was. Dat hij het eerder had gedaan. Dat hij misbruik maakt van... liefde. Dat hij haar had gebruikt. En mij. Ze zei dat ik niet bedroefd moest zijn, dat ik eroverheen zou komen en dat ik kon bellen als ik wilde praten. Het was allemaal heel... beschaafd. Op een absurde manier. Ik geloofde haar eerst niet. Dus belde ik Carl-Johan. En hij gaf het meteen toe. Ze hebben twee kinderen. En een huis in Mälarhöjden.'

Ik denk zwijgend na over Aina's verhaal. Besef dat liefde niet altijd een mooi, licht gevoel is, maar soms een beest kan zijn: voortdurend op jacht, voortdurend hongerig wacht hij ons geduldig op aan de rand van ons bestaan.

Loert hij op ons.

Geen liefde maar lijden. Altijd iemand die meer wil. Altijd iemand die teleurgesteld wordt. Altijd dezelfde pijn.

Geen gerechtigheid, denk ik.

Er bestaat geen gerechtigheid.

Die nacht ligt Aina in mijn bed en Markus op de bank.

Ik hoor aan haar gekwelde ademhaling dat ze niet slaapt. Buiten jaagt de herfstwind rond het huis. De regen trommelt op het dak.

Ik pak haar hand in het donker en knijp erin. Hij is vochtig en koud, maar ze knijpt terug.

Als ik wakker word, is Aina verdwenen. Het bed is leeg naast me.

Het is donker en de zoete, verstikkende rook vult mijn kleine slaapkamer. Buiten hoor ik de wind, die in kracht lijkt te zijn toegenomen en die hongerig rond het huis loeit. Ik kan de zee ook horen, hoe de golven verontwaardigd tegen de rotsen slaan.

Vanuit de zitkamer zachte stemmen. Ik draai me om naar het nachtkastje en tast naar de wekker, halfzes. Waarom is Markus al zo vroeg op?

Als ik opsta, slaat de misselijkheid als een golf over me heen, mijn maag trekt zich samen en ik houd instinctief mijn hand voor mijn mond. Ergens achter mijn slapen broeit de hoofdpijn, een zwak, maar niet te missen bonken, alsof ik een kater heb.

De voortdurende misselijkheid, die helemaal niet over lijkt te gaan zoals in alle boeken staat, de geuren die zich opdringen, de vermoeidheid, die verlammende, vervelende vermoeidheid, die in elke cel van mijn lichaam is getrokken, uit elke porie stroomt. En dan: dat ik niet mag drinken, en op het moment dat ik de gedachte denk keert het verlangen met ongekende kracht terug. Maar één glas wijn. Een klein glaasje. Het geluid van de kurk die uit de fles wordt getrokken, het klokken als de vloeistof in het glas wordt geschonken. Het rituele proeven, dat eventuele toeschouwers duidelijk maakt dat dit een welopgevoed, in wijn geïnteresseerd persoon is die zichzelf een glas gunt. Geen zielige alcoholist die geen weerstand kan bieden aan de verlokkingen van de fles.

Zodra ik rechtop sta, voel ik hoe koud het in de kamer is. Ik doe mijn pantoffels aan en mijn ochtendjas, die – godzijdank – nog steeds veel te groot voor me is.

Hij zit in de halfdonkere kamer, met zijn rug naar me toe. Voor hem op de eettafel, die bedekt is met kruimels en vetvlekken van de maaltijd van gisteren, staat zijn laptop. In zijn hand heeft hij een halfvolle beker met koffie.

Langzaam sluip ik naar hem toe, leg mijn handen op zijn schouders. Zonder iets te zeggen tilt hij zijn rechterhand op en legt die op de mijne, knijpt in mijn vingers.

Op het scherm een jongen met een T-shirt en een muts. Hij zit achterovergeleund, bijna in elkaar gedoken aan de grote tafel. Er zit iemand tegenover hem, maar je kunt niet zien wie het is. De camera is op de jongen gericht. En opeens realiseer ik me dat hij me aan iemand doet denken, maar ik kan er niet opkomen wie dat is. Het heeft te maken met het magere lichaam, de kwade gelaatsuitdrukking, de hese stem.

'Ik heb haar nooit aangeraakt. Waarom zou ik dat hebben gedaan?' zegt de jongen met de muts.

'Ze heeft je twee keer aangeklaagd, ik heb de rapporten hier liggen,' zegt de andere, anonieme stem. Het is een vrouwenstem, hoor ik nu, ook hees, androgyn en rasperig als schuurpapier. Alsof de vrouw tienduizenden sigaretten heeft gerookt en jarenlang tegen ongehoorzame kinderen heeft geschreeuwd.

De jongen met de muts haalt zijn schouders op en ziet er onaangedaan uit, zakt nog dieper weg in zijn stoel.

'Ik heb toch gezegd dat ze liegt.'

'Loog, bedoel je?'

Hij haalt opnieuw zijn schouders op, deze keer zonder iets te zeggen.

De hese vrouwenstem zucht, er klinkt een knakkend geluid, alsof iemand met een pen tegen de tafel tikt.

'Kan het je iets schelen dat ze dood is?'

Er gaat een schok door het magere lichaam.

'Ben je nou helemaal gestoord? Natuurlijk kan het mij iets schelen. Ze was mijn moeder tenslotte.'

Markus beweegt zijn linkerhand naar het toetsenbord en zet de opname stil, net op het moment dat de jongen met de muts zo heftig opstaat dat de stoel achterover tegen de muur valt. Nu het beeld

plotseling stil is blijven staan, het ogenblik bevroren is op Markus'
scherm, kijk ik opnieuw naar dat bekende gezicht.

'Je mag dit niet zien, het is vertrouwelijk. Maar... wat maakt het
ook uit.'

'Wat doe je?'

'Ik werk. Kon niet slapen. Sonja vroeg of ik haar verhoren wilde
bekijken.'

'Waar is Aina?'

'Ze is een halfuur geleden weggegaan. Ik moest je gedag zeggen.'

'Wie is hij? Ik ken hem ergens van.'

'Dat denk ik niet. Het is de zoon van Susanne, die vermoord is.'

'O ja, ze had ook nog een oudere zoon. Een van de vrouwen in de
groep heeft dat verteld.'

Markus knikt en kijkt voor de eerste keer naar me op. Zijn ogen
zien rood van vermoeidheid.

'Ze kreeg als tiener al een kind. Er waren van het begin af aan
problemen met hem, op de crèche, op de school. Hij is verslaafd, zit
in een opvanghuis. Zij, Susanne, heeft hem twee keer aangeklaagd
voor mishandeling. Ze maakten vast ruzie over geld en zo.'

'Verslaafd? Maar... hoe oud is hij eigenlijk? Hij ziet er nog heel
jong uit.'

'Zestien.'

'Zestien?'

'Yep.'

'Shit.'

'Precies.'

Markus slaat zijn rode ogen neer. Zet de computer uit en zucht
diep, van vermoeidheid, of misschien ergens anders door.

'Je zei dat je hem ergens van kende?'

Langzaam schud ik mijn hoofd, denk na over hoe ik het moet
formuleren zonder verward over te komen.

'Hij doet me aan iemand denken. Weet je die avond op het Medborgarplatsen nog, toen Henrik Fasth mij lastigviel? Er was toen
een jongen bij. Ervoor. Ah, het maakt niet uit.'

'Nee, zeg het maar. Was hij het?'

Ik wrijf over mijn slapen, probeer het me te herinneren. Voel de
hoofdpijn achter mijn voorhoofd bonken. Ik ga naast Markus op de

houten stoel zitten, buig me naar hem toe en kus hem op zijn steke-
lige wang. Snuif de vertrouwde geur van zijn warme huid op.

'Nee, ik denk niet dat hij het was, maar ze lijken heel erg op elkaar. Hij was ook verslaafd. Akelig jong. Net als deze jongen. Is hij
een verdachte?'

Markus woelt door mijn korte haar.

'Ik neem aan van wel. Maar hij heeft een alibi. Hij was in dat opvanghuis.'

'En ze controleren al die jongeren daar elke seconde?'

Markus haalt zijn schouders op.

'Dat moet je aan iemand anders vragen. Ik help Sonja alleen door
een paar dingen na te gaan.'

Ik kijk hem weer aan, zie aan de neergeslagen blik hoe ontmoedigd hij zich voelt, en opeens voel ik zo veel tederheid voor hem.
Deze perfecte man die hier naast me zit, de vader van het kind dat
ik draag, de man die ik zo vaak niet op waarde kan schatten. In een
wereld die bevolkt wordt door zestienjarige drugsverslaafden, een
wereld die gevuld is met eenzaamheid en naamloos verdriet, hebben wij elkaar.

'Kom,' zeg ik en ik pak zijn hand.

Hij ziet er verward uit.

'Wat...?'

'We gaan weer naar bed. Het is nog niet eens zes uur.'

Hij glimlacht voorzichtig naar me. Ik heb de laatste tijd niet zo
veel contact gezocht en ik denk dat mijn opmerking hem onzeker
maakt. Maar hij komt toch overeind en volgt me naar de slaapkamer, met zijn handen op mijn schouders, alsof hij wil benadrukken
dat ik van hem ben. En ik merk dat ik het eigenlijk fijn vind, dat het
helemaal niet zo'n slecht gevoel is.

Van hem te zijn.

We trekken het dikke dekbed over ons hoofd alsof we uit deze wereld naar een andere willen vluchten. Zijn kussen smaken naar bo-
terhammen met kaas en koffie en ik giechel wanneer hij mijn slipje
uittrekt en zich over me heen buigt. En een moment lang is alles
perfect. Markus die mijn borsten streelt en mijn nek kust, het kind,
de lichamelijke manifestatie van onze liefde, dat ergens in mijn don-

kere binnenste rust. Nog steeds onzichtbaar, onbeweeglijk. Meer fantasie dan werkelijkheid, als een vage herinnering aan een droom.

En ik sta het mezelf toe de gedachte te denken, dat ik geloof dat het zo voelt.

Om gelukkig te zijn.

ERGENS BUITEN STOCKHOLM, NOVEMBER

Het is volkomen donker in de nauwe, kleine ruimte. Als ze haar rug tegen de muur drukt en haar benen voor zich uit probeert te steken, trappen ze tegen de deur. Aan de zijkanten kan ze vochtige houten schotten voelen in beide richtingen. Ze voelen als de wanden van de box in de stal waar mama haar soms mee naartoe nam: hard, vochtig en een beetje kleverig.

Op de grond liggen stapels tijdschriften met vervaagde foto's van naakte dames met domme glimlachjes en dikke borsten die neerhangen tot op hun buik, dat zag ze toen hij de deur opendeed om het kleine dienblad met broodjes en limonade op de grond te zetten.

Toen ze van de limonade wilde drinken, liet ze het grote glas omvallen op de vloer en nu zit ze in de kleverige plas limonade en heeft ze meer dorst en heeft ze het kouder dan ooit.

Om haar ene pols is een touw vastgeknoopt, het gaat omhoog in het donker en zorgt ervoor dat ze niet tot de grond kan komen met haar hand. Als ze slaapt, zweeft haar gevoelloze hand als een ballon in het donker boven haar.

Ze heeft het koud.

In de hoek van het kamertje staat de pot die de man er heeft neergezet. Ze weet niet goed hoe ze hem moet gebruiken. Bovendien is ze bang om haar onderbroek uit te doen in het donker, bang dat iemand of iets plotseling in haar billen gaat bijten. Daarom plaste ze op de grond met haar onderbroek aan; een kortdurend warm zomers gevoel verspreidde zich. Daarna: natte, koude, kleverige plas over haar hele been.

In de hoek voelt ze zachte dotten stof en harde dingetjes die misschien steentjes zijn, of dode insecten, of iets anders, iets nog ergers. En weer moet ze aan al die monsters denken waarvan ze weet dat ze er zijn in het donker. Die naar haar loeren, met lange, insectachtige armen, vlijmscherpe tanden en klauwen die even lang zijn als kinderbenen. Die er alleen maar op wachten om haar op te slokken, zodra ze haar concentratie verliest, aan haar vergeet te denken. Aan haar die de monsters weghoudt.

Mama.

Ze vraagt zich af wanneer mama haar komt redden van de man die misschien een monster is. En ze vraagt zich af of ze mama zal herkennen als ze komt, of haar gezicht weer genezen zal zijn; al dat roze en rode dat uit haar liep, hebben ze dat teruggestopt? Papa zegt van wel. Dat ze weer mooi zal zijn op de *begrafenis*. Maar dat ze in een kist zal liggen. Net als de pop die hij voor haar had gekocht. Maar mama's kist is niet doorschijnend. Hij is van hout en wordt in de grond begraven. En ze denkt dat het afschuwelijk klinkt. Dat mama helemaal alleen in die kleine, donkere la moet liggen en er nooit meer uit mag.

De honger doet pijn in haar maag. De broodjes die hij heeft neergezet waren hard en koud, alsof ze rechtstreeks uit de vriezer kwamen zonder ook maar even in de magnetron te hebben gezeten. Ze zoog en knauwde erop tot ze meelachtige stukjes los kreeg die naar kaneel smaakten.

Ze denkt ook aan haar vader, en aan Henrik. En aan de juffen op de crèche.

Maar toch.

Als ze haar ogen heel hard dichtknijpt, tot ze kleine gloeiende balletjes voor zich ziet, dan ziet ze haar. Het is altijd haar.

Mama.

Soms ruikt ze haar geur ook, die rare mengeling van parfum die naar karamel ruikt en zweet en sigarettenrook. Maar zodra ze erachter probeert te komen waar de geur vandaan komt, is hij verdwenen en blijft alleen de zwakke lucht van schimmel en plas achter.

Dan hoort ze weer stappen op de trap ergens onder haar. Ze kruipt in elkaar in de hoek, want al is ze bang voor het donker, ze is nog banger voor hem daarbuiten. Plotseling voelt het veilig in de kleine, donkere kamer en ze denkt dat ze zou willen dat de deur nooit meer openging, dat ze hier wil blijven zitten in de plas en limonade en mama's geur wil ruiken.

Dan gaat de deur open, en wit, scherp licht snijdt als duizend messen in haar ogen.

Ze verbergt haar hoofd onder haar vrije arm. Maakt zichzelf zo klein als ze kan, als een balletje in de hoek van de kamer.

'Kom, we moeten gaan,' zegt de stem boven haar, maar ze verroert zich niet, blijft gewoon stil liggen, in elkaar gekropen, met haar ene arm aan het touw boven haar hoofd.

'Hoor je me niet? Je moet nu komen.'

De stem klinkt boos. Boos en vastberaden. Als een boze juf die net ontdekt heeft dat een van de kinderen op de crèche ongehoorzaam is geweest. Ze durft zich nog steeds niet te bewegen. Knijpt haar ogen hard dicht en denkt aan mama. Haar ruwe wangen met de kuiltjes erin, haar vrolijke ogen. Haar buik die zo zacht is dat ze haar hand erin kan verbergen, in de huid, tussen de plooien.

'Jezus, stom rotkind. Hoor je niet wat ik zeg?'

Een harde hand onder haar oksel tilt haar op haar voeten, probeert haar het witte licht in te trekken. Ze stribbelt tegen. Draait als een aap rond aan het touw, rond en rond, tot ze moe en misselijk wordt.

'Mama,' schreeuwt ze. '*Mamamama!*'

'Houd je kop.'

De klap brandt op haar wang en warmte verspreidt zich over haar gezicht. Tranen vermengen zich met snot en vormen zoute, slijmerige stroompjes die haar mond in lopen.

'Ik wil mijn maaamaa.'

Opeens hoort ze het deuntje. Hij lijkt het ook te hebben gehoord, want hij laat haar los en haalt het mobieltje uit zijn zak.

'Ja?'

Ze hoort hem zacht en snel praten. Zijn rug gebogen over de telefoon, alsof hij hem wiegt, alsof het een klein kind is waar hij tegen praat. Dan draait hij zich om, duwt haar het donker weer in. Slaat de deur met een klap dicht.

'Ik kom terug,' hoort ze hem van buiten zeggen.

Langzaam zakt ze weer door haar knieën, gaat op een stapel met tijdschriften zitten, veegt de slijmerige tranen met haar vrije hand van haar wang. Ruikt de geur weer: parfum, zweet, rook.

En ze weet dat ze er is, dat ze over haar waakt en haar beschermt, zowel tegen de monsters in de kamer als tegen dat ene dat er buiten is.

VÄRMDÖ, NOVEMBER

Mijn ontbijt is even treurig als de herfstochtend achter mijn raam. Een oud stuk vochtig knäckebröd dat slap in mijn hand hangt, en een kopje thee.

Markus komt voor de zoveelste keer door de deur naar binnen. Hij draagt het brandhout stevig in zijn armen, stapelt het zorgvuldig op de al enorm hoge stapel bij de kachel.

'Bereid je je voor op de derde wereldoorlog of zo?'

Markus lacht niet en ik kan zijn irritatie dwars door de kamer voelen. Als naderend onweer.

'Het gaat vanavond stormen. Maar jij houdt je niet met dat soort wereldlijke zaken bezig, hè? Als het aan jou had gelegen, was je koelkast leeg geweest en had het brandhout nog in de schuur gelegen.'

Ik haal mijn schouders op, kijk naar het zwarte raam. Als gepolijst graniet, denk ik. De duisternis buiten is even ondoordringbaar.

'Jammer dat je chagrijnig bent,' zeg ik dan.

Hij geeft geen antwoord, stapelt alleen zwijgend het brandhout op elkaar.

'Een sneeuwstorm,' zegt hij dan. 'Er komt een sneeuwstorm. Ik vind niet dat je vandaag met de auto naar je werk moet gaan.'

'Ik ga wel met de bus, zoals gewoonlijk, ik ga toch nooit met de auto naar de stad? En trouwens, wat kan het jou eigenlijk schelen?'

Hij zwijgt weer. Dan kijkt hij me aan, en ik zie de pijn in zijn ogen.

'Ik maak me zorgen om je, waarom begrijp je dat toch niet?'

Iets in me wordt zacht en een warm gevoel verspreidt zich langzaam. Ik kom overeind, trek aan het lange T-shirt dat over mijn buik spant, loop naar Markus toe en sla mijn armen om hem heen. Voel de kou van zijn ski-jack, ruik de geur van rook in zijn vochtige haar.

'Hé,' zeg ik. 'Ik houd van je.'

Hij wordt stil, zegt niets, beweegt zich niet. Alleen zijn ademhaling en het geknetter van het vuur zijn te horen in de kamer.

We blijven lang zo staan.

'Ik red me altijd, ik ben als een kurk. Kom altijd weer bovendrijven. Spoel altijd wel ergens aan. Begrijp je dat?'

Patriks stem is rustig. Maar zijn blik schiet door mijn kamertje. Onder zijn ogen donkerpaarse wallen van vermoeidheid en verdriet. We hebben een afspraak gemaakt voor een afsluitend gesprek. De relatietherapie is voorbij, net als de relatie. Ik vraag me af of dat betekent dat ik heb gefaald, want ik wilde, hoopte natuurlijk dat hun relatie hersteld zou zijn, dat ik de scherven van hun levens weer aan elkaar zou lijmen alsof het een gebroken kruik was.

'En Mia?'

'Ze... lijkt rustig. Bijna vrolijk.'

'En hoe voelt dat?'

'Jezus, hoe denk je dat het voelt?'

Patrik kijkt me venijnig aan, maar achter de woede zie ik verdriet en ik begrijp dat mijn vraag banaal is.

'Ik zal je vertellen hoe het voelt. Het voelt vreselijk. Het was makkelijker geweest als ze me voor een ander had verlaten.'

'Makkelijker?'

'Ja, nu heeft ze me tenslotte niet verlaten voor een ander, maar voor... helemaal niemand. Begrijp je?'

Ik knik langzaam. Natuurlijk begrijp ik het. Het verdriet, de schaamte van het afgewezen zijn. En plotseling schaam ik me, want ik besef dat ik Markus aan precies hetzelfde blootgesteld heb.

Ja, natuurlijk houd ik van je, maar ik heb mijn vrijheid nodig. Ik wil het kind, maar jou niet. Niet hier in mijn huis, in mijn bed. In mijn lichaam. Niet zo dichtbij.

'En hoe gaat het praktisch gezien?'

Hij haalt zijn schouders op en strijkt met zijn hand door zijn doffe haar, dat me doet denken aan de dode grasplukjes die uit de plassen voor mijn huis steken.

'Dat gaat wel.'

'Wat betekent dat?'

'De kinderen wonen om de week bij mij. Mia huurt een twee-kamerwoning in de Brännkyrkagatan. Ze heeft bijna alle meubels meegenomen, dus... het is een beetje leeg thuis. Maar wat het vreemdst van alles is: we hebben plotseling een soort... ik weet niet hoe ik het moet noemen, zakenrelatie misschien? Het is alsof we samen zaken doen. We onderhandelen over dingen: "Als jij de tafel neemt, neem ik de stoelen. O, heb je al stoelen gekocht, wil je dan misschien een fauteuil? Goed, dan doen we dat." Het is heel vreemd. Zeg maar beschaafd op een... ongelooflijk droevige en pijnlijke manier. En we maken afspraken over het halen en brengen van de kinderen en gaan samen naar schoolgesprekken en doen alsof alles doodnormaal is, terwijl we het eigenlijk uit willen schreeuwen. En we vertellen de juffen dat we, ja, gescheiden zijn maar dat het perfect gaat. Echt. "Mia en ik gaan heel goed met elkaar om. En nee, natuurlijk maakt het niet uit wie van ons jullie belt als er iets is, we houden elkaar op de hoogte." Begrijp je?'

'Ja, ik begrijp het.'

'Echt?'

Patrik kijkt me met een vermoeide blik aan en ik besef dat hij me niet gelooft. Soms kom je in een situatie terecht met een patiënt waarin je voelt dat het misschien waardevol kan zijn om je eigen ervaringen te delen, bijvoorbeeld om uit te leggen waarom je iets écht begrijpt. Ik zou Patrik kunnen vertellen over Stefan en zijn dood. Dat ik zeker wist dat mijn leven voorbij was. Ik zou fluisterend kunnen bekennen dat ik niet in staat ben evenveel van Markus te houden als van de herinnering aan mijn overleden man. Ik zou mijn inzicht met hem kunnen delen over mijn onvermogen om werkelijk lief te hebben. Liefde van het mooie, juiste soort, het zelfopofferende, kinderen voortbrengende kerngezinsoort.

Maar ik doe het niet. Ik zeg niets. Kijk alleen naar hem terwijl hij in elkaar gedoken in de fauteuil zit met die lange, kalfjesachtige, in spijkerbroek gestoken benen voor zich uit. Want ik deel dit soort vertrouwelijkheden normaal gesproken niet met mijn patiënten.

'Maar kun je er niet iets positiefs in zien dat de praktische zaken zo goed gaan?'

Opnieuw haalt hij zijn magere schouders op waardoor de kettingen op zijn leren jack rinkelen.

'Als je vooruitkijkt?' probeer ik.

Hij leunt achterover, lijkt de barst in het plafond te bestuderen die diagonaal door de kamer loopt.

'Zoals ik al zei: ik red me wel. En ik ben eigenlijk niet meer zo boos op Mia.'

'Maar dat is toch goed? Vind je niet?'

Weer kijkt hij me met die blik aan. Waarin zowel verdriet als minachting schuilt.

'Ik heb een boel gelezen. Heb mijn kennis vergroot, zeg maar.'

'Ja?'

Hij beweegt zich onrustig heen en weer en de kettingen van het leren jack rammelen weer. Een onheilspellend geluid dat zo uit een oude stoffige horrorfilm lijkt te komen.

'Liefde is toch alleen maar een hoop hormonen en neurotransmitters en zo. Er zijn verschillende fases. Eerst komt de lust, de seksuele aantrekkingskracht. Dan worden testosteron en oestrogeen en zo afgescheiden. Die fase duurt maximaal enkele maanden. Daarna komt de verliefdheid. Dan wordt er een hoop serotonine, dopamine en hoe het allemaal heet aangemaakt. Het heeft hetzelfde effect op de hersens als amfetamine. Begrijp je? We zijn eigenlijk allemaal verslaafd als we verliefd zijn, voordat we zijn afgekickt. Want iedereen kickt af. Zo is het. Verliefdheid duurt drie jaar.'

'En daarna? Mensen blijven tenslotte veel langer bij elkaar dan drie jaar. Dat gebeurt voortdurend.'

'Daarna komt er een andere fase. Wat relaties dan in stand houdt zijn kinderen, huwelijken, gemeenschappelijke projecten en interesses. En andere hormonen. Bijvoorbeeld oxytocine en...'

'Wacht even nu, Patrik. Ik weet niet wat je gelezen hebt, maar wat je nu uiteenzet wordt een biologisch model genoemd. Het klopt allemaal, maar ik vind niet dat biologische modellen alleen voldoen als verklaringsmodellen voor het menselijk gedrag. In de eerste plaats zeggen ze heel weinig over hoe het is om mens te zijn. Hoe het voelt.'

'Ik vind dat het prima klopt,' mompelt hij.

'Het is duidelijk dat je dat vindt, in jouw situatie.'

'Waarmee je wilt zeggen?'

'Maar Patrik' – ik laat een pauze vallen, probeer de juiste woorden te vinden, die het verduidelijken zonder hem te krenken of het kleiner te maken – 'je bent net verlaten. Je bent teleurgesteld, vernederd en gedesillusioneerd. Het ligt voor de hand dat een theorie die ons beschrijft als door driften geleide dieren je heel goed van pas komt.'

'Dus je bedoelt dat het niet waar is?'

'Dat zeg ik niet. Ik bedoel alleen dat het niet de hele waarheid is. Ik denk dat er een heleboel manieren zijn om te verklaren wat liefde is. De zuiver biologische is maar een van de zienswijzen die je toe kunt passen op... het fenomeen. Je kunt naar liefde kijken uit een cultureel, sociaal of cognitief perspectief. Of uit een theologisch perspectief. Al is dat iets waar ik niet zoveel van weet. Maar als je bijvoorbeeld met een priester zou praten, zou je een heel ander beeld krijgen.'

'Ik ken niet eens een priester.'

'Ik ook niet.' Ik glimlach. 'Maar daar gaat het natuurlijk niet om.'

'En wat denk je zelf?'

Opeens voel ik dat mijn wangen warm worden. Wat weet ik eigenlijk van liefde? Wat houdt mij en Markus bij elkaar? Mijn eenzaamheid en angst? Zijn volhardendheid en geduld met mijn grillen? Het kind dat in me groeit? Oxytocine, serotonine en testosteron?

'Er is een filosoof die Kierkegaard heet,' begin ik.

'Ik weet verdomme heus wel wie Kierkegaard is.'

Patriks stem klinkt hees en scherp. Mijn wangen gloeien en ik voel me plotseling als een indringer, als iemand die alleen maar doet alsof hij een therapeut is, die de kamer met de kleine tafel en de met schaapsleer beklede stoelen alleen maar geleend heeft. De Kleenex en het aantekeningenboekje achterover heeft gedrukt om het geloofwaardig te laten lijken.

'Kierkegaard zei...' Ik leg mijn handen tegen mijn wangen om ze af te koelen, maar ze zijn veel te warm en te vochtig, en het enige resultaat is dat ik mijn onzekerheid aan Patrik laat zien. 'Hij had het over een sprong, een "leap-of-faith", die mensen nemen als ze verliefd worden, of als ze in God geloven. Het is iets wat niet logisch is. Het gaat erom dat je ergens in durft te geloven en los durft te laten en je kunt het niet met rationele argumenten verklaren. Aan de andere kant is er ook altijd twijfel als we geloven, dat is het rationele deel van ons dat toekijkt. Er is dus geen geloof zonder twijfel. En geen liefde zonder dat je los durft te laten en die sprong durft te nemen. Terwijl we rationeel weten dat het slecht voor ons kan zijn.'

Hij kijkt me met een duistere blik aan. Zakt nog dieper weg in de fauteuil. Frunnikt met zijn vingers aan zijn strogele haar, zijn mond samengeknepen tot een dunne, bloedeloze streep.

'Geloof je zelf in die onzin?'

Voor het eerst tijdens ons gesprek weet ik niet wat ik moet zeggen. Want hij heeft een punt. Als ik erin geloofde, zou ik toch durven?

De sprong nemen. Loslaten.

Hij haalt het doosje met pruimtabak uit zijn achterzak zonder mij met zijn blik los te laten, stopt een portie onder zijn bovenlip en fluistert: 'Nee, dat dacht ik al.'

Langzaam hervind ik mezelf.

'Het enige wat ik bedoel is...'

'Ik weet wat je bedoelt, maar ik kan er niet in geloven. Ik denk dat alles gewoon zo banaal en kloterig is als het lijkt. Dat dat gevoel van liefde er is om te zorgen dat we ons voortplanten met een... geschikt individu. Dat mensen bij elkaar blijven om praktische dingen, geld, kinderen, al de gemeenschappelijke spullen die je hebt. En liefde... soms lijkt het een verontschuldiging te zijn om te doen wat je maar wilt. Kwetsen, beheersen, mishandelen... Mensen doen de vreemdste dingen en wijten die dan aan liefde. Alle mannen die hun vrouw slaan zeggen toch ook dat ze het gedaan hebben uit liefde? Mensen doden en zeggen dat ze het uit liefde hebben gedaan... Verliefde mensen zijn bijna psychotisch, weet je dat?'

Hij kijkt me doordringend aan. Zoekt mijn bevestiging.

'In de schedel van iemand die verliefd is zitten dezelfde neurotransmitters als in die van iemand die gek is. Snap je. Liefde is levensgevaarlijk. Red ons van de liefde.'

Ik open mijn mond om zijn bewering tegen te spreken, om de liefde te verdedigen, maar ik blijf stil. Misschien heeft hij gelijk. Buiten zie ik hoe grote sneeuwvlokken neerdwarrelen over het Medborgarplatsen. Ze wervelen rond in het schijnsel van de straatlantaarns, dansen door de lucht, bedekken het plein met een wit, donzig tapijt. 'Het sneeuwt,' zeg ik. Maar Patrik geeft geen antwoord.

We hebben afgesproken bij een van de cafés in de Söderhallarna. Ik weet dat Aina bedenkingen zal hebben dat we elkaar buiten de groep om ontmoeten, maar het kan me niet langer schelen wat zij ervan vindt. Aina is steeds kwader en moeilijker geworden. Sinds de relatie met Carl-Johan voorbij is, lukt het me niet meer om contact met haar te krijgen en ze snauwt me voornamelijk af.

Het is druk in de markthal en het ruikt er naar natte dekens. Er is een soort publiciteitsstunt aan de gang, een jubileum, en iedereen wil in stukken gehakt varkensvlees met korting kopen of in Zweden gemaakte dessertkaas. Ik ga aan een tafeltje zitten en kijk naar een goochelaar die kaartentrucs doet voor een groepje kinderen die met grote ogen toekijken. Zonder dat ik het merk gaat ze naast me zitten.

Haar haar in de gebruikelijke paardenstaart. Haar gezicht is bleek, uitgeteerd. Ze ziet er magerder uit. Vermoeid. Ze merkt hoe ik naar haar kijk en glimlacht.

'Ik weet het. Ik zie er vreselijk uit. Alweer.'

Ik schud mijn hoofd. Ondanks de vermoeidheid is ze op een bijna hypnotiserende manier mooi. Alsof ze verlicht wordt door een innerlijke gloed.

'Heb je iets gehoord? Zijn ze Henrik op het spoor?'

Ze haalt gelaten haar schouders op.

'Niets. Ze weten helemaal niets, of ze vertellen mij in elk geval niets. Ik begrijp niet hoe hij zomaar verdwenen kan zijn. Iemand moet hem helpen. Er moet iemand zijn die hem verborgen houdt. Soms heb ik het gevoel dat hij in de buurt is. Dat hij me volgt, maar dat is natuurlijk complete onzin, hè?'

'Heb je met de politie gepraat? Heb je gezegd dat je denkt dat hij je... in de gaten houdt?'

'Ja, ik heb met de politie gepraat en ze hebben een alarm en een directe lijn met 112 en nog wat dingen in mijn huis geïnstalleerd. Ze nemen me in elk geval serieus. Sinds Hillevi...'

Ze valt stil en kijkt omlaag naar de tafel. Lijkt het tafelblad nauwkeurig te bestuderen, laat haar vinger over een kras gaan.

'En Tilde, denk je dat hij Tilde kan hebben ontvoerd?'

Kattis kijkt op en richt haar blik op mij.

'Ik weet het niet, maar het lijkt me niets voor hem om een kind iets aan te doen.'

We zwijgen allebei een poosje. Ik denk aan Tilde, aan de foto in de krant van de verdwenen vijfjarige. Dunne, bruine vlechten, blije mond. Een klein meisje dat eerst getuige van de moord op haar moeder was en toen zelf verdween. Ik vraag me af of ze nog leeft.

'Ik heb in elk geval een paar dagen vrijgenomen. Ik houd het niet vol op mijn werk. Het is moeilijk om je in te zetten voor anderen als je jezelf zo... leeg voelt. Vind je dat verkeerd?' Kattis kijkt me vragend aan. Lijkt te zoeken naar een teken van goedkeuring of afkeuring.

'Ik denk niet dat het verkeerd hoeft te zijn. Ik bedoel, je bevindt je ook in een extreme situatie.'

'Ze hebben een dagje uit vandaag, met overnachting. Gaan naar het Universeum in Göteborg en logeren in een hotel. Het Arbeidscentrum dus. Je weet dat we dat soort dingen doen met onze jongeren? De meesten zijn tenslotte wat apart, hebben niet veel sociale contacten. We worden de ouders, vrienden en werkgevers van ze. Soms is het alleen zo moeilijk...' Ze kijkt weer naar de tafel, roert in haar koffiekopje en staart naar de goochelaar, die nu glanzende zilveren munten achter het oor van een kind vandaan tovert.

En opeens merk ik dat er iets koud wordt in mijn buik. Het duurt even voor ik de gedachte in mijn bewustzijn kan formuleren.

'Zeg, die cliënt van je, die jongen die erbij was toen ik bij je langskwam. De jongen met de munt?'

Kattis knikt en kijkt onverschillig naar de bezoekers van het café.

'Tobias? Wat is er met hem?'

Ik denk aan de discussie die Vijay met Markus voerde. Hoe ze het hadden over wat Tilde had gezegd, over de munt die de moordenaar had meegenomen. Dat de moordenaar kon goochelen. En ik zie hoe de kinderen zich verdringen rond de goochelaar met de munt.

'Je vertelde dat hij een beetje verliefd op je was?'

'Verliefd... ach, ik weet het niet. Hij is gewoon dol op me. Je weet wel, hangt de hele tijd bij me rond. Komt met cadeautjes, probeert me uit te nodigen. Hij is altijd in de buurt. Volgt me letterlijk als een hond. Soms denk ik dat hij alles van me weet. Hij schrijft dingen die ik zeg op in een boekje.'

Ze giechelt en neemt een slok van haar koffie.

'Hij schrijft dingen op die je zegt?'

Ik begin me ongemakkelijk te voelen. Wat Kattis beschrijft klinkt helemaal niet als een onschuldige verliefdheid, maar als iets heel anders. In mijn hoofd hoor ik de naakte, gekwetste stem van Patrik tijdens het gesprek dat we net hebben gehad. Het gesprek over liefde, niet de mooie, romantische liefde, maar de zwarte, gewelddadige die zorgt dat we dingen doen die we niet horen te doen, dat we de controle verliezen. Liefde die schade toebrengt, pijn veroorzaakt.

'Ja, je weet wel. Als we gepraat hebben en zo. Hij is een van die jongens die niemand hebben, geen vrienden, geen familie. Dus heb ik hem zeg maar op mij genomen. We zijn... vrienden geworden. Op een gegeven moment kreeg ik het gevoel dat we iets te dik waren geworden, begrijp je? Ik betrapte hem erop dat hij mijn telefoongesprekken afluisterde. En hij was mij en mijn collega's een keer gevolgd naar de stad, na het werk.'

'Zeg, dit klinkt helemaal niet zo goed.'

Kattis glimlacht en wuift afwerend met haar slanke armen.

'Tobias is compleet onschuldig. Geloof me.'

'Weet hij van het gedoe met Henrik?'

Ze zwijgt en kijkt me met een lege blik aan, alsof ze de vraag niet heeft begrepen.

'Henrik?'

'Ja, dat jullie samen waren. En dat hij je sloeg.'

Ze knikt langzaam en ik zie hoe haar porseleinwitte wangen rood kleuren.

'Ja, dat weet hij. Maar je moet me niet vragen hoe. Ik heb het hem in elk geval niet verteld. Waarschijnlijk heeft hij het van iemand op het werk gehoord. Hij heeft gezegd dat hij mij van hem gaat redden.

Dat is een beetje raar natuurlijk. Mijn held is een twintigjarige jongen die ze niet helemaal op een rijtje heeft, stel je voor...'

De voorstelling naast ons is afgelopen. De goochelaar heeft zijn hoed gepakt en het publiek verspreidt zich. Mijn lichaam voelt stijf en koud aan. Ik voel spanningshoofdpijn opkomen, de gebruikelijke misselijkheid doet zich weer gelden. Al die mensen, al die geluiden. Al die geuren. Een mengeling van etenslucht en versgebakken brood, en daaronder een zwaardere toon van rauw vlees en bloed. Ik moet een paar keer slikken om niet over te geven op de tafel.

'Kattis, ik weet dat dit misschien vreemd klinkt, maar zou hij iets... gewelddadigs kunnen doen? Is hij gevaarlijk?'

'Gevaarlijk? Of hij bedreigend voor mij zou kunnen zijn, bedoel je?' Kattis ziet er geamuseerd uit. 'Nee, ik denk dat ik hem wel aankan. Zoals ik al zei, hij is zo mak als een lammetje.'

'Maar zou hij gevaarlijk voor anderen kunnen zijn? Voor Henrik misschien, of voor Susanne?'

Kattis kijkt me met een sceptische blik aan en er verschijnt een frons tussen haar wenkbrauwen, die steeds dieper wordt.

'Waarom zou hij Susanne iets aandoen? Dat is... hartstikke ziek. Oké, hij zou misschien achter Henrik aan kunnen gaan, maar Susanne? Dat is niet logisch.'

'Kan hij je misschien iets over haar hebben horen zeggen? Iets wat hij verkeerd heeft geïnterpreteerd, of te letterlijk heeft genomen?'

Ze blijft stilzitten. Sluit haar ogen. Schudt langzaam haar hoofd.

'Het kan niet. Bedoel je wat ik denk dat je bedoelt?'

'Heb je iets over Susanne gezegd, iets wat hij verkeerd kan hebben begrepen? Iets wat een naïef persoon die heel, heel veel van je houdt, verkeerd kan hebben opgevat?'

Kattis keert haar blik naar mij. Haar ogen zwart, glanzend. Ze ziet er plotseling bang uit.

'Het kan niet, het kan niet zo zijn.'

'Wat heb je gezegd?'

'Ik kan het niet geloven.'

Ze schudt haar hoofd zo heftig dat haar paardenstaart als een zweep van de ene naar de andere kant van haar bleke gezicht zwiept.

'Kattis, denk na. Wat heb je gezegd?'

Ze zucht diep, schuift onrustig heen en weer en kijkt weer naar de gebarsten tafel, plukt aan de koekkruimels.

'Dat ze een slet is,' fluistert ze. 'Dat ze Henrik van me heeft afgenomen. Dat ze dat kleine meisje sloeg, Tilde. Dat ik wou dat ze dood was. Maar dat heb ik niet tegen hem gezegd. Ik heb het erover gehad met een meisje met wie ik samenwerk, en met andere vrienden door de telefoon. Dat was in het begin. Toen het net uit was tussen ons. Ik was toen nog steeds verliefd op hem... Maar ik meende het niet... Ik was gebroken. Dat soort dingen zeg je als je je slecht voelt. Ik zou natuurlijk nooit... nooit!'

'En Tilde? Denk je dat Tobias Tilde kan hebben ontvoerd?'

Langzaam heft ze haar blik op van de tafel, kijkt me aan met ogen die donker zijn, berouwvol.

'Weet je... het is zo vreemd.' Ik hoor twijfel in Kattis' stem. Angst. 'Hij vroeg me eerder deze week welke cornflakes kleine kinderen lekker vinden. En waar ze mee spelen.'

Ik zie het meisje weer voor me. De foto van de crèche, grotesk uitvergroot op alle aanplakbiljetten. Het vrolijke meisje met de opwippende vlechten. Zou het echt zo kunnen zijn?

'Vertel eens wat meer over Tobias. Is hij eerder gewelddadig geweest?'

Ze slaat haar blik neer, verbergt haar gezicht in haar handen, alsof ze zich concentreert, of misschien huilt ze. Na een tijdje wrijft ze over haar gezicht en kijkt me aan en ik denk dat ik tranen zie.

'Ja, ja, ja. Hij is gewelddadig geweest. Maar niet sinds hij bij ons is gekomen, op het Arbeidscentrum. Ik dacht dat hij op het goede spoor zat.' Ze pauzeert even en grijpt dan opeens de tafel beet, alsof ze op het punt staat om te vallen. 'Lieve god, stel je voor dat hij haar daar heeft, bij zich thuis? Moeten we de politie niet bellen? Of ernaartoe gaan? Naar Tobias. Hij is tenslotte niet thuis, hij is in Göteborg met mijn werk. Als, en alleen als het zo is als je zegt, dan... kunnen we erheen rijden en daar naar haar zoeken. Ik hoop echt dat je het bij het verkeerde eind hebt. Mijn beeld van Tobias is dat hij geen vlieg kwaad doet. Een beetje verknipt, zeker. Maar ongevaarlijk. Maar als het zo is als jij denkt... dan moeten we haar proberen te helpen.'

'Hoe lang blijft hij in Göteborg?'

'Ze komen morgen terug.'

Buiten is het nog harder gaan sneeuwen. Door het raam zie ik kinderen door de verse sneeuw rollen, ze liggen op hun rug en maken sneeuwengelen, gooien sneeuwballen tegen het bibliotheekgebouw. Die kinderen te zien, doet bijna fysiek pijn. Ik knik naar Kattis.

'We doen wat je zegt, we gaan ernaartoe. We kunnen de politie onderweg bellen.'

Wanneer we over het Medborgarplatsen naar Kattis' kleine auto lopen, verbaas ik me over de stilte die om ons heen gevallen is. Het verkeer en de mensen die in het donker voor me lopen zijn plotseling niet meer te horen. De sneeuw kruipt langs de kraag van mijn jas, en in mijn lage, hopeloos versleten, onpraktische laarzen. Ik trek mijn sjaal strakker om me heen, blijf even staan om te rusten. Sinds ik zwanger ben, ben ik zó buiten adem. Ik ben kortademig, moet de hele tijd plassen en voel me misselijk. Er is niets gezegends of romantisch aan mijn toestand. Het voelt alleen als één lang traject naar het kerngezinleven dat ik de afgelopen jaren zo wanhopig heb proberen te vermijden.

Op de Götgatan verplaatst het verkeer zich traag. De auto's hebben het katoenachtige witte tapijt al veranderd in een bruingrauwe drab.

Kattis laveert door het verkeer, rijdt van rijstrook naar rijstrook, en toetert woedend naar een auto die stil is blijven staan.

'Ik hoop echt dat je het bij het verkeerde eind hebt. Maar als er iets van klopt wat je zegt, dan is het allemaal mijn schuld. Alles.'

Haar stem klinkt verstikt en ze knijpt zo hard in het stuur dat haar knokkels wit worden. We rijden over de Skanstullsbron. Onder ons slaapt het Eriksdalsbad onder een deken van sneeuw. Bij het Gullnarsplan lijkt Kattis even te twijfelen, maar slaat dan af naar de E4.

'Jij kent hem goed. Wat denk je, kan hij het gedaan hebben? Kan hij Tilde hebben ontvoerd?'

Kattis beweegt zich onrustig in haar stoel. Trekt de rits van haar dikke, met bont gevoerde jas omhoog alsof ze het koud heeft, ondanks de warmte in de auto, en kijkt me met angst in haar ogen aan.

'Ik weet het niet.'

'Maar als je zou moeten gokken?'

Ze beweegt opnieuw heen en weer en ik kan aan haar zien dat ze het een ongemakkelijk gesprek vindt.

'Misschien,' zegt ze uiteindelijk. 'Hij zou het misschien gedaan kunnen hebben. Hij is er... naïef, onevenwichtig genoeg voor. En zoals ik al zei is hij eerder gewelddadig geweest. Is in vechtpartijen verzeild geraakt en zo. Maar ik denk toch niet...'

Ik buig me voorover en zoek tussen papieren, munten en kauwgom in mijn tas. Vind mijn mobieltje.

'Ik bel Markus.'

Ze knikt langzaam. Lijkt niet te horen wat ik zeg.

Markus' telefoon staat uit en ik krijg de voicemail. Ik laat een boodschap achter, vraag hem mij te bellen.

'Wat gaan we nu doen?' fluister ik.

'We rijden ernaartoe. Als Tilde daar is, moeten we opschieten.'

'Waar woont hij?'

'Op het platteland, bij Gnesta, het is zestig, zeventig kilometer ten zuiden van Stockholm. Ik heb GPS.'

We zitten zwijgend in het autootje. Buiten ons passeert voorstad na voorstad in het donker: Älvsjö, Fruängen, Sätra, Skärholmen. In alle betongemeenschappen die we voorbijrijden: mensen zoals wij, in elkaar gekropen op banken en in bedden, ploeterend door de sneeuw, boodschappentassen dragend. Eenzame zielen in de duisternis van de compacte Scandinavische winter. Ieder met zijn dromen en problemen, zijn verwachtingen en teleurstellingen. Ik denk daaraan en opeens is ze daar: de zekerheid wie de dader is.

'Love fucks you up,' mompel ik.

'Wat?'

Kattis ziet er verbluft uit, kijkt me aan alsof ik iets gezegd heb waardoor ik in aanmerking kom voor een spoedtransport naar een psychiatrische inrichting. Ik lach kort, om de scherpte uit mijn opmerking te halen.

'Het gaat altijd om liefde,' zeg ik zonder het verder toe te lichten. Ik denk aan Patrik in mijn stoel: kapot, afgewezen, vernederd. En Sven, verlaten door zijn vrouw na dertig jaar. Zijn lege blik, zijn scherpe, naar alcohol ruikende adem, zijn trillende handen. En Aina, haar gekwelde, strak in de plooi getrokken gezichtsuitdrukking toen ze vertelde dat Carl-Johan getrouwd was en een vrouw, kinderen en een huis in Mälarhöjden had.

Als het mogelijk was om zonder liefde te leven. Als we onszelf konden zijn, zouden we dan vrij zijn? Zou de pijn minder worden, verdwijnen? Zou Hillevi dan bij een man zijn gebleven die haar sloeg? Zou Sirkka haar hele volwassen leven hebben gewijd aan een ontevreden man, die haar mishandelde? Zou Sofies moeder hebben geaccepteerd dat haar nieuwe man haar dochter sloeg?

Ik denk aan wat Vijay een paar weken geleden zei, dat het niet om liefde gaat, maar om macht. En ik denk dat hij ongelijk had – of dat zijn verklaring in elk geval ontoereikend was. Want het is juist liefde die mensen macht over elkaar geeft, die zorgt dat ze het onacceptabele accepteren, het onverdraaglijke verdragen.

Ik sluit mijn ogen en zie Tobias voor me, het donkere, bijna zwarte haar, de diepliggende ogen. De munt die over zijn knokkels danst. Ik denk dat zijn liefde voor Kattis van het geobsedeerde soort is: verslindend, intensief, bitterzoet. Zij is onbereikbaar; het is voor hem onmogelijk om echt dicht bij haar te komen. Ze is zijn begeleidster. Haar relatie met hem is dezelfde die ik tot mijn patiënten heb. Misschien heeft hij het gedaan om haar te bereiken, om zich haar waardig te tonen.

En Stefan, altijd Stefan.

Want al is hij dood, ik kan niet ophouden van hem te houden. Die vervloekte liefde dringt zich op vanaf de overzijde. Doet zich gelden als een barst in mijn ziel, een wig tussen droom en werkelijkheid, die het verleden laat binnensijpelen in mijn leven, mijn werkelijkheid – als afvoerwater.

Opeens voel ik me weer misselijk en het zweet breekt me uit. Mijn jas knelt rond mijn nek. Ik trek de knopen los en keer me naar Kattis.

'Kun je even stoppen? Ik moet...'

'Hier? Midden op de snelweg?'

'Alsjeblieft?'

Ze lijkt te zien dat ik me slecht voel, want ze rijdt de berm in en doet de waarschuwingslichten aan.

'Opschieten, we staan hier niet zo goed.'

Ik doe het portier open en stap naar buiten, de duisternis, de dichte sneeuwval, de scherpe kou in. Ploeter me naar de greppel, zak op mijn knieën, met mijn handen begraven in de sneeuw. Geef over. Blijf even zo zitten, tot mijn handen pijn doen van de kou. Dan maak ik een bal van de verse sneeuw en wrijf ermee over mijn voorhoofd en rond mijn mond, kom langzaam overeind en loop terug naar de kleine rode auto.

Wanneer ik weer naast Kattis ga zitten, heeft ze de radio aangezet. Donkere soulmuziek vult de nauwe ruimte, ze draait het geluid omlaag en kijkt me bezorgd aan.

'Gaat het?'

Nee, het gaat helemaal niet. Mijn lichaam is in opstand gekomen, ik lijk mijn patiënten noch mijn vrienden te kunnen helpen en bovendien had ik dit met Tobias eerder moeten bedenken, die gedachte doet pijn. Zou Tilde anders nog thuis bij haar vader zijn geweest?

'Ik ben zwanger,' zeg ik, zo zacht dat ik het zelf nauwelijks kan horen. Maar Kattis hoort het. Ik zie oprechte verbazing in haar ogen. Ze glimlacht, maar de glimlach ziet er stijf en geforceerd uit, alsof ze ergens pijn heeft.

'Gefeliciteerd, dat is... geweldig. Is het van hem, van die agent?'

Ik knik en denk aan Markus. Zijn warme handen, zijn verkreukelde wangen 's ochtends, de slaaprestjes in zijn blauwe ogen. Hoe hij 's nachts een arm over mijn buik legt alsof hij het kind daarbinnen wil beschermen tegen al het kwaad. Alsof hij het echt zou kunnen beschermen tegen het kwaad van de wereld.

'Het was niet gepland,' zeg ik en ik heb meteen spijt van die opmerking, want het voelt alsof ik Markus opnieuw teleurstel door te vertellen dat ik geen kind met hem gepland had.

Kattis mindert plotseling vaart en we slippen in de sneeuwbrij.

'Godver.'

Ergens voor ons in het donker zie ik blauwe lichten en een lange rij die zich gevormd heeft in de afdaling naar Vårby. Kattis zet de ruitenwissers in de snelste stand. Toch kunnen we niet meer dan tien meter voor ons uit kijken. Ze doet de muziek weer aan, alsof ze niet wil praten, staart naar de blauwe lichten die langzaam dichterbij komen.

Ik bekijk haar profiel in het donker, zie het blauwe licht over haar fijn getekende jukbeenderen en geprononceerde wenkbrauwen strijken. Ik vraag me af of ik haar eigenlijk wel ken, of ik wel weet wat er in haar hoofd omgaat. Wat ze eigenlijk vindt van mij en Aina, van wat er met Susanne en Hillevi is gebeurd. Van Henrik en Tilde.

Dan komen we bij het ongeluk. Een schijnbaar onbeschadigde vrachtwagen staat in het midden van de file, maar als we voorbijrijden zie ik de kleine personenauto die er ingeklemd voor staat: een bal van blik, als verfrommeld zilverpapier. Mijn maag trekt zich samen.

'*Rijd rechtdoor,*' zegt de blikkerige GPS-stem.

'Shit,' zegt Kattis. 'Ik hoop dat ze het overleefd hebben.'

Ik knik, niet in staat om te antwoorden. Kijk in plaats daarvan gebiologeerd naar de brandweermannen en politieagenten die rondlopen op de plek van het ongeluk. Dan wordt er op ons raam geklopt. De agent wuift geïrriteerd dat we door moeten rijden, 'het is heel vervelend dat iedereen stopt om te kijken!' hoor ik hem schreeuwen en Kattis trapt zo hard op het gas dat de auto vooruitschiet in de sneeuw.

Ik weet niet waarom, maar opeens word ik nieuwsgierig naar Kattis. Ze heeft vaak over haar relatie met Henrik verteld: hoe ze elkaar hebben ontmoet en hoe de verhouding van intensief en liefdevol destructief was geworden. Maar plotseling besef ik hoe eindeloos veel ik eigenlijk niet weet van haar en haar leven.

'Wat had je voor mannen voor Henrik?'

'Voor Henrik?'

Ze kijkt me verbaasd aan, haar mond open alsof ze iets wil zeggen maar de woorden niet kan vinden.

'Ja, je hebt toch wel...?'

Ze glimlacht breed, en opnieuw verbaas ik me erover hoe mooi ze is als ze glimlacht.

'Heel veel.'

Ik kan het niet laten om terug te glimlachen. Plotseling doet ze me aan Aina denken. Maar meteen keert de pijn weer terug op haar gezicht.

'Het heeft me altijd moeite gekost om niet te flirten. Jij kunt misschien uitleggen hoe dat komt. En waarom ik er niet mee kan stoppen. Want als het is zoals jij denkt, dan komt het allemaal doordat ik te... flirterig ben geweest tegenover Tobias. Ik had eerder de grenzen aan moeten geven. Had me terug moeten trekken.'

Ze kijkt door het raam, haar gezicht gesloten. Buiten is de sneeuwval veranderd in een echte storm. We rijden heel langzaam over de E4. Voor ons kronkelt de rij met auto's naar het zuiden, als een reusachtige glimworm kruipt hij met een slakkengang voort.

Ik kijk naar de sneeuwstorm, het enige wat te horen is zijn de soulmuziek en het gepiep van de ruitenwissers. Opeens heb ik het gevoel dat we de enigen in de wereld zijn, Kattis en ik. Dat deze kleine rode Golf die door de sneeuw glijdt het enige is wat bestaat. Markus lijkt ver weg. Aina en de kliniek ook. Zelfs het kind dat ik in me draag lijkt een ver verwijderde droom. De sneeuw die mijn laarzen en kraag in was gekropen, is allang gesmolten tot een kleverig laagje over mijn nek en enkels.

'Dit gaat nog wel even duren,' mompelt ze zonder me aan te kijken.

Als we afslaan naar Gnesta en Mölnbo merk ik dat er een auto met een kapotte koplamp achter ons rijdt. Hij komt me bekend voor en ik vraag me even af of ik hem niet eerder heb gezien, bij het ongeluk in Vårberg.

Een ogenblik vraag ik me af of dit een slecht idee is, of alles niet alleen een paranoïde product van mijn al te levendige fantasie is. Of de zwangerschap en de hormonen er niet voor gezorgd hebben dat ik mijn beoordelingsvermogen kwijt ben, en ik voel de aandrang om naar Kattis te roepen dat ze de auto moet stoppen. Terug naar Stockholm moet rijden. Maar dan zie ik Tilde weer voor me en denk aan de vreemde vragen over cornflakes en speelgoed.

'Bij de volgende kruising rechts afslaan.'

We kunnen de contouren van de huizen die we passeren niet meer zien, alleen de silhouetten van de hoge sparrenbomen die ons aan beide zijden flankeren. Het is compleet donker, de sneeuw wervelt om ons heen, weerspiegelt het licht van de koplampen. Alleen de muziek is te horen, en zo nu en dan de mechanische instructies van de GPS. Ergens aan de linkerkant vermoed ik bebouwing en lantaarnpalen duiken als sterretjes op in de neervallende sneeuw, geven aan dat we een meer dichtbebouwde omgeving binnenrijden.

'Gnesta,' mompelt Kattis. We kruipen door het donkere, opgebroken centrum, als het al zo genoemd kan worden, want het bestaat uit niet meer dan een paar winkeltjes op een kruising: videotheek, kebabtent, pizzeria. Een eenzaam bord zwaait in de wind voor de lokale eettent, vermeldt dat een pint bier negenendertig kronen kost. Het lijkt een spookstad.

Kattis draait een smallere weg op die rechtstreeks het bos in lijkt te leiden, weg van de bebouwing. Ik keer me om en kijk naar achteren, zie de koplampen van een auto ergens achter ons, denk dat de ene lamp iets minder licht geeft dan de andere, maar het weer is te slecht om te kunnen beoordelen of het dezelfde auto van daarnet is.

Kattis tuurt door de voorruit. Er is bijna niets te zien; de wereld om ons heen lijkt alleen uit wervelende sneeuw te bestaan. De ondergrond wordt ongelijkmatig en we moeten langzamer gaan rijden. De auto schudt heen en weer, ik hoor hoe iets hards tegen de onderkant slaat, alsof we over een steen zijn gereden.

'We zijn er bijna,' fluistert ze. 'Bijna.'

'*Bij de volgende kruising links afslaan.*'

Dan geeft ze gas om een kleine helling op te komen. De auto vliegt over de top en gaat aan de andere kant verder. Tussen de donkere bomen zie ik een steile helling en ik zie dat de weg naar rechts draait. Kattis remt, maar in plaats van te gehoorzamen, raakt de auto in een slip en rijdt recht op een muur van grote sparrenbomen af.

'Shit,' zegt ze hees.

We glijden met hoge snelheid tegen de stam van een enorme spar. De klap is oorverdovend. Het geluid van gebroken glas en metaal dat onherkenbaar wordt vervormd, vult de carrosserie. Dan stilte. Het enige wat te horen is, is het geluid van de ene ruitenwisser die nog beweegt boven de verbrijzelde ruit; als de poot van een stervend insect schiet hij spastisch heen en weer.

Sneeuw wervelt de auto in. Ik veeg het glas van mijn knie en draai me naar Kattis, die met haar hoofd tegen het stuur geleund zit.

'Gaat het?' vraag ik en ik leg mijn hand op haar schouder.

Maar ze antwoordt niet, kreunt alleen zachtjes.

Ik grijp haar schouders stevig beet en schud haar door elkaar.

'Zeg iets.'

'Mijn been,' jammert ze.

'*Rijd rechtdoor*,' zegt de metaalachtige stem, onaangedaan door wat er zich net heeft afgespeeld.

Ik draai me naar haar toe en zet de motor af, zie hoe haar benen verdwijnen onder het dashboard, maar er klopt iets niet. Het is alsof haar hele stoel naar voren is geschoven, waardoor er geen plaats meer is voor haar benen. Of alsof de voorkant van de auto naar binnen is gedrukt en haar benen heeft vastgeklemd.

'Wacht, ik ga hulp halen.'

Ik knoop mijn jas dicht en sla de sjaal om mijn hoofd en nek. Open het portier en zak diep weg in de sneeuw. Weer vullen mijn laarzen zich met de donzige sneeuw.

Mijn blote vingers tasten langs de carrosserie wanneer ik naar de motorkap ploeter, om alleen te constateren dat we tot halverwege in een diepe kuil staan. Voorzichtig klim ik de kuil in, hoor het geluid van brekend glas wanneer ik door het dunne ijs trap. Een seconde later voel ik dat mijn laarzen vollopen met ijskoud water. Ik draai me om, word verblind door de ene koplamp die het nog doet.

De boomstam staat er onaangetast bij, maar de hele linkervoorkant van de auto is in elkaar gedrukt en heeft zich naar de boom gevormd, alsof het metaal de stam omhelst. Ik klim de kuil weer uit en knijp mijn ogen dicht tegen de koplamp en de sneeuw die om me heen wervelt. Er is geen kans dat we verder kunnen rijden. Het enige wat ik kan doen, is proberen Kattis los te krijgen zodat we het laatste stukje kunnen lopen.

Ik loop om de auto heen naar de kant van Kattis en zie dat het portier ook in elkaar is gedrukt. Het enige wat er gebeurt als ik aan het handvat trek, is dat zij begint te schreeuwen. De minieme trillingen die ik veroorzaak, lijken haar pijn te doen en ik word ongerust. Stel je voor dat ze echt gewond is. Ernstig gewond.

Ik wikkel mijn sjaal om mijn hand. Sla de stukjes glas weg die nog in de ruit aan Kattis' kant zitten zodat ik door het raam naar binnen kan kijken. Voorzichtig trek ik haar bovenlichaam naar achteren, naar de stoel, zodat ik een blik op haar benen kan werpen. Ze kreunt zachtjes.

Het is niet makkelijk iets te zien in het zwakke licht dat binnensijpelt, maar wanneer mijn ogen aan het donker gewend zijn, zie ik dat het metaal als een bankschroef om haar linkerbeen zit geklemd. Bloed druppelt over haar knie en maakt donkere vlekken op haar spijkerbroek.

'Kun je je been bewegen?'

'Nee,' antwoordt ze direct met een luide stem. Ze is opeens weer helemaal aanwezig. 'Nee, en je komt er niet aan ook, hoor je me?'

Ik hoor de paniek in haar stem en knik, leg mijn hand op haar schouder.

'Oké, ik ga hulp bellen.'

Ze knikt langzaam en sluit haar ogen. Haar lippen even wit als de sneeuw die nog steeds door de auto wervelt.

Ik bel het alarmnummer en word tot mijn verbazing in de wacht gezet. De situatie voelt absurd aan. Ongeduldig trommel ik met mijn vingers tegen de telefoon en tuur tegelijkertijd het zwarte bos in. Hoe kan hier iemand wonen? Midden in het bos?

Opeen hoor ik een stem in de telefoon en tot mijn verbazing begin ik te huilen.

Ik hakkel, moet voortdurend alles herhalen, maar ten slotte lukt het me om over te brengen dat we een auto-ongeluk hebben gehad en dat mijn vriendin gewond is. De vrouw aan de andere kant van de lijn stelt vragen over ademhaling en bloedingen. Of ik contact met Kattis kan krijgen en of ze in shock lijkt te zijn. Ik geef haar de GPS-coördinaten zodat ze ons kunnen lokaliseren en de vrouw vertelt dat er door het noodweer veel auto's van de weg zijn geraakt. Dat er een ambulance aan komt, maar dat het even kan duren. Ze legt uit dat ik haar warm moet houden en haar gedrag moet observeren. Als ik heb opgehangen, keer ik me naar Kattis: 'Ze willen dat ik hier blijf.'

Ze likt over haar bleke lippen en kijkt me aan.

'Hé, mijn been zit klem, ik heb geen hartinfarct gekregen. Het is oké. Ik voel me oké.'

Ik trek mijn jas uit, buig me door het raam naar binnen en leg hem over haar heen als een extra deken.

'Ga haar zoeken. Ik blijf wel zitten waar ik zit. Volgens de GPS is het hier recht onder.'

Ik aarzel, maar Kattis ziet er kalm uit.

'Kom, ik heb een mobiele telefoon. Ik kan je bellen als er iets is. Het is in orde.'

Ik ploeter voort door het bos, het enige wat ik hoor is de wind, die in kracht is toegenomen, het knarsen van de sneeuw onder mijn veel te dunne zolen en mijn eigen ademhaling. Om me heen het hoge, dichte sparrenbos dat zich uitstrekt naar de nachthemel. Mijn voeten voelen niet meer koud aan, ze zijn verdoofd en ik voel de grond niet terwijl ik loop. Het huis is omringd door een dichte begroeiing. Hoewel ik niet kan zien wat er onder de sneeuw groeit, krijg ik de indruk dat de tuin al jarenlang niet verzorgd is.

Als ik dichterbij kom, zie ik dat het niet allemaal planten zijn, zoals ik eerst dacht. Rechts liggen een paar oude autowrakken verzonken in de sneeuw, als kadavers die iemand naar huis heeft gesleept. Autobanden liggen er opgestapeld naast. Links van me zie ik de contouren van een op zijn kop liggende winkelwagen. Alleen de wieltjes steken uit de sneeuw omhoog. Voor de trap verheft zich een met sneeuw bedekt heuveltje, waarvan ik al snel zie dat het eigenlijk een zeildoek is dat iets anders bedekt, misschien brandhout of nog meer troep. Op de trap verdringen opgebruikte wasmachines, magnetrons en fietsbanden elkaar. Een oude, kapotte ladder ligt tegen de voorkant van het huis.

Het huis zelf is gemaakt van geel baksteen en lijkt ergens in de jaren vijftig te zijn gebouwd. Warm licht stroomt uit de ramen op de benedenverdieping, trekt gele strepen op de sneeuw voor me.

Het is volkomen stil.

Om me heen wervelt de sneeuw, die langzaam de treurige verzameling van dood witgoed en gepensioneerde auto's bedekt. Met trillende vingers veeg ik de sneeuw van iets wat eruitziet als een oude mangel, en ga erop zitten om op adem te komen. Het is verschrikkelijk koud. Ik wou dat er iemand bij me was: Aina, Markus, Vijay, Hillevi.

Om de een of andere reden is het juist Hillevi die in mijn gedachten opduikt. Ik had haar kalmte en zekerheid kunnen gebruiken hierbuiten in het bos.

Dan hoor ik iets in het donker achter mij. Het klinkt alsof er een lege blikken emmer op de grond valt. Een metaalachtig, hol geluid. Ik draai me om. Ik tuur in het donker, maar het enige wat ik zie is de sneeuw die ronddanst in de nacht. Zou het kunnen dat ik hier niet alleen ben? Tobias? Maar er zijn geen voetsporen in de sneeuw rond het huis. En Tobias is in Göteborg. Ver weg.

Na een korte aarzeling neem ik een besluit en loop het laatste stukje naar het huis, sluip langs de muur. Ik kijk naar binnen door de verlichte ramen. Bedenk dat het makkelijk is om naar binnen te kijken, maar dat ik van binnenuit niet te zien ben.

Ik kijk in een keuken. De werkbanken zijn volgestouwd met steelpannen, braadpannen, schalen. Overal staat vuile vaat. Oude pizzadozen liggen op de geel-witgeruite linoleumvloer. Er zijn geen mensen te zien. Het huis lijkt verlaten en ik loop naar de deur, sluip het trapje op en pak de deurknop beet, voel de deur zonder tegenstand openglijden.

De hal is donker en staat vol met dozen met tijdschriften. Ik ruik de geur van sigarettenrook en iets anders: etensgeuren, olie, koffie, oude, ongewassen kleren. De onmiskenbare geur die je vaak in de huizen van oude mensen vindt. Een bedompte geur waar ik bijna van moet braken, die beelden oproept van lange etentjes bij papa's oude, ongetrouwde tantes. Ossenvlees met bruine saus en komkommersalade. Amandelbiscuit. En dan nog de muffe geur van ongewassen vrouwenlichamen en ingekoekt vuil waarvan de bijeenkomsten doortrokken waren.

Op de vloer achter de deur liggen een rasp en twee rubberlaarzen in een damesmaat. Ik buig me voorover om ze beter te bekijken, maar voordat ik de laars heb kunnen pakken, stuift er een gestalte op me af. Het duurt heel even voor ik besef dat het een hond is. Een dikke, oude golden retriever. De hond lijkt blij om me te zien, hij springt rond mijn benen en likt mijn handen alsof we oude vrienden zijn.

Mijn benen trillen en ik loop voorzichtig verder door de hal. In de deuropening aan de rechterkant zie ik een eetkamer. De volledige oppervlakte is bedekt met papieren verpakkingen en tijdschriften. Maar alles is keurig opgestapeld. Alsof de persoon die hier woont geprobeerd heeft orde te scheppen in de chaos die het huis overheerst.

Plotseling een scherp geluid. Zoals wanneer een kind op volle kracht in een blokfluit blaast. Mijn hart bonkt en matheid verspreidt zich bliksemsnel door mijn gevoelloze benen.

Piepkleine figuurtjes springen uit een ouderwetse koekoeksklok die aan de muur boven de eettafel hangt. Verkondigen dat het zes uur is. Ik adem zwaar, voel de misselijkheid door mijn lichaam trekken. Keer me om en loop de kamer uit.

In de andere richting komt de hal uit in een zitkamer. De deur wordt zo goed als versperd door spullen. Oude ski's, hengels, een lasmasker. Stapels lege flessen die ik herken uit mijn jeugd: Trocadero, Sockerdricka, Pommac. Ik loop langzaam de kamer in, struikel over geplastificeerde pakketjes die gestapeld op de vloer liggen, grijp een gordijn beet om niet te vallen. Er stuift stof uit dat de lucht om me heen vult, hem korrelig maakt en het ademhalen bemoeilijkt. Ik moet hoesten. Voel hoe mijn luchtpijp zich samentrekt.

De kamer is gevuld met zware, donkere stijlmeubels. Op sommige plekken zijn de meubels op elkaar gestapeld. Stoelen staan op de tafels. Aan de muren reproducties van landschappen, huilende kinderen en zeilboten. Mosterdgele fluwelen gordijnen hangen voor alle ramen, zodat ik niet naar buiten kan kijken.

Achter me hoor ik de hond, die me gevolgd is. Zijn poten klakken op het versleten parket. Nergens is een spoor van een kind te vinden. Ik voel me dom en voor het eerst vraag ik me af wat ik hier eigenlijk doe. Het is zinloos. Tilde is hier niet.

Wanneer de klap komt, ben ik totaal onvoorbereid. De pijn is scherp en gloeiende punten dansen voor mijn ogen. Ik voel sterke armen die van achteren om me heen worden geslagen en een hand die tegen mijn mond wordt gedrukt. Een vreemde mengeling van aftershave en zweet slaat me tegemoet. Ik probeer mijn hoofd te draaien en vang een glimp op van donker haar en een puisterige huid.

Tobias.

'Je bent dus hiernaartoe gekomen, stomme hoer,' sist hij in mijn oor.

'Tilde,' mompel ik.

'Het kind? Wil je naar het kind?'

Ik probeer te knikken.

'Dan heb je geluk dat ze hier nog is. Natuurlijk moet je naar het kind. Vanzelfsprekend.'

Hij sleept me de hal in, langs de stapels met papier en de opgestapelde meubels. Ik probeer mijn voeten neer te zetten, probeer zelf te lopen, maar bliksemsnel komt er een nieuwe klap, en ik durf niet langer iets te doen. Door een onverwachte duw verlies ik mijn evenwicht en ik val op de grond. Ik voel een trap tegen mijn zij, een tamelijk achteloze, bijna onverschillige trap, maar toch hard genoeg om me nog banger te maken. Ik denk aan Susanne, aan haar kapotgetrapte gezicht.

Achter me hoor ik het piepende geluid van verroeste scharnieren en dan word ik weer omhooggetrokken. Tobias tilt me op en duwt me door de deuropening.

'Ze is boven. In de garderobe.'

Ik twijfel even, maar geloof dat hij de waarheid spreekt. Ik geloof dat Tilde boven is.

'Vooruit dan, verdomme.' Hij duwt me in de richting van de trap en ik struikel naar voren terwijl ik tegelijkertijd de deur achter me dicht hoor gaan, gevolgd door een metaalachtig gerammel.

Duisternis.

Ik ben op de zolder, zoek mijn weg langs de muur boven de trap, vind een soort snoer dat verder de ruimte in leidt, als een slang. Wanneer ik voorzichtig over de houten vloer loop, knarst die onder mijn gewicht. Buiten giert de wind rond het huis. Voor mijn voeten liggen zachte bundels waar ik overheen moet stappen. Kleren misschien. Of oude tijdschriften?

Dan voel ik iets anders. Het snoer eindigt en wordt afgelost door een klein rond voorwerp. Een gloeilamp. Dan moet er ook ergens een schakelaar zijn. Langzaam loop ik achteruit langs dezelfde weg terug, volg het snoer met mijn vingers, stap voorzichtig over de bundels op de grond. Ruik een rauwe geur van schimmel en stof.

Dan vind ik hem.

De schakelaar maakt een tikkend geluid en plotseling baadt de zolder in het licht.

En dan zie ik haar.

Een vrouw van in de zestig zit als een lappenpop tegen de muur, tussen twee oude koffers. Haar gezicht is bedekt met blauwrode vlekken en ziet er vreemd gezwollen uit. Haar handen zijn samengebald als klauwen en bevroren in een onnatuurlijke houding. Haar jas is gevlekt en stoffig, alsof iemand haar over de vloer heeft gesleept. Ze heeft geen schoenen aan, alleen een gebreide grijze sok aan haar ene voet. De andere voet is bloot.

Onwillekeurig slaak ik een gil en doe een stap achteruit, stoot ergens tegenaan en val achterover in een zachte stapel van tijdschriften en oude kleren.

Stof wervelt om me heen, maakt me aan het hoesten.

Hoewel ik val, kan ik niet ophouden naar haar te kijken. Er is iets hypnotiserends aan dat dode lichaam. Want ik begrijp natuurlijk dat ze dood is.

Ik dwing mezelf mijn blik ergens anders op te richten, zodat ik de kamer in me op kan nemen.

Hij is kleiner dan ik had gedacht en ik neem aan dat ik me vlak onder de nok van het dak bevind. De vloer is bezaaid met oude ski-jacks, spijkerbroeken en stapels kranten. Ik hurk neer voor een stapel *Dagens Nyheters* uit 1989. Naast andere kranten, allemaal uit 1989, vergeelde bundels die getuigenis afleggen van wat er in dat jaar gebeurd is. Ik kijk naar de bovenste, 14 maart: 'Kerstin Ekman en Lars Gyllensten verlaten de Zweedse Academie uit protest.' Ik til de krant op. Het papier is hard en kleeft aan elkaar, alsof het in het water heeft gelegen. Op een andere krant, 25 maart 1989: 'Hier eindigt elk van spoor van Helene Nilsson, 10' en 'Olieramp in Alaska'.

Moeizaam kom ik overeind en kijk om me heen. Aan het ene uiteinde van de smalle ruimte is een raampje dat ondoorzichtig is van het vastgekoekte stof en aan het andere uiteinde een deur.

De garderobe.

Voorzichtig beweeg ik me tussen stapels kranten en troep naar de deur. Ik loop met een grote boog om de dode vrouw heen, wil niet het risico lopen dat ik over haar val, dat ik in een onvrijwillige omhelzing beland met die klauwachtige handen, die koude huid.

'Tilde, ben je daar?'

Ik bonk zo hard tegen het ongeschaafde hout dat splinters in mijn handen dringen.

Niemand antwoordt aan de andere kant van de deur. Er klinkt

geen kleinemeisjestem die naar me roept.

De deur heeft een slot maar geen knop. Ik tast langs de rand tot ik een kier vind die groot genoeg is om mijn vingers tussen te krijgen. Dan zet ik me schrap tegen de muur, trek met al mijn kracht en met een zucht wijkt de deur, gaat wijd open.

En daar zit ze.

Ze ziet er magerder uit dan op de foto's die ik in de avondkranten heb gezien. Haar arm hangt in een onnatuurlijke hoek aan een koord boven haar hoofd. Haar gezicht is vuil, maar ik kan duidelijk de donkere, grote ogen zien, die me aan lijken te kijken zonder te begrijpen wat er gebeurt. De kleine ruimte ruikt vaag naar urine. Op de vloer liggen een vieze deken en een paar lege cakevormpjes van vetvrij papier.

Ik maak het koord los dat aan een haak in de muur van de garderobe vastzit, buig me voorover en neem het meisjeslichaampje in mijn armen.

Zo licht.

Zo weinig weegt dus een leven.

Ik verbaas me hierover terwijl ik door de kamer naar de trap loop. Ze biedt geen weerstand. Zegt niets. Leunt alleen met haar hoofd tegen mijn schouder alsof ze slaapt.

Voorzichtig bedek ik haar ogen met mijn hand zodat ze het vrouwenlichaam in de kamer niet hoeft te zien. Denk dat ze nu wel genoeg geconfronteerd is met de dood en het kwaad.

Door de vloerplanken hoor ik Tobias met zware stappen rondlopen, rammelend en vloekend. Ik weet niet waarom hij me zo gemakkelijk naar Tilde heeft gebracht, maar ik vrees het ergste. Er staat iets te gebeuren. Iets verschrikkelijks. Ik ga voorzichtig op een stapel kleren zitten, nog steeds met Tilde in mijn armen. Luister naar haar gelijkmatige ademhaling. Ik sluit mijn ogen. Geef me over aan de pijn en de steeds erger wordende duizeligheid.

Opeens hoor ik een zacht geluid, het klinkt alsof de muren vol ratten zitten die aan het isolatiemateriaal knagen. Tegelijkertijd ruik ik een prikkelende geur. Benzine. Het geluid neemt in sterkte toe en ik begrijp opeens wat er aan de hand is.

Het brandt. Tobias heeft het huis in brand gestoken.

Blauwgrijze rookslierten dringen tussen de ongeschaafde vloerplanken door en ik begrijp dat er geen tijd te verliezen is, dat de meubels en dozen met in de loop der jaren verzamelde troep op de benedenverdieping het vuur moeten aanwakkeren.

Op de trap is het nog steeds donker, maar het licht van de zolder is voldoende om te kunnen zien waar ik loop als ik me naar beneden haast. De deurkruk is heet als ik hem beetpak en ik trek mijn hand onwillekeurig terug, wikkel mijn sjaal eromheen en probeer het opnieuw. Druk de hete deurkruk omlaag en moet hoesten van de rook die van onder de deur opstijgt. Maar de deur gaat niet open. Ik probeer het opnieuw. En dan begrijp ik het: de knal toen de deur dichtsloeg, het metaalachtige gerammel dat ik hoorde toen ik de trap op liep.

Hij heeft de deur op slot gedaan.

Met Tilde in mijn armen ren ik terug naar de krappe zolderkamer. Het vuur is nu duidelijk te horen door de vloer onder mij, als een zacht, langgerekt, sissend gebulder. Ik hoor knallen als van glas dat barst. Ergens hoor ik de hond blaffen. Volhardend en luid, alsof hij de aandacht van iemand wil trekken.

Voor me tekent het raampje zich zwart af tegen het hout.

Oneindig voorzichtig zet ik Tilde voor me op de vloer. Wrijf de ruit schoon met mijn trui en kijk naar buiten. De sneeuw wervelt rond en maakt het onmogelijk om iets te zien. Ik maak de haak los en duw er met mijn volle gewicht tegen tot het raam openklapt en de koude lucht naar binnen stroomt, leun naar buiten en kijk naar beneden.

We bevinden ons op misschien vijf meter hoogte. Eerst kan ik niet zien wat er onder ons is. De sneeuwval is te hevig. Dan onderscheid ik vage contouren. Het duurt even voordat ik doorheb wat het is, aanvankelijk zie ik alleen scherpe stukken metaal uit de sneeuw steken, maar dan begrijp ik dat het frames van oude, gedemonteerde fietsen zijn die op een hoop onder het raam liggen.

Springen is onmogelijk.

Dan zie ik een slungelige gestalte die langzaam wegsjokt in de sneeuw. De hond volgt hem op de voet.

'Tobias,' brul ik. 'Je kunt ons hier niet achterlaten. Snap je dat niet?'

De gestalte blijft even staan, draait zich om en kijkt me zonder iets te zeggen aan. Dan draait hij zich weer om en loopt verder, zonder ook maar enige haast.

'Kom terug, klootzak!'

Hij reageert niet, verdwijnt alleen maar in de sneeuw.

Ik zak naast Tilde neer op de grond. Hoewel ik het raam heb geopend, vult de smalle kamer zich met rook. Tilde hoest en ik neem haar kleine, koude hand in de mijne. Ik hoor dat ze iets mompelt.

'Wat zeg je, liefje?'

'Mama,' zegt ze, 'ik wil mijn mama.'

Ik knijp weer in haar hand zonder antwoord te geven en zo blijven we een paar seconden zitten. Dan voel ik de schop. Heel zachtjes, alsof een jong vogeltje een koprol in mij maakt en zich afzet tegen mijn buikwand. Ik leg mijn hand op mijn buik en voel het opnieuw. Duidelijker deze keer. Nog een schopje. Nog een leven.

En ik weet dat we uit dit vervloekte huis moeten komen.

Ik kijk weer om me heen door de kamer. Misschien kan ik de oude kleren aan elkaar knopen tot een soort touw en omlaag klimmen?

'Blijf hier,' zeg ik en ik kom overeind. Loop door de kamer en raap zoveel mogelijk kleren van de vloer. Vermijd het om naar het slappe vrouwenlichaam te kijken dat tegen de muur zit. Door alle kieren dringt rook, ik kan het vuur onder ons horen loeien als een hongerig beest.

Snel knoop ik de kleren aan elkaar tot een provisorisch touw. Maak het vast aan een van de balken boven het raam en hang er met mijn hele gewicht aan om de sterkte te testen. Het breekt meteen. Een spijkerbroek scheurt. De stof is broos geworden na jarenlang op de vochtige zolder te hebben gelegen.

Ik maak de spijkerbroek los en knoop de jas erboven en het vest eronder, trek dan weer aan het touw van kleren.

Rats.

De jas scheurt in tweeën en stof wervelt door de kamer, mengt zich met de steeds dikker wordende rook.

'Godver.'

Tranen wellen op in mijn ogen, ik weet niet of het door de rook of door de situatie komt. Ik laat me naast Tilde zakken.

'Mama komt zo,' lieg ik.

Ze geeft geen antwoord.

We zitten stil onder het raam, horen hoe nog een paar ruiten exploderen op de benedenverdieping.

Dan klinkt ergens vandaan een zachte stem. Van binnen, denk ik eerst, maar dan begrijp ik dat hij van buiten komt.

Als ik door het raam naar buiten leun, zie ik hem bij het huis staan, in de dichte sneeuw. Hij staat wijdbeens en kijkt omhoog naar het raam waar ik sta.

'Help,' roep ik. Mijn stem klinkt hees en krachteloos, maar hij hoort hem toch.

Hij rent naar de muur van het huis en ik zie dat er iets bekends is aan zijn bewegingen, aan het grote, sterke lichaam, het kaalgeschoren hoofd.

'Spring!'

'Dat kan niet, er ligt allemaal troep, scherpe dingen.'

Ik zoek in mijn geheugen, herinner me dat ik iets bij de ingang heb gezien voordat ik het huis binnenging.

'Een ladder, er is een ladder bij de deur.'

Zonder antwoord te geven draait hij zich om en rent naar de voorkant, verdwijnt tussen de vlokken. Achter ons een krakend geluid, alsof het hele huis elk moment in elkaar kan storten. Opeens schudt de vloer onder me en ik verlies bijna mijn houvast, want het lijkt alsof de vloer verdwijnt. Maar die verdwijnt niet, verandert alleen van positie. De hele vloer helt nu over, alsof we op een zeilboot staan, en ik moet me vastgrijpen aan het raamkozijn om niet naar de trap te schuiven als de vloer opeens in een reusachtige glijbaan verandert.

'Mama!'

Op het laatste moment grijp ik Tildes arm en voorkom dat ze wegglijdt. Het lichaampje, dat net zo merkwaardig licht leek, is nu loodzwaar. Met mijn laatste krachten trek ik haar terug naar het raam.

'Je moet je aan me vasthouden, begrijp je dat?'

Ze kijkt me zonder antwoord te geven met glanzende ogen aan, maar houdt zich gehoorzaam vast aan het raamkozijn.

Langzaam glijden dozen, bundels kranten en rommel over de schuine vloer het vuur in. Vanuit een ooghoek kan ik zien hoe het vrouwenlichaam en de koffers die aan weerszijden naast haar staan langzaam wegglijden en met een sissend geluid in de vlammen verdwijnen.

Dan is hij terug, verwijdert een paar fietsframes die in de weg staan en zet de ladder tegen de muur. Zonder iets te zeggen begint hij omhoog te klimmen. De eerste tree breekt en hij valt terug op de grond, vloekt, blijft op zijn rug liggen en kijkt naar ons terwijl we half uit het raam hangen.

En dan weet ik wie het is.

Henrik.

De misselijkheid keert terug met een kracht die ik niet voor mogelijk had gehouden en ik zak op mijn knieën op de hellende vloer voor het raam.

En ik begrijp hoe alles is gegaan.

Begrijp waarom de auto met de kapotte koplamp ons volgde in de storm. Henrik, op jacht naar Kattis. De vrouw van wie hij denkt dat ze Susanne heeft gedood en Tilde heeft ontvoerd.

Dan is hij opeens bij het raam, boven aan de ladder. Zijn gezicht op dezelfde hoogte als het mijne. Ogen opengesperd, armen uitgestrekt.

'Geef me Tilde aan. Ik breng haar eerst beneden.'

'Henrik,' roept Tilde en ze strekt haar armpjes naar hem uit, maar ik houd haar tegen, want hoe kan ik weten of hij van plan is haar te redden? De man die vlak voor mijn ogen een vrouw heeft gedood.

Zijn blik ontmoet de mijne, hij kijkt me aan alsof ik gek ben.

'Maar lieve god, je denkt toch niet. Ze is als een dochter voor me.'

Wanhoop in zijn ogen. Er klinkt nog een enorm luide krak vanuit het huis en de vloer verandert weer van positie. Wordt nog steiler. Ik voel de warmte die opstijgt vanaf de benedenverdieping. Alsof we boven op een enorme oven zitten. En ik bedenk dat het ook precies zo is.

'Ze is het enige wat ik nog heb. Ik houd van haar, snap je dat niet?'

Henriks ogen kijken recht in de mijne en ik laat de woorden bezinken. Na alles wat er gebeurd is: hij houdt van haar? Weer die liefde. Wat betekent het eigenlijk? Kan ik hem vertrouwen? Maar wat is het alternatief? Een zekere dood in een brandend huis? Een val van vijf meter boven op een stapel metalen troep?

Ik help Tilde om in het raam te klimmen en hij pakt het lichaampje voorzichtig aan. Zegt tegen haar dat ze hem stevig vast moet houden. En dan klimt hij omlaag. Ik wacht een paar seconden en wurm me dan door het raam, mijn benen eerst. Klim voorzichtig omlaag over de wankele ladder. Val beneden op de grond en blijf zo liggen, op mijn rug in de sneeuw.

Adem. Hoor stemmen achter me in de storm.

Iemand die huilt. Henrik. En het meisje dat hem troost. Dat zegt dat alles goed zal komen, dat hij niet bang hoeft te zijn, dat ze goed heeft gekeken en dat er hier geen leeuwen zijn.

Uittreksel uit het forensisch psychiatrische oordeel.

Het neuropsychologisch onderzoek laat zien dat Tobias Lundwall lijdt aan een lichte tot matige ontwikkelingsstoornis. Dit houdt meer specifiek in dat Tobias in bepaalde opzichten niet handelt of functioneert als een volwassen individu, maar eerder als een kind in de latentieleeftijd.

Hij heeft een beperkte intellectuele capaciteit, wat zijn vermogen om abstracte gesprekken te voeren en informatie van de omgeving in zich op te nemen beïnvloedt. Het moet gezegd worden dat het opmerkelijk is dat Lundwalls verstandelijke handicap niet eerder is ontdekt. Verder vertoont Tobias Lundwall bepaalde autistische trekken, maar deze worden niet geacht zodanig te zijn dat aan de voorwaarden voor een autistische stoornis wordt voldaan. De psychiatrische beoordeling laat ook bepaalde antisociale, schizoïde en paranoïde trekken zien, maar ook hiervoor voldoet de patiënt niet aan de voorwaarden voor een diagnose. Er staat niets in het onderzoeksrapport dat erop wijst dat Tobias Lundwall – ondanks de lichte ontwikkelingsstoornis – een verstoorde werkelijkheids-beleving, een verstoord beoordelingsvermogen of een ontbrekend vermogen om onderscheid te maken tussen goed en kwaad zou hebben gehad. Van Tobias Lundwall kan dus, ondanks de uitzon-derlijk brute misdaad die hij heeft begaan, niet gezegd worden dat hij lijdt aan een ernstige psychiatrische stoornis en er zijn zodoen-de geen redenen om Tobias Lundwall toe te vertrouwen aan de forensisch psychiatrische zorg op grond van artikel 31 lid 3 van het wetboek van strafrecht.

Antonio Waezlaw, gekwalificeerd arts, specialist in gerechtspsychia-trie

UNIVERSITEIT VAN STOCKHOLM,
VIJF MAANDEN LATER

'Jezusmina...'

'Zeg het niet!'

Ik werp Vijay een waarschuwende blik toe. Hij glimlacht breed, ontbloot zijn witte, perfecte tanden. Klopt zachtjes op mijn gigantische buik met zijn rechterhand. In de linker heeft hij een sigaret. Hij dooft hem snel in een vaas met slap hangende bloemen als hij mijn blik ziet.

'Sorry, er zijn een hoop dingen die je niet mag doen in aanwezigheid van zwangere vrouwen.'

Ik til voorzichtig een stapel scripties van de enige bezoekersstoel en veeg het zweet van mijn voorhoofd. Hoewel het nog maar april is, is het al een week meer dan twintig graden.

'Hoe gaat het met je?'

Vijay houdt zijn hoofd schuin en kijkt me aan terwijl hij zich in zijn stoel laat zakken. Die kraakt onheilspellend. Dan legt hij zijn grote voeten op het bureau. De gympen zijn vandaag groen met oranje en lijken oorspronkelijk uit de jaren zeventig te komen. Als hij zijn stoel draait om een paar baksteendikke boeken in de kast achter het bureau te leggen, zie ik dat hij zijn krullerige, grijzende haar in een staart in zijn nek heeft gebonden.

'Goed, het gaat goed met me,' zeg ik. 'Maar ik word hier dood- en doodmoe van.'

Ik klop licht op mijn buik, gespannen als een strandbal onder Markus' oude spijkerblouse.

'Hoe lang nog?'

'Ze zeggen dat het over een week komt.'

'Ze zeggen...?'

'We zullen wel zien. Ik heb met de kleine gepraat en gezegd dat het nu tijd is om te komen.'

'Er zit een acupunctuurpunt in je hand...' begint Vijay.

Ik hef mijn handen in protest op.

'Ik geloof niet in die onzin.'

Maar hij is al bij mijn stoel. Gaat op het bureau voor me zitten, pakt mijn linkerhand lichtjes beet en drukt hard op een punt tussen mijn duim en mijn wijsvinger.

'Ik neem aan dat het geen kwaad kan,' mompel ik en ik veeg het zweet van mijn voorhoofd. 'Hoe is het thuis?'

Hij zwijgt even. Kijkt niet naar me. Gaat alleen verder met het masseren en knijpen van mijn hand.

'Leeg,' zegt hij dan.

Verder niets. Alleen maar dat ene, ellendige, eenzame woord.

Ik knik. Zie ervan af om hem erop te wijzen dat de stad wemelt van de leuke mannen, dat het lente is, dat hij aantrekkelijk en begerenswaardig is, want ik begrijp dat hij dat allemaal wel weet. Denk dat degene van wie hij houdt hem verlaten heeft en dat hij op zijn minst recht heeft op zijn verdriet. Dat het verkeerd zou zijn om te verwachten dat hij daar ook afstand van doet, als van een afgedragen kledingstuk.

Vijay schraapt zijn keel en laat mijn hand los, maar blijft op het bureau voor me zitten.

'En met Markus?'

Ik haal mijn schouders op.

'Net als anders.'

Hij knikt zonder verder te vragen.

'Je hebt gehoord dat de uitspraak gisteren was?'

'Daar viel niet aan te ontkomen. Het stond in alle kranten. Ik begrijp niet hoe je iemand met een ontwikkelingsstoornis kunt veroordelen tot tien jaar gevangenisstraf.'

'Tien jaar is de gebruikelijk strafmaat voor moord. Je kunt ook levenslang krijgen, als de misdaad uitzonderlijk zwaar is. Wat dat ook betekent. Ik bedoel, kan het zwaarder dan dit? De moord op Susanne Olsson was enorm bruut en dan die vrouw die hij doodsloeg, die buurvrouw die ze in het afgebrande huis hebben gevonden. Maar ik ben geen jurist, alleen maar zielenknijper.'

Ik leun achterover, raak bijna buiten adem van de krachtige schoppen in mijn buik. Probeer tevergeefs een houding te vinden die comfortabel is.

'Maar Tobias is ontwikkelingsgestoord. Oké, het is een lichte ontwikkelingsstoornis, maar hij heeft hoe dan ook een IQ van hooguit vijfenvijftig, dat is het verstandelijke niveau van een tienjarige. Je kunt zo'n jongen toch niet naar de gevangenis sturen? Hoe moet hij zich daar redden? Wat is dit voor samenleving die zoiets goedkeurt?'

Vijay schudt langzaam zijn hoofd en glimlacht mysterieus.

'Soms begrijp ik je niet.'

'Hoezo niet?'

'Die zogenaamde tienjarige heeft jou en je ongeboren kind bijna van het leven beroofd, en jij wilt dat ze hem vrijlaten, weer de straat op sturen?'

'Dat zei ik niet. Ik bedoel alleen dat het niet juist is om ontwikkelingsgestoorden naar de gevangenis te sturen. Dat is barbaars, onbeschaafd. Dan kunnen we net zo goed de doodstraf weer invoeren.'

Vijay krijgt een dromerige blik in zijn ogen en ik weet dat hij een van zijn kleine colleges voorbereidt.

'Zoals je ongetwijfeld weet maakt het voor het Zweedse strafrechtelijke systeem eigenlijk niet uit of een misdadiger geestelijk gezond is of dat hij een verstandelijke handicap heeft. Vroeger konden psychisch ontwikkelingsgestoorden veroordeeld worden tot een bijzondere strafmaat, maar die mogelijkheid is er niet meer. De psychiatrische ziekenhuizen zijn in de jaren negentig verdwenen terwijl tegelijkertijd het juridische begrip "ontoerekeningsvatbaar" werd afgeschaft. Nu zijn er alleen nog forensisch psychiatrische inrichtingen als alternatief, en dan moet de wetsovertreder lijden aan een ernstige psychische stoornis. De meeste misdadigers die in deze categorie vallen zijn psychotisch. Er zijn er ook een paar die dement zijn, of een ernstig soort hersenletsel hebben. Een beetje halfgetikt zijn is absoluut niet genoeg om forensisch psychiatrische zorg te krijgen. Een psychische ontwikkelingsstoornis is ook geen reden voor forensisch psychiatrische zorg. En dus is het enige overgebleven alternatief de gevangenis.'

'Maar is dat niet in strijd met de regels van de VN?'

'Jawel. En we staan in Zweden altijd meteen klaar om bijvoorbeeld de VS te bekritiseren omdat ze ontwikkelingsgestoorden en psychisch gestoorden executeren. Maar zelf gooien we ze dus in de gevangenis. Weet je, er is een paar jaar geleden een onderzoek geweest waarbij werd vastgesteld dat tussen de vijf en tien procent van de geïnterneerden van onze instellingen ontwikkelingsgestoord is, dus een IQ van onder de zeventig heeft. Dat betekent dat honderden ontwikkelingsgestoorden elk jaar tot gevangenisstraf veroordeeld worden. Er zijn geïnterneerden die hetzelfde verstandelijke niveau hebben als kinderen op de crèche. Bovendien zijn er velen van wie we het gewoon niet weten. Het is bijvoorbeeld moeilijk om de verstandelijke ontwikkeling van personen met een andere etnische achtergrond te beoordelen. Onze prachtige testformulieren werken niet als je alleen maar Koerdisch praat, toch? Dus zijn er vermoedelijk veel meer dan we weten.'

'Zoals ik al zei, ik vind het barbaars. Bovendien is het compleet waanzinnig. Henrik, die normaal begaafd is, wordt veroordeeld tot forensisch psychiatrische zorg met als motivatie dat hij aan een ernstige psychische stoornis leed toen hij de misdaad beging. Tegelijkertijd zeggen ze dat hij nu in principe geestelijk gezond is, dus hij zal vast heel snel vrijkomen. En Tobias, die ontwikkelingsgestoord is, moet in de gevangenis zitten. Tien jaar lang. In wat voor samenleving leven we eigenlijk?'

Vijay haalt zijn schouders op.

'Welkom in de werkelijkheid, bloempje.'

Ik schud mijn hoofd.

'Nee, het probleem is niet dat ik goedgelovig ben. Dit deugt niet, het is een rechtsgemeenschap onwaardig. Tobias, die zo naïef is, die blijkbaar zijn hele jeugd voor de gek gehouden en misbruikt is door oudere jongeren, hoe moet hij zich redden in de gevangenis?'

'Er schijnen individuele uitvoeringsplannen te zijn voor geïnterneerden. Zodat ze aan alle behoeften van de geïnterneerden tegemoet kunnen komen.'

Vijays stem klinkt licht sarcastisch.

'Sure.'

'Een andere interessante observatie is dat niemand zijn handicap eerder had ontdekt. Als ik het goed begrijp had hij al problemen toen hij achttien maanden was en zijn ouders en leraren zijn talloze malen in contact geweest met zorginstellingen en de psychiatrie. Waarom hebben ze niet eerder begrepen wat er mis met hem was?

Dan hadden ze hem misschien kunnen helpen. Dan hadden ze misschien kunnen voorkomen wat er nu gebeurd is.'

Ik weet niet wat ik hierop moet antwoorden, voel alleen maar weerzin en berusting.

'Zei Tobias nog iets over waarom hij het heeft gedaan?'

'Nee. Hij weigerde überhaupt over de misdaad te praten. Zweeg als het graf. Heeft nooit bekend. Ze hebben hem opgepakt toen hij Kattis uit het autowrak probeerde te halen. En toen schreeuwde hij iets onsamenhangends over dat ze haar moesten helpen, dat dat het enige belangrijke was. Het enige wat ertoe deed. Dat is zo ongeveer het enige wat hij heeft gezegd. Daarna werd hij stil. Tijdens alle verhoren. Als ze geen technisch bewijs hadden gehad, hadden ze hem niet kunnen veroordelen voor de moord op Susanne. Maar ze hebben die bebloede chirurgenhandschoenen, met zijn vingerafdrukken aan de binnenkant, gevonden op de achterbank van zijn auto. En er zaten sporen van Susannes bloed op zijn schoenen. Bovendien zijn er haren van zijn hond aangetroffen in de woning van Susanne. Ik zou zeggen dat hij op de een of andere manier dacht dat hij Kattis hielp door de misdaad te begaan. Ze had hem tenslotte veel over Henrik en zijn nieuwe vriendin verteld. Hoe dan ook, we hebben heel veel geluk gehad dat hij het kleine meisje niet ook heeft kunnen vermoorden.'

Ik knik, herinner me de vuile armpjes die om mijn nek lagen. De geur van urine en schimmel in de krappe garderobe. De rookslierten die omhoogkronkelden door de vloerplanken en als zeewier naar het plafond verdwenen, de hitte die opsteeg van de benedenverdieping.

Vijay kijkt me zwijgend aan en ik vraag me af wat hij denkt, hoe hij tegenover alle onrechtvaardigheden, alle misstanden in onze mooie Scandinavische modelsamenleving staat.

'Dit alles,' begin ik. 'Ik word er zo verdomd... neerslachtig van. Ik denk ook aan Hillevi's kinderen. Wist je dat ze nu weer bij hun vader wonen?'

Vijay schudt verdrietig zijn hoofd.

'Dat wist ik niet. Maar dat viel te verwachten, toch?'

'Ik weet het niet. Misschien wel, maar toch is het verkeerd, zo ongelooflijk verkeerd. Ze hadden ergens een veilig huis nodig. Ze zouden niet moeten hoeven leven met de persoon die ze mishandeld heeft.'

Ik herinner me de droom die ik op een nacht in de herfst had: hoe Hillevi in haar bloederige hemd bij me kwam en me smeekte voor haar kinderen te zorgen, en hoe ik beloofde dat ik het zou doen. En nu zijn ze toch terug bij de vader die ze mishandelt. Ik wou dat ik meer had kunnen doen, dat ik die kinderen echt had kunnen helpen.

Dan weer een schop, en ik word op een heel tastbare manier teruggebracht naar Vijays kamer. Ik kijk door het raam naar buiten. Lichtgroene bladeren schommelen in de bries. Ik kom moeizaam overeind.

'Hé, ik moet nu gaan. Ik ga koffiedrinken met een... vriendin.'

Hij knikt verstrooid.

'Dat is goed.'

'Dank je, wat aardig dat het mag.'

Vijay glimlacht.

'Je hebt mijn toestemming, meisje. Zo is het. Het boek. Ik zal het voor je pakken.'

Hij omhelst me hartelijk als ik wegga, maar ook een beetje geforceerd. Mijn buik zit in de weg en hij moet zich bijna dubbelvouwen om bij me te komen.

'Bel als...' Hij wijst naar mijn buik en ik knik, zwaai en laat hem achter in het overgemeubileerde werkkamertje.

De buitenlucht voor het zware bakstenen gebouw is zwoel en de zon verwarmt mijn gezicht. Vogels zingen in de hoge, oude bomen die de weg naar het Psychologisch Instituut flankeren. In het gras liggen mensen op hun rug, ze lachen, roken, studeren.

Stockholm is weer tot leven gekomen.

Haar glimlach is breed wanneer ik door de deur van het café naar binnen loop. Ze heeft haar lange bruine haar voor één keer los laten hangen en ik denk dat het haar goed staat, ze ziet er op de een of andere manier volwassener en vrouwelijker uit.

Binnen is het zo mogelijk nog warmer dan buiten. In het kleine lokaal hangt een geur van korstgebak en koffie.

'God, wat heb je een mooie buik,' zegt ze dromerig.

Ik lach kort.

'Je moest eens weten hoe het me inmiddels de keel uithangt.'

'Maar het duurt nu niet lang meer. Je moet nog even volhouden.'

Ik knik. Ik weet nu alles van volhouden, zo voelt het. Er is niets gezegends meer aan mijn toestand. Zwanger zijn is echt een ziekte, wat die rechtgeaarde vroedvrouwen met kettingen om hun nek ook mogen beweren. Ik heb me nog nooit in mijn leven zo ellendig gevoeld. Het enige waar ik aan kan denken is dat het nu bijna voorbij is, dat ik eindelijk mijn lichaam terug kan krijgen. Soms lijkt dat belangrijker dan het kind. De baby is voorlopig nog puur abstract. Hoewel ik kan voelen dat hij in me leeft – hij schopt, draait zich om, hikt –, is hij nog steeds onwerkelijk. Als een droom.

'Hoe gaat het nu met je?'

Ze frunnikt met haar vingers aan haar haar en glimlacht voorzichtig.

'Het gaat goed. Het is een ongelooflijke opluchting dat de rechtszaak tegen Tobias voorbij is. Ik heb gisteren de hele dag geslapen, was helemaal kapot. Alsof ik een marathon had gelopen. Is dat normaal?'

'Absoluut. Dat komt doordat de spanning is verdwenen.'

Ze zwijgt even. Slurpt van haar koffie en kijkt me over de rand van het kopje aan.

345

'Heb je het...?'

'Zeker.'

Ik buig voorover, woel door mijn oude, versleten handtas en vis het boek eruit. *A General Theory of Love.* Ik heb geen idee waarom Kattis juist dit boek wil lenen, al herinner ik me dat we het er een keer over hebben gehad. Ik had sowieso niet de indruk dat ze veel las, vooral geen vakboeken in het Engels. Ze pakt het aan met een Mona Lisaglimlach, streelt met de palm van haar hand over het omslag alsof het een vermist welpje is dat ze net heeft teruggevonden.

'Weet je, soms heb ik het gevoel dat ik alleen maar wil begrijpen wat er het afgelopen jaar is gebeurd.'

Ik knik. Kijk door het lokaal, waar Stockholmers die de lente serieus hebben genomen en zich in shorts en T-shirts hebben gekleed zich mengen met oude dames met bontjassen en hoeden.

'En... ja, dat hele gedoe met Henrik is ook vreselijk vervelend geweest. Hij is veroordeeld tot forensisch psychiatrische zorg. Maar...'

'Ja?'

Ze ziet er opeens gegeneerd uit, legt haar handen tegen haar rood kleurende wangen en lijkt het plafond boven ons te bestuderen.

'De mensen met wie ik heb gepraat zeggen dat ze hem gauw zullen vrijlaten.'

'En?'

Ze frunnikt weer aan haar haar, glimlacht onzeker en kijkt me aan. Er schuilt iets meisjesachtigs in haar gezichtsuitdrukking. Haar fijngesneden gezicht is helemaal glad en niet opgemaakt. Ze glimlacht voorzichtig.

'Ik kan wachten.'

'Wachten? Waarop?'

Ik voel een rilling over mijn ruggengraat gaan, helemaal vanaf mijn nek naar mijn stuitje. Alsof iemand koud water langs mijn rug heeft gegoten. En opeens weet ik wat ze gaat zeggen en het is alsof het stil wordt in het lokaal. Alsof alle gesprekken aan de tafels om ons heen zijn gestopt, alsof het lawaai uit de keuken is verstomd.

'Op Henrik dus. Jullie gaan het misschien weer opnieuw proberen?'

GNESTA, ACHT MAANDEN EERDER

Zo. Dus dit is liefde.

Hij beseft dat het niet meer dan rechtvaardig is dat hij die ook leert kennen, al had hij er niet op gerekend.

Hij niet.

Niet met haar, in elk geval.

Mensen als hij mogen niet van meisjes als zij houden. Dat is gewoon zo. En opnieuw verbaast hij zich erover dat hij hier ligt, naast haar. Dat hij, van alle mensen, degene is die die zachte, bleke huid aan mag raken. Die zijn handen over de kleine, lichtrode tepels mag vouwen. Haar liezen mag kussen, en het bosje lichtbruin haar dat haar geslacht bedekt. Die de kleine, gesmoorde geluiden mag horen die ze maakt als hij zich steeds heftiger in haar beweegt. Waar hij verwarrende associaties van krijgt, zowel van gewonde dieren als van pornofilms, waar hij zowel opgewonden als bezorgd van wordt: doet hij het verkeerd? Heeft ze pijn?

Maar ze glimlacht alleen, zegt dat het perfect en mooi is. Zo mooi dat het voelt alsof ze kapot zal gaan. Ze legt hem uit dat het een soort pijn is maar ook weer niet. En hij begrijpt wat ze bedoelt, want als hij in haar explodeert, als hij sterft in haar armen, voelt hij hetzelfde. Alsof al de pijn en al het genot en alle gevoelens over hem heen spoelen als een reusachtige, beangstigende maar tegelijkertijd verlossende vloedgolf.

Niemand is zo mooi als zij.

Toen hij haar voor de eerste keer ontmoette, dacht hij die gedachte al, en die was opwindend en verboden en tegelijkertijd vermoeiend alledaags. De gedachte maakte deel uit van de werkelijkheid waaraan hij gewend was geraakt, dat er dingen zijn in het leven die gewoon niet voor hem weggelegd waren, voor mensen zoals hij.

Deuren die hij nooit zou kunnen openen. Plaatsen die hij nooit zou kunnen zien. Gevoelens die hij niet hoefde te verwachten ooit te zullen beleven.

Liefde, bijvoorbeeld.

Ze had meteen zijn aandacht getrokken toen hij begon bij het Arbeidscentrum. Hoe haar lange bruine haar stroken van vuur kreeg als de zon erop scheen, hoe haar ogen konden veranderen van het lichtste grijs naar het donkerste violet van een onweerswolk.

En als ze glimlachte wilde hij met haar mee glimlachen, dat blije gevoel delen dat haar leek te vervullen. Maar ze glimlachte natuurlijk nooit tegen hem. Waarom zou ze dat doen? Waarom zou iemand tegen hem glimlachen?

Daarna. Ze hadden het over zijn toekomst gehad. En ze had daar voor hem op de bureaustoel gezeten alsof het de gewoonste zaak van de wereld was, ze had op het gele potlood gezogen en gezegd: 'Maar wordt het geen tijd dat je beter je best gaat doen? Je hebt al twee proefaanstellingen gehad. Je had moeten zorgen dat je bij een van die bedrijven een vaste aanstelling kreeg, je bent tenslotte een pientere jongen.'

En hij had zich zo geschaamd dat zijn wangen warm en rood werden onder zijn lange, donkere haar. Had haar gehaat omdat ze daar op de bureaustoel zat met het potlood als een lolly in haar mond en hem een pientere jongen noemde. Had die vervloekte Ica-winkel gehaat waar hij dag na dag had doorgebracht met oud fruit en oude groente uit de schappen te verwijderen. Beschimmelde sinaasappels en verrotte pruimen, terwijl de bananenvliegjes voortdurend om hem heen zwermden. Had die zinloze lasopleiding verafschuwd die tot geen enkele baan leidde. En hij had de postsortering in Solna gehaat en alle idioten die daar werkten. Al die stotterende, kreupele, gebrekkige debielen.

Al die mensen die net als hij waren.

En het meest van iedereen had hij zichzelf gehaat, omdat hij niet als de anderen kon zijn, 'zich niet kon gedragen als een mens', zoals zijn moeder het had genoemd voordat zij en zijn vader stierven.

Ze legt haar hand op zijn buik en hij kan zien hoe die rijst en daalt in het ritme van zijn ademhaling.

'Hé,' zegt ze. 'Houd je van me?'

'Natuurlijk doe ik dat,' mompelt hij.

Beschaamd, maar toch gelukkig. Barstensvol met die liefde van volwassenen die zo anders is dan al het andere waar hij ooit mee in aanraking is gekomen.

'Zou je alles voor me willen doen?'

Hij draait zich naar haar toe en haar hand belandt op de smoeze-lige deken. De laatste zonnestralen vallen door het raam, ontsteken het vuur in haar haar. Ernstig plaatst hij de munt op de stapel met kranten naast het bed en legt zijn hand op haar borst.

'Natuurlijk wil ik dat.'

'Ook als het iets afschuwelijks is, iets echt afschuwelijks?'

Er zit nu iets donkers in haar blik. Alsof ze pijn lijdt. En hij weet direct dat hij alles zal doen om haar blij te zien, om die uitdrukking van pijn van haar gezicht te wissen, de rimpels in haar voorhoofd glad te strijken, de glimlach weer tevoorschijn te lokken.

'Ik zal alles voor je doen,' zegt hij. 'Alles.'

Woord van dank

We willen iedereen bedanken die ons geholpen heeft bij de totstandkoming van dit boek. In de eerste plaats onze geweldige uitgever Helene, die per toeval heel veel ingewijde informatie ter beschikking kon stellen over hoe het is om zwanger te zijn, Katarina, onze fantastische redacteur, die erin geslaagd is zowel creatief als buitengewoon nauwkeurig te zijn, en onze agent Joakim, van Nordic Agency, die de wereld voor Siri geopend heeft.

Camilla: Ik wil ook al mijn vrienden in Stockholm bedanken, die het met me uit hebben gehouden terwijl ik bijna geëmigreerd was naar Spanje tijdens het schrijven. Estelle en Frederik, zonder wier steun en hulp ter plekke in Spanje het boek er niet zou zijn gekomen. Ik wil ook Joachim bedanken voor zijn steun en inspiratie, en mijn kinderen Calle en Josephine, omdat ze zo veel geduld hebben gehad gedurende al die avonden en weekends die ik voor mijn computer heb doorgebracht.

Åsa: Dank aan mijn collega's bij Inside Team voor hun oneindige geduld, hoewel Siri zo nu en dan de werktaken van de werkelijkheid doorkruist. Ik wil ook al mijn lieve vrienden bedanken die mij opmonteren en enthousiasmeren in mijn schrijven. Ten slotte veel dank aan de mannen in mijn leven: Andreas, Max en Gustav. Zonder jullie liefde geen boek.